『학원學園』과 학원세대

지은이 **장수경**(張壽慶 Jang, Su-kyung)은 1970년 전북 남원에서 출생하였다. 충남대학교를 졸업했고, 2010년 「학원의 문학사적 위상 연구」로 고려대학교에서 문학박사학위를 받았다. 2000년부터 아동문학가로 활동해왔고, 현재 고려대학교 강사로 있다. 창작동화로 『오줌멀리싸기시합』(2000), 『전교모범생』(2005), 『피어라 못난이꽃』(2008) 등이 있다. 논문으로는 「1920년대 아동문학에서 '—습니다'체의 형성과 구술성」(2007), 「어린이 잡지 『새벗』의 성격과 의의」(2012), 「이원수 소년소설에 나타난 현실인식과 서사적 지향」(2012) 등이 있다.

『학원學園』과 학원세대

초판인쇄 2013년 6월 30일 **초판발행** 2013년 7월 1일
지은이 장수경 **펴낸이** 박성모 **펴낸곳** 소명출판 **출판등록** 제13-522호
주소 서울시 서초구 서초동 1621-18 란빌딩 1층
전화 02-585-7840 **팩스** 02-585-7848 **전자우편** somyong@korea.com **홈페이지** www.somyong.co.kr

값 25,000원 ⓒ 장수경, 2013

ISBN 978-89-5626-841-5 93810

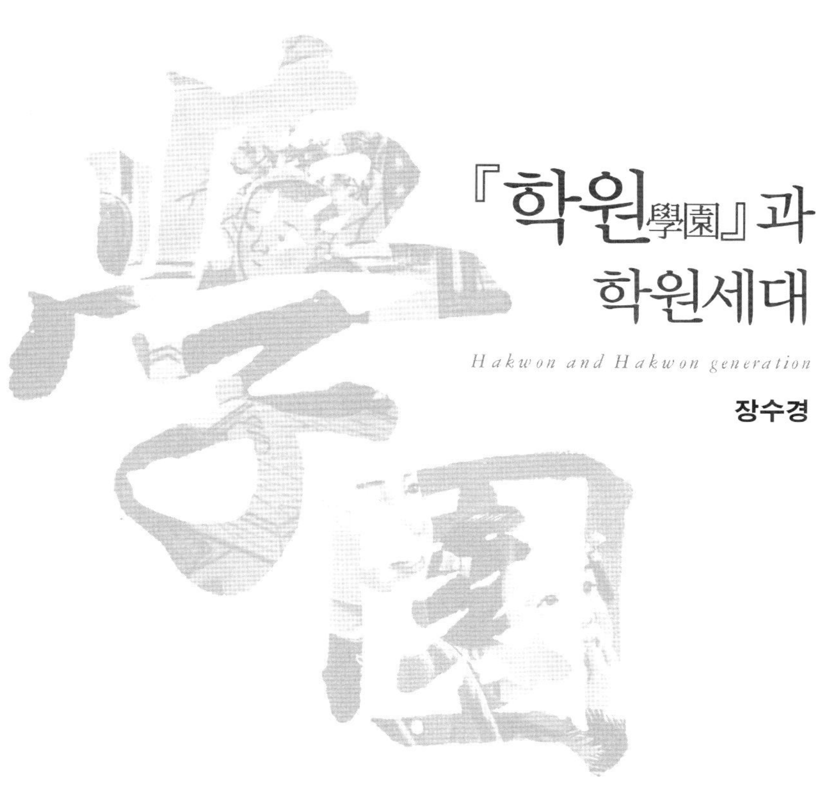

『학원學園』과 학원세대

Hakwon and Hakwon generation

장수경

소명출판

　『학원』을 읽는 것은 정말 힘이 들었다. 국립도서관을 내 서재처럼 드나들며 마이크로필름으로 된 잡지를 한 장 한 장 넘기는 일이 힘겨워서라기보다 점점 학원세대들의 이야기 속으로 빠져들고 있는 나를 발견했기 때문이다. 『학원』을 읽으면 한국전쟁으로 고단했던 시절 청소년들이 얼마나 흥미로운 이야기에 목말라했고 다른 세상을 경험하고 싶어 했는지를 뼛속 깊이 느낄 수 있다. 『학원』의 독자라고 기억하는 세대는 내 부모님 연배이다. 지리산 산골이든 제주 섬이든 『학원』은 당대 청소년들에게 기다림과 만남의 즐거움을 주었던 십대들의 유일한 소통 매체였다. 『학원』에 중독된 청소년들은 매달 학원문단과 각 코너에 실리는 연재소설을 읽느라 긴긴 겨울밤을 지새웠다고 한다. 책을 펼칠 때마다 전후 청소년들이 가졌던 외로움과 새로운 문화에 대한 동경, 좌절, 그리움 등에 동화되었다. 어느 날은 학원세대들이 숨겨둔 기억상자를 하나씩 열어보면서 나태하고 게으른 나의 정신이 부끄러워 괴로워하다 신문이 배달되는 소리를 들으며 새벽을 맞기도 했다.

　김익달 사장은 한창 전쟁 중인 1952년 11월 청소년 잡지를 창간했다. 어린이와 성인이 아니라 청소년을 목표 독자로 설정했다는 건 당시로서는 대단한 각오가 없으면 불가능했다. 어린이와 성인은 일제강점기부터 주 독자층이 이미 명확했고, 이미 검증된 출판 시장이 존재했다. 하지만 해방 후 한국사회는 아직까지 청소년에 대한 인식은커녕 그들을 목표 독자로 설정한다는 것이 무리한 기획이고 도전이었다. 한 번 뜻을 세우면 꼭 해내고 마는 김익달 사장의 고집이 없었더라면 『학원』도 학원세대도 존재하지 않았을 것이다. 김종원(영화평론가)은 "첫사랑을 앓는 사춘기 소년처럼 『학원』에 매달려, 수업시간에도 설레는 마음으로 뱃고동 소리를 기다"렸고, "『학원』이 나오는 한 달이 왜 그리도 길었던지 짜증스럽기조차 했"다며 학창시절을 기억한다. 제주 4·3사건과 전쟁으로 아버지와 생이별하지 않으면 안 되었던 십대 소년에게 유일한 위안은 시를 써서 『학원』에 보내는 것이었다. 위악한 현실 속에서 고독한 소년에게 "시심을 피워준 사색의 꽃밭이자 신앙과 같은 안식처"였던 『학원』. 전쟁으로 피폐해진 청소년들은 『학원』이라는 한 울타리에 있다는 것만으로도 무작정 즐거워했고, 공감했으며 일체감을 가졌다.

진덕규(이화여대 교수)는 나뭇짐을 팔아 모은 돈으로 30리길을 달려가서 막 도착한 『학원』을 사 오던 기쁨을 평생 간직한 사람이다. 그는 『학원』과 『사상계』가 있어 자신들의 세대와 연결될 수 있었고, 두 잡지를 통해 세상을 보는 새로운 눈을 갖게 되었다. 한 시대의 이데올로기는 그다음 시대의 부채이며, 한 시대의 중심 논리도 비판적으로 극복되지 않는 한 보수적인 속성에서 벗어나지 못하게 된다는 것을. 또한 비판에는 비판의 논리와 윤리가 있으며, 지식은 관념의 유희가 아니라 비판적인 회의에서 싹튼다는 것을. 『학원』과 학원세대가 있어 오늘날 한국문학과 문화가 발전할 수 있었다고 해도 과언이 아니다.

내가 어린 시절 읽었던 수많은 한국문학 전집과 세계문학 전집은 학원세대들이 이룩한 성과물 안에서 기획되고 유통된 것들이 많다는 사실에 대해서 이 잡지를 읽고 나서야 처음 알게 되었다. 어린 시절 책 읽기에 푹 빠져 밤을 꼬박 새우던 소녀에게 작가의 꿈을 키워주고 문학공부를 할 수 있도록 도와준 학원세대에게 감사드린다. 그들이 만들어 놓은 놀이터에서 나는 다양한 독서를 하고 꿈을 키울 수 있었다. 독서란 단순한 책 읽기라 아니라 책을 통해 이전 세대와 만나고 내가 속한 사회와 끊임없이 대화를 나누며 세상에 대해 고민하고 새로운 길을 찾아가는 행위이다. 그러므로『학원』과 마주하는 것은 학원세대와 만나고 그들과 우리의 문학과 문화에 대해 이야기하고 앞으로의 방향을 찾는 시간이 될 것이다.

지난 몇 년 동안 나는『학원』과 함께 숨을 쉬었고, 밥을 먹었으며 삶을 지탱할 수 있었다. 나에게『학원』은 산소였고, 밥이었다.『학원』을 만날 수 있게 해주신 고 김익달 사장님과 김영수 회장님(장남), 학원사 이은솔 님, 반곡중학교 연영흠 선생님, 그리고『학원』을 기획하고 제작에 참여하셨던 편집자와 필진들께 감사드린다. 그리고 늘 격려를 마다하지 않으신 강헌국 선생님이 계시지 않았다면 이 책은 미완성으로 끝났을 것이다. 그리고 함께 공부하던 지인들께 고마움을 전하고 싶다.

이 책이 나올 수 있도록 해주신 소명출판 박성모 사장님과 공홍 편집장님, 그리고 성영란 선생님께 감사드린다.

부모님과 고인이 되신 시아버님, 그리고 나의 후원자 한세훈과 영원, 상현에게 늘 미안하고 고마움을 전하고 싶다. 이미숙

님, 이규홍 님에게도 감사드린다. 많은 분들의 도움과 가족들이
있어 이 책이 나올 수 있었다.

2013년 5월

장수경

임시차례

책머리에 3

제1장 **해방 후 아동·청소년문학의 존재방식** 11

1. 사회·문화적 상황과 아동매체의 변동 11
2. 『학원』지에 대한 기존 논의의 쟁점 30

제2장 **1950년대 청소년에 대한 인식과 계몽 지향성** 35

1. 『학원』지의 발간과 매체이념의 대두 35
    1) 전후 분단 체제의 수립과 민족 정체성의 형성 47
    2) 민족 주체로서 청소년의 프레임 62
2. 청소년 독자의 탄생과 소설의 모색 70
    1) 다양한 소설의 실험과 장르의 분화 70
    2) 시각적 독서로의 전환과 청소년 독자에 대한 재인식 118

제3장 **1960년대 청소년에 대한 교양과 대중 지향성** 135

1. '청소년', '교양' 그리고 매체이념의 변모 135
    1) 조국 근대화 과제와 청소년 인재의 필요성 137
    2) 청소년의 정체성 탐색과 개인에 대한 가치 발견 150
2. 독자층의 분화와 소설의 다양화 171
    1) 청소년 대중문예지로의 전환과 전인교육의 실험 171
    2) 하이틴 종합잡지로의 변모와 소설의 대중화 185

제4장 **학원세대의 출현과 청소년문학** 257

  1. 소통과 문학교육의 장이 된 '학원문단' 257

    1) 소통에 대한 욕망과 해소의 장 259

    2) 전문적인 문학교육의 장 265

    3) 청소년문학의 근간 형성 269

  2. 신세대작가 양성의 터전이 된 '학원문학상' 278

  3. 학원세대의 관심과 문학의 지평 291

    1) 현실에 대한 비극적 성찰 291

    2) 내면의식의 성숙 302

    3) 역사에 대한 관심 307

제5장 『**학원**』, 학원세대의 문학과 그 이후 317

  1. 1960년대 이후 한국문단의 토대 형성 319

  2. 문학적 인식의 전환과 다양성 확보 325

  3. 1970년대 이후 『학원』의 위기와 정신의 뒷면 329

  부록 : 등단 문인 명단과 수록 작품 340

  참고문헌 363

제1장

해방 후 아동·청소년문학의 존재방식

1. 사회·문화적 상황과 아동매체의 변동

1948년 8월에 대한 수사어로 '독립'이란 용어보다 '해방'이라고 표현하는 이면에는 식민지 국민으로서의 억압에서 벗어나 '자유'를 획득했다는 인간의 본질적 가치와 정치적 관점이 언어에 혼재되어 있다고 할 수 있다. 한민족 두 국가 체제의 성립은 역사적으로 형성된 '민족' 또는 '국민'의 성격이 두 체제 중 어느 한쪽 국가를 선택하고 국민성을 수용해야 한다는 억압을 내포하고 있었다. 이는 국민국가와 국민문학의 계보를 선택·배제·조합해 형식을 결정하는 기준이 되었다. 특히 한국전쟁 이후 남한은 국민국가를 건설함에 있어서 정치적·문화적 사고방식에서 강박적으로 새로운 기억을 창출해내고 유통시키고자 하였다. 이는 현 체제와 반대편에 존재하는 망각해야 할 기억과의 충돌을 삭제하고 배제해야 한다는 수용과 조절을 의미한다. 일반적으로 '민족', '서민대중', '인민' 그리고 '노동계급'이 국민을 포괄적으로 다루는 데에 중요한 구성 요소라면[1] 남한에서는 '북한', '공산주의'라는 배타적 기준이 대타항으로 작동하며 '국민'의 경계와 소속을 결정하고 제도적으로 헌신을 요구하였다. 전후에는 '민족', '국민'의 혼돈 속에서 남북 경쟁이 치열해지며 사회적으로 일대 변화가 일어난다.

1950년대는 한국문학 역사상 매우 중요한 사회적·문화적 전환기로 볼 수 있다. 첫째, 국민학교 의무교육의 확대로 한글로 교육받은 세대가 폭발적으로 증가하였다. 둘째, 전쟁으로 인한 신분이동으로 서민들의 교육열이 상대적으로 높아졌다. 이는 교육의 대중화로 이어졌고 1950년대 후반부터 중·고등학생들의 수가 급격히 증가하는 현상으로 연결되었다. 셋째, 해외 원조와 자본주의 시장경제 체제의 도입으로 종이와 사진, 인쇄기술 등이 대중적으로 보급·유통되었다. 넷째, 서구 문화에 대한 개방으로 인해 헐리우드 영화와 서구 문학 정신과의 접맥이 대중들에게 익숙한 사건이 되었다. 아울러 출판계의 세대교체가 가속화되고 이에 따라 출판문화에도 새로운 환경이 조성되었다. 식민지 시기부터 해방 이후까지 활발하게 출판활동을 전개해온 문장사, 세창서관, 박문서관, 한성도서주식회사 등이 쇠락의 길을 걷게 된

---

1   호미 바바, 류승구 역,『국민과 서사』, 후마니타스, 2011, 73~112쪽.

다. 기존의 대형 출판사들이 있던 자리에는 1945년 해방과 함께 창업한 을유문화사, 학원사, 민중서관 등 신흥 출판사들이 위치하며 출판의 주도 세력으로 급부상하였다. 1950년대는 출판의 융성기로 볼 수 있을 정도로 국내에서 다양한 잡지가 발간·유통되었다. 전쟁의 여파로 외국 문화와의 접촉에 익숙해진 대중들을 중심으로 독자층의 분화도 뚜렷해져서 잡지의 전문화와 기능화가 선명하게 나타났다. 종합교양지, 전문학술지, 문예지, 여성지, 청소년지, 어린이지 등 다양한 독자층을 겨냥한 특수화된 잡지들이 발간된 것도 이와 관련 있다. 잡지의 편집 방향은 대개 자신들이 겨냥한 독자층을 견인하기 위해 매체별로 특성화되었다. 이 시기 잡지는 대중성이 한층 강화되었는데 고정적인 독자층을 확보하기 위해서는 대중소설의 연재와 「독자투고」란 등 문예면이 확장될 수밖에 없었다. 전후 문단은 1954년 3월 예술원 선거를 계기로 문예조직의 내분이 격렬해지는 가운데 문단의 재편이 급속하게 진행되었다. 전후 문단은 자유문학자협회와 한국문학가협회로 뚜렷한 대립구도가 형성되었다.[2] 이질적인 두 단체가 상호 배제를 통해 독자적인 생존전략을 모색하는 가운데 한국문학은 새로운 전기를 마련한다. 『현대문학』, 『문학예술』, 『자유문학』, 『사상계』, 『신천지』, 『신태양』 등 문학에 많은 비중을 둔 잡지들이 등장한 것도 전후 문단 구도에 영향을 미쳤다. 고등교육열이

2　염무웅, 「50~60년대 남한문학의 민족문학적 위치」, 『창작과비평』 제20권 4호, 창작과비평사, 1992, 50~64쪽.

고조되면서 대학에서 문학 관련 학과 및 연구소, 그리고 전문 학회 등이 새로이 창설되었다. 문학에서는 지식과 문학이 상호 결합되어 다양한 성격의 문인과 문학 작품이 등장하기도 하였다.

1950년대 사회·정치적 변화는 아동·청소년 출판 상황에도 변화를 야기하였다. 한국전쟁 직전까지 발행되던 대표적 아동매체로『새동무』(1946), 『소학생』(1946), 『아동문화』(1948), 『진달래』(1947), 『어린이나라』(1949), 『아동구락부』(1950) 등이 있었으나[3] 이 잡지들은 대부분 전쟁으로 중단되고 만다. 전쟁 중에는 변변한 교과서나 교실도 없이 피난지에서 임시로 전시교육이 실시되었다. 1950년대 초반에는 일부 교과서나『국민학교 음악공부』, 『초등국어생활』, 『한자교본』, 『중학강의록』, 『초등해석기학학』, 『어린이 작문교실』, 『중학생 문예독본』, 『국민학교 참고서』, 『초등공작』, 『수판공부』, 『일인일기교본』, 『전시모범전과』, 『과학세계』, 『중등글짓기』, 『여학생 문학독본』 등의 학습용 참고서를 제외하면, 어린이와 청소년을 위한 독물讀物은 상상조차 하기 어려웠다. 1952년 1월 'Childern's Friend'를 표제로 내걸며 대한기독교서회에서『새벗』을 창간한 이래 6개월 후 이원수가 주간한 소년소녀 잡지『소년세계』(1952.7)가 창간되었고, 연달아『어린이 다이제스트』(1952.9), 『파랑새』(1952.9), 청소년 잡지『학원』(1952.11), 『학생 다이제스트』(1953.6) 등이 발간되어 아동·청소년문학의 생산과 향

---

3   원종찬 편, 『한국아동문학총서』, 역락, 2010.

유의 장이 되었다. 1953년 7월 휴전이 조인되고, 같은 해 9월 서울 환도와 함께 피난지에서 창간된 아동·청소년 매체들은 서울로 그 터전을 대부분 옮기면서 본격적인 출판 활동을 펼친다. 교육 체제가 차츰 정비되고, 민간방송인 CBS가 개국한 1954년을 기점 으로『학생계』(1954),『만세』(1956),『어린이세계』(1956),『어린이동 산』(1956),『대한소년』(1958),『새동화』(1958),『소년계』(1958),『국민 학교 어린이』(1958),『소년생활』(1958) 등 아동·청소년 매체의 발 간이 양적으로 증가하였다. 이후 1960년대로 오면『카톨릭 소 년』(1960),『새소년』(1964),『여학생』(1965),『소년동아』(1965),『소년조 선』(1965),『학생과학』(1965),『어린이자유』(1966),『소녀』(1967),『어 깨동무』(1967),『학생세계』(1968),『새어린이』(1969),『소년중앙』(1969), 『소년경향』(1969) 등이 발간되었다.

　이들 가운데 전쟁 중 발간된 아동·청소년 잡지들은 재정적 어 려움 등의 이유로『소년세계』가 1956년 9·10월 합병호(통권 40권) 로 폐간되고,『어린이 다이제스트』가 1953년 12월·1954년 1월 합병호(통권 14호)로 종간된다. 이들 가운데『학원』과『새벗』은 30 여 년 이상 장기간 발간되며 전후 아동·청소년문학을 주도적으 로 이끌어온 잡지라 할 수 있다.『새벗』과『소년세계』가 국민학 생부터 중학생까지 독자층을 포괄했다면,『학원』은 "국민학교의 중간학년부터 중·고등학생 그리고 군인과 부인들까지"[4] 두터운

4　편집부,「소년잡지의 방향」,『동아일보』, 1957. 11. 12, 4면.

한국전쟁 중 창간된 어린이 잡지로 『새벗』, 『소년세계』, 『어린이 다이제스트』가 있고, 청소년 잡지로 『학원』이 있다.

독자층을 확보하고 있었다. 1965년『경향신문』에서 실시한 설문 조사를 보면 이화여대 학생들이 어린 시절 읽은 책들 중에서 가장 기억에 남는 책을 인기 순위별로 소개한 대목이 보인다. 당시 조사에 따르면 그들이 1950년대 읽은 책들 중에서 1위를 차지한『소공녀』를 비롯한 대부분의 책이 세계명작이었고, 국내물로는 월간지인『학원』이 17위,『새벗』이 20위에 올라있다.[5]『학원』과『새벗』은 1950~60년대를 관통하며 아동·청소년들의 일상, 문학에 대한 욕망, 문화적 다양성 등을 복합적으로 담아낸 매체였다.[6]

해방 후 아동·청소년문학에 대해 알기 위해서는『학원』과『새벗』에 나타난 다양한 문학과 문화의 변화를 살펴볼 필요성이 있다. 특히 청소년 잡지로서 초등학교 고학년부터 고등학생까지 폭넓은 독자층을 확보한『학원』에는 아동·청소년들의 다양한 문학과 문화에 대한 욕망이 서로 충돌하면서 하나의 전통과 계보를 기획하려는 의지가 복합적으로 나타난다. 때문에 각 시기별 특징을 중심으로 살펴보면 한국문학사의 결락된 부분을 보완할 수 있을 것이다. 청소년 잡지『학원』[7]의 체제와 내용을 검토하는 과정

---

5 편집부,「꿈을 키워주는 독서」,『경향신문』, 1965.9.4, 5면.
6 장수경,「어린이 잡지『새벗』의 성격과 의의」,『아동청소년문학연구』10, 한국아동청소년문학학회, 2012.6, 55~86쪽.
7 이 글에서 다루고자 하는 주 텍스트『학원』은 1952년 11월부터 1978년 12월까지 '학원사'와 '학원출판사'에서 발간된 자료를 참고로 하였다.『학원』자료는 현재 국립도서관(1953.1~1978.12)과 '학원사' 두 곳에 유일하게 소장되어 있다. 현재 국립도서관 자료는 마이크로필름 상태로 보존되어 있고, 창간호(1952.11)와 창간 2호, 그리고 일부 결호가 존재한다. '학원사' 자료는 원본 텍스트로 보존되어 있으며 창간호를 비롯해 일부 결호된 자료까지 남아있다.

은 아동·청소년문학이 어떠한 경로를 거쳐 기획되고 구축되어 오늘에 이르렀는지를 파악하는데 도움이 될 것이다. 또한 이 작업은 『학원』이 1960~70년대 이후 한국문학사에 어떤 영향을 끼쳤는지를 상호관련성 속에서 연관관계를 추적하는 데에도 긴요할 것이다.

『학원』은 한창 전쟁 중인 1952년 11월부터 1979년 2월까지 통권 293호를 발행하였다. 1952년 11월 대구 '대양출판사大洋出版社'에서 중학생 종합잡지를 표방하며 『學園』이 처음 창간되었다. 『학원』은 1950~60년대 다른 잡지들이 그러하듯이 세 차례에 걸쳐 휴간과 속간을 거듭하였다(휴간 기간은 다음과 같다. ① 1958.1~1958.4 ② 1960.4~1961.2 ③ 1961.10~1962.2). 1969년 3월에는 『학원』의 발행권이 '학원사'의 김익달에서 '학원출판사' 박재서에게 이양되기도 하였다. '학원사'에서 근무했던 박재서는 '학원출판사'로 독립한 후 잡지의 판권을 옮기면서 『학원』의 기존 체제를 그대로 가져간다. 하지만 1978년 9월 『학원』의 판권은 다시 '학원출판사'에서 '학원사'로 재인수되었다.[8] 그러나 『학원』을 인수한 '학원사'는 달라진 독서시장 공략에 실패하며 1979년 2월 복간 5호로 『학원』을 다시 종간하는 불운을 안게 된다. 이후 1984년 5월 '학원사'에서 기존의 중·고등학생 잡지와 다른 성격인 '지식인을 위한 문학 예술지'로

---

8   김익달 사장은 1945년 출판사업에 뛰어들었다. 그는 1952년 11월 『학원』을 대구에서 창간할 당시 '대양출판사'로 발행했다가 이후 '학원사'로 출판사 명칭을 변경한다. '대양출판사'와 '학원사'는 동일한 출판사이다. 하지만 '학원출판사'는 『학원』 편집국장이던 박재서가 독립해서 만든 별도의 출판사로 기존의 '학원사'와는 별개이다.

『학원』을 재창간 하였다. 1985년에는 계간지로(여름호·제1호) 바꾸며 '교육·철학·환경·생태의 책'으로 학술지적인 성격을 띤다. 그러나 『학원』은 1990년 10월호까지 통권 343호를 내고 결국 종간되는 운명을 맞이한다.

1950년대는 한국사회가 한국전쟁과 분단, 그리고 근대화로 인해 급격히 사회체제가 재편되고, 사회·문화의 전 영역에서 변화가 일어난 중요한 시기이다. 이러한 사회적 분위기는 모든 분야에서 과거의 정신과 결별하고 현재적 의미에서 새로운 것을 창조해야 한다는 신념으로 이어졌다. 『학원』은 이러한 집단적이고 계몽적인 문화의 흐름 속에서 선진 문화의 기획과 전파매체로서 선도적 역할을 수행한다. 『학원』이 한국문학의 "두 번째 근대화 작업"[9]에 동참하며, 한국문학과 담론의 주체를 재생산하는 데 결정적인 역할을 수행했다는 점은 주목을 요한다. 전쟁 중 대구에서 창간된 『학원』은 청소년뿐 아니라 성인 독자에게도 두루 회독回讀되며 새로운 미래의 가능성을 꿈꾸게 했다는 점에서 대중 독자들을 견인하는 데 성공하였다.

사회·문화적 변동의 진폭이 클수록 문학은 새롭게 생성되는 사회적 현상과 대중들의 의식 구조를 가장 잘 반영할 수 있다. 소설이 "부분들로 이루어진 전체인 동시에 문화적 관습에 맞물려 있는 분석과 종합의 체계"라는 것은 주지의 사실이다. 이는 "소설

---

9 송하춘, 「1950년대 한국소설의 형성」, 『1950년대의 소설가들』, 나남, 1994, 13~14쪽.

이 자율성과 개방성을 지닌 체계"로서 소설 창작과 수용에 작용하는 기본 속성이다. 독자는 소설 읽기 행위를 통해 그 안에 침투해 있는 다양한 문맥이나 약호를 이해하고 의미화를 이룬다.[10] 분석과 종합의 체계라는 속성은 소설뿐 아니라 다른 글쓰기에도 유사하게 적용될 수 있다. 1950~60년대 『학원』에 실린 다양한 스타일의 글쓰기 안에는 소설이 지닌 분석과 종합의 속성이 내재되어 있다. 『학원』에 실린 다양한 텍스트를 읽는 작업은 그 안에 숨겨져 있는 사건을 '발견'하고 '확인'하며 구체적으로 '드러내보임'으로써 과거의 역사적 사건이 지닌 진실과 의미 구조를 체계적·종합적으로 설명하는 과정이다.

이러한 관점에서 이 글은 세 가지 문제를 제기하면서 논의를 전개하고자 한다. 첫째, 전후 문학 장의 특징 속에서 나타난 『학원』의 계몽주의적 성격에 대한 문제이다. 둘째, 전후 전개된 소설의 근대화와 『학원』에 실린 소설이 지닌 특징에 관한 문제이다. 셋째, 한국문학과 담론의 예비주체를 생산하는 문학 장으로서 '학원문단'의 문학사적 의미에 과한 문제이다. 이러한 문제의식에서 출발해 이 글은 『학원』에 실린 글에 대해 면밀히 검토하고 그 의미를 추출하는 데 목적이 있다.

먼저 전후 문학 장의 특징 속에서 나타난 『학원』의 계몽주의적 성격에 대해 살펴볼 필요가 있다. 이 시기 간행된 문예지나 종합

10　강헌국, 『서사문법시론』, 고려대 민족문화연구원, 2003, 19~21쪽.

지에서 '민족주의'를 직접적으로 표방하고 계몽하려 했다는 점은 공통적인 현상이다. 전후 간행된 문예지와 종합지는 각 매체의 이념에 따라 구체적 실천 방향을 설정하며 근대문학의 발전을 다양하게 모색하였다. 혼란스런 사회적 분위기 속에서『학원』에는 당대 사회의 핵심 주제인 '민족주의'를 기반으로 새로운 시대에 적합한 정신과 문화를 창출해야 한다는 계몽의식이 나타난다.

이 글은 전후 분단 체제의 수립과정에서『학원』의 계몽주의적 지향이 어떤 역사적 이상을 향해 나아갔는지를 살펴볼 것이다. '민족'이라는 말의 함의가 이전과는 변화된 상황에서 남한은 자유민주주의 국가의 건설, 국민의 경계와 정체성을 형성해야 할 과제를 안게 되었다. 새 국가 건설의 과제 속에서『학원』은 '민족주의'를 계몽하고, 청소년을 '이상적 국가'의 주체로 내세우고자 한다. 이는 문예 중심의 종합지에서 다양성을 갖춘 종합교양지로 성격이 변모되는 것으로 연결된다. 잡지의 매체이념도 성격에 따라 계몽 지향에서 대중 지향으로 전환되었다. 이런 맥락에서『학원』의 계몽주의적인 매체이념이 다양한 각도에서 어떤 전략을 갖고, 실천되는가를 알아볼 필요가 있다.『학원』은 청소년을 계몽해 그들이 1960~70년대 한국사회의 지식인으로 성장하는 데 가교 역할을 한 잡지로서 한국문학사에서 중요한 위치를 점한다.

둘째는 전후 전개된 소설의 근대화 과정에서『학원』에 실린 문학의 특징은 무엇인가에 대한 문제이다.『학원』의 공적은 외국 문학을 적극적으로 소개하고 전후 소설이 나아갈 방향을 다양하게 제시한 것이다. 『학원』에 실린 소설들은 1950년대 계몽성을 지닌 소설이 주를 이루었다면, 1960년대에는 대중성을 지닌 소설로 점차 그 성격이 변모된다. 계몽성과 대중성은 급변하는 당대의 사회·정치적 배경과의 연관성 속에서 포괄적으로 이해되어야 한다. 문학에 많은 관심을 기울인 『학원』은 활자 중심의 '눈으로 읽기'에서 만화와 삽화를 결합한 '시각적 읽기'로 독서 방식을 전환해 가독성과 흥미를 높이는 방향으로 대중성을 획득하였다. 연재물의 읽을거리, 만화, 삽화, 화보 등 다양한 볼거리의 비중이 증가하는 것은 『학원』이 대중성에 성공하는 계기가 된다. 『학원』에서 나타난 대중 지향은 오락적이고 상업적인 저속함의 추구라기보다 선진 문화의 전파매체로서 교양과 계몽 이념을 실천·유통하기 위한 전략적 차원이었다. 『학원』에 실린 소설의 특징은 이런 매체이념과의 상관성 속에서 논의될 때 그 문학적 성과가 분명히 드러날 것이다.

셋째는 '학원문단'이 이룩한 문학사적 의의가 무엇인가에 대한 물음이다. 『학원』은 동시대와 호흡하고 싶은 아동·청소년을 독자로 견인하고, '학원문단'을 통해 그들을 '학원세대'로 응집시켰다. 전국적이고 개방적인 매체로서 『학원』은 생산자와 향유자 사이 그리고 예비문인과 기성문인 사이를 연결하는 교량 역할을 담당하였다. 문학에 관심 있는 많은 청소년들이 빠르게 기성문단으로 진입할 수 있었던 것도 전국적이고 개방적인 매체의 특성이 있었기에 가능하였다. 『학원』은 당대 아동·청소년으로 하여금 1950～60년대 이후 한국문학 창작과 담론을 재생산하는 주체로 성장시킴으로써 문학사적 의의를 적극적으로 부여받았다. '학원세대'라 불리는 이들이 이룩한 문학적 성과는 1950년대부터 지속적으로 한국문학을 이끄는 주요 동력으로 작동하였다. 그러므로 '학원문단'에 대한 탐색은 전후 전개된 한국문학을 이해하는 데에도 현재적인 동기를 지닌다고 할 수 있다.

『학원』이 이룩한 성과를 구체적으로 밝히기 위해서는 이 잡지의 전체 편집경향을 먼저 살펴볼 필요가 있다. 다음 표는 1950～60년대 『학원』에 실린 '기사'와 '문예' 그리고 '기타'로 항목을 분류해 전체 편집 경향을 살펴본 것이다.

〈1950～60년대 『학원』 편집경향〉 표를 보면 다음의 몇 가지 사실을 확인할 수 있다.[11] 첫째, 『학원』은 '문예'에 대한 관심이 다른 항목보다 높다. 1950년대 『학원』의 편집 체제는 문예(75%), 기사(14%), 기타(11%)순으로 나타난다. 1960년대 『학원』의 편집 체제

---

11 〈1950～60년대 학원 편집경향〉 표는 『학원』에 실린 6,233개의 편집 건수를 토대로 기사와 문예, 그리고 기타로 범위를 나누어 살펴보았다. 기사의 경우 권두언과 화보, 그리고 일반기사와 특집기사를 하나의 항목으로 규합하였다. 문예에서는 일반 문학작품과 만화, 그리고 '학원문단'을 함께 실었다. 『학원』에는 매회 '학원문단'이 실린다. 특히 '순문예'지 기간에는 '학원문단'의 작품이 대부분 실린다. 그러므로 청소년들의 작품도 문예의 항목에 포함시켰다. '기타'의 경우 학습과 취미, 오락에 관한 내용을 하나의 항목으로 묶었다. 하지만 광고는 제외시켰다(단, 이 자료의 검증은 그 표준오차를 줄이기 위해 1950년대와 1960년대 발간된 『학원』을 다섯 권씩 샘플로 뽑았다. 각각의 샘플은 전체 쪽수를 기준으로 기사와 문예, 그리고 기타로 분류해 다시 규합하였다. 전체 쪽수를 기준으로 한 샘플의 결과에서도 편집 건수를 기준으로 한 것과 유사한 수치에 근접함을 확인할 수 있었다. 전체 편집 건수를 정리하는 과정에서 누락된 호가 일부 있음을 밝혀둔다).

(단위 : 편)

구분	1950년대	1960년대	합계
기사	320	597	917
기행문	14	13	27
콩트	9		9
동시	1	16	17
동요	4		4
동화	36	43	79
만화	413	411	824
문학이론	48	32	80
소설	908	1,291	2,199
수필	79	449	528
시	194	594	788
칼럼	3	9	12
평론	14	14	28
희곡	14	3	17
기타	274	430	704
총합계	2,331	3,902	6,233

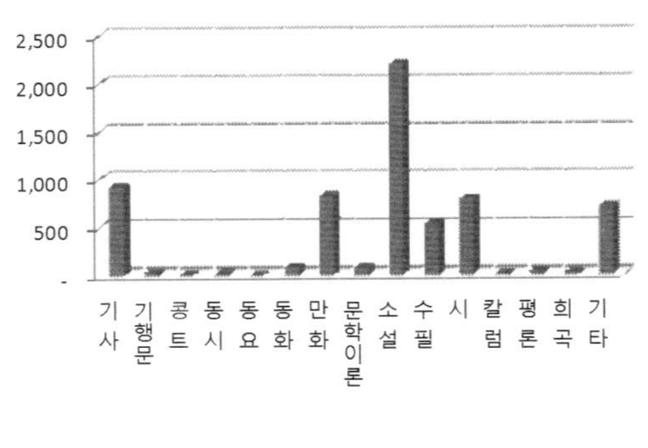

에서도 문예(74%), 기사(15%), 기타(11%) 순으로 1950년대와 유사한 편집 경향을 보인다. 전체 편집 경향은 1950~60년대 문예의 비중이 70% 정도로 일관되게 유지된다는 점에서『학원』의 지향을 알 수 있다. 둘째, 문예 중에서도 소설의 비중이 현저히 높다. 동화·동요·동시의 비중이 타 장르에 비해 매우 적은데 이는 이 잡지가 국민학교 중간학년부터 고등학생까지 독자를 포괄하려는 과정에서 주 독자층을 중·고등학생에게 맞추면서 야기된 현상이다. 셋째, 만화의 양이 일정하게 유지된다는 점에서 시각적

매체를 지속적으로 활용하고 있음을 알 수 있다. 만화의 장편화 현상은 향후 애니메이션과 장르만화를 개척하는 토대로 작동한다. 넷째, 시는 1950년대보다 1960년대에 증가 현상을 보인다. 시의 변화는 1960년대 '학원문단'에 실린 시의 양적 증가와도 관련이 있다. 다섯째, 수필은 1950년대보다 1960년대에 그 편수가 현저히 증가한다. 1950년대 수필에는 일기와 편지, 그리고 에세이 같은 개인적인 감상 차원의 글들이 주로 실린다. 반면 1960년대 실린 수필에서는 근대화와 미래에 대한 희망을 계몽하기 위한 글이 주를 이룬다는 점에서 차이가 난다. 이 시기 수필은 사회 지도층 인사들의 수기, 성공적인 학습 체험수기 등 청소년들을 계몽할 수 있는 모범적인 사례를 중심으로 실린다. 즉, 1960년대에는 경제 개발 5개년 계획과 함께 집단의식이 성공 지향적인 방향으로 급격히 변하면서 계몽적인 수필이 양적으로 증가한 것을 알 수 있다. 〈1950~60년대『학원』편집경향〉 표는 무엇보다 1950~60년대『학원』의 특징 가운데 소설에 대한 관심이 높다는 점을 확인시켜준다. 그러므로 이 글은 30여 년간 발행된『학원』이 이룩한 성과와 의미를 밝히기 위해 두 단계로 분류해 그 특징과 변모 양상을 살펴볼 것이다.

먼저『학원』과 계몽 지향적인 성격에 대해 살펴볼 것이다. 1950년대에는『학원』창간과 청소년을 계몽하기 위한 매체이념이 대두되는 과정을 추적할 것이다.『학원』은 민족주의 입장을 고수하며 새로운 미래와 이상적인 국가를 책임질 민족 주체로서 청소년을 호명하고 그들을 계몽하는 교육의 공간으로 활용한다. 이 과정에서 1950년대에는 당대 지배 권력이 강요한 이념과『학원』의 매체이념의 혼종이 보인다. 서로 다른 이념의 착종으로 1950년대『학원』에는 계몽의 이중성이 나타나기도 한다. 이 과정에서『학원』은 청소년을 민족 주체로 세우기 위해 다양한 기획과 내용으로 계몽주의를 실천한다. 또 청소년이 독자로 탄생되는 사회적 조건과 소설에 대한 다양한 관심을 살펴볼 것이다. 1950년대『학원』의 문학적 특징은 두 가지로 요약된다. 첫째, 1950년대에는 소설이 7대 연재소설이나 10대 연재소설로 기획될 정도로 양적으로 비중이 높다. 외국문학의 적극적인 소개와 소설에 대한 다양한 관심은 연재소설의 양적증가와 긴밀한 관련성 속에서 움직였다. 1950년대 실린 소설의 특징은 민족 자강과 계몽, 낭만적 동경과 자아의식의 형성, 상향 표준화의 열망과 개방 지향으로 요약할 수 있다. 둘째, 활자 중심의 '눈으로 읽는' 독서 패턴에서 만화, 삽화, 화보가 결합된 '시각적인' 독서 패턴으로 독자의 책 읽기 방식이 변화한 것을 확인할 수 있다. 인쇄의 경우 표지는 원색컬러 방식으로 했고, 속지에는 2도 방식을 채택해 삽화와 사진, 만화 등을 문자언어와 구분하며 시각적 효과를 높인 것도 주목할 만하다. 사진과 만화의 양이 증가한 것은 시각적인 편집 방식을 통해 어린이부터 성인까지의 대중 독자층을 확보하기 위한 전략이다.

1960년대에는 아동·청소년 교양과 대중 지향으로 변모되는 과정에 대해 살펴볼 것이다. 이 시기에는 문학 중심으로 지면을 기획하던 기존의 편집 방침에서 벗어나 음악, 미술, 연극, 영화 등에 지면을 할애하며 다양한 예술장르를 포괄하려고 시도하였다. 또 기사와 특집 기획에서는 당대의 아이콘인 '조국 근대화'와 '인재 양성'에 초점을 맞추었다. 이 글은 근대화의 과정에서 『학원』이 어떻게 청소년을 국가 인재로 교양하는지 추적할 것이다. 1960년 대에는 근대화를 수행할 주체로서 청소년에 대해 관심을 갖기 시작했고, 그들의 정체성을 세밀하게 탐구하는 내용이 실렸다. 이는 청소년을 아동기와 성인기의 중간적 존재로서 고유한 특성을 지닌 시기로 탐구하여 '청소년의 존재'를 명시적으로 드러내는 성과로 이어진다. 또한 청소년 독자층의 분화와 소설의 대중화도 나타난다. 1960년대에는 '대중 문예지의 실험'을 거쳐 '하이틴 종합 잡지로의 변모'를 시도하면서 청소년 독자층 확보에 심혈을 기울인다. 이 시기 소설의 특징은 근대화와 대중화, 공동체의식의 내면화, 미래에 대한 긍정적 전망으로 요약할 수 있다. 『학원』의 소설이 이룬 성과는 동시대적인 문제와 다른 매체의 기법들이 상호 결합되어 소설의 내용과 형식이 다양성을 추구했다는 점이다. 국내 창작 중 장편소설들은 대부분 연재가 끝나는 동시에 단행본으로 출간되어 '학원명작선집'으로 구성·유통되었다. '학원명작선집'을 보면 1권 정비석의 『의적일지매』, 2권 김내성의 『황금박쥐』, 3권 조흔파의 『알개전』을 비롯해 12권 이원수의 『민들레의 노래』, 15권 김내성의 『쌍무지개 뜨는 언덕』, 16권 마해송의 『비둘기가 돌아오면』, 20권 강소천의 『그리운 메아리』 등이 있는데,

『학원』에 실렸던 국내 창작물은 대부분 '학원명작선집'으로 묶었다.

잡지에 실린 작품들은 당시 독자들로부터 대단한 인기를 누렸다. 이러한 성과를 기반으로『학원』은 1970년대 이후 대중소설의 발전과 확산에 지대한 영향을 미치게 된다. 하지만『학원명작선집』은 1970년대 아리랑사로 발행권이 넘어간다.

아울러『학원』의 성과와 문학사적 의의를 살펴볼 것이다. '학원문단과 학원문학상의 의미'를 짚어보면『학원』이 이룩한 문학적 성과가 무엇인지 뚜렷하게 드러날 것이다. '학원문단'은 청소년의 '소통에 대한 욕망과 해소의 장', '전문적인 문학교육의 장', 그리고 '청소년문학의 근간'을 마련한 장으로서 의미가 있다. '학원문학상'은 대대적으로 신진 작가군을 등장시켰는데 한국문학과 담론을 재생산하는 주체를 양성하는 문학 훈련과 실천의 장이었다. 전후 문단의 재편과정에서『학원』은 많은 신진 작가와 문학 이론가, 교육자 등을 양성한 장으로서 의미를 부여받을 수 있다. 또한 '학원문단'의 주요 경향에 대해 분석해볼 필요가 있다. 전후 '학원문단'의 텍스트는 현실에 대한 비극적 성찰, 내면의식의 성숙, 역사에 대한 관심으로 의미 체계를 이룬다는 점에서 당시 예비문인들의 문학관과 세계관을 추적할 수 있을 것이다. 마지막으로 '학원문단'의 문학사적 의의를 살펴『학원』이 한국문학사에서 이룩한 공적을 구체화하고자 한다.『학원』은 '학원문단'을 통해 많은 예비 문인들을 작가로 양성하고, 교육 현장에서 문학교육을 담당하는 이론가와 교육자를 배출하였다. 또 '학원문단'은 문학적 인식의 전환과 소설의 다양성을 확보하여 1960년대 이후 전개되는 한국문학의 바탕을 마련하였다. 그러므로 이 글은『학원』의 전개 과정과 그 성과를 제시하는 것만으로도 한국문학사에서 이 잡지의 위상을 정립하는 계기가 될 것이다.

2.『학원』지에 대한 기존 논의의 쟁점

전후 간행된 문예지나 종합지에 대한 연구는 이제 막 시작 단계에 불과하다. 최근 들어 개별 작가와 작품을 대상으로 한 연구가 속속 이루어지고 있지만 전후 출판매체에 대한 연구는 매우 제한적이거나 미미한 형편이다. 전쟁 중 대구에서 창간된『학원』은 선진문화의 기획과 전파매체로서 많은 공적을 남겼다. 하지만『학원』에 대한 연구는 1950년대부터 발간된『현대문학』이나『문학예술』,『자유문학』,『사상계』등의 매체 연구에 비해 더 열악한 상황이다. 또 어린이 잡지『소년세계』,『어린이 다이제스트』등의 매체 연구는 간헐적으로 이루어졌지만,『학원』에 대한 연구는 거의 없다. 이러한 문제의식에서 출발해 이 글은 전후 청소년 잡지로서『학원』의 역할과 위상을 점검하고자 한다. 이를 위해 먼저『학원』에 관해 소략하게라도 언급된 연구들을 두루 점검해보고자 한다. 전후 간행된 잡지 연구 중에서『학원』에 대한 관심은 2006년에 와서야 처음으로 등장한다.

황혜진은[12] 『학원』의 초창기 2년간(1954.1~1956.2) 독자투고의 텍스트를 중심으로 선자들의 심사평에 나타난 학생문예관을 연구하였다. 그는 당대 심사위원들의 평가 기준이 된 학생문예관이 현재까지 중·고등학교 학생들의 작문교육에 지배적인 영향력을 행사한다는 전제하에 논의를 전개하였다. 황혜진의 연구는 이 잡지의 존재 여부를 처음으로 보여준 성과물이라는 점에서 의미를 지닌다. 그는 『학원』의 심사평에 나타난 문예관을 내용과 형식측면에서 분석·종합하여 체계화하려고 시도하였다. 그러나 이 논문은 교육학적인 차원에서 진행된 것으로 학생들의 작문교육과 선자들의 심사평이 중심이 되었기 때문에 내용보다는 기술적인 측면에 한정된 연구에 머물고 말았다. 또 연구대상이 초창기 2년간의 텍스트에 한정되어 있어 30여 년 동안 발간된 『학원』의 독자투고에 나타난 전체적인 학원세대의 문예관을 밝히기에는 역부족이다.

이봉범은[13] 「전후 문학 장의 재편과 잡지 『문학예술』」의 연구에서 단평적인 차원의 서술이지만 『학원』에 대한 관심을 보이고 있다. 그는 사회·문화적 맥락에서 전후 문학 장場이 어떻게 재편되는가를 거시적인 차원에서 조망한 후 이와 불가분의 관계를

---

12 황혜진, 「『학원』의 심사평에 나타난 학생문예관 연구」, 『국어교육연구』 17, 서울대 국어교육연구소, 2006, 247~297쪽.
13 이봉범, 「전후 문학 장의 재편과 잡지 『문학예술』」, 『상허학보』 20, 상허학회, 2007, 271~309쪽.

맺고 있는 당대 잡지들의 존재 의미를 규명한다. 이 과정에서 이봉범은『학원』의 대중적인 성공을 예로 들어가며 전후 신흥 출판자본 및 거대 출판사들의 잡지 발간으로 인해 1950년대 잡지의 융성기가 도래한 것이라는 결론을 도출하였다. 또 그는 전문성과 서구의 신지식을 유통하기에 유리한『학원』같은 잡지가 당대 중심 매체로 부상하게 되면서 신문과 더불어 대중매체로서 중요한 기능을 수행하였다고 보았다. 하지만 이 연구는『문학예술』의 존재 의미를 밝히기 위해 1950년대 출판 환경을 개괄적으로 논의하는 과정에서『학원』이 대중화에 성공한 매체라는 점을 언급하기 위해 간략하게 다루고 있다는 점에서 단평적인 서술의 차원에 머물러 있다.

권인숙은[14]『학원』과『여학생』을 통해 1950년대부터 1970년대까지 진행된 '청소년의 남성성 형성과 국민 만들기 과정에서의 성별화 현상'을 분석하였다. 이 연구는 젠더적 차원에서 이뤄진 것으로 국민 만들기 프로젝트의 적극적 추종자인 예비국민으로서 청소년(남학생, 여학생)을 바라보는 시각이 지배적이다. 권인숙의 논문은『학원』에 나타난 성별화 현상을 사회학적 차원에서 접근한 것으로 전후『학원』이 이룩한 문학과 문화적 성과와는 다소 거리가 존재한다.

김한식은[15]「학생 잡지 학원의 성격과 의의」에서『학원』의 전

---

14 권인숙, 「1950~70년대 청소년의 남성성 형성과 국민 만들기의 성별화 과정」, 『한민
    족운동사연구』 56, 한민족운동사학회, 2008, 281~321쪽.

반적 성격과 의의를 다루고자 하였다. 이 연구는 전후 청소년들에게 큰 영향을 준 학생 잡지로서 그동안 실체조차 제대로 밝혀지지 않은『학원』의 성격을 밝히려고 시도했다는 점에서 의미를 지닌다. 하지만 이 연구는 1950년대로 범위를 한정해 교양, 계몽, 청소년 문화, 학원문단 등을 간략하게 살피고 있어, 30여 년 동안 발간된 잡지의 구체적인 성격을 밝히는 데에는 적잖은 한계를 갖고 있다.

『학원』은 민족 자강과 선진 문화의 창달이라는 매체이념을 실현하기 위해 계몽주의를 표방하고 적극적으로 실천하였다. 신인 등단 제도가 활성화되는 1950~60년대『학원』은 청소년에게 전문적인 문학교육을 실시하고 문학의 장場을 마련해 예비문인들을 전후 문단으로 견인하는 데 대대적인 성공을 거두었다. 전후 문단의 재편 과정에서 신인작가 양성의 전초기지로서『학원』은 기성문단과의 교량적 위치를 점한다고 할 수 있다. 그럼에도 불구하고 그동안 한국문학사에서『학원』에 대한 연구는 거의 이뤄지지 못하였다. 앞에서 언급된 논문들은 소략하지만『학원』의 존재를 처음으로 드러낸 가시적인 성과라는 점에서 그 의미를 부여할 수 있다. 그동안 한국문학사를 전체적으로 정리하는 연구에서도『학원』에 관해서는 거의 다뤄지지 않는다. 이처럼『학원』은 소략한 단위 논문조차 제대로 없을 정도로 한국문학사에

---

15 김한식, 「학생 잡지『학원』의 성격과 의의-1950년대를 중심으로」,『상허학보』28, 상허학회, 2010, 291~323쪽.

서 배제되어 왔다. 1960년대 이후 한국문학사에 미친 영향력이 지대함에도 불구하고 잡지에 대한 서지사항은커녕 제대로 된 연구 성과가 없다는 것은 문학사의 중대한 부분이 결락된 것과 다름이 없다. 이는 그동안 『학원』이 아동매체이면서 대중매체로 인식되어 주류 문학사 중심의 연구 풍토에서 배제되어 왔기 때문이다. 전후 문학이 형성되는 격랑의 한 복판에 『학원』이 위치하고 있고, 한국문학의 두 번째 근대화 과정에서 견인차 역할을 수행한 것은 간과할 수 없다. 다시 말하자면 1960년대 이후 한국문학이 형성되는 그 바탕에 '학원세대' 출신 문인들과 『학원』이 이룩한 문학적 성과들이 중요한 위치를 차지하고 있다.

이 글의 목적은 전후 출판 환경 속에서 청소년 잡지로서 『학원』의 성격을 규명하고, 이 잡지가 한국문학사에서 어떤 위치를 차지하는지 밝히는 것이다. 이러한 맥락에서 이 글은 먼저 사회·문화적 배경을 다루고 있는 기사와 권두언 그리고 문학 텍스트를 중심으로 당대 사회와 문학의 흐름을 조망할 것이다. 이 논의는 일차적으로 잡지의 매체이념인 계몽성과 대중성을 토대로 『학원』의 내용과 체제를 검토하는 작업이 될 것이다. 다른 하나는 학원세대들이 활동한 '학원문단'의 역할과 성과를 중심으로 한국문학의 발전 과정에서 잡지의 위상을 정립하는 것이다.

제2장

1950년대 청소년에 대한 인식과 계몽 지향성

1. 『학원』지의 발간과 매체이념의 대두

『학원』이 청소년 잡지로 뚜렷한 성격을 지닌 기간은 1952년부터 1979년까지다. 동시대에 발간된 다른 대중교양지나 아동잡지와 비교해도 이 잡지는 30여 년 이상 장기간 발행되고, 월간지로서 방대한 양을 남겼다는 점에서 문학사에서 중요한 위치를 점한다. 또한 1950년대부터 한국문학사의 주요 문인들을 많이 배출하였고, 무엇보다 이 잡지를 읽고 성장한 문인들이 습작기 시절 자신의 문학관을 형성하는 데 직·간접적으로 영향을 받은 매체로서도 가치를 지닌다. 이런 관점에서 이 잡지의 편집 지향과 체계를 구체적으로 살펴볼 필요가 있다. 먼저 『학원』 창간사를 보면 잡지의 창간 목적이 분명히 드러난다.

시대의 요구에 응하여 본사는 이에 중학생 종합잡지 "학원"을 간행한다. 본디 "학원"은 글자 그대로 배움의 뜰이 되어야 할 줄 안다. 우리의 장래가 모든 학생들의 두 어깨에 달려 있다는 것은 누구나 다 말하는 바다. 그러나 불행히도 그들을 위한 이렇다 할 잡지 하나이 없는 것이 또한 오늘의 기막힌 실정이다. 여기에 본사는 적지 않은 희생을 각오하며 본지를 간행하게 되었으니, 우리가 뜻하는 바는 중학생들을 위한 참된 교양과 올바른 취미의 앙양이다. 아직 시작이라 무어라 앞 일을 말하기 어려우나, 불행한 이 나라 학생들에게 "마음의 양식"이 될만한 것을 드리고자 하는 본디의 뜻만이라도 알아주었으면 이 이상 더 고마운 일이 없을 줄로 생각한다. 본디 "학원"은 여러분의 참된 벗이 되고 싶어 세상에 나온 것이다. 바라건대 버리지 말고 끄내 아끼어 주시압.

— 김익달, 「창간사」 전문, 『학원』 창간호, 7쪽

『학원』의 창간사를 보면 "중학생들을 위한 참된 교양과 올바른 취미의 앙양"을 위해 잡지를 창간하였다고 분명한 목적을 밝히고 있다. 여기에서 "참된 교양과 올바른 취미"란 무엇인가에 주목할 필요가 있다. 김익달이 제시한 참되고 올바른 것은 "나를 살리는 길이요, 남을 살리는 길이요, 동시에 나라를 살리는 길"[1]로 귀결된다. 이때 개인은 사적私的인 존재가 아니라 국가에 속하는

---

1   학원 김익달 전기 간행위원회, 『학원세대와 김익달』, 학원사, 1990, 91쪽.

공적公的인 존재로 위치가 설정되어 있다. 전후 남북 분단은 한민족 두 개의 국가 체제로의 전환이며 국민에 대한 경계 설정조차 폭력적으로 행해졌던 민감한 시기였다. 전쟁 중이라는 폭력적인 시간 속에서도 『학원』은 '미래 인재 양성'이라는 장기적 비전을 우선적으로 제시하고 있다. 폐허·상실·이산·폭력적인 상황 속에서 당대인들은 남한에서 국가를 수립·정통성을 확보하면서 국민들을 통합할 수 있는 선진 문화를 기획하고 유통시켜야 한다는 열망을 갖고 있었다. 이 시기는 개인의 아픔이나 사적인 감정보다는 집단의 정신과 통합이 더 중시되었다. 이런 집단적인 분위기는 한국문학사에서 새로운 이념과 근대 문학을 적극 수용하게 하였고, 문단 내에서 각 조직과 매체들이 서로 충돌하고 이념을 재정립하는 격정적 상황을 낳았다. 1950년대 급변하는 문학사의 한가운데 『학원』이 있고, 그런 시대의 흐름을 고스란히 담아내고 있다. 전쟁 중 민족을 위해 "시국을 초월한 선구적인 결단"[2]을 내린 것은 『학원』의 매체이념이 후진된 민족을 계몽하는 데 있었음을 단적으로 보여준다.

1952년 10월 20일자 『동아일보』에는 『학원學園』 창간호에 대한 광고가 나온다. 광고에서 '본지本誌의 주안점主眼點'으로 ① 올바른 취미趣味를 배양培養시키려고 함 ② 진실眞實한 교양敎養을 체득體得시키려 함 ③ 과학科學정신精神을 고양시키기 위함 ④ 시

---

2   위의 책, 30쪽.

『동아일보』 1952년 10월 20일자 1면 하단 광고에 『학원』 창간호에 대한 광고를 싣고 있다.
광고에서는 잡지의 매체 이념을 다섯 가지로 나누어 설명하고 있다.

더時代와 호흡呼吸을 같이 하도록 함 ⑤ 취미趣味를 통하여 학습學
習할 수 있도록 함을 밝히고 있다.[3] 이런 차원에서 『학원』은 정치
·사회·역사·문화·사상 등 청소년을 계몽하기 위해서 다방
면의 내용을 기획·편집 체계를 구성하였다. 일지사 김성재 사장
은 학원사 김익달 사장에[4] 대해 그는 다른 모든 "희생을 각오"하
고서라도 청소년 잡지를 간행해야 한다는 목적의식 속에서 "용
기와 모험심과 형안이 남달랐"던 인물이라고 기억한다. 김익달
사장은 "수많은 자라나는 세대의 정서를 순화하고 기쁨을 안겨"
주기 위해 전쟁 중 청소년 잡지를 창간하였다.[5] 당시 "『학원』은
10대 중·고생들의 꿈이요 희망"이었다.[6] 1952년 11월 창간호는
김익달 사장, 장만영(시인) 편집주간, 김성재가 편집을 맡았다. 창
간호는 장만영이 기획과 외부 원고 청탁을 하였고, 김성재가 편
집을 맡았다. 하지만 장만영은 창간호가 나오자마자 곧바로 편

---

3   편집부, 「學園 광고」, 『동아일보』, 1952.10.20, 1면.
4   김익달의 출판인생을 살펴보면 다음과 같다. 1916년 5월 9일 경북 상주군 출생. 1928년
    해성보통학교 졸업. 1930년 일본 도쿄에서 서점 점원 및 신문배달을 하면서 와세다 대
    학 통신강의록으로 상과 수료. 1945년 출판사 낙동서관 창설. 1947년 대양출판사로 바
    꿈. 1952년 11월 중학생 종합잡지 『학원』 창간. 1953년 1월 학원장학생 12명 선발 및 학
    원장학회 설립. 1955년 『여원』 창간 및 『국민의학전서』 발행. 1956년 『향학』 창간 및
    세계명작문고와 세계위인문고 120권 발간. 1958년 『과학대사전』과 『대백과사전』 전
    12권. 1960년 『새나라 신문』 발행. 1962년 『농업대사전』 및 『문예대사전』, 『자동차 백
    과』. 1963년 『세계탐험모험전집』 및 『철학대사전』. 1964년 『농원』 창간 및 『세계문화
    사』 전 5권. 1965년 『진학』과 『주부생활』 창간. 1969년 '소파상' 수상. 1970년 『독서신
    문』 창간. 1973년 『원색세계대백과사전』. 1985년 서울에서 숙환으로 사망. 학원 김익
    달 전기 간행위원회, 앞의 책, 281~333쪽 참조.
5   김성재, 『김성재 출판론─출판현장의 이모저모』, 일지사, 1999, 18쪽.
6   김익달, 「학원사가 10년만에 다시 「학원」을 발간하며」, 『학원』, 1978.10, 43쪽.

집주간을 그만두고, 편집을 담당했던 김성재가 2호의 기획·원고청탁·편집까지 모두 겸하였다. 하지만 창간 2호를 낸 김성재역시 곧바로 사표를 제출하였다. 3호는 남소희가 편집장을 맡아기획·원고청탁 등을 담당했는데, 신입사원인 최덕교(대학생)가편집을 하였다. 이후 최덕교는 8년간(1953.1~1961.9) 이 잡지의 편집장과 편집주간을 두루 맡으며 청소년 잡지로서『학원』의 성격형성에 중요한 역할을 담당하였다.

창간 1·2호에 참여했던 김성재는 김익달 사장과 표지의 '상업성' 문제로 의견 충돌이 발생했다고 한다. 김성재는 "창간 때부터예술성만을 강조하며 표지 꾸미기에도 상업성을 배제하려 하였다. 그는 아직 독자들의 안목이 높지 않으니 상업성이 짙은 표지로 바꾸자는 사장의 뜻을 잘 받아들이려 하지 않았다"라고 당시의 상황을 회고하였다. 김성재는 창간 2호를 제작한 후 3호부터는 창간호처럼 "다시 예술성 짙은 장책으로 되돌아갈 것을 요구"했다고 한다. 표지 문제를 놓고 김성재는 '예술성'과 '상업성' 사이에서 김익달 사장과 의견 대립이 일어났고, 그는 2호를 끝내고사직서를 제출했다고 한다. 결국 김성재의 회고에 의하면 두 사람은 표지 문제로 충돌했고, 김성재가『학원』을 떠나게 되었다는것인데, 이 문제에 대해 되짚어볼 필요가 있다.[7]

창간호와 창간 2호의 표지는 원색칼라 인쇄방식에 남녀학생의

---

7   김성재, 앞의 책, 262~270쪽.

그림이 실려 있다. 창간 2호 표지에는 학생들의 흥미를 끌기 위해 잡지명 하단에 '별책부록'의 타이틀이 삽입된다는 게 1호와의 차이점이다. 창간 2호 표지가 '예술성 높은 장책'이 아니고 흥미를 끌 타이틀이 삽입된다고 해서『학원』이 상업성에 무게를 둔 잡지라고 단정하기 어렵다.『학원』은 애초부터 "독자가 원하는 좋은 출판물을 내는 데" 출판의 일차적인 목표를 설정하였다. 오히려 『학원』은 이 잡지가 누구를 위해 출판하는지 명확히 독자층의 경계를 설정하였고 문학 텍스트의 범위·성격 등을 구획하였다. 주독자인 청소년을 계몽하기 위해서 어떤 성격으로 잡지 편집을 구성해야 할 것인지에 대해서도 분명한 방향성을 제시하였다. 청소년 잡지로서『학원』은 일반 교양지나 문예지, 전문지와는 색다른 차별화 전략을 필요로 했던 것이다. 이 잡지는 청소년의 흥미를 끌어들이고 그들을 독자로 견인하기 위해서 만화, 교양, 세계시사, 문학, 예술 등 다양한 내용을 포괄하는 기획과 편집 체제를 갖추었다. 청소년 독자층을 겨냥해 대중적 기획을 하면서도 이 잡지는 창간호부터 책 광고를 제외한 상업적인 광고는 일체 싣지 않는다는 규준을 설정하고 이를 실천하였다. 창간호에는 장만영의『중학생 문예독본』과 조지훈의『풀잎단장』의 책 광고가 나온다. 이외에 대양출판사에서 발간한『간추린 학습시리즈』가 표지 광고로 등장하였다.『학원』의 이런 상업적인 광고 지양 정책은 1950년대 후반까지 지속되었다.

『학원』의 매체이념은 민족과 미래 인재 양성이라는 계몽성에

『학원』 창간호 표지   『학원』 창간 2호 표지

초점을 맞추었다. 또 호기심 많은 십대들의 관심을 끌어들이기 위하 문학·교양·오락·취미 등의 대중성과 함께 전문성을 동시에 추구하는 전략을 취하였다. 박목월은『학원』의 공적이 "독자들의 저속한 취미에 영합하려는 오락 잡지가 아니라 독자들을 계몽하고 그들에게 풍부한 마음의 양식을 베푸는 교양 잡지"였다는 점을 높이 평가하고 있다. 교양을 위해 "기사는 하나하나 선택되고 다방면의 문제를 흡수하여 짜임새 있게 편집"되는 게 특징이었다.

> 학원사 자체가 운영의 곤경에 빠졌다는 소문을 내가 듣기로도 한 두 번이 아니기 때문이다. 그럴 때마다『학원』을 아끼는 마음에서 김사장을 만나면,
>
> ―수준을 좀 떨어뜨려 흥미 본위의 만화라도 많이 넣으시지오.
>
> 하고 권하기도 하였다.
>
> ―글쎄요.
>
> 그의 대답이었다.
>
> ―그것이 학원 독자인 학생들을 위하는 일이라면 몰라도 잡지 몇 권을 더 팔기 위하여 수준을 떨어뜨리거나 질質을 낮출 수는 없을 것입니다. 그것은 김사장의 초지일관初志一貫, 한결같은 신념이었다. 이것은『학원』뿐만 아니라고 생각한다. 학원사에서 나오는 모든 잡지나 간행본을 사장이 직접 편집에 관여하여, 사회에 도움이 되고 건전한 내용만 가려 싣도록 지시하고 있다 한다.
>
> ―박목월, 「학원의 김사장」, 『학원』, 1968.11, 112~114쪽

위의 내용은 "학원 독자인 학생들을 위하는 일"이 아닌 이상 잡지의 판매 부수를 늘리기 위해 저급한 내용을 싣지 않는다는 『학원』의 의지가 드러난 대목이다. 이 잡지는 우리 "사회에 도움이 되고 건전한 내용만"을 실어 청소년이 참된 교양과 올바른 취미를 앙양해 민족을 위해 일할 주체로 성장시킨다는 매체이념을 실천하는 데 목적을 두고 있다. '미래 인재 양성'이라는 『학원』의 계몽주의적 지향은 이 매체가 1953년 2월부터 '학원장학회'를 시작해 오늘날까지도 장남인 김영수 회장을 중심으로 지속하고 있다는 점에서도 확인할 수 있다.[8] 이 잡지는 출판을 통한 청소년 계몽뿐 아니라 청소년들을 한국사회의 지성인으로 성장시키기 위한 장학 사업에 막대한 자금을 장기간 투자하였다. 아울러 청소년 잡지로서 보다 많은 독자를 포괄하고 교양하겠다는 의지를 실천하기 위해 대중성에 매체이념을 두기도 하였다. 이런 다양한 욕망이 뒤섞여 있었던 까닭에 『학원』은 서로 다른 문학적 지향을 가진 작가들이 쓴 다양한 텍스트를 실었고, 색깔이 서로 다른 문인들을 '학원문단'의 선자로 끌어들이기도 하였다. 이른바 성장

---

8   김익달 사장은 농촌이 잘 살아야 이 땅의 형편이 편다는 신념을 죽을 때까지 버리지 않았다. 1962년에는 그의 고향인 상주군 백화산 기슭에 이상촌을 설립하려다가 실패하자 1964년에 잡지 『농원』을 창간하였다. 15만 부를 발행, 6백 대의 자전거에 유니폼을 입힌 보급원을 풀어 외상으로 책을 나누어 주었다가 4년만에 주저앉았다. 그건 새마을운동이 시작되기 전이었으며, 앞서가는 출판인으로서 그가 한국 최초의 백과사전을 낸 건 1958년이었다. 그는 학원장학회를 통해 수백 명의 인재를 양성했고 30여명의 출판사 사장을 배출했으며, 초창기 『주부생활』 주식의 삼분의 이를 사환을 포함한 사원에게 주식으로 분배하였다. 윤구병, 「사환에게도 주식을」, 『학원세대와 김익달』, 학원사, 1990, 212쪽.

기에 있는 아동·청소년들이 다양한 문학을 수용·향유하게 하여 한국문학의 생산 주체로 성장하는 동력이 되게 한 셈이다. 대중적인 문학의 소개와 문학교육의 기획 및 실천은 『학원』의 대중 지향적 성격을 뚜렷이 보여준다고 할 수 있다. 이 잡지는 외국문학의 번역과 소개에도 적극성을 발휘했는데, 이는 선진 문화의 기획과 전파 매체로서 이 잡지가 아동·청소년 교양에 심혈을 기울였음을 입증해준다. 외국문학과의 빈번한 접촉은 시대를 선도해가는 문학의 역할이란 무엇인가에 대해 청소년 독자에게 스스로 문제 제기를 하는 계기로 작동하였다. 이처럼 『학원』은 문학의 대중화를 위해 노력하였고, 이는 소설의 대중성에 대한 진지한 성찰로 나아간다.

> 신라·고구려·백제·고려·이조에 걸친 우리 민족의 찬란한 문화는 보존은커녕 그 명맥마저도 끊어지는 비운에 이르른 바 있었읍니다. (…중략…) 편찬에 있어서는 무엇보다도 항목의 정선, 내용의 충실, 해석의 정확, 편집의 세련, 인쇄의 정밀이라는 5대 방침을 확고히 하고, 민족적인 주관과 세계적인 시야에서 진행되었읍니다.[9]

이 잡지의 대중성은 선진 문화의 창달에 그 목표가 있다고 해도 과언이 아니다. '학원사'는 『대백과사전』의 발간사에서 신라

---

9 학원 김익달 전기 간행위원회 편, 앞의 책, 69쪽.

를 고구려보다 앞서 배치하는 전략을 취하였다. 이런 전략은 찬란한 문화를 꽃피운 신라를 고구려보다 앞에 배치함으로써 '학원사'의 지향이 선진 문화의 창달에 있음을 가시적으로 드러낸 것이다. '학원사'의 출판이념은 "민족적인 주관과 세계적인 시야"에서 청소년을 미래 주체로 양성하는 데 일관된 목표를 보여준다. 민족주의를 실현하기 위한 계몽성과 다양성의 매체이념은 1969년 3월 출판권이 '학원사'에서 '학원출판사'의 박재서朴在緖에게 넘어갈 때까지 지속되었다. 1970년대『학원』은 사회·문화적 변화와 판권 이동 등으로 인해 1950~60년대보다 오락성이 한층 강화되지만 여전히 청소년을 계몽하기 위한 잡지로서 그 성격이 유지된다는 데 의미가 있다. 1964년 방기환은『경향신문』에 실은 글에서『학원』이 "퍽 유익하게 읽을 수 있"는 아동 독물讀物이라고 독자들에게 소개하였다.[10] 1978년 학원문학과 좌담회에 참석한 유경환은 딱히 "읽을 것 없던 전쟁 폐허에서 청소년들에게 「학원」은 생명수"였고, "학교 성적보다 「학원」에 매달 작품이 나오느냐가 더 화제였"다고 회고한다.[11] 그만큼 전후 청소년에게『학원』은 정서적으로 많은 영향을 미쳤고, 서로에게 희망을 유통시키는 매체였다.

---

10 방기환, 「어린이잡지 유익타」, 『경향신문』, 1964.10.3, 5면.
11 유경환, 「학원문학과 좌담─가뭄 끝에 오는 비처럼」, 『학원』, 1978.10, 305쪽.

1) 전후 분단 체제의 수립과 민족 정체성의 형성

1950년대 교육의 대중화로 13~18세 사이의 재학 인구는 1940년에 2.4%였던 것이 1955년에는 26.1%로 급격히 증가하였다. 19~24세의 대학교 재학 인구도 잇따라 증가하는데 1940년에 0.2%였던 것이 1955년에는 4.4%로 증가하였다.[12] 1950년대는 고조된 교육 열기에 맞춰 십대들의 지적 욕구와 교양, 흥미 등을 한꺼번에 충족시킬 매체에 대한 욕망이 그 어느 때보다 높았던 시기다. 『학원』은 1950년대의 시대적 요청과 김익달의 계몽주의적 이상이 접목되어 전쟁 중 대구에서 창간되었다. 수용과 발화가 혼재된 독특한 문학적 소통방식을 취하고 있는 이 잡지는 당대 청소년을 계몽하기 위한 도구로 활용되기에도 적합하였다. 당대 지배 권력은 전쟁으로 인해 지배 이념을 선전할 매체가 거의 사라진 상태였다. 문교부장관을 비롯해 사회지도급 인사들은 청소년 잡지인 『학원』에 글을 게재하면서 많은 독자를 확보한 이 잡지를 정치 홍보용으로 적극 활용하게 된다. 반면 『학원』은 "나라의 미라를 꾸려나갈 새 세대를 양성"[13]하기 위해서라고 밝힌 바와 같이 청소년을 계몽한다는 뚜렷한 지향을 갖고 출발하였다는 점에서 지배 권력과는 다른 지향을 기획하고 유통하려고 하였다.

한국전쟁 이후 '반공주의'는 우리 사회를 압도적으로 지배하는

12 　김경일, 「1950년대 후반의 사회이념」, 『한국현대사의 재인식』 4, 오름, 1988, 47~48쪽.
13 　학원 김익달 전기 간행위원회, 앞의 책, 51쪽.

이념이었는데, 이는 『학원』에서도 중요한 화두로 등장하였다. 『학원』의 내용 중 문학과 기타를 제외한 기사(화보, 권두언, 특별기획, 일반기사)를 중심으로 살펴보면 '반공'이 54%, '민족'이 22%, '자강'이 9%를 차지하고 있다.[14] 이 시기 '반공'에는 공산주의를 비판하기 위해 '반공주의'가 설정되는 것이 아니다. '반공주의' 개념 안에는 '민주주의'와 '민족주의'라는 복합적인 의미가 내포되어 있었다. 전후 문학에서 공산주의를 비판하는 텍스트와 반공주의를 담고 있는 텍스트는 구별되는데, 전전戰前까지 공산주의를 비판하는 내용이 많았다면 전후戰後에는 반공주의가 주를 이루었다.[15] 1950년대 초반 『학원』에 발표된 소설에는 반공주의가 소설의 소재로 쓰이기도 하였다. 1954년 반공주의는 도의道義 교육으

---

14 〈50년대 『학원』 기사 게재경향〉 표는 『학원』의 문예와 기타를 제외한 권두언, 화보, 특별기획, 일반기사를 중심으로 반공, 민족, 민주, 미국, 자강(성공 / 배움), 기타(교양)로 항목을 분류한 후 전체적인 양상을 살펴보았다. 1952년 11월부터 1959년 12월까지 총 186개의 기사를 토대로 위의 주제에 맞추어 항목을 분류하였다. 전쟁이나 통일, 도의는 당대의 시대적 담론을 감안해 '반공'이라는 항목에 포함시켰다.

50년대 『학원』 기사 게재 경향

구 분	기사 편수
교 양	17
미 국	10
민 족	40
민 주	2
반 공	101
자 강	16
합 계	186

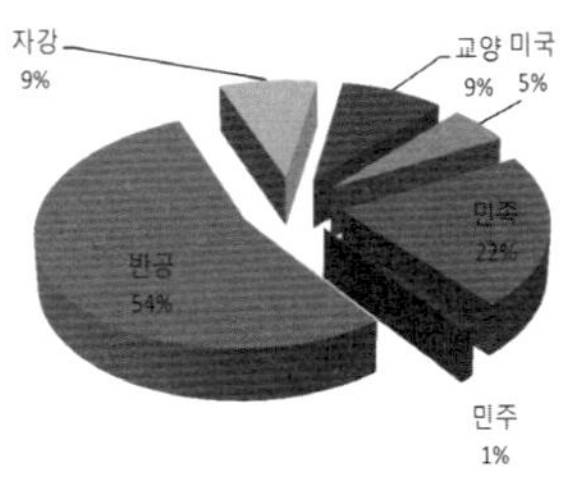

15 한국전쟁 이전의 공산주의에 대한 비판과 전후 반공주의에 관한 자세한 논의는 김준현, 「전후 문학장의 형성과 문예지」, 고려대 박사논문, 2008을 참조.

로 정착되면서 남한 사람들의 삶속에서 일상화되고 '윤리'라는
오피를 쓰게 된다. 1950년대 후반이 되면 냉전적 반공주의 체제
가 강화되면서 반공주의를 국가발전론과 결합하는 기획이 새로
이 등장한다. 한국전쟁은 청소년으로 하여금 '반공주의'를 배타
적 이념으로 내면화시키는 계기가 되었다. 전쟁체험은 청소년의
의식에서 전쟁을 '도의道義'를 실현하는 '성전聖戰'[16]으로 변모시킨
다. 전쟁은 청소년에게 반공이 분단국가의 존립 기반임을 각인
시켰다.[17] 한국전쟁 중에는 반공주의가 하나의 교육 실체로 부각
되었고, 전쟁 중 실시된 반공교육은 전후 반공교육의 모태로 작
용한다. 1950년대 초반의 반공교육은 이론보다 실천이 강조되었
는데, 주로 교과목 학습을 통한 이해보다 행사 중심으로 전개되
었다. 웅변대회와 백일장, 그리고 미술대회 등을 통한 반공교육
은 청소년의 의식과 행동을 규율하고 통제하는 이데올로기로 수
용되었다.[18] 당시 국가의 교육 방침은 표면적으로 청소년의 자발
적 활동을 장려하면서 한편으로는 반공사상의 내부적 심화공작
도 병행하도록 명기되어 있었다. 반공주의에 관련된 사진 전시

---

16 조병옥은 "조국의 영원한 행복과 진정한 자유自由를 위하여 용감히 총 칼을 들고 **성전聖
戰에 참렬한 용사들**"이라고 함으로써 한국전쟁을 성전聖戰으로 파악한다. 조병옥, 「민
족의식을 새롭게 하자!」, 『학원』, 1955. 2, 35쪽.

17 파시스트에 의해서 전쟁은 공동의 경험으로서 그리고 비이기적인 헌신으로서 매우 숭
고한 영적 지위로 고양된다. 전쟁은 새로운 이상과 도덕을 수립하려는 파시즘의 현재
투쟁을 고무하고 신성시한다. 제프리·K·올릭 편, 최호근·민유기·윤영휘 역, 『국
가와 기억』, 민주화 운동기념사업회, 2006, 70쪽.

18 이유리, 「1950년대 '道義敎育'의 형성과정과 성격」, 고려대 석사논문, 2007, 55쪽.

회, 백일장, 포스터 그리기 대회, 웅변대회 등의 다채로운 교육 행사가 전국적으로 계속 추진되어 많은 성과를 거둔 것도 국가적인 차원에서 기획되고 실천된 것이다.[19] 하지만 1950년대 『학원』에 나타난 '반공주의'에는 전쟁으로 인한 '파괴'와 '무질서', 그리고 '무無'라는 불안을 극복하고 '재건'과 '질서', 그리고 '유有'를 창조하기 위한 현실 타파의 논리로 활용하려는 경향이 훨씬 강하게 작동하고 있다.

『학원』 창간호에 수록된 사진화보(U.S.I.S)[20]와 김필정(공군 소위)[21]의 편지글은 반공주의를 직접 언급한 글이다. 화보의 하단에는 간단한 사진 설명이 붙어있다. 사진 설명에는 "언제 나타날지 알 수 없는 적기를 노리어 밤낮없이 아득한 하늘을 감시하는 아군 대공 포대"에 관한 내용이 나온다. 공군 소위 김필정은 전투 조종사로서 첫 출격을 마친 소감을 적고 있다. 그는 "침략자를 응징하려고 궐기한 우리들의 한결같은 심정"을 결연한 의지로 밝히고 있다. 김필정은 "폭풍 같은 분노가 얽힌 멸공 신념이 불멸의 개신가가 되어" 가슴에서 파도치고 있다며 전투 의지를 불태운다. 그는 이 글에서 전쟁이라는 민족수난의 역사를 극복해야한다는 감성적 의지를 드러낸다. 창간호에는 이 두 지면을 제외하면 반공주의가 전면에 드러나지 않는다는 점이 특이하다. 이처

---

19 손인수, 「1950년대 교육의 역사인식」, 『한국교육운동사』 1, 문음사, 1994, 220쪽.
20 편집부, 「사진화보」, 『학원』 창간호, 3쪽.
21 김필정, 「어머님께 드리는 글월」, 『학원』 창간호, 108쪽.

럼 한창 전쟁 중 창간된 『학원』에는 반공주의에 대한 이념보다는 민족주의를 계몽하려는 내용이 주를 이룬다는 점에서 잡지의 의지가 드러난다. 다음의 글은 조병옥이 쓴 「민족의식을 새롭게 하자!」라는 내용의 일부이다.

> 조국의 영원한 행복과 진정한 자유自由를 위하여 용감히 총칼을 들고 성전聖戰에 참렬한 용사들의 넋은 그대로 우리 배달 겨레의 크나 큰 자랑이 아닐 수 없읍니다. 그러나 날로 변하여 가는 국제 정세는 우리들의 생활과 현실에 잠시의 안도감도 주지 않고 있을 뿐만 아니라, 우리의 자주 독립을 침해하려는 공산주의자들의 위협이 날로 커가고 있는 것입니다. (…중략…) 여러분의 앞길에는 시련과 고난이 있는 대신 넓고도 창창한 희망이 있으니 그 양양한 희망의 앞날을 향하여 여러분의 지향은 변함없는 민족정신에 불타야 할 것입니다.
> ― 조병옥, 「민족 의식을 새롭게 하자!」, 『학원』, 1955.2, 35쪽

이 글에서 민족주의는 "조국의 영원한 행복과 진정한 자유를 위하여"라고 밝히고 있듯이 민족정신의 고취에 그 목적이 있다. 반공주의와 민주주의는 민족의 존속과 번영을 위하여 새로이 대두된 이념이다. 이헌구의 글은 이러한 사실을 뒷받침해준다.

> 어린이의 생명을 그 나라 모든 사람들이 보호해 준다는 그 정신이 곧 민주주의 정신인 것입니다. 이것은 어린이뿐만 아니라, 모든 사람이

다 같이 그 생명에 대한 자유와 보호를 받아야 하는 것입니다. 어느 한 사람의 생명이라도 이를 조금도 소홀히 해서는 안 되는 것입니다. (…중략…) 생명에 대한 차별 없는 공통된 자유, 이 자유가 있는 나라는 민주주의의 나라요. 이 자유가 없는 나라는 독재주의나 전체주의와 같은 공산주의의 나라인 것입니다.

— 이헌구, 「민주 학도가 되자!」, 『학원』, 1955.2, 36쪽

이헌구는 '국민이란 세 가지 의무(납세, 병역, 교육)를 충실히 이행하는 자'라고 규정한다. 『학원』은 민족의 미래를 이끌어갈 주체로서 청소년에게 새 시대의 국민으로서 의무를 실천해야 함을 강조한다. 그는 민족주의와 민주주의가 올바로 구체화되고 실현될 때 새로 형성될 국가의 발전 가능성도 있다고 본 것이다.

그러나 1950년대 초반의 혼란스런 정세는 민족주의를 계몽하려는 『학원』의 목적과 달리 청소년 잡지마저 반공주의에서 자유롭지 못하도록 통제하였다. 박계주의 「소녀와 도깨비 부대」(1953.1)를 비롯해 최정희의 「낙엽지는 날」(1953.1), 손동인의 「어머님께」(1953.2), 김송의 「고향을 잃은 아이들」(1953.6), 박영준의 종군기 「봄하늘을 날다」(1953.6), 김장수의 「그날의 백마고지」(1954.11), 유근주의 「군번 없는 전송가」(1959.2~1959.10) 등의 소년소설에는 반공주의를 직접적으로 담아내고 있다.

㉠이 여인은 분명하고 남편을 김일성 도당의 손에 죽이우고 그 지긋지

굿한 기아飢餓와 전율戰慄의 세계를 피하여 자유의 천지를 향해 나오던 여자임에 틀림 없어 보인다. (…중략…) 대신 아이 하나를 데려 왔읍니다. (…중략…) 한 사람의 생명을 공산 독재의 지옥에 두지 않고 자유천지로 옮겨 온 네 공에는 감격과 함께 가상하는 바이다.

— 박계주, 「소녀와 도깨비 부대」, 『학원』, 1953.1, 80~89쪽

ⓛ "애 이놈아, 네 언니란 놈도 그 국군에 나갔댔지? 이놈들 에미나 자식이나 다 악질 반동이란 말이야. 그러니 네 놈도 살려 둘 수는 없다는 거야. 알았어? 응…… 헛허허……" 하고 그들은 아주 뱃심 좋게 헛웃음을 쳤읍니다. 나는 이때서야 문득 그들이 우리들이 말하는 빨갱이인 줄을 알았지요.

— 손동인, 「어머님께」, 『학원』, 1953.2, 53쪽

ⓘ의 내용을 보면 남한은 "자유 천지"의 세계로, 국군은 '휴머니즘'을 실천하는 인물로 그려진다. 반면 공산주의와 '인민군'은 '도당'으로 '북한'은 굶주림이 만연한 공산독재의 '지옥'으로 묘사되고 있다. 전쟁이라는 총체적 사건은 독자로 하여금 남/북에 대한 경계짓기를 통한 배타적 기준을 만들 것을 요구하였다. '반공주의'를 수호하는 것은 곧 '선'을 행한다는 인식으로 연결되었다. 이러한 작품들은 독자로 하여금 남한/북한, 선/악, 천국/지옥, 반공/용공으로 이분법적인 도식으로 나누도록 강요하였다. 반공주의를 담아낸 작품에서는 '선'의 영역에서 배제된 인민

군이나 공산주의를 '악'으로 부정하는 양상이 보인다. 「소녀와 도깨비 부대」의 「작자부기」란에는 도깨비 부대가 "국군 제9사단에 배속되어 있는 보병 제28연대의 별칭"이라고 소개하고 있다. 이 글은 도깨비 부대에서 발생한 '미담'이라고 밝힌 바와 같이 증언의 성격을 띠고 있다. '실화'임을 강조하는 것은 독자의 내면에 '반공주의'에 대한 신념이 공유되는 계기로 작동한다.

ⓛ에서 인민군은 '악인'이고 '빨갱이'라는 호칭이 붙는다. 이승만 정권이래로 반공정책이 본격화되고, 국시로 숭상되는 상황에서 '빨갱이'는 남한 공동체에 균열을 가하는 불순한 존재로 표상되었다. 그러므로 '빨갱이'는 남한 자유민주주의 공동체의 안위와 평화를 유지하기 위해서 반드시 제거해야 할 대상 1호가 된 것이다. 이후 '빨갱이'란 단어는 공포와 불안을 조장하는 악의 세력의 통칭으로 국민들을 통제하고 감시하는 아이콘이 되었다.[22] '빨갱이'에 대한 공포는 일종의 강박증처럼 독자의 의식에 침윤되고 신념으로 공유되었다.

이러한 논리가 당대 아동·청소년의 내면에 어떤 영향을 미쳤는지는 그들이 쓴 글을 통해서 확인할 수 있다.

　　㉠ 그때 나는 중학에 입학하였을 때니까 가슴 가득한 희망과 흥분 가운데 열심히 학교에 다니고 있었을 때에 공산 도배의 불의의 남침

22　강진호, 「변경의 삶과 자기 정당화의 논리」, 『현대문학의 연구』 35, 한국문학연구학회, 2008.6, 12쪽.

이것이 저의 운명을 몹시도 어지럽게 만들었지요. 그러기 때문에 저는 유월만 되면 가슴속에 원망과 저주의 불길이 이는 동시에 원수를 갚아야겠다는 결심을 하는 것입니다.

— 이규열, 「내가 좋아 하는 것」, 『학원』, 1953.6, 27쪽

ⓒ 그 사람들의 이야기 끝에 "이놈의 피란 생활"하던 그 한 마디! 그렇다! 피란민이 나쁜 것이 아니었다. 그들을 피란하게 한 것은 공산 무리들이 아니더냐. 나는 공산 도배들을 미워하지 않을 수 없었다. (…중략…) "무찌르자 오랑캐 몇 백만이냐? 대한 남아 가는데 초개로구나" 나는 휘파람으로 노래를 맞춰 부르면서 집으로 왔다.

— 이진일, 「쇳통과 피란민」, 『학원』, 1953.2, 100~101쪽

ⓐ과 ⓒ에서 공산당은 침략자로 남한은 피침략자로 규정됨을 알 수 있다. 공산당에 대한 획일적인 부정의식은 이 잡지를 함께 향유하는 다른 청소년들의 내면에도 영향을 끼쳤을 것이다. 청소년은 남침 / 무질서를 구국 / 질서로 재배치하고 혼돈 그 자체인 현실을 극복하는 원리로 '반공주의'를 설정하였다. 반공은 국가재건과 질서, 그리고 빈곤 추방을 위한 논리와 연결되면서 청소년의 내면에 자연스럽게 배타적인 이념으로 침투된 것이다.

이처럼 정훈문학이 실시되던 1950년대 초반에는 소년소설에서도 반공주의가 현실 극복의 원리로 강조됨을 알 수 있다. 전쟁 중 대부분의 소년소설들은 사실 전달에 충실한 보고문학의 형태

를 취하거나 직정적 경향과 이데올로기 편향성을 드러내는 종군
문학의 성격을 지니고 있었다. 소년소설에서는 인민군을 주인공
으로 한 작품은 거의 없었고, 취재의 한계로 인해 작가들이 전장
을 실감 있게 묘파한 것도 많지 않았다.[23] 이 잡지에 실린 일부 작
품들도 전쟁 중이라는 시대적 상황 속에서 창작되었고, 그러한
한계를 고스란히 담아내기도 하였다.

분단 체제가 수립된 이후에는 기사(권두언, 화보, 기획특집 등)에
서 반공주의가 일상화되는 양상을 보인다. 이승만 정권이 하강
세를 타는 1950년대 중반이 되면 도의道義교육이 더욱 강조된다.
특히 '남한'이라는 민족의 경계 안에서 새로운 국가 질서에 적합
한 국민의 정체성이 본격적으로 형성되기 시작한 것이다. 당시
'국민'이라는 표상 안에는 충효, 도의, 책임, 의무를 결합함으로써
새로운 국민상이 제시되었다.[24] 도의교육에는 민주적 생활 태도
와 반공주의를 기반으로 한 민족의식이 복합적으로 나타났다.
지배 권력은 국민들에게 새로운 국가 이념에 맞는 도덕관과 윤리
관을 제시함으로써 국민의 정체성을 배타적으로 형성하였다.[25]

---

23 유종호 · 김윤식 · 백낙청 외, 『한국현대문학 50년』, 민음사, 1995, 138쪽.

24 최재유 문교부장관은 연두사에서 1958년도부터 각 학교에 대하여 특히 국민학교에서
는 인격의 터전을 닦아주고, 중학교에 있어서는 도의적인 심성함양과 실천력을 길러
주도록 하고, 고등학교에서는 국가 공동생활체제 내에서 완전한 국민생활을 영위할
수 있는 인격을 완성하는데 노력할 것을 강조한다. 최재유, 「도의 앙양과 과학기술교
육의 진흥(연두사)」, 『문교월보』 38, 문교부, 1958. 1, 5~6쪽.

25 백낙준은 문교부장관시절 도의교육을 주장하지만 당시에는 교육계의 즉각적인 호응
을 얻지 못하다가 전쟁 끝 무렵부터 공감과 지지를 얻게 된다. 이후 1955년 10월 12일에
는 각계각층의 인사 30명을 위원으로 하고 문교부차관을 위원장으로 하는 도의교육위

『학원』의 편집후기 하단에는 「우리의 맹세」가 나온다. 당시 국가 정책은 1953년 이후 출판된 모든 잡지에 「우리의 맹세」를 반드시 명시하도록 하였고 어린이 잡지 『새벗』, 『소년세계』, 『어린이 다이제스트』 등도 예외는 아니었다.[26] 『학원』에는 당대 출판된 다른 잡지들과 마찬가지로 색깔론으로부터 거리를 유지하기 위해 '반공주의'에 관한 내용을 실었고, 국가 시책을 그대로 수용할 수밖에 없었다.[27] 1953년 이후 반공은 '道義'에 포함되어 초·중·고교에서 연 35시간 이상 가르치는 것이 의무로 규정되기도 하였다.[28] 반공은 도의道義에 흡수됨으로써 윤리倫理의 외피를

원회를 구성하여 장관의 자문기관을 두었다. 1956년에 문교부는 도의 교육의 당면목표를 발표하고 같은 해 말에 국민학교와 중학교의 '도의교육요항'을 발표하였다. 이 '도의교육요항'에 의거하여 편수국에서는 1957년 3월까지 국정 초등학교 교과용 도서 『초등 도의』와 중학교용 『중등 도의』를 편찬 발행하였고, 1958년에는 초등학교 도의 교과서 교사용을 발행하였다. 1959년부터는 도덕교육의 강화와 철저를 기하기 위하여 시간을 매주 2시간으로 늘리고, 교사용 교재의 분량을 배가하였다. 이유리, 「1950년대 '道義教育'의 형성과정과 성격」, 고려대 석사논문, 2007, 50∼55쪽.

26　「우리의 맹세」 ① 우리는 대한민국의 아들 딸 죽음으로써 나라를 지키자. ② 우리는 강철같이 단결하여 공산 침략자를 쳐부수자. ③ 우리는 백두산 영봉에 태극기를 날리고 남북 통일을 완수하자.
　　1953년 3월 문교부는 심지어 각 대학교에 대해서도 교복착용을 권장하는 공문을 보냈다. 아울러 학생처 주관하에 몇 차례에 걸쳐서 교복착용검사를 실시하였다. 이는 일제 식민지 말기 파시즘 교육의 부활에 지나지 않는 것이었다. 그리고 각급 학교의 학생들에게 '우리의 맹세'를 의무적으로 외우게 하였다. 이처럼 「우리의 맹세」는 5·16 이후 「혁명공약」으로 대체될 때까지 1953년 이후 모든 잡지에 필수적으로 기재해야 할 사항이었다. 손인수, 「1950년대 교육의 역사인식」, 『한국교육운동사』 1, 문음사, 1994, 177쪽.

27　이 시기는 반공체제가 정착되고 강화되던 때이므로 모든 매체가 반공주의를 담아냈다. 당대 발간된 『사상계』, 『문학예술』, 『자유문학』 등은 이론적 근거보다는 공산주의와 맞서 싸우겠다는 내용을 천명함으로써 색깔론에 휘말릴 위험으로부터 탈출구를 마련한다. 김준현, 앞의 글, 99쪽.

28　손인수, 앞의 글, 500쪽.

쓰고, 도덕적 가치관의 일부로서 독자들에게 자연스럽게 주입되기 시작한 것이다.[29] 도의에는 실천 윤리들이 구체적으로 제시되었는데 분단 체제에 적합한 국민의 정체성이 강조되었다.[30] 이런 국민의 정체성에는, 국가가 제시한 표준에서 벗어나는 사람은 '국민'에서 배제된다는 타자화의 원리가 핵심 축을 이루고 있다는 점에서 폭력성을 담아낸다. '반공주의'라는 배타적 논리의 단초는 국민학생을 포함한 전 국민에게 계몽·유포되었다는 점에서 강제력을 띠고 있었다.[31] 이처럼 1950년대의 사회·정치적 분위기는 분단 체제의 안정화를 위해 새로운 국민의 정체성이 대두되었다. 1954년 신임 문교부장관이 된 이선근은[32] 「권두언」에서 무엇보다 "먼저 반공 정신"을 가질 것을 청소년에게 강조하였다. 1950년대 문교부장관은 '백낙준-김법린-이선근-최규남-최재유-이병도-오천석'이 맡는다. 문교부장관의 교육정책은 모두 '반공'을 중심축으로 놓는다는 공통점이 있다. 특히 이선근은 문교부의 장학방침에서도 반공정신을 투철히 기르고, 민주주의 생활을 확립할 것을 명기하였던 반공주의자였다. 그는 청소년이

---

29 이유리, 앞의 글, 54쪽.

30 수신교육이 황국신민을 만들기 위한 봉건도덕의 전수를 목적으로 한 데 대하여, 도의교육은 우리의 민주국가의 새로운 사회질서를 수립함에 있는 것이다. 봉건도덕이 권력을 토대로 하여 상하관계를 종적인 것이라 하면, 민주도덕은 인권을 기조로 하여 평등관계를 규정한 횡적인 것이다. 최병철, 「도의교육과 수신교육」, 『문교월보』 18, 문교부, 1955.5, 22~23쪽.

31 이유리, 앞의 글, 41쪽.

32 이선근은 1954년 4월부터 1956년 6월까지 문교부장관을 지냈다. 그는 일본 와세대 대학 사학과 졸업, 서울대에서 문학박사학위(1954)를 받았다.

장차 통일 국가의 선봉이 될 것을 천명하면서 『학원』에도 두 번이나 글을 실어 청소년의 계몽에 심혈을 기울였다.[33]

> 전국 중·고등학교 학생 제군! 공산 침략을 쳐부시고, 국토를 완전히 통일하여야 할 민족적 과업을 이루지 못한 채, 휴전이 된 후 일 년이 가까워오는 오늘…… (…중략…)
>
> 오늘날 우리의 적인 공산주의 국가는 있는 힘을 다하여 우리 나라에 대한 침략을 감행하려고 온갖 노력을 다하고 있는 것입니다. 따라서 우리는 무엇보다도 우리 나라를 침략하려는 적을 미워하고 끝까지 이를 쳐부시려는 불타는 적개심을 마음 속에 간직하고, 이에 대비할 태세를 갖추어야 할 것입니다. 이렇게 생각할 때에 여러분은 여러분의 매일 매일의 학습이 그대로가 반공反共을 위한 것이며, 국토를 통일하기 위한 것임을 잊지 말아 주시기 바라는 것입니다.
>
> ─이선근, 「먼저 반공정신을!」, 『학원』, 1954.6, 29쪽

이선근은 "매일 매일의 학습이 그대로가 반공反共을 위한 것"이라고 강조하였다. 그는 "공산주의 이론은 학문상으로는 모른다 할지라도 체험을 통하여 그의 비非를 알았으며 그들의 정책은

---

[33] 1950년대 문교부장관의 교육정책과 장학방침을 살펴보면 다음과 같다. 백낙준의 '전시문교시책', 김법린의 '건국문교시책', 이선근의 '반공문교시책', 최규남의 '과학문교시책', 최재유의 '도의문교시책'으로 각각의 교육방향에서 특성을 갖고 있다. 이들 중에서도 이선근은 '반공문교시책'과 장학방침을 자신의 교육방침으로 내세운다는 점에서 강력한 반공주의자임을 알 수 있다. 손인수, 앞의 글, 187~269쪽 참조.

투쟁과 전투하는 방식을 통하여 사실로서 알게 된 것이다"[34]라고 비판하였다. 이선근의 문교시책은 '반공 민주교육'[35]으로 요약할 수 있다. 그는 반공주의와 민주주의 교육이 효과를 거두기 위해서 교사들이 먼저 투철한 "정신교육을 통하여 학생지도에 있는 힘을 다하여 정진"해야 한다는 논리를 설파하였다. 이선근은 1956년 1월호 「새해의 말」에서도 "이북 동포들이 자유 대한의 품속을 그리워 울부짖는 저 아우성"이 들리느냐고 호소하며 독자들에게 새로운 국가 질서에 적합한 국민의 정체성을 수용·실천할 것을 당부하였다.

그러나 이러한 지면을 제외하면 『학원』에는 문학 예술과 교양의 비중이 훨씬 증가한다는 점에서 이 잡지가 지배 권력을 위한 이데올로기의 도구로 완전히 전락된 것은 아님을 보여준다. 『학원』의 계몽이념은 '교육'과 '자강'으로 민족의 이상적 공간을 건설해야 한다는 데 초점을 맞추고 있다. 〈1950년대 『학원』 기사 게재 경향 변화〉 표를 보면 그 사실을 확인할 수 있다. [36]

'반공'에 관한 기사가 창간호에서는 두 지면에 한정되다가 분단체제가 수립되면서 그 비중이 늘어난다. 그러나 1956년 이후

---

34 이선근, 「당면한 문교시책」, 『문교월보』 20, 문교부, 1955. 10, 6쪽.

35 "앞으로의 교육은 어느 면을 불문하고 반공 민주교육에 투철한 방침을 강력히 추진해야 하겠다. 우리는 무엇과 싸우고 있는가를 인식하고 전시하의 국민역량의 배양에 전력을 경주해야 할 것"임을 강조한다. 이선근, 『교육주보』 111, 교육주보사, 1954. 5, 7쪽.

36 〈1950년대 『학원』 기사 게재 경향 변화〉 표는 1950년대 실린 기사 가운데 186개의 기사를 토대로 1950년대 전반부(1952~1955)와 후반부(1956~1959)로 이분화해 그 변화를 살펴본 것이다.

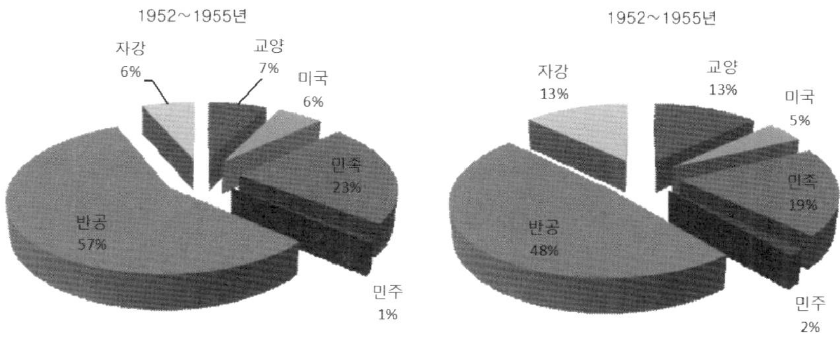

1950년대 『학원』 기사 게재 경향 변화

남북 경쟁이 가속화되면서 '반공'이 줄고 대신 민족의 존속과 번영을 위한 자강과 교양의 비중이 두 배 정도 증가하였다. 이러한 게재 내용의 변화는 민족 구성원 모두가 행복한 삶을 영위할 수 있는 이상향을 건설해야 한다는 『학원』의 계몽주의 이념이 드러난 것이다. 『학원』은 민족 번영을 위해 사회구성원 간의 소통에도 주목하며, "세대와 세대 사이의 공감대"를 형성하는데 힘을 기울인다. 1950년대 중반 이후 『사상계』와 『학원』은 "젊은 세대의 가능성을 열어"주고 "세대를 하나로 이어 주는 이야기"를 가진 매체로 부상하였다.[37] 『학원』의 계몽주의적 지향은 민족의 '미래'라

---

[37] 진덕규는 당대 전쟁상황의 교육현실에 대해 다음과 같이 회고함으로써 교육상황의 열악함을 말한다. 그는 『학원』이 있었기 때문에 미래를 설계할 수 있었고, 저 멀리 떨어진 세계를 바라볼 수 있었다고 말한다. "전쟁의 참화가 밀어닥친 폐허 위에서 우리 중학 시절 고등학교 시절은 미군의 병영으로 내어준 학교 건물을 떠나서 남의 집 창고에서 글을 배웠으니, 하기야 그때 배운 글들도 알고 보면 참 맹랑했던 것만 같다. 미8군 사령관의 이름을 외워야 했고, 육해공군 총참모장 이름이며, 한국을 지원해준 참전 16

는 가능 세계로 열려있었고, 청소년을 민족 주체로 호명하고자 하였다. 청소년이 번영된 민족의 미래 주체라는 인식은 『학원』의 계몽주의 이념이 민족주의에 그 목표가 있음을 확인시켜준다. 여기서 다루는 '민족'과 '민주'의 표상 안에는 청소년을 '미래 주체'로 세울 때 가능하다는 논리로 연결된다. 특히 『학원』에 실린 교양과 전문적인 지식들은 청소년이 '미래의 주체'로 성장해야 한다는 논리와 닿아있다.

2) 민족 주체로서 청소년의 프레임

전쟁 체험은 많은 사람들에게 폭력적인 역사에 대한 반성적 성찰을 하는 계기가 되었다. 역사에 대한 인식은 교육의 대중화와 함께 청소년을 민족의 미래를 책임질 주체로 내세워야 한다는 집단적이고 계몽적인 의식으로 이어진다. 이런 맥락에서 『학원』에는 청소년을 민족 주체로 설정하고자 하는 내용이 자주 실린다. 1953년 1월호 「한국 학생에게 주는 말」에는 대구 미국 공보원장인 아더 엘번의 글이 실려 있다.

더 훌륭한 국민이 되기 위하여 자기 자신을 훈련하는 것은 각자의 의

개국의 이름을 모조리 암송해야 했으니 말이다." 진덕규, 「열린 사회의 공감대」, 『학원 세대와 김익달』, 학원사, 1990, 258~259쪽.

무인 것이며 자기 나라와 동시에 온 세계에 대하여 각자는 이러한 의무를 가지고 있는 것입니다. 사람은 교육을 잘 받고 소식을 잘 듣고 있어야만 비로소 이러한 의무를 완수 할 수 있읍니다. 그러므로 최대한의 교육을 받고 자기 나라뿐만 아니라 온 세계의 움직임에 관하여 항상 소식을 듣고 있도록 하는 것은 모든 사람의 의무인 것입니다.

—아더 엘번, 「한국 학생 여러분에게」, 『학원』, 1953.1, 42쪽

아더 엘번은 청소년이 "훌륭한 국민이 되기 위하여 자기 자신을 훈련하는 것은 각자의 의무"임을 강조한다. 그는 교육을 잘 받고 세계 정세에 관심을 갖는 것이 국민의 의무라며 청소년의 적극적인 현실 참여를 요구한다. 청소년은 더 이상 '어린이'가 아니라 '비성인'으로 재인식된 것이다. 청소년은 교육을 잘 받고 민족의 미래를 책임질 주체로 성장해야 한다는 의식이 부각되었다. 이 글에서는 청소년을 민족 주체로 내세우기 때문에 사적私的인간형보다는 공적公的인간형을 더 강조하고 있다. 이종항의 글은 아더 엘번의 올바른 '국민상'을 구체화시켜 보여주었다. 그는 「사회생활社會生活이란 무엇인가?」에서 "사회가 잘 되어야만 잘 살 수 있는 개인"에 대해 강조하고 있다.

서양에서도 옛날에는 사회에 있는 한 사람 한 사람이 잘 되면 그 사람들이 들어 있는 사회도 당연히 잘 될 것이라고 생각하였고 그러한 방향으로 노력을 해왔다. 그러나 그 결과를 보니 사회가 잘 되기는커

녕 그 속에 들어 있는 한 사람 한 사람도 결코 잘 된 것이 없었다는 것을 알게 되었다. 그래서 이제는 반대로 사회가 잘 되어야만 각 개인도 잘 될 수 있다는 방향으로 생각을 고쳐서 노력하고 그 결과는 사회도 잘 되고 각 개인도 잘 되는 것을 경험하고 있다. 그런데 아직 우리 사회 우리 국민들은 서양 사람들이 이미 잘못이었다라고 깨닫고 벌써 청산하여 버린 잘못된 생각을 아직도 하고 있다. 즉 우리 국민들은 아직 내가 잘 되어야 사회나 국가도 잘 되지 하는 생각을 하고 있는 것이다. 이것은 크게 잘못이며 제일 먼저 청산하여야할 생각이다.

— 이종항, 「사회생활이란 무엇인가?」, 『학원』, 1953.4, 38~41쪽

이종항의 글에서는 '개인'에 대한 인식이 '사회'에 대한 인식보다 아래에 있다. 서양인이 경제적으로 동양인보다 잘 사는 것은 독립정신과 사회적 책임의식이 훨씬 강하기 때문이다. 이 글은 청소년에게 "사회가 잘 되어야만 각 개인도 잘 될 수 있다"는 국가우선론과 민족 자강을 동시에 계몽하고 있다. 1953년 1월호 편집 후기에 "대구 미국 공보원장의 말씀마따나 항상 시사에 밝으며 시대사조에 발맞추어 나갈 수 있는 그런 學園이 되려고 한다"[38]고 밝히듯 민족 자강의 실현에 이 잡지의 매체이념이 있음을 보여준다. 청소년이 주체가 되어 이상적 국가를 건설해야 한다는 계몽의식은 다음의 글에서도 반복적으로 나타난다.

38　편집부, 「편집후기」, 『학원』, 1953.1, 112쪽.

㉠ 다소간의 난관이 있다고 하여 부모와 국가를 원망해도 안 될 것이며, 어디까지나 아름다운 나라를 만들기 위하여 희망과 용기를 가지고 모든 곤난을 극복하고 전쟁에 협력하고 학업에 힘써야 할 것이다.

— 고병간, 「새 학기를 맞는 중학생에게」, 『학원』, 1953.2, 8~9쪽

㉡ 새로운 세계를 창조하는 과학적인 의의가 똑같이 전 인류의 갈망이 되어 이 우주 시대의 한 사람으로써 출발할 마음의 준비와 태도에 대한 열성 어린 각오가 있어야 할 것입니다. 이것이 우주 시대의 형극을 치루는 동기의 힘으로 인류가 다 같이 집단되어야 하겠읍니다. 이러한 꿈같은 세상을 일찍부터 가슴 속에 간직하고, 오늘의 전 자유 세계의 제일가는 로켓트 전문가가 되고 우주 여행에 대한 가장 대담한 이론가가 된 폰·브라운 박사를 소개하려 합니다.

— 윤세원, 『학원』, 1958.5, 116~121쪽

㉠에서 경북대학교 총장인 고병간은 "영광스럽고 행복한 나라를 건설"함에는 청소년의 참여가 절대적이라고 강조한다. 이 글은 청소년에게 새로운 민족 국가 건설에 대한 사회적 책임의식을 계몽하고 있다.

㉡은 윤세원 원자력 과장이 쓴 글이다. 위의 글은 과학에서도 정치적, 군사적 목적이 개입되고, 인공위성도 순수한 과학적 목적이 아닌 집단의 힘에 의해 좌우되는 냉전의 현실을 보여준다.

그는 우주시대의 과학만큼은 순수하게 인류를 위해 공헌해야 한
다는 논지를 편다. 그러면서 그는 인류의 평화가 실현되는 우주
시대에 청소년이 민족 주체로 나서야함을 계몽하였다.

　이처럼 1950년대 『학원』에는 민족 자강을 실현하고 선진 문화
를 창조하는 민족 주체로 청소년을 내세우려는 의지가 곳곳에서
분명하게 드러난다. 1956년 이후로 오면 자강과 교양 교육의 비
중이 26%로 1950년대 초반(1952~1955)의 13%보다 두 배 정도 증
가했음을 알 수 있다. 또한 '민족'과 '민주'라는 기표는 각각 23%와
1%였다가 1956년 이후 19%와 2%로 그 변화가 적다. 통계지표의
변화는 『학원』의 이념이 '민족', '민주', '자강'을 청소년에게 계몽
하는 데 1차적 목적이 있음을 확인시켜준다.[39] 청소년의 계몽이
라는 목적을 반영하듯 『학원』의 필자들은 각 분야의 전문가들로
구성되었다.

　『학원』의 특집에는 역사적으로 이름을 떨친 명장들의 이야기
를 통해 민족과 애국을 강조한 대목도 많다. 1950년대 『학원』에
서 과거의 구국 영웅을 지속적으로 호출하고 재해석하는 것은 전
후 혼란을 극복하고 청소년을 민족 주체로 내세우기 위함이다.
청소년에게 민족을 구원하는 영웅의 모습은 본받아야 할 '역할
모델'로서 제시되었다. '역할 모델'이라는 '역사적 알레고리'[40]의

39　황병주, 「1950년대 엘리트 지식인의 민주주의 인식」, 『사학연구』89, 한국사학회, 2008,
　　215~256쪽.
40　역사적 알레고리는 영웅들의 구국적 행동을 보여줌으로써 계몽의 목적과 함께 더 나
　　아가 좀 더 적극적인 행동으로 시국적 난국을 헤쳐가야 함을 강조한다. 여기에서 영웅

반복은 영웅들의 구국적 행동을 반복해서 보여줌으로써 청소년에게 민족의식을 고취하고 계몽하는 데 목적이 있다. 「역대 명장전」(1956.3)에는 을지문덕 장군, 연개소문 장군, 남이 장군, 김유신 장군, 계백 장군, 김종서 장군, 권율 장군, 강감찬 장군, 최영 장군, 곽재석 장군, 임경업 장군, 이순신 장군 등이 나온다. 그들은 암울한 민족의 미래를 투영할 대상으로서 구국 영웅으로 소개된다. 이처럼 1950년대 『학원』에 실린 전기는 구국 위인에 대한 이야기가 주를 이루고 있다. 그 내용은 영웅의 '강철 같은 의지'와 '충성'을 본받아 불안한 현실을 타개하는 민족 주체로 청소년을 교육하는 데 목적이 있다. 민족 전통과 민족 정신에 대한 강조는 전쟁이라는 위기의식을 통해 청소년을 통합하고, 그들에게 민족 단결의 중요성을 각인시키고자 한 것이다. 특히 『학원』에서 수난의 민족사가 이야기로 자주 선택된 것은 범인凡人을 영웅英雄으로 끌어올려야 한다는 시대적 요청과 연관이 있다. 정일권은 「애국심이 투철한 토이기 국민들」(1958.7)에서 '애국'과 '구국'을 동시에 강조하고 있다. 1950년대 『학원』에 실린 기사를 보면 '민족'에 관한 내용이 22%이고 민족 자강을 다룬 내용이 18%이다. 그 구체적 내용을 살펴보면 당대 이슈였던 '민족 정기'와 '민족 문화의 앙양 등이 자주 나온다.[41] 민족을 중심에 둔 내용은 『학원』의 이념

은 국민들이 따라야 할 역할 모델로서 제시된다. 홍순애, 『한국 근대문학과 알레고리』, 제이앤씨, 2009, 171쪽.

[41] 이인기, 『교육과 사상』, 형설출판사, 1976, 60~61쪽 참조.

이 청소년을 민족 주체로 설정했음을 뒷받침해주는 대목이다.

'민족 주체' 양성에 대한 인식은 창간호를 발간하면서 '학원장학회'와 '학원미술상', 그리고 '학원문학상'을 기획한 점에서도 확인할 수 있다.[42] 『학원』의 목표는 다방면에 재능 있고 전국에 흩어져 있는 청소년을 하나로 통합하고 미래 인재로 견인하는 데 그 목적이 있다.

> 올바른 길, 정도란 무엇인가, 그것은 나를 살리는 길이요, 남을 살리는 길이요, 동시에 나라를 살리는 길이다. 나個人는 남他人 속에 있는 것이고, 나라의 일부임을 잊어서는 안된다. 내가 살기 위해서 남을 해치는 길은 정도가 아니다. 내가 살기 위해서 나라를 해치는 길은 정도가 아니다. 정도는 언제나 나와 남과 나라가 함께 살 수 있는 길이다.[43]

『학원』의 매체이념은 '개인 = 타인 = 국가'라는 삼위일체관에서 다시 한 번 확인할 수 있다. 이 매체이념은 "도산이나 춘원으로부터 영향"을 받은 김익달 사장의 민족의식과도 연결된다. 그는 출판 사업의 목적을 민족의 존속과 번영에 두고 삼위일체三位一體관을 강조하였다. 장학사업, 농촌 살리기 운동, 건전한 청소

---

[42] "저번에 실시한 제2기 학원 장학생 모집에는 전국 각 학교에서 이 취지에 찬동하여 많은 응모자를 보내 준 데 진심으로 감사하는 바이다. 앞으로도 가난에 시달려 배움에 굶주리는 친구들을 위하여 자꾸 많이 이러한 일을 하고 싶은 것이 '학원'의 마음이다." 편집실, 『학원』, 1954. 3, 282쪽.
[43] 학원 김익달 전기 간행위원회, 앞의 책, 91쪽.

년 문화운동 등도 이러한 맥락에서 기획된 산물이다. "후진된 민족을 계몽하고, 파괴된 문화를 건설하는 데에 하나의 초석"[44]이 되기 위해서 이 잡지는 청소년에게 민족주의를 적극적으로 계몽할 수밖에 없었다. 이런 매체이념은 '학원사' 김익달 사장의 출판신념에서도 반복적으로 확인할 수 있다. 그는 자신의 삶을 "문화의 지렛대적 생"[45]으로 규정하고 아직 과학과 교육에 대한 관심이 부족했던 1958년 우리나라 최초로『과학대사전』과『대백과사전』을 비롯해,『농업대사전』,『가정의학대전』 등을 차례로 발간해 후진된 민족을 계몽하기 위해 문화 사업을 적극적으로 실천하였다. '학원사'는 풍요로운 민족의 이상적 공간을 실현하기 위해 1962년에는 경북 상주군 모서면에 공회당을 설립하고 전직원이 직접 농촌운동에 투신하기도 하였다. 그러나 농촌 근대화의 표준적 모델을 제시하고자 한 '학원사'의 노력은 실패로 끝나고 말았다. 이후 '학원사'가 이루지 못한 농촌운동은 농어민을 비롯한 국민 대중을 계몽하기 위한 잡지『농원農園』창간으로 이어져 그 명맥을 유지하였다.

---

44 위의 책, 69쪽.
45 편집부, 「횡설수설」, 『동아일보』, 1985.11.5, 1면.

2. 청소년 독자의 탄생과 소설의 모색

1) 다양한 소설의 실험과 장르의 분화

1950년대 소설은 "개화기 소설에 이어"서 "두 번째 근대화 작업"을 거친 시기로 볼 수 있다. 전후에는 다양한 영상 매체와 "서구 문학과의 접맥"으로 내용과 형식면에서 소설의 내용과 양식에 일대 변화가 일어난다.[46] 서구 문학과의 직접적인 접촉 경험은 청소년 잡지에 실리는 소설에도 다양성을 요구하게 되었다. 이 잡지는 변화된 현실의 내용을 담아내기 위해서 새로운 형식에 대한 욕망이 생길 수밖에 없었다. 특히 볼거리와 읽을거리의 비중을 늘리는 과정에서 소설과 만화의 양이 현저히 늘어난다는 게 가장 큰 특징이다. 소설이 양적으로 증가했는데, 특히 장편소설의 비중이 시를 비롯한 타 장르에 비해 증가한 것도 주목을 요한다. 1957년 7월호에는 「코주부 삼국지」와 「거꾸리군 장다리군」의 두 편의 만화를 제외하면 7대 연재물 중 다섯 편이 모두 장편소설로 구성되었다. 1950년대 문예면에서 만화, 번역·번안소설, 역사소설, 영화소설, 창작소설의 비중을 살펴보면 그 변화의 진폭을 확인할 수 있다.

46　송하춘, 앞의 책, 13~14쪽.

1950년대 만화와 소설(1952.11~1959.10)

(단위:편, %)

구분	건수	비율
만화	374	27
번역/번안	275	20
역사	269	19
영화	13	1
창작	460	33
합계	1,391	100

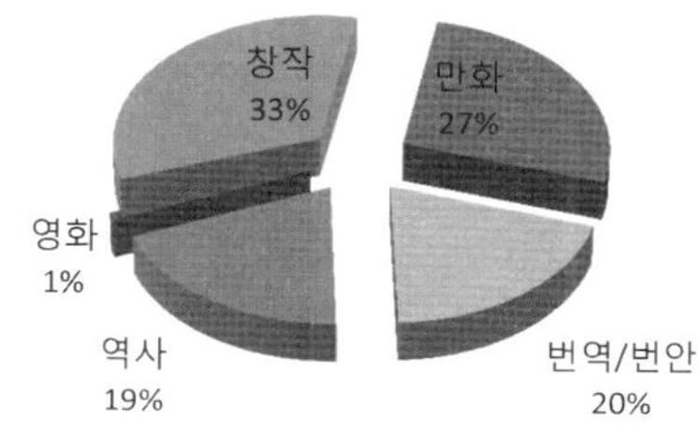

〈1950년대 만화와 소설〉 표는 몇 가지 사실을 알려준다. 창작소설의 비중이 33%로 가장 높고, 만화가 27%로 두 번째로 높다. 그리고 번역·번안소설과 역사소설이 각각 20%와 19%로 유사한 비중을 차지한다. 1950년대『학원』문예면의 변화는 세 가지 의미를 지닌다. 첫째, 이 잡지가 신문처럼 "높은 구독률을 오래 유지하기 위해서"는[47] 연재소설과 만화의 양을 늘려야 했다는 점이다. 특히 창작소설은 단편보다 장편의 비중이 높은데, 연재소설의 증가는 이후 전개된 대중소설의 영역을 넓히는 계기가 되었다. 둘째, 전쟁으로 희망을 잃은 청소년의 욕망을 충족시키는 데 역사소설이 타 장르에 비해 적합한 장르로 인식된 점이다. 전후의 폐허로 희망을 상실한 청소년은 긴 서사양식을 통해 꿈을 꾸고 싶어하였다. 역사소설은 상실, 죽음, 이산의 고통 등 결핍된 현실로부터 탈출하고 싶은 독자의 욕망을 충족시키는 데 적합한

---

47 안토니오 그람시, 박상진 해제,『대중문학론』, 책세상, 2003, 35쪽.

양식으로 수용된 것이다. 셋째, 외국문학의 번역과 소개가 활발하게 전개되었다는 점이다. 다양한 외국문학의 수용과 향유는 한국문학이 단기간에 근대 문학의 수준으로 위치 이동이 가능해지는 계기로 작동한다. 전후 한국소설의 근대화 과정이라는 변화의 한 복판에 『학원』의 소설들이 위치한다. 1950년대 『학원』에 실린 소설들은 전통적 관습을 따르면서 새로운 기법들을 실험하였다. 새 기법의 실험은 신문의 연재소설, 영화, 라디오극, 만화 등이 대중문화로 부상하면서 문학과 수용자를 서로 공유하는 과정에서 일어난 변화이다. 수용자의 공유는 기법의 결합을 통해 한 소설 안에서 혼성적 성격으로 나타나기도 한다. 기법의 모방과 스타일의 반복은 새로운 욕망을 담아낼 수 있는 내용과 형식을 지닌 소설의 탄생으로 이어진다. 『학원』의 소설을 수용한 청소년들이 1950~60년대 한국문학을 이끄는 주체로 성장하였다. 때문에 이 잡지에 실린 소설의 지향은 이후 한국문학의 내적 변화와도 긴밀하게 연동되어 움직였다. 이 시기 『학원』에 실린 소설을 살펴보면 민족 자강을 실현하기 위한 계몽의 과정을 담아낸 것, 소년·소녀소설 중에서 십대들의 내면의식의 형성과 낭만적 동경에 주목한 소설들, 외국문학의 번역과 소개를 통해 한국문학의 수준을 상향 표준화하고 싶은 열망에서 실린 작품들이 있다. 그 구체적인 내용을 살펴보면 다음과 같다.

(1) 민족 자강과 계몽

라디오와 서커스단이 유행한 1950년대 대중문화는 서구 대중
문화의 유입 및 각 매체들의 상업화 전략과 맞물려 새로운 전기
를 맞이한다.[48] 궁핍한 현실 생활 속에서도 대중들은 문화를 향
유하고 풍요와 향락에 대한 동경을 키워나간다. 1950년대 대중문
학은 신문사의 상업화와 함께 독자에게 소비되었다. 이 시기 연
재소설과 만화는 신문뿐 아니라 잡지의 판매 부수를 올리기 위한
마케팅 전략의 유효한 수단으로 떠올랐다. 1950년대 중반부터 주
요 일간 신문들은 장편을 두 편씩 연재하기도 하였다. 장편소설
중에서 한편은 현대물을, 다른 한편은 역사물을 연재하는 것이
일반적인 경향이었다.[49] 이는 독서가 대중의 취미로 정착되기 시
작한 후 책 읽기가 '즐거움'과 '위안', 그리고 '휴식'을 주는 기능으
로[50] 변화했음을 보여준다. 당대 경향을 반영한 듯 『학원』의 편
집 방향은 청소년에게 지적 욕구와 유희적 욕구를 동시에 충족시

---

[48] 1950년대 한국사회의 모습을 살펴볼 필요가 있다. 먼저 1955년에는 나일론이 국내공
장에서 생산되었고, 1956년 패션쇼가 처음 개최된다. 이는 점차 양복이 생활복으로 자
리잡기 시작한 것이다. 또 여성의 헤어스타일이 정규교육의 확산으로 단발이 시작되
었다. 1956년에는 파마형 머리가 유행하였다. 1950년대 원조경제와 맞물리면서 가장
대중적으로 인기를 끈 외식품목은 자장면이다. 맥주(1948), 조미료(1956), 껌(1956)이
생산되기 시작했고, 칫솔, 치약, 비누(1953~1954)가 생필품으로 등장하였다. 남산케
이블카(1957)가 생겼고, 선물로는 달걀, 소갈비, 돼지고기, 밀가루, 토종닭이 꼽혔다.
미디어의 변화로는 라디오와 서커스단이 유행하였다. 1945년부터 1950년대까지 영화
는 〈자유만세〉(최인규 감독, 1946), 〈자유부인〉(한형모 감독, 1956), 〈춘향전〉(이규환
감독, 1955), 〈피아골〉(이강천 감독, 1955), 〈무영탑〉(신상옥 감독, 1957) 등이 상영되
었다. 김희재, 『한국사회변화와 세대별 문화코드』, 신지서원, 2004, 22~48쪽 참조.
[49] 한원영, 『한국현대 신문연재소설 연구』, 국학자료원, 1999, 166쪽.
[50] 천정환, 『근대의 책 읽기』, 푸른역사, 2003, 194쪽.

킬 수 있도록 다양한 경향의 소설을 배치하였다. 그중에서 역사
소설은 내용과 형식면에서 가장 많은 변화가 일어난 장르이다.
1930년대 역사소설이 발흥한[51] 후 『학원』에 실린 역사소설은 한
국소설의 근대화 과정 속에서 새로운 시도가 일어났다. 당대 이
잡지에 실린 역사소설의 경우 활극적 요소의 도입, 전투 및 싸움
장면의 세밀한 묘사와 과감한 생략, 속도감 있는 문체 등 현대적
서사기법이 적극적으로 도입되었다. 문학이 아닌 영화의 시각적
기법이 결합된 활극적 요소는 『학원』에 실린 역사소설의 명칭에
도 혼란을 야기하였다.

창간호부터 실린 정비석의 「홍길동전」(창간호~1955.2)은 처음
에는 '역사소설'로 분류했다가 20회부터 마지막 28회까지는 '시대
소설'을 붙이고 있다. 삽화의 경우 창간호부터 3회까지는 백낙종
이 그리다가 4회부터 16회까지는 김용환이, 다시 17회부터 28회
까지 이승만이 그렸다. 내용면에서는 민중영웅의 성공담으로 의
적전통에 맥이 닿아 있어 대중들의 현실적 구원에 대한 욕망에 활
극적 요소를 결합해서 영화 문법에 익숙해진 독자들의 흥미를 끌
었다.

조흔파의 「협도 임꺽정전」은 전편(1956.2~1957.5) 16회와 속편
(1957.6~1959.5) 20회로 장기간 연재되었다. 이 작품은 각 회마다

---

51 송효정은 역사소설의 발전을 다음의 세단계로 구분한다. ① 1단계는 1930년대 형성기.
②2단계는 1970~80년대 성숙기. ③3단계는 2000년 이후 세련화 단계. 송효정, 「대하소
설 읽기의 사회적 파토스」, 『대중서사장르의 모든 것』 2, 이론과실천, 258~278쪽 참조.

1956년 1월호에는 조흔파의 「협도 임꺽정전」을 화가 김기창이 그리기로 했다며 두 사람의 소감을 적고 있다.

불규칙한 장르 명칭의 변화로 내용과 형식의 변화를 보여주는 게 특징이다. 「협도 임꺽정전」[52]은 1회의 경우 '시대·활극·무용소설'이란 긴 명칭을 붙였다. 2회에서는 '시대소설'로 소개되고 4회에서 '시대풍운'으로 다시 바뀐다. 「협도 임꺽정전」은 전편 6회부터 속편 3회까지 시대소설과 무용소설, 그리고 역사소설로 회에 따라 다른 명칭으로 분류하였다. 이는 다시 속편 14회부터 마지막 20회까지 '시대소설'로 구분하고 있다. 이처럼 「협도 임꺽정전」은 '시대·활극·무용소설-시대소설-풍운소설-무용소설-역사소설-시대소설'로 그 명칭이 내용 전개에 따라 각기 다른 명칭을 붙이고 있다. 이런 명칭의 불규칙성은 역사소설에 활극적 요소가 수용되고 새로운 스타일들이 반복되는 과도기 상황임을 보여준다. '협도俠盜'라고 붙은 제목에서 짐작할 수 있듯이 이 작품은 홍명희의 「임꺽정전」에서 중시했던 전통이나 민중들의 생활상보다 전투나 격투의 과정을 더욱 부각시킴으로써 당대 변화된 독자의 시각적인 독서취향을 수용하려는 전략을 취하였다.

칼자루를 고쳐 잡았다.

"에잇."

---

52 1회 편집자의 말을 보면 활극적 요소를 강조하는 대목이 눈에 띤다. "사적史蹟에 보면 (…중략…) 임꺽정이란 자는 전설에 나오는 인물이 아니고 실재한 것임이 틀림없다. 그 자의 뛰고 나르고 칼쓰기의 날램이란 비할 곳 없다하니 이제 그 자의 날랜 모습을 조흔파 선생의 날카로운 붓 끝에 맡겨두고 우리들은 끝까지 애독하기로 하자." 편집부, 「협도 임꺽정전-편집자의 말」, 『학원』, 1956.2, 71쪽.

조흔파의 「협도 임꺽정전」 1회분에는 '시대무용소설'이라고 타이틀을 붙이고, 김기창 화백의 산수화풍 삽화를 많이 넣었다.

싸움장면은 인물들의 동작에 집중하여 이미지를 살리는 데 초점을 두었다.

검은 그림자 하나가 박쥐처럼 날아들며 칼날이 반짝 하고 빛나는 순
간, 규팔이는 이내 몸을 굽히며 느티나무에 붙어 섰다.

"타악."

사나이의 칼날이 굵은 느티나무 줄기에 박혀서 빠지지 않는다. 이
틈에 규팔이는 총채로 먼지라도 털 듯이 가볍게 칼을 한 번 부리니까
도적의 가슴이 쩍 갈라지며 달빛에 완연한 붉은 피를 샘물처럼 뿜으면
서 꺾어지듯 쓰러져 버리었다. 또 다음……

"에잇."

이번에는 규팔이 앞에서 외마디 소리가 떨어졌다.[53]

「협도 임꺽정전」은 "뛰고 나르고 칼쓰기의 날램"[54]을 묘사하는
장견이 인상적이다. 이 작품은 비범한 의적들의 장쾌한 액션에 대
한 세밀한 묘사와 살아 움직이는 듯한 생생한 인물들의 동작이 돋
보인다. 특히 김기창은 삽화를 통해 민중들의 삶과 애환을 동시에
표현함으로써 변화된 독자의 시선을 사로잡았다. 변화무쌍한 시
공간의 이동이나 등장인물의 빠른 행동 변화는 시각적 삽화와 결
합되어 극적 긴장감을 고조시키고 있다. 전후 재건에 대한 욕망은
현실이 빠르게 변화되어 '안정'을 회복하고 싶은 데 있었다. 사회

53　이 글은 호랑이 포교 규팔이의 이리 치고 저리 치는 놀라운 칼 솜씨를 보자 중들이 꿈쩍
　　을 못했다는 타이틀이 소개된다. 이 장면은 삽화에 "으음…… 내 맛을 보아라", "한 칼에
　　베일 테다", "네 이놈들 꿈쩍 말아." 등의 단순한 대사와 활극적인 요소들이 잘 묘사되어
　　있어 시각적인 즐거움을 주었다. 조흔파, 「협도 임꺽정전」, 『학원』, 1957.9, 320쪽.
54　조흔파, 「협도 임꺽정전－편집자의 말」, 『학원』, 1956.2, 71쪽.

전반을 지배한 '빠르게'라는 집단의식은 소설 읽기에서도 청소년으로 하여금 속도감 있는 서사 전개와 행동하는 인간형을 수용하는 방향으로 이행하게 하였다. 「협도 임꺽정전」이 대중의 인기를 얻은 것은 공적 역사와 야사를 혼용하는 방식을 선택한 점에서도 찾을 수 있다. 이 소설은 왕조의 순환과 왕권의 계승을 중심으로 한 편년과 열전의 서술 방식을 활용한다. 또한 야담과 야사의 인물들이 등장해 역사적으로 실존 인물들의 삶이었다는 점에서 독자들의 호응을 이끌어냈다. 공적 인물에 야사적 인물을 결합하는 방식은 상층과 하층, 중심과 주변을 매개하는 데 효과적인 장치이다. 이런 전략은 공적 역사의 불안정성과 폭력성을 폭로하여 그것을 '탈중심화'하는 데 기여한다.[55] 물론 이런 역사소설도 공적 역사의 합법성으로부터 완전히 자유로울 수 없다. 하지만 「협도 임꺽정전」은 기존의 역사소설 독법에 익숙한 독자의 기대를 무너뜨리고 새로운 문법을 통해 역사에 대한 해석을 새롭게 시도한다. 1930년대 역사소설은 이광수의 「단종애사」, 「이순신」 등을 중심으로 '충의'라는 유교적 대의명분을 내세우며 민족주의를 강조하였다. 반면 1950년대 『학원』에 발표된 역사소설은 「홍길동전」과 「협도 임꺽정전」 등을 통해 민중들의 고단한 삶을 개선시킬 수 있는 영웅의 등장을 기대하고 있음을 알 수 있다. 이들 작품은 민중이 주체가 되는 '평등한 세상'을 꿈꾼다는 점에서 전후 새롭게 건설될 남한

---

55 공임순, 「한국 근대 역사소설의 장르론적 연구」, 서강대 박사논문, 2000, 159쪽.

의 국가상을 표현한다는 공통점이 있다. 이상향에 대한 지향을 담아낸 「홍길동전」이 3년(창간호~1955.2), 「협도 임꺽정전」이 4년(1956.2~1959.5) 동안 장기간 연재된 것은 시사하는 바가 크다. 이처럼 1950년대 『학원』은 민중을 주체로 한 역사소설을 지속적으로 연재함으로써 민족 자강의 필요성을 독자에게 계몽하였다. 이는 전후 분단 체제의 수립과정에서 민중 스스로 부조리한 현실을 변화시켜야 한다는 당대인들의 역사의식과 이 잡지의 계몽의식이 반영된 것이다.[56] 계몽적인 역사소설은 "혼자 말없이 책 읽기"를 통해 이단이 탄생하듯[57] 아래로부터의 역사에 대한 독자의 고민으로 이어진다. 1950년대 『학원』에 실린 역사소설은 1970~80년대 전개된 공적 公的 역사의 일탈양상과 연결되면서[58] 역사소설의 다

---

56 『홍길동전』과 『협도 임꺽정전』의 주인공들은 민중항쟁의 정신적 산물로서 민중 전승 속에 살아남아 있다가 민중적 영웅상으로 형성된 인물의 이야기를 다룬다. 이런 점에서 두 소설은 이광수의 역사소설과는 다른 역사인식의 폭을 확장해서 보여준다. 서인석, 「17세기 전후 민족현실과 소설의 발견」, 민족문학사연구소 편, 『민족문학사 강좌』 상, 창작과비평사, 1995, 192~195쪽 참조.

57 월터옹은 인식의 개인주의 문제를 음독에서 묵독으로의 이행과 결부시킨다. 구술문화에 속한 사람들의 앎은 문자문화에 익숙한 사람들의 앎에 비해 한층 더 공유적이고, 외면적이며 덜 내성적이다. 즉, 청각에 의한 구술적인 커뮤니케이션은 사람들을 집단으로 연결시킨다. A. Manguel, 정명진 역, 『독서의 역사』, 세종서적, 2000.

58 1970~80년대는 '아래로부터의 역사'라는 새로운 장이 열린 시기다. 공적 역사만이 역사의 전부는 아니다. 공적 역사에서 묻혀져 있거나 발굴되지 않은 민중사도 존재한다. 민중사는 기록으로 남겨진 역사가 아닌 구술사가 대부분을 차지한다. 이에 따라 설화적 인물의 소설화와 민중의 집단적 역량을 보여준 동학혁명, 갑오농민전쟁, 제주 4·3 등 사건이 역사적 담론의 주제소로 자리잡게 된다. 『장길산』, 『한국민중사』 등은 집단적이든 혹은 개인적이든 민중을 주체로 한 민족 역사의 새로운 도래를 꿈꾸었다는 점에서 군사정부의 논리에 대항하는 동시에 '아래로부터의 역사'라는 역사적 담론의 새로운 장을 열어놓았다. 공임순, 앞의 글, 34~37쪽 참조.

채로운 변화를 유도하였다. 「협도 임꺽정전」은 "「수호지」와 「홍
길동전」에 연결되는 무협소설로도 그리고 조선조 영웅소설의 변
형"[59]으로도 볼 수 있다. 또한 텍스트에서 싸움 장면의 세밀한 묘사
와 삽화를 많이 넣은 것은 독자에게 시각적인 독서의 즐거움을 주
기 위함이다. 이외에도 '시대호걸 사인집' 등에서도 유사한 양상이
나타난다. 1957년 9월호에는 「역사 홍의 장군」(김광주), 「술인 전우
치」(홍효민), 「명궁 이증옥」(이상옥), 「검호 이후일」(최소천)의 이야
기가 실려 있다. 여기에서는 이증옥이 "활로 산돼지를 산채로 잡
는 명궁일 뿐 아니라, 칼부림이 또한 놀라운 소년이었다"[60]라는 타
이틀에 활쏘기 장면이 삽화와 함께 세밀하게 묘사되었다. 재우가
손에 든 무기도 없이 백호를 맨손으로 때려잡는 격투 장면의 세밀
한 묘사와[61] 생생한 삽화의 결합 등은 영화 문법에 익숙한 독자에
게 시각적 효과를 주기 위한 장치로 볼 수 있다.

---

59 김준오는 홍명희의 『임거정전』에 대해 세부의 묘사는 뛰어나지만 역사의 총체적 안목
이 결여되어 있어 세태소설의 범주에 넣었다. "명조 때 실제인물이었던 임거정과 그가
거느린 도적의 무리를 소설화한 『임거정전』은 백정·서자·역졸·사냥꾼·머슴 등
불우한 천민 계층을 등장인물로 함으로써 역사소설의 새로운 가능성을 열어놓았다.
정사 이외 야사·야담·전설·민담에서도 취재하고, 전통사회의 갖가지 풍속을 재구
성하고, 무엇보다 엄청난 길이의 대하소설임에도 불구하고 우리 고유어를 끝까지 구
사한 것은 전통의 긍정적 계승의 표본으로서 높이 평가될 수 있다." 김준오, 『문학사와
장르』, 문학과지성사, 2000, 254쪽.

60 이상욱, 「명궁 이증옥」, 『학원』, 1957.9, 226~231쪽.

61 "그 뽑아진 낙엽송으로 백호를 후려치는 것이었다. 횡횡하는 바람소리가 요란하였다.
요란하기 보다는 백호의 포효와 함께 천지가 무너지는 것 같은 천둥소리일지도 모른
다. (…중략…) 재우는 쥐었던 낙엽송을 버렸다. 버리는 순간 때를 놓치지 않고, 백호
의 뒤를 쏜살같이 뒤따랐다. 백호는 이미 힘에서 졌고, 마침내 도망간 것이다." 김광주,
「역사 홍의 장군」, 『학원』, 1957.9, 245쪽.

　1950년대『학원』에는 근대적 시각매체의 중심이 활자에서 삽화, 만화, 영화 등의 시각적인 방향으로 급격히 이동하였다. 이미 시각적인 방향으로 감각이 변화된 독자들은 영상이나 만화 컷의 이미지를 통해 사고하고 행동하고자 하는 욕망이 강하게 작동하였다. 독자의 변화된 욕망은 문학에 무협적인 요소들이 결합되고 역사소설의 양식적 변모를 초래한 것뿐 아니라 1960년대 무협소설의 유행과도 상호관련성을 갖고 있다.

　1950년대에는 '위인전기'도 많이 실리는데 독자들의 취향이 변화되면서 국내 위인보다는 외국 위인의 소개가 더욱 활발해진다. 이 시기에는 외국 위인의 삶을 번안·번역한 작품이 많이 소개되었다. 「대시성 쉑스피어」(이호근, 1952.11), 「나기-브 장군」(박기준, 1952.11), 「아이젠하와 원수」(박기준, 1952.11), 「미국 외교의 일인자 달레스」(박기준, 1953.1), 「눈물의 재상 모싸데크」(박기준, 1953.1), 「처어칠」(이종환, 1953.2), 「네에루」(이종환, 1953.1), 「티토 마렌코프」(이종항, 1953.5), 「이태리 건국영웅-카부울 전」(최숙형, 1953.6), 「인도의 성웅 간디옹」(박기준, 1953.7), 「영웅 나폴레온」(유주현, 1953.9), 「알프레드 노오벨」(1954.1), 「신문新聞파는 에디슨」(1954.8), 「영웅 시이자아」(박화목, 1954.9), 「북극을 탐험한 난센박사」(1954.10), 「성층권 비행-피칼 박사의 항공 탐험기」(1954.11), 「소크라테스의 최후」(1955.1), 「파스칼」(1955.4), 「스트로스」(1955.4) 등이 실렸다. 전기소설로 박영준이 연재한 「자유의 태양」은 후랑크린이 과학자가 되는 과정을 흥미롭게 다루고 있어 과학과 문명에 대한 독자의 기대 심리를 반영한다. 외국 위인으로 구국영웅, 탐험가, 철학자, 정치가, 예술가, 음악가 등 다양한 분야의 인물이 소개되었다. 반면 국내 위인은 모두 '구국영웅'이라는 공통점이 있다. 위인전기는 '위인전기' 또는 '전기'로 기존의 장르 구분법을 따르고 있다.

1950년대 『학원』에서 역사소설이 재창조되고 다양한 명칭으로 분류된 것은 과거의 역사적 사실을 통해 불안한 현실을 재정립하고자 한 독자의 욕망과 연관이 있다. 역사를 소재로 한 작품에서는 민중영웅이 많이 등장한다. 이는 독자들이 자신들을 현실적 고통으로부터 구원해 주고 행복한 삶의 상태를 유지시켜줄 강인한 민중영웅의 출현을 요구한 것과 맥이 닿아 있다. 역사소설에 무협소설적인 요소가 결합된 것도 강인한 남성상을 통해 풍요와 희망을 얻고 싶은 결핍된 독자의 욕망이 투사된 것으로 보인다.

『학원』에 실린 소설의 계몽적인 성격은 모험소설과 탐정소설에서도 반복·변주된다. 독자들은 전쟁과 죽음 등으로 인해 삶의 불확실성이 가중되자 이를 극복하고 싶은 욕망을 독서 행위를 통해 표현하였다. 결핍된 청소년의 욕망을 충족시키기 위해 『학원』에는 모험소설이 많이 실린다. 인간은 자신을 짓누르는 현실을 (실재하는 현실의 한계를 초월하고자 하는 욕망이 있는데) 꿈과 환상을 통해 탈주하고자 한다.[62] 청소년은 불안한 현실에서 탈출하고 싶은 욕망을 충족시키기 위해 모험을 선택한다. 왜냐하면 모험소

---

62 안토니오 그람시, 앞의 책, 61쪽.

설과 공상과학소설, 탐정소설에서 완전히 불가능한 것은 없기 때문이다. 모험소설 속에 등장하는 주인공들이 펼쳐내는 '가능성'은 당대에 실제로 존재하는 가능성보다 한 차원 높은 것으로 설정되었다. 하지만 모험소설은 당대까지 실현된 과학적 정복과 발전의 노선에서 크게 벗어나지 않는다는 공통점이 있다. 모험소설 작가들의 상상은 "자연의 힘이 조절하고 지배하는 가운데 과학이 숙명적으로 발전한다는 생각에 이미 물든 독자의 환상을 자극하는 기능을 하는 것"[63]이다. 모험소설은 인간이 대면한 현실적 불가능성을 해체하고 현실적 가능성으로 독자를 안내함으로써 인간의 삶이 '지금 여기'보다 발전할 수 있다는 희망을 제시한다. 미국에서는 "모험소설이 개척자의 서사시"[64]로 기능하였다. 전후 한국사회에서 모험소설이 '개척자 정신'을 표상하는 것도 마찬가지다. 당대는 전쟁의 폐허와 허무의식을 극복하기 위해 개척자 정신이 절실하게 요구되었다. 모험소설이나 탐정소설에 등장하는 주인공의 능동적인 행동은 청소년에게 강인한 개척자 정신을 함양해야 함을 환기시킨다. 청소년은 독서 행위를 통해 그 내용을 읽고 있을 전국의 다른 독자와 정신적 유대감을 형성하였다. 개인의 독서 행위는 집단의 공통된 가치관으로 연결되어 서로 간의 결속력을 강화시키는 계기가 되는 것이다.

모험소설로『학원』에 처음으로 소개된 것은「로빈·후웊의 모

---

63 위의 책, 52쪽.
64 위의 책, 44쪽.

험」(김영일, 1954.3~1954.12)이다. '로빈·후웉'은 "민중영웅으로서
의 의적 전통에 맥이 닿아 있"[65]어 수용자와 심리적 거리가 아주 가
깝다. 로빈·후웉이 펼치는 모험은 전후 남한에서 개척자의 욕망
이 투사되어 있다.[66] 『학원』에 실린 모험소설은 「正義의 타아잔」
(박영해, 1954.7)을 비롯해 「魔境千里」(프랭크 파렛트, 정비석 역, 1955.3
~1956.3), 「북극에 올린 깃발」(권인달, 1955.2~1955.5), 「密林의 征服
者」(유신, 1955.7), 「인카의 秘境」(유신, 1956.1~1956.4), 「아리바바 洞
窟의 冒險」(유신, 1956.11), 「北極의 곰少年」(이병주, 1957.8), 「우편선
라이트 号」(김중희, 1957.12) 등 그 내용과 소재가 다양해졌다. '실화'
임을 강조하는 대목도 자주 눈에 띤다. 「고리라와 싸우는 少年」(윤
세덕, 1957.11)은 '모험'과 '실화', 그리고 '활극'의 요소를 결합해 십대
독자들의 모험심과 감각을 자극하였다. 「대빙원의 모험」(김덕재,
1957.11)과 「絶壁 위의 死鬪」(백유원, 1957.11) 등은 모험에 실화를 결
합해 인간이 한계 상황을 극복할 수 있는 가능성을 지닌 존재임을
강조하고 있다. 모험소설 중에서 '실화'임을 강조한 소설은 주인
공의 고난 극복이나 성취가 개인·사회적 불안에 사로잡힌 청소
년에게 안정과 자극을 주는 데 유효함을 보여준다. 모험을 다룬

---

65 박유희, 「한국 추리서사에 나타난 '탐정' 표상」, 『한민족문화연구』 31, 한민족문화학회,
2009.11, 406쪽.

66 『학원』, 1953.2, 70쪽 책광고를 보면 『十五 소년의 모험』이 소개된다. 이 광고에는 "세
계 어린이들에게 깊은 감격과 흥미를 준 소년·소녀 모험 소설입니다. 최인욱 선생의
번역으로 동아문화사에서 나왔읍니다"라고 하며 가격은 5,000원이라는 대목이 눈에
띤다. 이처럼 모험소설이 번역·출판된 것은 독자들의 수요를 반영한다고 할 수 있다.

소설 중에서 국내 창작은 거의 없고, 외국 작품을 번역·번안한 것이 대부분이다. 모험소설에서 외국 작품에 대한 의존도가 높은 것은 아직까지 한국문단에서 모험소설을 창작해낼 작가군이 형성되지 못한데 비해, 청소년들의 독서 취향이 급속도로 변화한 데서 초래된 생산과 향유의 불균형 현상 때문이다. 모험소설은 다른 소재들과 결합되어 명칭도 달라진다. 모험소설에는 「서부의 혈투」(진달수, 1954.6), 「모히칸족의 최후」(박승훈, 1957.11), 「배반자의 운명」(이희주, 1957.11), 「서부유격대」(박승훈, 1956.6), 「지평선 넘어」(박승훈, 1956.3), 「창공에 빛나는 형제」(서상덕, 1957.11), 「광명의 십자가」(김중구, 1957.10), 「그림자 없는 인간」(유신, 1956.6) 등이 있다. 당더 영화로도 소개되고 다른 잡지에서도 번안된 「바다 밑 二万里」(베르느, 최인욱 역, 1954.3~1955.3)의 경우 '과학모험'으로 분류하고 '해양과학소설'이란 명칭을 붙이기도 하였다.

SF소설도 등장하는데, 1950년대 『학원』에서는 주로 공상과학소설, 공상화학소설 등으로 명칭을 붙이고 있다. 공상과학소설로는 「웨리타스 旅行記」(이종기, 1954.6~1954.10)를 비롯해서 「비행접시 第7호」(이영호, 1956.2~1956.4), 「티베트의 비밀도시」(존·부레인, 권달순 역, 1959.8~1959.10), 「해저도시 애트란티스」(코난·도일, 박홍근 역, 1959.8~1959.10), 「곤충왕국」(조능식, 1959.9), 「海賊船의 快少年」(우시형, 1957.8), 「白頭巾의 秘密」(김중구, 1957.9), 「蒼空에 빛나는 兄弟」(서상덕, 1957.11) 등이 있다. 「잃어버린 지하왕국」(부르스·카터, 장수철 역, 1958.8~1959.6)은 모험소설(1958.8)과 탐정 소설(1958.10),

그리고 공상소설(1958.11) 등으로 각 회마다 다른 명칭으로 연재되기도 하였다. 이런 장르 구분법은 뚜렷한 장르의식에서 장르의 경계를 구획한 것이 아니라 그때그때 편집자의 편의대로 분류하고 있어 한국 모험소설의 과도기적 모습을 그대로 반영한다고 볼 수 있다. 1950년대『학원』의 모험소설은 과학-, 혈투-, 결투-, 실화-, 항공-, 해양-, 과학-, 화학- 등 다양한 소재와 결합되기도 하였다. 아직까지 '공상과학'이라는 용어는 간헐적으로 등장할 뿐 정식 장르 명칭으로 형성된 것이 아니라 과도기 단어였음을 알 수 있다.

모험소설과 더불어 십대 독자들의 흥미를 끈 것은 단연 탐정소설이다. 일제강점기 발표된 탐정소설은 번안·번역작품이 주류를 이룬다. 일제강점기 출간된 국내 창작은 김내성의『백가면』,『황금굴』,『마인』, 방정환의『동생을 찾으러』,『칠칠단의 비밀』, 채만식의『염마』등 소수이다. 1930년대 탐정소설은 그 범위가 넓은데, 범죄소설, 괴기소설, 공포소설, 환상소설 등을 포괄하는 용어로 사용되었다.[67] 탐정소설의 개념은 1950년대를 거쳐 현대로 오면서 그 의미가 점차 협소해진다. 범죄와 기괴한 사건을 다룬 서사들은 그 성격이 이전보다 세분화되었다. 이들은 범죄소설과 환상소설로 그 범주가 나뉘었다. 현대로 오면서 탐정소설이 세밀하게 분화된 것은 1950년대『학원』에 발표된 국내·외 탐

---

[67] 최애순,「1930년대 탐정의 의미 규명과 탐정소설의 특성연구」,『동양학』42, 단국대 동양학 연구소, 2007, 23~42쪽 참조.

정소설의 수용과 향유 과정에서 나타난 현상이다. 『학원』에는 코난 도일, 반 다인, 알렌 포, 프레데릭 브라운 등 외국 탐정 시리즈들이 활발하게 소개되었다. 하지만 국내 탐정소설의 창작은 아직까지 열악한 상태에 머물러 있었다. 국내 창작 소설로는 김내성과 천세욱의 작품이 있을 뿐이다.

한국전쟁과 남북 분단은 독자로 하여금 탐정의 중요성을 인식하는 계기가 되었다. 탐정소설에서 탐정은 불의한 사건을 과학적이고 체계적으로 밝혀내 희생자의 억울함을 해소해준다. 『학원』에 실린 탐정소설은 청소년에게 중대한 사건을 단계적으로 풀어가는 즐거움과 피해자의 억울함을 해소할 수 있다는 기대심리를 동시에 제공하였다. 탐정소설은 새로운 독자층으로 부상한 청소년에게 오락과 위안의 대상으로 떠오른 것이다. 『학원』에 처음 발표된 탐정소설은 마컬리의 소설을 김내성이 번안한 「검은 별」(1953.9~1955.2)이다. 이후 김내성은 1955년 4월호부터 1956년 5월까지 「황금박쥐」를 총 14회 연재하는데 이 작품은 순수창작이다. 이외에 김내성의 「도깨비 감투」(1956.7~1957.4), 박승훈의 「거미줄 스파이」(1957.8), 김중희의 「가면의 통곡」(1957.8), 코난도일의 「아홉時의 事件」(1957.11) 등이 실렸다. 천세욱의 '또호탐정' 시리즈로는 「권총을 버려라」(1957.9), 「목숨을 걸고」(1957.10), 「마흔 아홉의 곰보」(1957.12) 등이 연재되어 독자들의 인기를 끌었다. '또호탐정'에서 또호(임차호)는 중학교 3학년인 열여섯 소년이다. 출석을 부를 때 외에는 모두 임차호의 이름을 '또호'라고 부른다.

김내성의 「황금박쥐」는 순수창작으로 독자들의 인기를 끌었다. 김내성은 1956년 5월 연재가 끝난 뒤 곧바로 7월부터

「도깨비 감투」 연재에 들어간다. 「황금박쥐」는 신동헌이 삽화를 그렸다.

그는 「권총을 버려라」에서 편지 속에 있는 암산 문제로 간첩 사
건을 해결하거나, 「목숨을 걸고」에서 호떡 속에 들은 암호를 풀
어 서울 지구 대남공작대의 방화, 파괴공작, 폭파 등의 끔찍한 사
건을 사전에 방지한다. 또호의 탐정노릇으로 남산 밑 동해사장
스타디오에 모인 서울 지구 괴뢰 대남공작대원 8명이 일망타진
되고, 또호탐정과 수돌이는 경찰 당국으로부터 스파이 체포에 다
대한 공로를 세웠다는 이유로 표창장까지 받는다. '또호탐정' 시
리즈는 탐정이 암호를 풀어 자유민주주의 체제를 위협하는 악당
세력인 간첩들을 체포하고 한국사회에 닥칠 위험을 미연에 방지
한다는 간첩 서사로 남북 분단으로 인해 불안했던 당대의 사회상
과 반공주의 이데올로기를 계몽하는 장치로 탐정 장르가 적극 활
용되었음을 보여준다. 이 시기 탐정소설은 "적극적인 독자 호출
과 '공감'의 구축"[68]을 기반으로 한다는 점에서 당대 청소년들을
공통의 상상력으로 끌어들이는 기능을 하였다. 1950년대 후반으
로 오면 '추리소설'도 간헐적으로 소개되는데 이 명칭이 보편적
장르 명으로 분류된 것은 아니고 당시 천세욱이 번역·번안한 작품
가운데 일부 작품에 붙여진 장르 명칭이다. 이 시기 『학원』에 실린
추리소설은 「잃어버린 편지」(에드가·알란·포, 천세욱 역, 1958.12)를 비
롯해, 「마이나스 보석사건」(L·B 비이스튼, 천세욱 역, 1959.1), 「척척
박사의 추리」(후랭크·꾸르버, 천세욱 역, 1959.4), 「그대는 알겠는가」

---

68 조은숙, 「소년소설의 형성과 탐정소설」, 『대중서사장르의 모든 것』, 이론과실천,
    2011, 275~278쪽.

(월타딘, 천세욱 역, 1959.5) 등 주로 외국 추리 시리즈를 천세욱이 소개한 작품들이다. 이렇게 '추리소설'이란 명칭을 붙인 것은 번역·번안 과정에서 서구의 소설 장르 구분법을 그대로 수용한 사례로 볼 수 있다. 국내 창작에는 '추리'소설이라는 명칭이 아직까지 붙지 않는다. 이런 장르의 공백 현상은 1950년대까지 추리소설이 뚜렷하게 장르적 특성을 형성하지 못한 것을 가늠케 해준다. 그러므로 외국 추리물의 적극적인 소개는 이미 검증된 문학 작품을 수입하여 한국문학의 발전을 이루고자 한 것과 연관이 있다.

이상에서 살펴본 바와 같이 『학원』은 민중 중심의 역사소설과 개척자 의식을 담아낸 모험·탐정소설을 지속적으로 실었다. 이런 일련의 계몽주의 소설은 문학을 활용해 청소년을 민족 주체로 계몽하려는 의도를 직접 드러낸 예이다. 이는 『학원』이 문학과 비문학 양 측면에서 민족 자강을 계몽하고 싶은 매체이념을 실현한 것으로 볼 수 있다.

(2) 낭만적 동경과 자아의식의 형성

한국문학에서 소년·소녀소설은 1920년대부터 아동문학의 하위 장르로 처음 인식되었다.[69] 이원수는 "소년소설과 동화는 본바탕에 있어서 서로 다른 것"[70]이라고 보았다. 그는 "兒童文學은

---

[69] 소년소설이라는 명칭은 『어린이』지에서 방정환이 「영길이의 슬픔」(1923.4)을 발표하면서 처음 등장한 장르명칭이다. 소녀소설은 최의순의 「옥점이의 마조막 하소연」을 『어린이』지(1928.7)에 발표하면서 처음 등장한다. 이러한 장르의 세분화는 아동문학에서 독자층이 다양해지면서 시대적 요청과 문학 내적인 요구에 부응해 필연적으로 등장하였다.

幼兒를 相對로 한 文學이 아니"고, "文學을 理解할 수 있는 年齡은 十歲로부터 위로 向해야 하며 二十까지의 少年少女가 主 對象이 되어야" 한다고 규정하였다.[71] 이원수가 의미하는 십대의 문학 독자층은 소년소설을 읽고 이해할 수 있는 연령층을 의미한다. 강소천도 1954년 『姜小泉少年文學選』 후기에서 "읽어서 즐기는 어린이를 對象으로 하는 것보다 文學으로서 감상할 수 있는 少年少女들을 위해서 나의 文學을 選한 集錄"[72]이라고 하며, 동화와 소년소설에 대한 경계에 대해 언급하고 있다. 이주홍은 소년소설이란 "年長 兒童"이 읽는 소설로 "藝術性의 本質로 보아 그 모든 것에 잇서서 어른의 小說과 다름이 업"[73]다고 본다. 하지만 소년소설은 십대의 독자를 고려해 단순한 체제와 쉬운 말로 창작되

---

70 이원수는 동화와 소년소설의 영역을 구분한다. 어린이를 대상으로 한 서사문학 장르로 '동화'가 존재한다면, 청소년을 대상으로 한 서사문학 장르로 동화의 개념과는 분명히 다른 소설적 구성요소를 갖춘 별개의 장르가 요구되며 그것이 바로 '소년소설'에 해당한다고 보았다. 이원수, 「동화창작 노트」(1958), 『동시・동화작법』, 웅진출판사, 1984, 15쪽.

71 이원수, 「아동문학의 경어문체」, 『동아일보』, 1959.2.9, 4면.

72 강소천, 「후기」, 『강소천소년문학선』, 경진사, 1954, 232쪽.

73 "그리고 少年小說도 童謠와 한가지로 만흔 讀者를 가지고 잇다. 이것은 文學的 素養이 잇는 取를 多分히 가지고 잇는 年長兒童들이 더욱 조하한다. 亦是 童話와 마찬가지로 아니 그보담도 더 現實的이요 具體的이요 說明的이요 敎化的이기 때문에 X의 文學으로서의 役割을 가장 쉽게 한다. 勿論 藝術性의 本質로 보아 그 모든 것에 잇서서 어른의 小說과 다름이 업다. 卽 廣義의 어른 小說에 屬하는 것이다. 다만 그 使命을 積極的으로 또 廣範하게 다 하기 爲해서 그 對象에 依해서 質的 形態的 技術的 分化를 必要로 한 것이다. 또 다시 말하면 어느 區別이 업시 兒童이 理解하고 認識하고 感得할만한 內容으로 兒童이 읽을 수 잇는 볼 수 잇는 單純한 體制와 쉬운 말로서 具象해 논 것임으로 少年小說도 어른小說에 屬하는 한 種類이며 또 어른 小說의 한 分野이다." 이주홍, 「兒童文學運動 一年間－今後 運動의 具體的 立案(二)」, 『조선일보』, 1931.2.17, 4면.

이 그림은 김내성의 순정 소설 『쌍무지개 뜨는 언덕』(학원명작선집 ⑮)에서 은주와 영란이가 새로운 출발을 결심하는 장면이다.

어야 한다고 주장한다. 이처럼 소년소설은 "어린이와 어른의 중간 단계에 위치하는 성장기의 소년, 소녀를 의식하고 쓰여 지는 산문문학"으로 구분되고 있음을 알 수 있다.[74] 이상을 종합해보면 소년소설은 아동문학의 하위 장르이고, 주인공이 대부분 소년·소녀이며 십대의 독자층을 고려한 서사양식의 하나라 할 수 있

---

[74] 문학적 기법면에서는 일반 소설적 요소가 많이 내포되어 있고, 리얼리즘 정신에 충실한 문학이다. 문학적 소재는 현실의 구체적인 생활상에서 구하며, 독자대상은 일반 성인을 포함한 소년, 소녀로 그 소재와 기법을 고려하여 생활동화, 사실동화라고 불리기도 하였다. 김부연, 「한국 근대 소년소설 연구」, 건국대 석사논문, 1995, 20~25쪽 참조.

다. 1920년대부터 시작된 명칭 구분은 1950년대에도 유효하게 적용되었다. 1950년대『학원』에서는 '소년소설'과 '소녀소설', 그리고 '소년・소녀소설'이란 명칭이 동시에 사용된다.『학원』의 광고란에는 신태양사의「세계 소년・소녀 문학선집」(전 12권) 광고가 나온 것으로 보아 사회적으로 '소년소녀'의 중요성이 인식되었음을 알 수 있다.[75] 이는 당대 신문 기사에서도 확인되는데, 신태양사에서 "'세계소년소녀문학선집'을 마련하여 계몽사의 '세계소년소녀문학전집'과 대결"[76]한다는 대목을 보면 1950년대 후반에 십대를 지칭하는 용어로 '소년소녀'가 보편적인 용어였음을 알 수 있다. 즉, 1950년대 후반으로 오면 국민학교 졸업자의 수가 폭발적으로 증가하고, 출판시장에서 중・고등학생 독자층을 겨냥한 문학의 필요성이 대두되었음을 알 수 있다. 전후 출판분야에서는 성인문학과 아동문학 사이의 경계를 설정하고 '십대들을 위한 문학'이란 용어로 '소년소녀'란 단어가 보편적으로 사용되었다. 특히『학원』에 실린 '소년소설', '소녀소설', '소년소녀소설'이

---

75 1권은 강소천의「꿈을 찍는 사진관」,「잃어 버렸던 나」, 김동인의「무지개」, 김성로의「단풍잎」, 김진태의「별과 구름과 꽃」,「아카시아」, 신지식의「기차길」, 이봉구의「童話 아닌 동화」,「피라미와 진달래」, 이영철의「토끼나라 이야기」, 정비석의「치자꽃」, 최태웅의「나의 외로움」이다. 2권은 김광주의「악수하는 소년」,「장구대가리」, 김영일의「눈공과 소녀」, 박영준의「길손과 소녀」, 이광수의「다람쥐」,「초생달의 향기」, 이명희의「촛불이 꺼진 밤」, 조풍년의「악마」, 최인욱의「눈온 아침」, 피천득의「자전거」가 실려 있다. 이 광고 하단에는 제1・2・3권은 배본중이며 4・5・6권은 인쇄중. 2월중 나머지 6권 배본완료. 豫約者는 定價의 2割引, 각권은 四六판, 250쪽, 호화양장, 값 600백 환이라고 나온다. 그러면서 "우량 도서의 학급 문고용으로"라는 광고 문구를 달고 있다. 편집부,『학원』, 1959.3, 앞 속표지 광고.
76 편집부,「정리 일구오팔년, 집대성 간행물의 붐」,『경향신문』, 1958.12.14, 4면.

란 장르명은 십대들을 대상으로 한 문학 중에서 '소설'에 대해 적극적으로 붙인 용어였다. 시 장르는 '동시'와 '시'라는 이분법으로 여전히 구분하고 있다.

1950년대 학교 교육의 확대로 인한 독자수의 증가는 곧 소년·소녀소설의 변화를 추동하였다. 청소년은 자신들의 고민과 삶의 이야기를 중심으로 스토리를 구성하고 있는 소설에 대한 관심으로 독서 취향이 이동하였다. 1950년대 헐리우드 영화들이 수입·배급되고, 한국 영화의 산업화가 가속화되면서 '멜로드라마'가 영화에서 하나의 장르로 인식되었다. 영화에서 '멜로드라마'의 유행은 낭만적 경향의 소설 창작으로 이어진다. 1950년대 『학원』에 실린 낭만적 경향의 소설은 가정이나 학교를 중심으로 사건이 전개되고, "대중의 '눈물'로 상징되는 '감정적 동일시'를 바탕으로 한 대중의 기호"에 집중한 소설을 의미한다.[77] 그 내용은 청소년이 주인공이면서 그들의 고통과 고난 극복, 그리고 사랑이 서사의 증심을 이룬다. 명랑소설의 주인공은 최백산의 「닉크네임」에서 금순은 여학생, 장수철의 「영호의 방학일기」에서 영호는 중학생, 조흔파의 「알개전」에서 나두수는 중학생, 최요안의 「은하의 곡」의 남궁 동자는 여학생이다. 순정소설인 정비석의 「파랑새의 꿈」의 곡마단 소녀 경옥, 사진소설인 장덕조의 「매리와 푸른 旗」에서 순옥이는 여학생으로 나온다. 이와 같이 소년·소녀소설의 주인

---

[77] 박유희, 「한국 멜로드라마의 형성과정 연구」, 『현대문학이론 연구』 38, 현대문학이론학회, 2009, 197~206쪽.

공들은 십대의 청소년이다. 소년·소녀소설은 청소년이 자아와 세계에 대한 인식을 정립하는 성장의 과정에 초점이 맞춰진다. 미성숙된 주체는 부조리한 현실과 맞서 정신적·육체적 고통을 극복하고 자아에 대한 인식에 도달한다. 또 이런 소설에는 성장 과정에서 나타나는 연애의 감정이 자연스럽게 개입한다는 특징이 있다. '눈물', '연애', '이상', '좌절', '죽음', '이별' 등 이런 일련의 단어들이 자주 언급되는 것을 보면 십대들이 주체를 정립하는 과정에서 현실과의 거리를 유지하며 문학에서는 낭만주의 지향으로 선회한 것으로 볼 수 있다. 이처럼 낭만주의 경향을 보이는 것은 소년·소녀소설 중에서도 명랑소설과 순정소설 그리고 사진소설로 분류된 작품에서 두드러지게 나타나는 현상이다.

먼저 명랑소설에 나타난 낭만적 성격을 살펴보기로 한다. 명랑소설은 1957년부터 명랑만화와 함께 급격히 그 양이 증가하다가 1958년에 잠시 주춤해진다. 전후라고 해서 모든 문학이 그 시대의 우울과 불안을 직접적으로 담아내는 것은 아니다. 청소년의 관심은 오히려 명랑한 문학을 향유함으로써 심리적 쾌감을 즐기고자 하는 반대 방향으로 흐르기도 한다. 1950년대 『학원』에 실린 명랑소설의 내용을 보면 사회적이고 개인적인 불안과 우울을 희극적인 '웃음'으로 해소하려는 노력들이 엿보인다.

『학원』잡지를 통해서 독자 여러분을 만나보는 일이 가끔 있어 왔다.
이제부터는 계속하여 다달이 여러분을 대하게 될 것이 몹시 기쁘다.

여기에 연재하는 「얄개전」의 얄개란 말은 함경도 지방의 방언方言으로 평안도 말로 '안타객비', 서울 말로는 '야살이' 이런 뜻의 말인데 남을 속상하게 하는 지꽂인 장난군이란 뜻이다. **사랑하는 얄개 군의 활약에 같이 웃고 그의 실패에 함께 울어보자.** 삽화를 맡아주신 신동헌 선생께 깊이 감사한다.

— 조흔파, 「작자의 말」,『학원』, 1954.5, 122쪽

조흔파는 「얄개전」에서 "얄개군의 활약에 같이 웃고 그의 실패에 함께 울어보자"라고 강조하였다. 주인공 얄개(나두수)가 학교에서 수학 담당 배선생과 하드슨 교장의 기독교적인 규율에 맞서는 장면은 성장기 소년의 입장에서 통쾌한 웃음과 즐거움을 제공해준다. 얄개의 입학 동기들은 졸업반이 되지만 얄개는 두 번이나 낙제를 한 처지다. 3년 동안 내내 진급하지 못하고 1학년에 정체되어 있는 얄개는 규율에 의해 기계처럼 행동해야 하는 '학교'라는 제도의 규율과 감시로부터 일탈하는 문제아의 전형을 보여준다. 그는 학교의 통제에 대해 짓궂은 장난으로 맞서며 독자들을 웃기고 울린다. 얄개의 풍자적인 언행은 1950년대의 억압적인 사회와 학교라는 제도가 갖고 있는 폭력성을 비판하는 장치로 기능한다. 얄개가 유발하는 '웃음'은 1950년대 시대와 불협화음을 이루는 민중들과 십대들의 불우한 삶을 대변해주고 해체시킨다. 러시아의 초기 소설이 "민중의 웃음"으로 카니발화된 "진지한 소극"에 의해 진화가 가능[78]했듯이 한국에서 명랑소설은 1950년

대 한국소설의 비판적 진화를 가능케 하였다. 얄개가 유발하는 '웃음'은 동시대와 접촉하였고, 풍자적 웃음은 1950년대의 억압적인 정치·사회·학교·가정 등을 희극적으로 해체시킨다. 풍자적인 해체를 통해 그동안 인간을 억압해 온 대상들이 조각조각 흩어지고 파편화되어 완전히 해체된다. 명랑소설에서 권위적인 질서가 해체되면 비판의 대상들이 적나라하게 노출되면서 독자들의 내면에서 철저하게 탐색되고 부조리한 모습들이 폭로된다. 얄개라는 인물과 희극적 구성, 그리고 거침없는 대화와 행동 등은 1950년대의 억압적인 한국사회를 폭로하고 비판하는 데 그 목표가 있다. 명랑소설에서 활용된 "위계질서적인 거리를 파괴"하는 "희극적인 해체"[79]는 닫힌 세계에 대한 탈출과 저항의 방식으

78　바흐친은 '카니발적'인 것에 대해 전통적 문학 정전의 가정들을 유머와 무질서를 통해 전복시키고 해방시키는 문학양식이라고 한다. 그는 문학에서 카니발적인 것은 민중문화의 카니발에서 자주 일어나는 유형의 활동, 특히 고급문학과 불경한 것(저급한 것)을 뒤섞어 전통적 위계질서와 가치를 풍자하고 전도시키는 활동에 견준다. 소설은 그러한 카니발화된 공간을 제공해 주고, 그 결과 소설 속에 별개의 목소리들이 존재하도록 허용한다. 바흐친에게 그곳은 문예문화의 권위에 저항하는 지점이자 문화적인 변화와 잠재적으로 정치적인 변화가 일어날 수 있는 장소이다. 그는 초기의 소설이 민중의 웃음으로 카니발화된 '진지한 소극'에 의해 진화가 가능했다고 본다. 이런 변화 가능성은 진지한 희극을 촉발시키는 민중의 웃음이 항시적으로 동시대의 세계와 접촉한다는 데 있다. 그러므로 진지한 소극과 같은 저급 장르에서 나타나는 민중의 웃음은 역사적 생성의 힘으로 잠재되어 드러난다. 미하일 바흐친, 전승희·서경희·박유미 역,『장편소설과 민중언어』, 창작과비평사, 2005, 38~51쪽 참조.

79　우리를 웃게 만드는 모든 것은 가까이 있는 것이고, 모든 희극적 창조성은 최대한의 근접영역에서 발휘된다. 웃음은 하나의 사물을 가깝게 끌어당기며 우리가 그 모든 측면을 친숙하게 만져볼 수 있고, 돌리고 뒤집어볼 수 있고, 아래위에서 뜯어볼 수 있고, 겉껍데기를 깨고 그 안을 들여다볼 수 있고, 의심할 수 있고, 분해하고 분리시킬 수 있고, 발가벗겨 폭로할 수 있고, 자유롭게 조사하고 실험해볼 수 있는, 하나의 거친 접촉영역으로 그것을 이끄는 탁월한 힘을 지닌다. 모든 위계질서적인 거리를 파괴하는 것이 바

조흔파는 단편 「할머니」와 「하마터면」을 시작으로 명랑소설을 『학원』에 게재했다. 이들 작품이 독자들로부터 인기를 끌자 곧바로 「얄개전」을 연재하였다. 「얄개전」은 『학원』지 출판 후 50만 부를 찍었고, 30여 년 동안 학생층의 '신고전'으로 자리 잡았다.

로서 청소년 독자에게 웃음의 미학을 산출해낸다. 명랑소설은 '웃음'을 통해 사회적 억압과 불안을 넘어서고 싶은 십대들의 동시대적인 욕망과 상호 연결되어 있다.

『학원』에서는 1954년부터 명랑소설이 실리기 시작하였다. 명랑소설은 1954년에 조흔파의 단편소설 「할머니」에서 처음 나타난다. 『학원』은 조흔파의 단편 「할머니」(1954.1)와 「하마트면」(1954.4)이 십대 독자층의 인기를 모으자, 이후 장편인 「얄개전」을 기획·연재하기 시작하였다. 조흔파의 「얄개전」(1954.5~1955.3)은 '명랑소설'을 독자들에게 각인시키는 데 결정적인 역할을 하였다. 「얄

로 희극적인 웃음이다. 위의 책, 41~42쪽.

『동아일보』, 1977.1.31, 5면 광고

『매일경제』, 1969.10.4, 8면

『동아일보』, 1965.9.4, 6면

『경향신문』, 1976.10.6, 5면

『경향신문』, 1977.1.17, 6면
「얄개전」영화화 이승현 군 주연

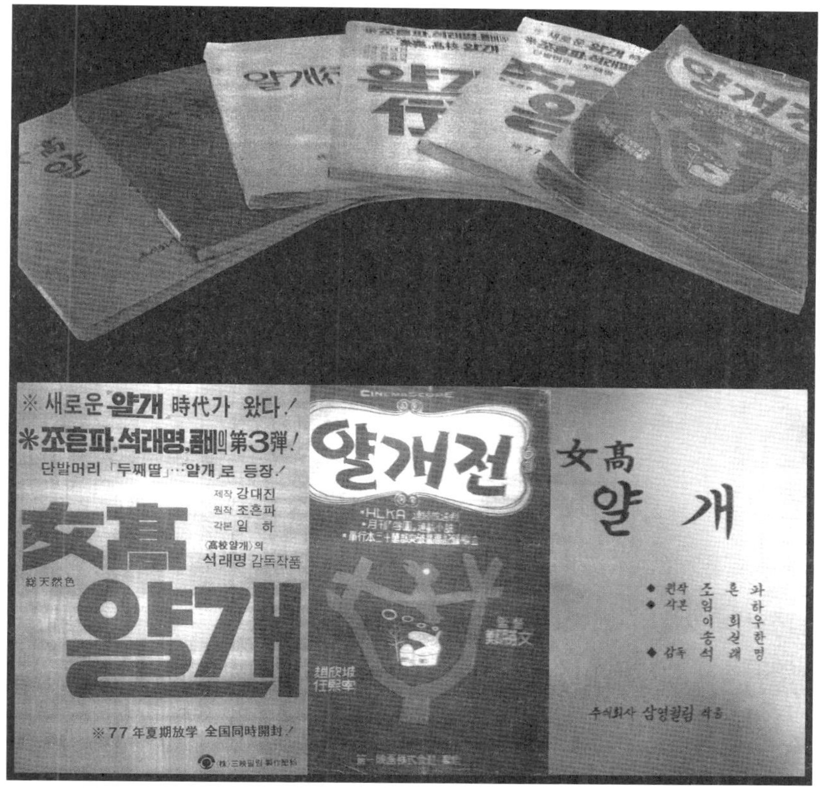

「얄개전」은 1969년 10월 5일부터 KBS 어린이극장에서 매주 일요일 6시30분부터 30분간 총 13회 분량으로 드라마로 방영되었다. 조흔파 극본에 이정훈 연출, 얄개 역에 김용연, 친구 서영민, 송성환, 김성희가 출연하였다. 아버지 나교수 역에 김무생, 백선생 역은 김용근, 얄개 큰누이 최지숙, 작은누이 지연주 등이 출연하였다.

조흔파 원작으로 한때 청소년독자들에게 웃음을 선사했던 동명소설이 〈얄개전〉으로 정승문 감독에 의해 영화화되었다. 개구쟁이 얄개 역에 안성기와 그의 친구들이 엮는 장난스런 에피소드는 건강한 유머를 준다.

1977년에는 석래명 감독이 〈고교 얄개〉로 타이틀을 붙여 영화화되었다. 얄개 역은 일반 공모까지 했지만 적당한 신인을 찾지 못해 이승현이 맡았고, 15년 전 〈미워도 다시 한번〉에 아역으로 나왔던 김정훈이 얄개의 라이벌 역으로 출연하였다. 이외에 김주희, 정윤희, 한은진, 하명중이 출연하였다. 이 영화는 '국민학생관람불가'를 명시하였고 '10대영화'로 목표관객층을 잡았다.

개전」의 대중적 인기를 반영하듯 이 소설은 곧바로 단행본과 영화로 제작되어 십대들로부터 폭발적인 인기를 누렸다. 이 작품에서 재치와 풍자성을 담아낸 삽화는 신동헌이 맡아 그렸다. 주인공 얄개는 가부장적 권위와 제도에 직접적으로 도전함으로써 기존의 희생적이고 영웅적인 아동문학의 주인공 상을 변모시켰다.[80] 원래 '명랑소설'이란 명칭은 미군정청 보건후생부 부녀국에서 1948년 7월에 발행한 여성교양 월간잡지『새살림』에「사랑의 용사」를 소개할 때 나온다. 아동·청소년문학에서는『소년』에서 '명랑소설'이란 명칭이 처음 나타난다.『소년』1948년 12월호에 길돈의「학교의 명물」과 1947년 7월호에 오순일의「흑과 양떡국과 잇자국」이라는 단편을 소개할 때 '명랑소설'이란 장르 명칭을 붙이고 있다. 그러나 명랑소설이 하나의 장르로서 본격적으로 성격을 형성한 것은 1954년 이후에 조흔파의 소설을 계기로 나타난 현상이다.『학원』은 1970년대까지 30여 년 동안 '명랑소설'을 지속적으로 게재했고, 연재가 끝나면 곧바로 단행본으로 출간하면서 '명랑'이라는 용어를 대중적으로 유통시켰다.

명랑소설은 주로 조흔파, 장수철, 최요한, 이정석, 유호 등 방송작가에 의해 창작되었다. 작가들이 주로 라디오 방송작가라는 공통점은 기존의 소년·소녀소설에 라디오 방송극의 웃음을 유발하는 장치들이 결합된 것을 보여준다. 1950년대 실린 명랑소설

---

80   원종찬,「아동문학 길라잡이 – 얄개전」,『중앙일보』, 2001.8.4, 38면.

유호의 「서있는 아이들」은 신동헌이 삽화를 그렸다. 명랑소설은 등장인물의 성격이 뚜렷하게 드러나기 때문에 삽화에서도 캐릭터의 특징을 살리는 데 중점을 두었다.

은 「인삼과 도라지와」(유호, 1955.2), 「서있는 아이들」(유호, 1955.4), 「청운의 합창」(최요한, 1955.5), 「형제는 즐겁다」(유호, 1956.5), 「은하의 곡」(최요안, 1957.6), 「동팔이야기」(장수철, 1957.7), 「형두 좀 먹어」(유호, 1957.7), 「잠고대」(박홍민, 1957.7), 「차돌이소동」(최성수, 1957.7), 「가족일지」(이정석, 1957.7), 「팔삭동이」(조봉순, 1957.9), 「二十五時」(석랑, 1957.9), 「영호의 방학일기」(장수철, 1957.9), 「일억만환의 유산」(최일초, 1957.9), 「이번 것은 내거요」(유호, 1957.9), 「아버지 때문에」(이정석, 1957.9), 「문제없다」(소영희, 1957.9), 「아이 어떡하나」(김진찬, 1957.9), 「삼등손님」(막도원, 1957.9) 등이 있다.

1950년대 전쟁과 분단으로 인한 사회적 불안은 낭만주의 경향의 소설의 융성으로 이어진다. 1950년대 『학원』에 실린 소설들 중에는 청소년기의 사랑과 연애를 다룬 소설도 많이 실린다. 그 대표적인 것이 순정소설이다. 순정소설은 주로 십대들이 주인공으로 등장하고, 그들의 순수한 사랑이나 '눈물'로 대변되는 성장기의 고통을 그린다. 최인욱의 「바다 있는 마을」(1959.3~1959.10)에는 고아이면서 중학생인 진구와 용순이의 이야기가 바닷가를 배경으로 펼쳐지고, 박계주의 「태양은 다시 떠오른다」(1954.10~1956.4)에서 영일은 폐병으로 고등여학교를 중도하고 휴양을 다녀야 하는 난희를 슬픈 눈으로 바라본다. 이처럼 순정소설은 독자의 '눈물'[81]을

---

81 "기차가 출발하여 멀리 사라진지도 오래건만 영일이는 손을 흔들던 그 자리에 그냥 서서 기차가 사라진 곳을 바라보고만 있었다. 움직일 줄 모르는 동상처럼 한 자리에 붙어 선 채 그렇게 서 있는 영일의 눈에는 눈물이 피잉 고여져서 범람하려 하였다." 박계주, 「태양은 다시 떠오른다」, 『학원』, 1955.11, 219쪽.

자극하는 내용이 많다. 『학원』에 실린 순정소설은 최정희, 박계주, 김광주, 김말봉, 최인욱 등 기존에 연애소설로 대중적 인기를 모은 기성작가들의 작품이 연재되었다. 순정소설은 「창포꽃 필 때면」(이봉구, 1954.5)을 비롯해 「그림속의 나」(이원수, 1954.6), 「얼굴」(한무숙, 1954.7), 「하얀꽃 한송이」(최정희, 1954.8), 「흰나비의 꿈」(박화목, 1954.8), 「바다의 노래」(이명온, 1954.9), 「오동잎」(이봉구, 1954.11), 「숙이와 영이」(김광주, 1954.12), 「큰세상 작은세상」(이원수, 1954.12), 「설날과 인형」(김이석, 1955.1), 「바람벽에서 보는 얼굴」(임인수, 1955.3), 「자매처럼」(곽하신, 1955.4), 「동백꽃 지는 밤」(이종택, 1955.4), 「뚜껑 없는 단지」(최태응, 1955.5), 「그리운 그 음성」(박연희, 1955.6), 「장미는 언덕에 만발하고」(이종환, 1956.12), 「바다 있는 마을」(최인욱, 1959.3) 등이 있다. 순정소설은 단편보다 장편이 주로 실렸다. 순정소설이 장편으로 연재될 수 있었던 것은 십대 독자들에게 정서적 공감과 읽는 즐거움을 주는 장르로 인식된 것과 관련이 있다.

'사진소설'도 1950년대에 새로운 전기를 맞이한다. 사진소설은 1920년대 초반 처음 등장한 양식이다. 『어린이』에는 「영호의 사정」(무기명, 1923.9)이란 '사진소설'이 처음 나온다. 「소설 맞치기」란에는 "요전번 『어린이』에 나기 시작한 사진소설은 여러분이 대단히 자미잇다하시는대"라며 '사진소설'이라고 장르를 세분화하였다.[82] 그러나 『어린이』에는 "사진이 동판 맨들기에 시간이 걸려

82　1922년 9월호 『부인』에는 양춘의 「가련한 고아」라는 작품이 '사진소설'로 소개된다. 『어린이』에서도 '사진소설'이 나온다. 「영호의 사정」은 1923년 9월호 (『어린이』 1권 8호)에

서 엇절 수 없이 이번에는 못넛케 되"[83]었다고 할 정도로 1920년 대 초반의 사진 기술은 수준이 매우 낮았다. 이런 까닭에 『어린이』에는 모두 3편의 사진소설이 실릴 뿐이다. 8·15 광복 후, 미군의 국내 진주와 함께 카메라와 사진기술이 본격적으로 유통되었다.[84] 1950년대의 문화적 변화로는 해외 원조와 산업화로 종이와 사진기술이 질적으로 달라졌다는 점이다. 이러한 사회적 변화는 사진기술의 질적 축적을 가능케 하였고 '사진소설'이 본격적으로 등장할 수 있는 토대를 마련하였다. 사진소설은 영화와 사진 기법을 소설에 접목시켜서 새로운 스타일을 실험하였다는 점에서 의미가 있다. 종이와 사진기술의 비약적 발전은 독자들에게 읽을거리와 함께 다양한 볼거리를 제공함으로써 시각적인 즐거움을 동시에 준다는 장점이 있다. 사진소설의 모델은 정식 배우가 아닌 일반 청소년들이 많이 참여하였다. 예를 들어 「매리와 푸른 旗」의 사진 캐스트CAST를 보면 순옥(유민자 양, 이화 여중 1), 광미(금의중), 영미(정기자 양, 이화 여중 1), 경식(김시재 군, 중앙 고교 1)으로 중고생들이 사진소설의 모델로 등장한다.[85] 많은 청소년들을 독

나온다. 그런데 전 호에서 이 작품이 인기를 끌었다는 내용으로 보아 아마도 결호인 7호부터 이 사진소설이 실린 것으로 보인다. 그러므로 『어린이』에서는 7호에서 처음으로 '사진소설'이란 용어가 나온다고 할 수 있다. 무기명, 「소설 맛치기」, 『어린이』 1권 8호, 1923.9, 40쪽. 그러므로 '사진소설'은 사진에 대한 대중들의 관심이 모아진 1920년대 초기 독자의 흥미를 끌어들이기 위해 '사진'을 삽화 대신 편집하면서 발생된 장르 명칭임을 알 수 있다.

83 편집부, 「미안합니다」, 『어린이』 4권 4호, 1926.4, 45쪽.

84 류기정(삼화인쇄 사장), 학원 김익달 전기 간행위원회, 앞의 책, 166쪽.

85 장덕조, 「매리와 푸른 旗」, 『학원』, 1957.9, 104쪽.

자로 견인하기 위해 사진소설은 '이산', '비극', '이별', '죽음', '사랑
의 감정' 등 눈물에 호소하는 내용이 많다. 「매리와 푸른 旗」(장덕
조, 1957.9)에서 버려진 개와 순옥의 우정, 「그리운 나의 집」(이선구,
1959.3~1959.10)에서 아버지의 죽음으로 고단한 삶을 살아가는 사
남매의 불우한 이야기, 「파랑새의 꿈」(정비석, 1957.2~1958.7)의 곡
마단 소녀 경옥이 엄마를 찾는 서사 등은 십대들의 눈물샘을 자극
하는 소재들이고, 독자들이 쉽게 감정이입을 할 수 있는 보편적
인 소재이다. 사진소설은 독자들의 정신적 공감을 얻기 위해 최
신의 사진 기술과 극적인 연출이 적극 활용되었다. 「독자의 소
리」에는 "어쩌면 세상에는 그렇게도 가엾은 사람이 있을 수 있는
지 제 어린 마음으로는 도저히 믿을 수가 없고 안타깝기 그지 없
읍니다"라는 독자의 편지글이 실렸다. 독자들은 사진 속의 인물
이 실제 현존하는 인물처럼 혼동하였고, 소설 속 등장인물에게
쉽게 자신의 감정을 이입하는 경우도 발생했던 것이다. 한 예로
"더구나 지난 달 배가 부서져버릴 때 저는 두 손으로 얼굴을 가리
면서 울어버렸지만 꼭 경옥이만은 살 것이라고 믿었답니다"라고
글을 올리기도 하였다. 또 이 독자는 부모님께 졸라서라도 경옥
을 자기 집으로 데리고 오고 싶다며 자신의 격정적인 감정을 직접
적으로 표출하기도 하였다.[86] 이처럼 사진소설에서는 영화의 서
사문법에서 사용되던 다양한 카메라 기법들과 이미지들이 극적

---

86 이석주, 「파랑새의 꿈－독자의 소리」, 『학원』, 1957.10, 197쪽.

효과를 발휘하는 장치로 활용되었고 독자들의 흥미를 끌었다. 문자로 된 텍스트에 미장센, 시점, 촬영 효과 등 다양한 연출기법이 동원된 장면 사진을 함께 싣는 방식은 텍스트와 독자의 심리적 거리를 좁히는 데 기여하였다. 1950년대 실린 사진소설은 「푸른 계단」(최인욱, 1954.8~1954.12)을 비롯해 「라이락 언덕」(이원수, 1955.6~1955.12), 「옹추」(조흔파, 1956.1~1956.3), 「백조의 노래」(장덕조, 1956.4~1956.7), 「눈물의 캠파스」(이봉구, 1956.8~1956.12), 「거울의 비밀」(박영준, 1957.1~1957.6), 「모란꽃 필무렵」(최인욱, 1957.7), 「강물과 음악」(이원수, 1958.10), 「구름의 서정」(김송, 1959.1), 「좋아하는데」(박영준, 1959.1, 신년 증간호), 「카나리아의 노래」(곽하신, 1959.2) 등이 있다.

이처럼 1950년대 소년·소녀소설은 독자로 하여금 낭만적 동경과 자아의식에 대한 욕망을 해소하는 수단이었고, 소설 텍스트들은 영화의 문법에 익숙한 독자들을 포괄하기 위해 다양한 시각적 전략을 동원하였다. 이 소설들의 유사점을 살펴보면 다음과 같다. 첫째, 주로 십대의 소년·소녀를 주인공으로 등장시킨다. 둘째, 청소년의 성장과 사춘기의 '정서'에 초점을 맞춰 이야기를 전개한다. 셋째, 소설의 내용과 구성이 멜로드라마적 구성 요소를 적극 수용해 청소년의 '눈물'에 호소하는 경향이 짙다. 넷째, 부조리한 현실에서 주인공들은 이상을 지향하지만 좌절함으로써 현실의 비극성을 폭로한다. 반면 각각의 소설 장르들이 지닌 특성을 도출해보면 다음과 같이 차이점이 드러난다. 먼저 명랑소설은 '웃음'을 통해 사회적 불안을 넘어선다는 점에서 풍자성과 골계성이 복합적으로 드러나는데, 이는 독자들의 현실 탈출에 대한 욕망을 비판적으로 반영한 결과이다. 사진소설은 영화처럼 극적 효과를 높이기 위해 다양한 영상기법을 적극 활용해 '문자+사진'의 결합으로 리얼리티 효과를 높였다. 순정소설은 '여성 취향성'과 '애상성', 그리고 '감상성' 등을 적극적으로 살려 청소년들의 민감한 정서에 호소하였다. 순정소설은 전자의 두 장르에 비해 청소년의 낭만적 감수성에 집중하는 경향이 훨씬 뚜렷하다. 현실적 폭압이 가중될 때도 이상향에 대한 동경을 버리지 않는 것이 낭만주의 소설의 특징이다. 낭만주의 소설의 주인공들은 어떠한 저항이나 반대와 충돌하는 순간에 더 강하게 자아를 인식한다.[87] 1950년대『학원』에 실린 소년·소녀소설 가운데 사진소설, 순정소설, 명랑소설로 분류된 작품은 주인공이 현실을 부정하고 이상을 추구하는 공통된 지향을 보여준다. 낭만주의 경향으로 이 소설들을 분류한 것은 주인공이 현실과 이상의 간극을 인식하고 있기 때문이다. 게다가 소년·소녀소설의 주인공들은 부조리한 현실에서 이상을 추구하며 자아의식을 형성하려는 동일한 욕망을 보여준다.

(3) 상향 표준화의 열망과 개방 지향

1950년대『학원』문예면의 특징은 외국문학의 번역과 소개가 다양하게 이루어진다는 점이다. 세계명작은 다양한 장르와 작가,

---

87 Isaiah Berlin, 강유원·나현영 역,『낭만주의의 뿌리』, 이제이북스, 2006, 159쪽.

그리고 작품이 실렸다. 전체 소설 중에서 세계명작은 12%의 비중을 차지하였다. 1950년대 『학원』에는 「노오돌 담의 꼽추」(유-고, 김광주 역, 창간호~1953.8), 「어느 이태리사람의 얘기」(기욤 아뽀리네에르, 1953.2), 「도둑」(부라스코 이빠네스, 최인욱 역, 1953.3), 「구오레」(데 아미치스, 김윤성 역, 1953.4), 「동·키호오테」(세루반테스, 1953.7), 「추풍감별곡」(이주홍, 1953.11), 「몽테크리스도백작」(장만영, 1953.12), 「어떤 어머니의 이야기」(앤델센, 유주현 역, 1953.12), 「어디로 가나? 쿠오바디스」(박계주, 1954.1), 「톰소오야의 모험」(허백년, 1954.2), 「목장의 소녀」(누오리와아라, 은종희 역, 1954.9), 「아름다운 눈물」(박구춘, 1954.10), 「눈먼 제로니모와 그의 형」(슈니츨러, 안수길 역, 1954.10), 「구늘프」(김중희, 1954.12), 「엉클 톰스 캐빈」(스토우부인, 박화목 역, 1955.1~1955.8), 「집 없는 아이」(에그돌 마로오, 임인수 역, 1955.2), 「에반제린」(롱 펠로오, 이원수 역, 1955.3), 「죄와 벌」(또스로엡스키이, 양병식 역, 1955.4), 「황금아가씨」(정문, 1955.4), 「즉흥시인」(앤델센, 정한숙 역, 1955.5), 「숲속의 아가씨」(김규동, 1955.6), 「이리아스」(호메로스, 이봉래 역, 1955.6), 「올리버 트위스트」(찰즈 딧켄즈, 백철 역, 1955.8), 「별 가는 길」(베르꼬오르, 김상화 역, 1955.9), 「호반의 집」(헬만 헷세, 김송 역, 1955.10), 「아르네」(뾜론손, 이봉구 역, 1955.12), 「다리 긴 아저씨」(아리쓰·진·웨보타스, 최정희 역, 1956.7~1957.4), 「바람과 함께 사라지다」(마아가렛 미첼, 이봉구 역, 1957.3), 「파트리스 페리요의 편력」(G.듀아멜, 김규동 역, 1957.4), 「이방인」(알베에르 까뮤, 방곤 역, 1957.5), 「데미앙」(헬만 헷세, 이봉구 역, 1957.6), 「크롬 예로우」(올더스 헉스레,

김규동 역, 1957.7), 「뽀오르와 비르쥬니」(상 필엘, 김요섭 역, 1957.11), 「인어아가씨」(김영일, 1957.11), 「장미의 기사」(김요섭, 1957.12), 「오 퓨우스의 슬픔」(김상희, 1957.12), 「루비의 반지」(임일호, 1957.12), 「써 커스의 소년」(서상덕, 1957.12), 「나비」(헬만 헷세, 유주현 역, 1958.10), 「죽지않았던 소녀」(죠르그 프르니에, 김동임 역, 1958.12), 「요술할멈 의 빵」(오 헨리, 김동임 역, 1959.1), 「진주목거리」(모팟쌍, 김동임 역, 1959.1), 「의사 지바고」(보리스 파스테르나크, 최영선 역, 1959.3), 「신곡」 (단테, 이상노 역, 1959.5), 「낙서」(에이메, 조흔파 역, 1959.8), 「은화 6펜 스」(개더린 맨스필드, 한낙원 역, 1959.9) 등이 소개되었다. 세계명작의 번역은 전문 번역가가 아닌 최정희, 이봉구, 정한숙, 박화목, 안 수길, 장만영, 이원수, 한낙원, 김영일, 조흔파 등 작가들이 주로 번역·번안에 참여하였다. 1950년대 『학원』에는 '세계명작 다이 제스트'라고 붙인 작품이 다수 발표되기도 하는데 이 작업에도 대부분 아동문학가들이 동원되었다. 특히 이원수는 「인어아가 씨」(1956.2), 「알프스의 소녀 하이디」(1956.3), 「피이터팬」(1956.7), 「불 쌍하나 아름다운 코젯트」(1959.3), 「시계와 생명」(1959.5), 「고집센 착한 소년 페라치오」(1959.6·7) 등 소년·소녀가 주인공인 세계 명작을 다이제스트판으로 소개하였다. 1956년 2월호를 보면 「世 界名作다이제스트」에 "우리들이 반드시 읽어야 할 세계명작을 해설한 좋은 안내서!"(47쪽)라며 이원수 해설을 붙임으로써 다이 제스트의 권위를 높이고 있다. 세계명작은 매체의 한정된 지면 사정상 전문 번역보다 교육적인 효과를 얻을 수 있는 줄거리와

극적 장면을 중심으로 요약하는 번안소설이 주로 실리는 게 특징이다. 전문번역가들이 아니라 이원수를 비롯한 아동문학가들이 번안에 참여한 것은 십대들에게 보다 쉽게 세계문학을 소개하려는 의도에서 이 코너가 기획되었음을 보여준다. 왜냐하면 전문번역가의 경우 원작에 충실한 번역을 할 수 있지만, 청소년 독자층이 이해할 수 있도록 쉬운 어휘와 교육적인 내용을 선별하는데 많은 한계를 갖고 있었기 때문이다. 이는 1960년대 소년소녀를 대상으로 한 문학전집을 구성할 때도 이원수, 박화목, 김요섭, 김영일, 강소천, 윤석중, 이주홍 등 아동문학가들이 대거 동원되는 상황에서 확인할 수 있다.[88] 이 시기 아동문학가들이 소개한 다

---

88 강소천은 1962년 계몽사에서 『어린이세계문학독본』을 엮어 소개하였다. 이외에도 계몽사는 청소년독자를 위한 『세계소년소녀문학전집』을 1959년부터 1962년까지 전 50권을 완간하였다. 이후 1968년에서 1971년에 『소년소녀세계문학전집』이 개정된다. 이때 참여한 번역자를 살펴보면 1권 「그리스신화」, 김은우, 2권 「호머이야기」, 김은우, 3권 「성경이야기」, 방순동, 4권 「이솝이야기」 조풍연, 5권 「영국동화집」, 이원수, 6권 「셰익스피어이야기」, 정인섭, 7권 「플란더즈의 개」 이영희, 8권 「보물섬」, 최요안, 9권 「이상한 나라의 엘리스」, 한낙원, 10권 「로빈홋의 모험」, 최인욱, 11권 「피이터팬」, 김영일, 12권 「보리와 임금님」, 신지식, 13권 「미국동화집」, 박창해, 14권 「엉클톰스캐빈」, 박화목, 15권 「작은아씨들」, 이영희, 16권 「톰소오여의 모험」, 방순동, 17권 「왕자와 거지」, 이원수, 18권 「소공자」, 서석규, 19권 「소공녀」, 서석규, 20권 「돌리틀선생님이야기」, 조덕송, 21권 「프랑스동화집」, 강소천, 22권 「집없는 아이」, 황영애, 23권 「십오소년표류기」, 방곤, 24권 「사랑의 요정」, 이원수, 25권 「별의 왕자님」, 이주훈, 26권 「그림동화집」, 김요섭, 27권 「독일동화집」, 김영일, 28권 「에밀과 탐정」, 장수철, 29권 「사랑의 집」, 박목월, 30권 「알프스의 소녀」, 박화목, 31권 「안데르센동화집」, 이원수, 32권 「북유럽동화집」, 이규직, 33권 「닐스의 이상한 여행」, 어효선, 34권 「방랑의 고아 라스무스」, 신지식, 35권 「러시아동화집」, 남욱, 36권 「남유럽동화집」, 김이석, 37권 「쿠오레」, 최태호, 38권 「피노키오」, 강소천, 39권 「아라비안나이트」, 최태응, 40권 「인도동화집」, 이규직, 41권 「중국동화집」, 장만영, 42권 「서유기」, 이주홍, 43권 「삼국지」, 최태응, 44권 「수호지」, 이주홍, 45권 「일본동화집」, 김영일, 46권 「세계명작동요동시집」, 윤석중, 47권 「세계명작추리소설집」, 김요섭, 48권 「한국고대소설집」, 방기환, 49권 「한국전래동화집」, 이원수, 50권

이제스트판이 독자들에게 인기를 끈 것은 수용자의 입장에서 수준 높은 외국문학을 효율적으로 접촉할 수 있었고, 독서 행위를 통해 서구의 새로운 문학적 상상력을 빠르게 수용·모방할 수 있었기 때문이다. 또한 문학 교육의 효율성 측면에서 무엇보다 세계명작은 이미 검증된 텍스트라는 점에서 신뢰성을 확보할 수 있었다. 『학원』의 독자인 청소년들은 선진적인 외국문학을 수용하면서 서구 문예의 내용과 형식들을 빠르게 수용하였다. 청소년들은 서구 문학의 영향으로 한국문학에 대해서도 다양하게 인식을 전환하였다. 외국 작품을 수용한 청소년들은 '학원문단'에 자신의 작품을 발표할 때 외국문학에 나타난 정신과 문예 기법을 모방하고 실험하기도 하였다. 여기에서 문제는 외국문학이 사전 지식이 부족한 청소년들에게 너무 낯설고 어렵게 인식되기도 했다는 데 있다. 이런 문제의식을 해결하기 위해 『학원』은 외국문학을 소개할 때 그 작품에 관한 개론적 지식을 박스에 실어 독자들을 교양하는 수단으로 활용하였다. 박화목의 「세계 문학 발달 얘기」(1958.10) 등도 청소년 교양 교육의 차원에서 게재된 글이다.

『학원』이 외국문학의 번역과 소개에 적극적인 태도를 보인 것은 미래 한국문학의 주체인 청소년들에게 단기간에 국제적인 문학적 소양을 교육시켜 한국문학의 수준을 향상시키고자 한 욕망의 표현이다. 외국문학의 수용과 향유는 빠른 시간 안에 국내 문

「한국현대동화집」, 이원수 등이다. 이와 같이 소년소녀전집의 번역이나 번안의 경우 아동문학가들의 참여가 절대적이었다.

학의 수준을 국제적인 수준에 맞추는 지름길로 인식되었다. 이런 양상은 외국문학을 통해 한국문학을 하루 빨리 상향 표준화하고 싶은 당대 사람들의 욕망과 연관이 있다. 외국문학에 대한 개방성은 주 독자인 청소년이 1960~70년대 작가가 된 후, 다양한 작품을 생산하는 토대가 되었다.

앞에서 논의된 내용을 토대로 1950년대 실린 소설의 특징을 정리하면 소설의 근대화 과정에서 『학원』의 역할과 성과를 보다 분명히 알 수 있다.

〈1950년대 소설 경향〉 표를 살펴보면 몇 가지 사실을 정리할 수 있다. 첫째, 1950년대 『학원』의 전체 소설 중에서 민족 자강을 계몽하기 위한 역사소설과 모험·탐정소설이 각각 26%와 15%로 높은 비율을 차지함을 알 수 있다. 1950년대 『학원』은 문학과 비문학의 양 측면에서 민족 자강을 계몽하기 위한 매체이념을 실천하였다. 계몽주의적 성격은 문학의 내용뿐 아니라 형식에서도 동일하게 나타났다. 『학원』에 실린 역사소설이나 모험·탐정소설은 기존의 서사 형식에 공포와 스릴러를 삽입시키고, 격투와 환상적인 장면을 극대화시켜 장르의 혼종성이 드러났다. 이들 장르는 영화와 만화 같은 시각적 매체의 영향으로 각 장마다 빠르게 장면을 전환하거나 생략하는 기법을 도입하였다. 속도감 있는 서사전개는 전쟁으로 인한 허무의식을 극복하고 빠른 시간 안에 국가를 재건하고 민족 자강을 이루고 싶은 당대 사람들의 욕망이 반영된 것이다.

세부장르별	편수	비율
과학소설	25	3
소년소녀	298	29
모험/탐정	150	15
역사	264	26
동 화	39	4
세계명작	126	12
기타	115	11
합계	1,017	100

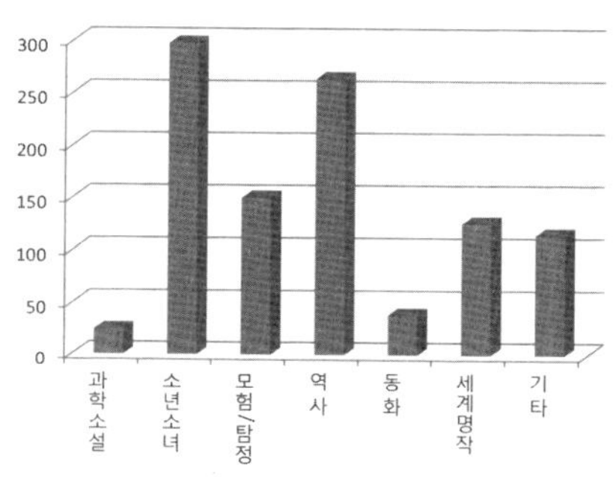

둘째, 소년·소녀소설은 전체 소설 중에서 29%를 차지한다. 소년·소녀소설은 그 안에서 성격에 따라 명칭이 세분화되었다. 명랑소설과 순정소설 그리고 사진소설은 내용과 형식에서 약간의 차이가 있지만 낭만적 동경을 다룬다는 점에서 유사한 패턴이 반복된다. 낭만적 경향으로의 전환은 전후 청소년들이 자아의식을 형성하는 과정에서 현실과의 불화를 해소하기 위한 반동적 의미를 표현한 것이다.

셋째, 한국문학에 대한 상향 표준화의 열망과 개방성으로 인해 외국문학의 번역과 소개가 활발해진 것을 알 수 있다. 전체 소설 중에서 세계명작과 기타 소설의 비중이 각각 12%와 11%로 나타났다. 외국문학에 대한 번역과 소개는 단기간에 한국문학을 서구 문학처럼 상향 표준화하고 싶은 당대인의 열망이 드러난 것으로 차세대 주체인 청소년들의 문학과 교양 교육의 장으로 이 잡지가 활용되었음을 보여준다. 외국문학의 적극적인 수용과 유통은 '안정'과 '자극'을 동시에 추구하는 청소년의 양가적 욕망과 연동되어 움직였다. 전쟁의 폭력성은 청소년들에게 전통에 대한 적대적 감정을 고양시키는 계기로 작동하였다. 사회적 불안을 넘어서고 싶은 청소년들은 기존의 전통적인 소설문법보다 낯설고 새로움을 주는 소설문법을 적극 수용하고 다양한 기법을 모방하고 재창조하고자 하였다. 외국문학의 양적 증가는 청소년들이 정신적·육체적 외상으로부터 탈피하기 위해 새롭고 낯선 문학적 상상력을 적극 수용한 것이다. 『학원』의 소설을 탐독한 청소년들은 전통적인 서사문법과 다른 차원의 상상력을 접하며 낯설음이 주는 새로운 쾌감을 즐겼다. 외국문학의 수용과 향유는 문학에서 자기초월이나 상향 표준화를 꿈꾸는 독자들의 내면을 충족시켜주었다. 이런 점들을 염두에 둔다면 1950년대 『학원』은 한국소설의 근대화 과정에서 다양한 소설과 세계명작에 대한 생산과 유통을 통해 당대 선진 문화의 기획과 전파매체로서 선도적 위치를 점했다고 할 수 있다.

2) 시각적 독서로의 전환과 청소년 독자에 대한 재인식

1950년대는 사회적·문화적 변동으로 청소년들의 독서 취향이 시각적인 즐거움을 추구하며 영상문법에 익숙한 편집체계와 홍미로운 이야기를 읽고 싶어하는 방향으로 전환되었다. 이는 잡지를 기획하고 편집할 때 삽화, 만화, 화보, 컬러 사진 등 시각적인 요소를 활용하는 차원으로 확대되었다.

『학원』 창간호는 표지 인쇄에서 처음으로 '원색칼라인쇄' 방식을 도입했다는 점에서 한국 출판 역사에서도 중요한 업적으로 기록되고 있다.[89] 또 김성환의 「학생의 이모저모」와 김용환의 「코주부 삼국지」 등 연재만화를 통한 청소년 교양과 오락을 동시에 추구하는 내용들이 실렸다. 1950년대 『학원』의 특징은 삽화, 사진, 화보, 만화 등의 양이 늘어났는데, 이는 시각적인 방향으로 대중들의 독서 패턴이 변모되는 과도기 과정을 보여준다. 전쟁 기간에 어린 시절을 보낸 만화가 이원복은 "그 즈음 『학원』지에 김용환의 「코주부」와 고교생의 신분으로 만화를 연재했던 김성

---

[89] "내가 삼화 인쇄를 시작한 1954년만 하여도, 인쇄업계의 출판계에 대한 기여도란, 1910년 육당 최남선이 『소년』지를 내던 때에 비해 별로 다를 것이 없었다. 우리나라에는 8·15 광복 후, 미군의 진주와 함께 카메라 사진이 많이 보급되었다. 그러나 그것은 오늘날과 같은 컬러 사진이 아니라 거의 흑백 사진이었다. 컬러로 사진을 찍는다는 것은 상상할 수도 없었다. 더러는 호사가들이 흑백사진에다 채색을 하여 걸어 놓고 기뻐하는 것이 고작이었다. 사람이며 자연 또는 문화재 등을 컬러로 인쇄하는 출판이란 꿈에 지나지 않았다. 이런 무렵 삼화인쇄가 처음으로, 원색 사진을 출판에 기여할 수 있도록 인쇄해냈다. 그것은 획기적인 일이었다. 물론 오늘날과 같은 원색 분해에 의한 옵셋 인쇄가 아니다. 그 과정은 흑백 사진을 각각 망점을 달리하는 4매의 필름으로 만든다. 그리고 그 필름으로 각각 4매로 동판을 만든다. 이것을 망점에 따라 황색, 청색, 적색, 흑색으로 네 번 거듭 인쇄한다. 그리하면 흑백 사진이던 원고가 컬러로 표현되는 것이다. 인쇄에 종사하는 사람들도 완성된 인쇄물을 보고서야 비로소 피사체의 색체를 알게 된다. 이 기술이 당시의 인쇄계를 경악하게 하였고 또는 고객의 구미를 돋군 삼화의 '원색동판인쇄'였다. 이 인쇄 방법으로 맨 처음 인쇄된 것이 당시의 『학원』 표지이며, 이어서 『대백과 사전』(전 6권)의 컬러 화보였다." 류기정(삼화인쇄 사장), 학원 김익달 전기 간행위원회, 앞의 책, 166쪽.

「코주부 삼국지」는 학원사가 기획하고 김용환이 이를 수용해서 창간호부터 실었는데, 당시 독자들로부터 폭발적인 인기를 얻게 된다.

환의 「거꾸리와 장다리」가 큰 인기를 끌고 있었다"고 회고한다. 그는 어린 시절 "만화 보기 아니면 주로 방바닥에 배를 깔고 엎드려 그림을 그리곤 했"는데 "그때 그렸던 그림들은 인기 만화가의 모사는 아니었다"라고 고백한다. 국내 만화는 1960년대 만화방을 중심으로 전국적으로 독자층을 형성했고 1970년대 어린이 잡지에 만화연재가 등장했으나 본격적으로 만화 전문 잡지가 나오기는 『보물섬』이 창간된 1970년대 중반이었다.[90] 만화가 이원복

---

90 이원복, 「나의삶 나의생각―가치있는 만화 메신저가 될 수 있다면」, 『경향신문』, 1994. 4. 11, 15면.

김용환의 「코주부 삼국지」는 말풍선 기법을 활용해 대화로 이야기를 전개해 나가는 방식을 적극적으로 도입했는데, 당시로서는 파격적인 만화 기법이었다. 그는 중심 캐릭터인 코주부의 인상, 표정, 동작, 말투를 생동감 있게 살렸고, 줄거리의 분위기에 맞게 칸의 크기 등을 조절했다.

의 회고를 보면 1950년대『학원』이 스토리 중심의 만화를 장편으로 연재하게 된 것은 시각적 매체에 익숙해진 청소년들의 문화적 욕구를 충족시키기 위한 선도적인 기획과 구성이었다. 청소년으로부터 폭발적인 호응을 얻은 연재만화「코주부 삼국지」는 '학원사'가 먼저 기획한 후, 이를 김용환이 수용함으로써 연재만화의 대중화 시대를 처음으로 열게 된 획기적인 사건이었다. 김용환의 '코주부' 캐릭터는 원래 1942년 일본 도쿄에서 발행되던 순한글 신문『동경조선민보』에 '코주부'를 처음 선보였을 때 등장했던 것이다.

김용환은 이 캐릭터를 기반으로 1946년 서울에서 발행된 영자 신문인『서울타임스』에 시사만화「코주부」를 연재하였다. 주로 네 컷짜리 시사만화에 등장했던 '코주부' 캐릭터를 대중적으로 유통시킨 것은『학원』에서「코주부 삼국지」(1952.11~1955.3)를 장기간 연재하며 청소년들로부터 폭발적인 반응을 얻으면서부터다.

「코주부 삼국지」는 등장인물이 '말풍선'을 이용한 대화로 이야기를 직접 전개해 나가는 방식을 적극 도입했다는 점에서 당시로서는 파격적인 만화 기법을 시도하였다. 1950년대만 해도 아직까지 잡지에 실린 만화 경향을 살펴보면 대부분 한 칸을 반으로 나누어 그림과 글을 반씩 배치하는 그림 소설의 패턴이 주를 이루던 때였다. 게다가 글자는 깨알 같은 고어체의 설명문 형식을 그대로 채택해 시각적인 즐거움보다는 오직 줄거리를 전달하는 데 초점이 맞춰져 있었다. 이는 마치 "그림 소설을 읽는 방식"과 유사한 패턴으로 이미 선진적인 영상 매체 기법에 노출된 청소년들의 시각적인 언어 감각을 충족시키기에 역부족이었다. 반면, 「코주부 삼국지」는 줄거리 전달을 목적으로 한 전통적인 만화 기법에서 탈피해 중심 캐릭터인 '코주부'의 인상, 표정, 동작, 말투를 생동감있게 살렸고, 줄거리의 분위기에 맞게 칸의 크기 등을 조절하였다. 등장인물들의 대사나 독백도 영화와 텔레비전 같은 영상매체의 대화법에 착안해 말풍선 기법word-balloon으로 '말하기 → 보여주기' 방식으로 전환하였다. 말풍선 기법은 창간 2호(1952. 12, 6쪽) 김성환의 「R군 연말 일기」에서도 나타나는데, 주로 사건 전개를 모자 사이의 대사(언어기호)와 인물들의 동작(그림기호)을 복합 기호로 사용하였다. 그림 소설에서 나타나는 서술자의 내레이션은 생략하고 대사를 각 인물의 머리 위에 말풍선을 활용해 실제 대화를 나누는듯한 기법을 선보였다. 당시 이런 말풍선 기법은 시각적인 언어방식을 추구하던 독자들로부터 폭발적인 인기를 얻었고, 특히 김용환의 '코주부' 같은 독창적인 캐릭터는 한국 만화가 발전하고 유통되는 계기로 작동하였다. "코주부는 한국 현대사의 격랑 속에서도 주어진 삶의 조건을 회피하지 않고 묵묵히 살아온 서민을 대표하는 캐릭터"로 1997년에는 국내 만화 캐릭터 가운데 처음으로 우표로 제작되기도 하였다.[91] 「코주부 삼국지」의 대중성 덕분에 김용환은 「코주부 탐험기」, 「코주부 수

---

91 김희경, 「코주부 캐릭터에 서민 애환 담아」, 『동아일보』, 1998. 12. 4, 23면.

김성환의 「R군 연말일기」는 창간 2호에 실렸는데, 어머니와 아들 사이의 대사(언어기호)와 인물의 동작(그림기호)을 복합 기호로 활용해 사건을 전개한다.

호지」를 잇달아 연재할 수 있었고, 펜화로 「격투」(1959.3), 「바빌론의 고대문명」(1959.4) 등 다양한 만화 기술도 선보였다. 당시 많은 청소년 독자들은 만화가들의 개성 있는 화면 구성이나 만화 기법을 향유하고 모방하기도 하였다.[92] 획기적인 만화 기법의 활용은 세대 간의 교량 역할을 수행하며 이후 청소년들을 만화의 향유·생산·유통·소비의 구성원으로 배치하는 동력이 되었다.

『학원』은 1953년 7월호부터 편집 구성에 더 급격한 변모과정을 거친다. 최덕교는 8년간(1953.7~1961.9)『학원』의 편집장과 편집주간을 맡으며 1950년대『학원』의 성격 형성에 중요한 역할을 한 대표적인 인물이다. 그가 편집장이 된 7월호부터『학원』의 편집 구성에 일대 변화가 일어나는데 그 배경을 살펴보면 다음과 같다.

입사한지 반년이 될까말까 한데 편집장이 되고 보니 잠이 오지 않았다. 생각다 못해, 어느 토요일 밤차를 타고 부산으로 갔다. 이튿날 종일토록 여기저기를 누비면서 바다 건너온 잡지들을 이것 저것 사모아

---

[92] 1950년대 우리 만화는 대부분 역사를 소재로 했는데, 그림 한 칸을 반으로 나누어 깨알 같은 고어체의 설명문으로 채워 넣는 형식이었다. 지금 그 만화를 보면 말이 만화지 마치 그림소설을 읽는 느낌이다. 그러나 「코주부 삼국지」에서는 등장인물이 말풍선의 대화를 통해 이야기를 전개하는 요즘 만화형식을 따른다. 글이 사건전개의 중심역할을 했던 그림 소설류의 만화와 달리 이 만화는 캐릭터의 표정과 동작, 말투가 이야기의 흐름을 주도하였다. 이런 만화적 재미는 당시로서는 파격이었다. 전쟁 중의 어린 세대들의 구미를 자극하기에 충분했던 것이다. 전쟁 중이었음에도 불구하고 잡지『학원』은 1만 권이 넘게 팔리는 큰 성공을 기록하였다. 책값은 당시 기준으로는 꽤 비싼 100환이었다. 그래서 '먹고 살만한' 집안 형편의 청소년들이 잡지를 구독하였다. 그리고 다른 청소년들은 비슷한 또래의 친구들끼리 돌려가면서 이 잡지를 열독하였다. 손상익, 『한국만화사 산책』, 살림, 2005, 6~7쪽.

한보따리를 꾸렸다. 그리고는 다시 밤차로 돌아왔다. 며칠밤을 두고 그 잡지들을 훑어보고는, 그중 몇 가지는 분해까지 해보았다. 읽을거리가 얼마며, 오락 취미가 얼마며, 교양물이 얼마인지 나름대로 정리해 본 것이다. 잡지 만드는 교본이 따로 있는 것이 아니라, 바로 이런 것이 교본이 아닌가 싶었다.[93]

최덕교는 창간호와 창간 2호의 성격을 일정 정도 유지하면서 내용에서 대중성과 전문성을 추가로 기획·구성하는 전략을 선택하였다. 당시 대학생이던 최덕교는 외국 잡지를 수집·분석해 청소년을 위한 종합 잡지로서 기획·구성·편집의 특성을 갖추기 위해 골몰하였다. 그러나 그가 전쟁 중 부산에서 구입한 잡지들이 어느 나라의, 어떤 잡지인지 정확히 알 수 없다. 단, 당시는 한창 전쟁 중이었으므로 그가 교본으로 삼은 잡지들이 일본이나 원조국인 미국에서 들어온 것들일 가능성이 높다. 최덕교는 『학원』의 편집 틀을 구상하면서 청소년들에게 적합한 내용과 기준을 마련하기에 고심하였다. 그는 기존에 발행된 창간호와 창간 2호의 편집 구성을 기본으로 삼고, 그 기본 틀에 재미있게 '읽을거리', '오락'과 '취미'를 심어줄 수 있는 내용, 일반 '교양물' 등을 추가로 기획·배치하였다. 잡지의 전체 구상을 마친 최덕교는 1952년 11월 창간 당시 114페이지였던 본문의 양을 40페이지 정도 추

---

93 최덕교, 『詩의 고향』, 창조사, 1989, 369쪽.

가로 기획해 "150페이지로 늘리고 읽을거리를 대폭 싣자"[94]라고 김익달 사장에게 제안하였다. 김익달 사장은 전쟁 중임에도 불구하고 최덕교의 잡지 증면增面 제안을 흔쾌히 받아들였다. 이렇게 해서 창간호부터 연재되던 역사소설 「홍길동전」(정비석·김용환)과 세계명작 「노오돌 담의 곱추」(김광주 역, 김영주)의 두 편에서 「일곱별 소년」(최인욱·백낙종), 「돈키호테」(이원수 역, 변종하), 「月桂冠」(방춘해·이순재)이 새로운 연재 장편소설로 추가로 기획·구성되었다. 만화로는 창간호부터 실린 역사만화 「코주부 삼국지」(김용환)에 1953년 7월호부터 명랑만화 「거꾸리군 장다리군」(김성환)이 새로이 연재만화로 기획·구성되었다. 최덕교 편집시대를 맞아 연재소설 3편과 1편의 만화가 추가로 기획되어 『학원』의 7대 연재물이 처음 완성되었다. 이는 다시 '10대 연재소설', '5대 연작단편', '5대 연재만화' 등 시기별로 기획이 조금씩 바뀌기도 했지만 읽을거리를 증가하는 방향으로 지속적으로 움직였다. 1953년 7월호인 『학원』의 중대 변화는 '읽을거리'와 '볼거리'의 구성이 대폭 증가했다는 점이다. 이 과정에서 문학과 만화의 비중이 현저히 늘어났고, 문학에서는 대부분 단편소설보다는 장편소설 위주로 작품이 배치되었다.[95]

---

94 최덕교 편, 『한국잡지백년』 3, 현암사, 2004, 519쪽.
95 1950년대 발간된 청소년잡지 『學生 다이제스트』에는 만화와 외국 명작이 주로 실린다. 1954년 3월호 목차를 보면 장편만화로 김용환의 「암굴왕」이 연재되고, 소설은 「씬데렐라의 전설」, 「밀림의 총소리」, 「올리버 트위스트」, 「쟝글의 보물」이 실린다. 위인전기로는 흑인 과학자 가아벨 박사의 일생을 다룬 「대지의 아들」이 번안되었음을 알 수 있

이렇게 청소년을 대중 독자로 견인한 『학원』은 1950~60년대 '학원세대'를 형성한 공간으로서도 역사적이고 문화적인 의미를 갖는다. 『학원』은 청소년 간의 문학적 소통을 활성화시키고, 그들이 한국전쟁의 상처를 넘어서서 건강한 청소년 문화를 만들 수 있는 장場을 처음으로 마련하였다. 점차 『학원』은 국민학생과 고등학생까지 독자층이 넓어졌고, 십대들의 보편적인 공감대를 형성하기 위해 다양한 전략을 기획하였다. 4대 편집장을 지낸 바 있는 최덕교의 회고를 보면 전략적인 기획으로 『학원』이 얼마나 많은 독자를 확보했는지를 알 수 있다.

『학원』은 한때 거의 십만 부에 가까운 판매고를 올렸다. 당시 이러한 부수는 엄청난 것이다. 그 무렵 국내 최대 일간지 편집국장이 자기네 신문이 5만 부를 넘었다고 자랑삼아 얘기한 적이 있을 정도였으니, 『학원』의 판매고가 얼마나 대단했던가를 알 수 있을 것이다.[96]

다. 이 잡지는 국내 소설이 실리지 않는다는 단점이 있다. 1954년 4월에 창간한 『학생계學生界』는 『학원』과 편집이 거의 유사하였다. 『학원』의 편집방침을 모방한 이 잡지는 6가지 읽을거리와 3가지 만화를 합쳐 9대 연재라고 내세운다. 하지만 『학생계學生界』는 4호로 폐간되고 만다. 그러므로 1950년대 『학원』처럼 청소년 독자를 견인하며 다양한 만화와 삽화, 사진을 활용하고, 국내·외 소설에 대한 깊은 관심을 보인 잡지는 거의 없다고 해도 과언이 아니다.

96 "54년에는 서점과의 할인율 문제로 이견이 생겨 전국의 서점이 단합하여 『학원』 취급을 보이코트한 적이 있다. 우리는 전 직원을 동원하여 서울역과 광화문 등 요지에다 잡지를 수천 권씩 쌓아 놓고 가판을 했는데 학생들이 줄을 서서 책을 사 가자 서점들은 삼일도 못 돼서 손을 들었다." 학원 김익달 전기 간행위원회, 앞의 책, 30~32쪽 참조.

‘당시 서울의 몇몇 학교에서는『학원』이 1천 권씩 매진되어 판매라기보다는 배급에 가까웠다”고 한다. 당시 국내 최대 일간지인 동아일보가 5만 부의 판매부수를 기록한 것에 견주어볼 때『학원』이 10만 부에 가까운 독자를 확보한 것은 청소년이 독자층으로 새롭게 탄생했음을 확인시켜준다. 당시『동아일보』의 경우 일간지이고, 독자층의 연령대가 다양하지만『학원』은 주 독자층이 십대들이었다는 점에서 다수의 독자를 확보하기에 한계가 많았다. 그 당시 발행된 잡지들이 대부분 여러 사람에 의해 열독과 회독回讀되는 것이 보통이므로 실제『학원』의 독자 수는 잡지의 판매량보다 훨씬 많았을 것으로 추정된다. 손상익은『학원』이 “한국전쟁 당시 이 땅의 중고생이던 청소년의 절반 이상인 20〜30만 명의 독자를 확보한 셈”이라고 한다. 이러한 사실들을 종합하 볼 때『학원』은 당대 청소년에게 절대적인 매체였고 문화적으로 영향력을 행사하는 장이었음을 알 수 있다. 잡지의 판매부수를 살펴보면 독자 수가 증가했음을 확인할 수 있다.『학원』의 판매부수는 계속 상승해 1954년 6월호는「學生用 世界人名辭典」을 별책부록으로 붙여 6만 5천 부, 7월호는「學生愛唱歌集」을 별책부록으로 붙여 7만 부, 이어서 8월호는 지면을 310쪽으로 늘리고, 여름방학 선물로 ‘8·15記念 20万환 大懸賞’을 내세워 8만 부의 매출을 기록하였다.『학원』은 그때까지 한국 잡지 역사상 최고의 판매 부수를 기록한 잡지로 위상을 세우게 된다. 판매 부수의 증가는 텔레비전이나 영화, 컴퓨터, 스마트폰 등 청소년들의 오락과 교양을 충족시킬 매체가 턱없이 부족했던 1950년대에 『학원』이 십대들을 독자로 견인하는 데 성공한 매체였음을 보여준다. 보통 아동·청소년문학은 성인 중개자의 역할에 의해 구매가 결정되는 특성이 있다. 하지만 1950년대 중·고등학생들이 직접 『학원』을 구매하고 폭발적인 독서열풍을 일으킨 것은 이례적인 현상이다. 게다가 주 소비층으로 부상한 청소년들은 독자투고에 자신의 글을 발표하는 것에도 많은 관심과 흥미를 보였다. 청소년들은 잡지에 실린 기성작가의 작품을 향유하고 독자투고의 현상문예를 통해 자신의 생각을 발화하기도 하였다. 『학원』은 기성문단과 학원문단이 함께 공존하고 충돌하는 의사소통의 장場으로 기능하였다. 수용과 발화가 혼재된 의사소통 방식을 취한 이 잡지는 청소년들의 지적욕구를 충족시키며 점차 '학원세대'를 구성해나간다.

『학원』의 대중적 성공은 잡지가 나올 당시 그나마 발간되던 기존의 몇몇 잡지마저 전쟁으로 중단되었고, 많은 지식인, 작가, 화가들이 마땅히 자신의 글과 그림을 실을 매체조차 변변히 없던 시대적 궁핍 상황과 깊은 관련이 있다. "『학원』에게 전쟁은 행운"이었고, "전쟁으로 할 일이 없어진 고급인력을 총동원" 할 수 있었다는 점에서 최고의 필진과 삽화가들을 참여시켜 잡지의 권위와 청소년 잡지의 기준틀을 처음으로 마련할 수 있었다. 당시 주요 필진으로 참여한 이들은 1930년대 등단해 원로작가들과 동시대를 살았지만 새 시대를 여는 의욕과 태도가 적극적이던 작가들이 많았다. 1950년대부터 참여한 주요 필진은 김동리, 안수길, 곽하신, 김광주, 김송, 박영준, 이봉구, 정비석, 최인욱, 최정희, 김말봉 등이다.[97] 화가로는 김경언, 김관현, 김기창, 김범, 김성환, 김영주, 김용환, 김훈, 박석인, 백영수, 백인수, 서봉재, 신동우, 신동헌, 심홍택, 안영배, 안의섭, 우경희, 유병희, 이순재, 이승만, 이재화, 정한기, 한홍택, 함성철 등 당대의 권위자들이 모두 참여해 삽화와 만화의 수준을 높였다.

전쟁으로 혼란스런 사회·정치적 배경 속에서 이 잡지는 기성 작가와 화가들을 끌어들이고 1950년대 청소년 잡지의 틀을 새롭게 기획·유통시키며 청소년을 위한 '베스트셀러 잡지'[98]로 부상

---

[97] 송하춘은 1950년대 작가들을 그 활동 시기에 따라 네 층위로 분류한다. ① 신문학 초기부터 1920년대 또는 1930년대를 거쳐 1950년대까지 작품 활동을 계속해온 원로들. 박종화, 염상섭, 계용묵, 박화성, 이무영, 전영택, 이주홍, 주요섭 등, ② 1930년대 후반에 등단해 ①의 작가들과 동시대를 살았지만 새 시대를 여는 의욕과 태도가 그만큼 적극적이었던 작가들. 김동리, 황순원, 안수길, 곽하신, 김광주, 김송, 박영준, 이봉구, 정비석, 최인욱, 최정희 등, ③ 1940년대 후반에 일단 등단했으나 6·25로 일시 중단했다가 다시 신인으로 시작한 젊은 작가들. 강신재, 김성한, 손소희, 오영수, 손창섭, 장용학 등, ④ 휴전 이후 새로운 문학잡지와 일간 신문의 신춘문예의 부활로 등단한 이들. 천승세, 정한숙, 오상원, 하근찬, 이호철, 이범선, 선우휘, 박경리, 손창섭, 장용학 등이다. 『학원』의 1950년대 주요필진으로 활동한 이들은 주로 ②에 속한 작가들로 김동리, 안수길, 곽하신, 김광주, 김송, 박영준, 이봉구, 정비석, 최인욱, 최정희 등이다. 송하춘·이남호, 『1950년대의 소설가들』, 나남, 1994, 14~15쪽.

[93] "베스트셀러라면 누구나 단행본을 떠올린다. 그러나 중학생 잡지 『학원』을 우리 베스트셀러 역사에서 빼놓을 수는 없다. (…중략…) 『학원』에게 전쟁은 행운이었다. 전쟁으로 할 일이 없어진 수많은 고급 인력을 총동원할 수 있었다. 만화가들의 경우 『코주부 삼국지』를 그린 김용환을 비롯해 김성환, 안의섭, 신동헌 등 정상급들을 총동원할 수 있었다. (…중략…) 그런 잡지가 인기를 끈 것은 너무 당연하였다. 특히 1954년 5월 조흔파의 명랑소설 『얄개전』이 연재된지 두 달 뒤인 7월호가 절정으로 8만 부 나갔다. 유력한 일간 신문이 5만 부를 돌파했다고 떠들썩하게 자축하던 시절의 이야기다." 양평, 「베스트셀러로 본 우리 출판 100년」, 『우리출판 100년』, 현암사, 2001, 253~256쪽.

하였다. 이 잡지는 창간호부터 컬러 인쇄 방식을 도입해 본격적인 원색 인쇄 시대를 처음으로 개척했다는 점에서도 출판 문화의 질적 성장에 미친 영향력이 대단하였다. 1950년대『학원』은 다양한 국·내외의 기사와 문학 작품을 게재함으로써 교양지로서 청소년 계몽을 위한 교육의 장이며 의사소통의 장이었다. 1950년대 한국문단과 한국사회를 선도한 대중매체로서『학원』은 여타의 일간 신문처럼 한국인들의 집단의식을 형성하고 이끌어간 대표적 잡지로 위치를 확고히 한 것이다. 특히『학원』은 '어린이'나 '성인'의 매체에 그때그때마다 편의대로 종속되어 존재하던 '청소년'을 새롭게 '발견'하고 적극적으로 '독자'로 견인했다는 것이 가장 큰 성과이다.『학원』의 판매 부수는 1950년대 초반에 8만 부를 기록했다가 1957년 4만 부로 급감했는데, "三月頃부터는 二萬 以下로 떨어지고 말았다"[99]고 한다. 1957년 11월 12일『동아일보』에서 다룬「少年雜誌의 方向—兒童層의 讀書傾向과 少年誌의 實態」를 보면 '少年雜誌'로서 '獨步的'이었던『학원』의 판매부수가 급감한 원인을 "韓國 少年層의 讀書傾向이 畸形的으로 흘러"간 것과 "學園誌가 學生雜誌로서의 特色을 유지하지 못한 것"으로 지적하고 있다. 원래『학원』의 주 독자층은 국민학교의 중간中間 학년부터 중·고등학교 학생, 군인, 부인까지 포괄했었는데, 중·고등학교 학생과 군인은 일반 교양잡지 및 대중잡지로 관심이

99　편집부,「少年雜誌의 方向—兒童層의 讀書傾向과 少年誌의 實態」,『동아일보』, 1957.11.12, 4면.

이동했고, 국민학교 학생들은 흥미위주로 기획된 만화로 독서 경향이 변화하였다. 당시 필자는 다양한 잡지의 출현으로 휴간의 위협을 받았던 『학원』이 위기에서 벗어나려면 소년 잡지로서 그 방향을 교양, 사회, 정서교육 등으로 모색해 매체의 성격을 분명하게 재설정해야 한다고 논하였다.[100] 이 시기 김익달 사장은 판매 부수의 감소를 타개하기 위해 고심에 빠진다. 그러나 1950년대 내내 『학원』의 기본 판매 부수는 현재의 잡지 판매량과 비교해보더라도 엄청난 양이었고, 수많은 대중 독자를 확보하고 양질의 청소년문학과 문화를 생산하고 유통시킨 매체였음은 분명하다.

---

100 위의 글.

제3장

1960년대 청소년에 대한 교양과 대중 지향성

1. '청소년', '교양' 그리고 매체이념의 변모

1960년대는 4·19와 5·16이라는 격변의 역사가 자리한다. 이 역사적 사건을 거치면서 한국사회와 문화는 급격히 변화하기 시작하였다. 4·19 이후 1,400여 종의 잡지가 발행되었고, 5·16 이후 잡지는 229종으로 크게 격감한다.[1] 이는 매체의 증감 현상이 사회·정치적 변화와 깊은 상관성이 있음을 보여준다. 1960년대 『학원』은 당대 다른 잡지들이 그러하듯이 정간과 속간을 반복하는데, 이런 사실들은 청소년 잡지도 사회·정치적 변화에서 자유롭지 못했음을 입증해준다. 『학원』은 1959년 11월부터 1961년 9

---

1   이용성, 「한국지식인 잡지의 이념에 대한 연구」, 한양대 박사논문, 1996; 전영표, 『출판문화와 잡지저널리즘』, 대광문화사, 1997.

월까지 일시적으로 '중·고등학생 문예지'로 성격을 바꾸는데, 속간된 후 1962년 3월호부터는 다시 종합교양지로 변모된다. 5·16 이후 속간된 『학원』의 편집장은 오영식이 맡는다. 아동문학가인 오영식(오영민)은 『학원』에 소년·소녀소설을 지속적으로 발표하였다.[2] 그는 1970년대 초반까지 『학원』의 편집장과 편집주간을 맡으며 1960년대 『학원』의 대중 지향을 선도한 인물이다. 이외에 1970년대까지 활동한 편집장은 박재서, 권오운, 채희상, 강민 등이 있다.

1960년대 『학원』의 기사나 화보에는 '조국 근대화'에 대한 내용이 주요 화두로 나타난다. 조국 근대화가 전면에서 다뤄진 것은 당대 잡지들이 색깔론에 휘말리지 않기 위해 국가 정책인 근대화를 자발적으로 홍보하고 나선 것과 연장선상에 있다. 당시 근대화는 한국사회의 지배적인 규율이며 아이콘이었다. 이 시기는 근대화를 위해 남/녀의 성 역할을 이전보다 더 명확하게 구분하기 시작하였다. 성 역할의 구분은 국민의 위계서열화로 직결되었고, 여성과 어린이들이 중심에서 배제되고 타자화되는 계기로 작동하였다. 또한 청소년기는 어린이와 성인의 중간 단계라는 물리적 연령 구분에서 벗어나 고유한 특성을 지닌 시기로 인식되었다. 1960년대 『학원』에는 청소년이 어떻게 '발견'되고

---

2   오영식(필명 오영민)은 『학원』과 『주부생활』의 편집장과 편집국장을 지낸바 있다. 그는 『학원』에서 「파도의 계절」을 비롯해 「어린청춘」, 「물 오르는 나무들」, 「10대―여물어 가는 얼굴」 등 다수의 소년·소녀소설을 발표한다.

정체성이 형성되는지 그 과정이 드러난다. '청소년'의 발견은 오늘날까지 청소년을 규정하는 특성으로 간주되기 때문에 1960년대 『학원』에 나타난 청소년의 정체성에 대한 탐구는 사회·문화적으로 깊은 의미가 있다.

1) 조국 근대화 과제와 청소년 인재의 필요성

1962년 3월에 새로 속간된 『학원』에는 군사정권의 「혁명공약」[3]이 속표지에 소개된다. 「혁명공약」이 실리면서 그 전까지 「판권」란의 좌측에 작게 배치되던 「우리의 맹세」가 빠진다. 1960년대는 정치·사회적으로 청소년을 위한 출판매체도 군사정권의 통제로부터 자유롭지 못하였다. 이 시기에는 조국 근대화 과제와 인재의

---

3 「혁명공약」
　　① 반공을 국시의 제 1의로 삼고 지금까지 형식적이고 구호에만 그친 반공 태세를 재정비 강화한다. ② 유우엔 헌장을 준수하고 국제협약을 충실히 이행할 것이며 미국을 위시한 자유 우방과의 유대를 더욱 공고히 한다. ③ 이 나라의 사회의 모든 부패와 구악을 일소하고 퇴폐한 국민도의와 민족정기를 다시 바로 잡기 위하여 참신한 기풍을 진작한다. ④ 절망과 기아선상에서 허덕이는 민생고를 시급히 해결하고 국가 자주 경제 재건에 총력을 경주한다. ⑤ 민족적 숙원인 국토통일을 위하여 공산주의와 대결할 수 있는 실력의 배양에 전력을 집중한다. ⑥ (군인) 이와 같은 우리의 과업이 성취되면 참신하고 양심적인 정치인들에게 언제든지 정권을 이양하고 우리들 본연의 임무에 복귀할 준비를 갖춘다. (민간인) 이와 같은 우리의 과업을 조속히 성취하고 새로운 민주공화국의 굳건한 토대를 이룩하기 위하여 우리는 몸과 마음을 바쳐 최선의 노력을 경주한다.
　　1962년 속간된 『학원』 3월호 이후의 속표지에는 「혁명공약」이 들어가 있다. 주로 속표지에 실렸으나 인기 연재소설 조흔파의 「고명아들」(1963.3, 76쪽) 하단 박스에 실리기도 하였다.

중요성이 무엇보다 부각된 시기이다. 근대화에 대한 정책은[4] 1960
년대 『학원』에 발표된 「학생들이 앞장서서 국가재건 이룩하자」
라는 글에서 확인된다.

특히 지난번 4·19 때는 지금도 대부분이 학창에 머물러 있으리라고
생각되는 바로 현재의 학생 제군들의 손으로 부정 선거를 일삼아 오던
독재정권을 쳐부수고, 제 2공화국의 탄생을 가능케 하였던 것을 생각
할 때 제군들의 힘이 얼마나 큰 것인가를 알고도 남음이 있다. 그 후 간
첩 침략을 분쇄하고 이 나라의 진정한 민주주의적 토대를 공고히 하기
위하여 일어난 5·16 군사혁명 이후에는 솔선하여 국가 재건 사업에
협력하고 있는 것은 참으로 반가운 일이다.

— 서정권, 「학생들이 앞장서서 국가재건 이룩하자」,

『학원』, 1962.3, 20~21쪽

4　① 정치적 통합을 도모하기 위한 교육정책. 반공교육, 국가주의, 발전주의, 1968년 실
용주의의 정신아래 제정 공포된 국민교육헌장(민족중흥을 위한 정신적 기반, 새로운
국민상 및 전망과 각오를 담아냄), 그리고 한국적 민주주의를 정립하고 국적있는 교육
을 통해 민족 주체성을 고양한다고 표방하였던 유신교육. ② 국가의 경제발전, 혹은 경
제적 근대화를 추구한 교육정책들이다. 향토학교운동, 기술교육, 산학협동교육, 새마
을 운동 ③ 입시관련 정책. 중학교 무시험진학제도, 고교평준화, 고등학생의 대학 입
학자격제한 위한 예비고사제도. ④ 교육의 질 제고를 위한 교육내용 쇄신. 교과서 개
편, 1968년 한국행동과학연구소의 완전학습모형 개발, 한국교육개발원의 새 교육체제
연구, 개발사업. 고등학교수준의 초등교원양성 기관인 사범학교를 초급대학 수준의
교육대학으로 승격. ⑤ 교육자치제, 교원인사행정제도, 사학정책 및 교육재정 정책.
이러한 교육정책은 행정의 중앙집권화를 통한 수직적 지시, 감독체계를 통해 정부통
제를 강화하기 위함이다. 정영수 외 3인, 『한국 교육정책의 이념』 II, 한국교육개발원,
1986, 46~60쪽.

서정권의 글은 1960년대 근대화가 한국사회의 중심축을 이루고 있음을 간명하게 보여준다. 서정권은 5·16이 "간첩 침략을 분쇄하고 이 나라의 진정한 민주주의적 토대를 공고히 하기 위하여" 일어난 역사적 사건이라고 홍보한다. 그는 청소년에게 군사정권이 국시로 내세운 "국가 재건 사업"에 적극 협력하라고 강조한다. 서울 중·고등학교 교장인 서정권의 글은 1960년대 교육 이념과 지배이데올로기를 반영한다고 볼 수 있다. 1960년대는 자주적 국가건설과 근대화가 긴급한 국가 과제로 제시되었다. 5·16 이후 군사정권은 '조국 근대화'의 기치 아래 '인간 개조 운동'을 추진하였다. '근대화'와 '재건'이라는 단어는 한동안 우리 사회를 풍미하는 주요 아이콘으로 등장하였다.[5] 1960년대 『학원』에 나타난 근대화는 당대의 정치·사회적 변화와 교육의 변모를 그대로 보여준다. 근대화에 대한 계몽은 「새롭게 부흥하는 건설의 나라」로 분단국가인 서독을 예로 드는 데서도 나타난다.

한 장의 산뜻한 포스터처럼 알뜰하게 정돈된 숲과 농지. 깨끗한 곡선을 그으면서 내려뻗은 강과 풍토. 그리고 그 선을 따라 움직이는 수많은 적은 기선들과 자동차의 물결들. 이런 것들은 우선 온 나라가 질

---

5   군정 초기 문교부장관이었던 문희석은 인간개조를 문교행정의 기본방향으로 제시한다. 근대화가 인간생활의 합리화에 의한 인간성의 구현이라고 한다면, 근대화는 물질적인 것보다 정신적인 면이 더욱 중요하며, 단계적으로도 정신적인 것이 앞서야 한다. "인간개조의 목표에 대하여 당시 국가재건최고회의는 자주, 협동, 역행, 건강한 인간 등으로 요약 제시하였다." 손인수, 『한국교육운동사』 2, 문음사, 1994, 295~309쪽.

서 있고 정돈되어 있다는 인상을 주는데 충분하다. 한 눈으로 보아 전쟁의 상처는 말끔히 가시어져 있다.

이렇게 부흥하고 성장하는 서독에는 오늘날 일찌기 전례가 없는 정도의 운이 좋고 희망에 찬 젊은 세대가 성장하고 있다.

— 유규석, 「새롭게 부흥하는 건설의 나라 독일」,
『학원』, 1962.3, 44~49쪽

1960년대 『학원』은 서독과 한국이 전쟁과 분단국가라는 유사한 경험을 공유한다는 전제하에 '근대화'에 대한 논의로 이동한다. 발전된 서독의 모습은 이상적인 한국 근대화의 전형적인 모델로 제시되고 있다. 이 글은 서독처럼 풍요로운 국가를 건설하는 것 즉, '근대화'의 완성을 달성하기 위해서는 무엇보다 예비국민으로서 청소년의 역할이 중요하다고 강조하고 있다. "포스터처럼 알뜰하게 정돈된 숲과 농지, 깨끗한 곡선을 그으면서 내려 뻗은 강과 풍토"의 이미지는 전근대적인 한국의 이미지와 대조적이다. 서독의 모습은 "부흥하고 성장하는" 근대의 정점을 독자들에게 확인시켜줌으로써 독자에게 가난한 '여기'가 아닌 풍요로운 '거기'라는 희망을 심어주고자 하였다. 1964년 11월호에는 「사상의 장벽 넘는 독일 민족」이란 글에서 동서베를린 협정으로 인해 일 년에 네 차례 그리고 관혼상제 행사 때 서로 친척들이 자유왕래를 할 수 있도록 허용했다는 기사가 나온다. 이 기사는 사상의 장벽을 넘어 통일을 이룩하려는 독일 국민의 강력한 의지를

본받아야 한다는데 초점이 있다. 이와 같이 서독은 장차 한국사회가 닮고 배워야 할 '근대화'와 '통일'을 위한 이상적인 국가 모델로 제시되고 있다. 이같은 기획 기사를 보면 근대화의 모델로 서독이나 서유럽의 여러 선진국들이 소개됨을 알 수 있다. 이런 화보와 기획 기사에 실린 서유럽 국가들은 가난하고 척박한 '여기가 아닌 저기'라는 이상적 공간으로 반복적으로 제시되었고, 근대화를 수행할 주체로서 청소년을 호명한다는 점에서 계몽하고자 하는 내용이 1950년대와 달라졌음을 알 수 있다.

같은 호에는 「국가재건 최고회의 최고위원들 지방시찰」이 연속적으로 나온다. 특집 기획에서는 5·16으로 정권을 장악한 박정희의 행보와 '종합경제 5개년 계획', 그리고 '울산 공업센터 기공식 성화' 등이 비중 있게 다뤄지고 있다. 1962년 5월호에는 「군사혁명 1주년의 회고」와 「군사혁명 1주년 기념 산업박람회 열리다」, 그리고 「국토건설단의 우렁찬 발걸음」 등 국가의 주요 행사를 연속적으로 홍보하는 특집이 잇달아 실리고 있다. 1960년대 『학원』에서 5·16과 근대화를 교차해서 배치한 것은 이질적으로 브이는 두 층위를 서로 연결시키고자 함이다. 군사정권은 갑신정변과 자신들이 제기한 '조국의 근대화'가 동일한 차원에서 역사적 정당성이 있음을 홍보하고자 하였다.[6] 군사정권의 정당화

6 　민주당 류진산 의원은 군인들이 쿠데타를 일으킨 명분과 김옥균이 일으킨 갑신정변의 명분이 '조국의 근대화'라는 점에 주목한다. '근대화'라는 말은 대체로 두 가지로 해석되는데 하나는 봉건사회로부터 근대 자본주의 사회로 이행해 가는 역사적 전개 과정으로서의 개념이요, 다른 하나는 산업화를 토대로 현대사회가 전통사회로부터 얼마만

논리는 '국민'을 '근대화'라는 구호로 손쉽게 동원하고 '압축 성장'을 가능케 하는 계기로 활용하려는 측면이 강하였다.[7]

이를 확인시켜주듯 『학원』에는 양찬우 내무부장관이 '근대화'를 "역사의 바른 길"로 요약해서 싣고 있다.

우리나라는 지금 어려운 처지에 있읍니다. 워낙 **어려운 국민 생활에 민주주의 훈련이 부족한 데다 서로 헐뜯고 싸우는 사회 기풍은 나라의 앞길을 험하게 만들고 있읍니다.** 밖으로는 공산 괴뢰군과 휴전선을 가로 놓고 대치하고 있으며 옛날 버릇을 잊지 못한 일본과의 문제도 복잡합니다. 이러한 시기에 학생 여러분은 민족의 얼이 얽힌 '학생의 날'을 가슴에 되삭여 오늘의 현실을 냉정히 살피고 꾸준히 공부해서 **튼튼한 나라, 잘 살 수 있는 사회를 건설해야** 하겠읍니다. **나라를 사랑하는 마음과 협동 단결의 정신! 진리를 찾고 새 것을 캐는 창작의 정신!**

— 양찬우, 「역사의 바른 길을 걷자」, 『학원』, 1964.11, 60~61쪽

큼 벗어났는가를 측정하는 도구로서의 개념이다. 손인수, 앞의 책 2권, 310쪽.

7 　당시 군사정권의 이러한 의도는 「혁명정부 문교시책」의 4대 이념에서도 나타난다. 군사정권은 국민계몽을 위해 ① 간첩침략의 분쇄 ② 인간개조 ③ 빈곤타파 ④ 문화혁신을 제시함으로써 '반공 = 근대화'를 동일하게 배치한다. ③ 빈곤타파는 아세아적 후진성을 극복하기 위해 국가를 부강하게 할 수 있는 생산인, 기술인을 양성하기 위한 과학기술교육, 실업교육을 강화하는 동시에 교육을 향토생활과 향토개발에 직결시킬 수 있는 향토건설에 둔다고 규정한다. ④ 문화혁신은 지금까지의 **문교행정이 학교교육에만 치우쳐온 폐단을 시정하고 청소년학도는 물론이요 전 국민이 지니고 있는 문화면의 소질과 재능을 충분히 길러주고 발전시키는 데에 과감한 시책을 강구**하여 이를 추진함으로써 국민문화를 창건, 향상시킨다. 즉 민족문화의 새로운 창조, 문화기구 개편, 국제문화 교류 강화 등을 강화한다. 대한민국정부, 『혁명정부 문교시책』, 1961.9, 43~44쪽.

양찬우는 "어려운 국민 생활"과 "민주주의 훈련이 부족한" 국가 현실을 청소년이 냉정히 파악해야 한다고 강조한다. 그는 청소년이 국가의 총체적 위기 상황을 타개하고 "튼튼한 나라, 잘 살 수 있는 사회를 건설"해야 한다고 강조한다. 이 글은 군사정권이 주요 목표로 내세운 '조국 근대화와 공업화를 통한 빈곤 추방'에 청소년이 적극 나서는 것이 애국심을 실천하는 행위라고 역설하면서 청소년을 새로운 국가의 주체로 인식하고 있음을 보여준다. 양찬우는 1929년 일본 제국주의에 맞선 광주 학생운동과 한국전쟁 때 조국을 지키기 위해 공산당과 싸운 학도병들, 그리고 4·19 민주화 운동의 선봉에 선 학생정신을 '구국救國'이라는 동일한 가치로 묶고, 그 연장선에 '근대화'의 역사적 정당성과 의미를 교육·유통시키고자 하였다. 양찬우의 글은 국가 위기 때마다 높은 애국심과 실천력을 토대로 민족을 위기에서 구한 청소년의 민족주의 전통이 장래 "희망의 상징"임을 환기시킨다. 양찬우는 애국심과 근대화를 '진리'라는 동일한 가치로 균일화한 후 청소년들의 윤리의식을 획일화된 가치체계로 수렴하고자 하였다. 이런 일련의 글들은 청소년에게 '근대화'의 역사적 정당성을 홍보하며 국가의 인재로 성장해야 함을 계몽하기 위한 기획 속에서 배치된 것이다.

『학원』 1966년 3월호는 「찬란한 조국 근대화의 설계도」라는 박정희 대통령의 연두교서를 6쪽에 걸쳐서 자세하게 다룬다.

나는 올해를 다시 '일하는 해'로 정하고 근면과 검소와 저축을 다시 우리의 행동 강령으로 삼아 증산增産·수출·건설에 총 매진할 것을 모든 국민에게 호소하고자 합니다. (…중략…) 그리하여 제3차 경제개발 5개년 계획이 끝나게 될 1970년대의 후반기에는 조국의 근대화를 이룩하자는 것입니다. **조국의 근대화야말로 진정한 우리의 미래상**未來像**입니다.**

1970년대 후반기 제3차 경제 개발 5개년 계획이 끝날 무렵에는 '소비는 미덕'이라는 새로운 표어가 등장하는, **대량 생산·대량 소비의 '풍요한 사회'를 건설하자는 것입니다.** (…중략…)

(…중략…) 우리는 **미국과의 전통적인 우호 관계를 가일층 돈독히 하고, 서독을 비롯한 서구 우방 제국과의 유대를 더욱 공고히 하여 우리의 안전과 번영을 추구**하고, 나아가 자유진영과의 결속과 안전에 크게 기여할 것입니다.

― 박정희, 「찬란한 조국 근대화의 설계도」, 『학원』, 1966.3, 44~45쪽

군사정권은 "풍요한 사회" 건설이 역사적 과제이며 "조국의 근대화야말로 진정한 우리의 미래상"이라고 홍보하고 있다. 기획 기사와 특집 코너에는 근대화와 풍요로움, 그리고 공업화와 빈곤 추방, 외화획득 등의 기표들이 빈번하게 등장하고 있다. '근대화'와 관련된 기표들은 1953년 이후 고착화된 남북 분단 체제에서 한국이 세계적인 국가 중 선진국가로 성장할 수 있는 기본 동력으로 제시되고 있다. 만화 「답답이와 말쑥이」에도 '외화획득'에

김경언의 「답답이와 말쑥이」는 외화획득을 위해 답답이가 도자기를 만들어 수출하려는 과정을 코믹하게 보여준다.

대한 내용이 유머 있게 다뤄진다.[8] 만화가 김경언은 "한국의 시급한 외화획득"을 위해 답답이가 도자기를 만들어 수출하려는 과정을 코믹하게 보여준다. 그 외에 남미나 아프리카 등의 여러 나라에 대한 지리적 특성과 함께 잠재적 성장 가능성 등 경제적 현안에 대한 구체적인 내용들이 재미와 교육 효과를 독자에게 맛볼 수 있도록 하기 위해 만화와 삽화를 활용해 다뤄진다. 세계 각국에 대한 높은 관심은 차후 청소년이 성인이 되면 아프리카, 남아메리카 등 다양한 국제 시장에 진출해 국가 경제의 발전에 이바지하는 주체적인 국민으로 성장하기를 기대하면서 그들을 계몽하기 위한 기획의 일환이었다.

이에 따라 『학원』에는 국외 시사도 국내 시사만큼 다양하게 다루고 있다. 박정희 대통령의 연두교서의 다음 기사는 「여 수상이 이끌 내일의 인도」편이 연속적으로 실리고 있어 주목을 요한다.

인도가 큰 희망을 걸고 내세웠던 제4차 **경제 5개년 계획**은 막대한 군사비의 지출과 여러 가지 국내의 난관에 부딪쳐 일단 좌절하지 않을 수 없게 되어, 국제적으로 미묘한 입장에 처하게 되었다.

그간 해마다 **미국 농산물의 원조를 받아 식량문제를 해결**하였으며, 중공과의 분쟁으로 자연히 외교적으로 우선회右旋回를 하지 않을 수 없게 된 반면에, 소련으로부터의 군사 원조도 받지 않을 수 없게 되었던 것이다.

---

8   김경언, 「답답이와 말숙이」, 『학원』, 1964.11, 168~172쪽.

―편집부, 「여 수상이 이끌 내일의 인도」, 『학원』, 1966.3, 50~51쪽

이 글은 인도가 처한 경제적, 정치적 난관들이 한국과 유사하다는 점에 초점을 맞추고 있다. 인도는 한국처럼 공산권인 중공과 대치하고 있어, 막대한 군사비를 지출할 수밖에 없는 불운한 현실을 강조한다. 인도는 전체 인구의 70%가 종사하는 농업이 발전하지 못해 국민들이 원조를 통해 식량문제를 해결하고 있다. 이러한 논리는 청소년에게 근대화의 실현이 국민의 생명과 자유를 보장해줄 자유민주주의를 수호하는 길임을 계몽하는 것으로 연결된다.

1967년 5월호 화보에서는 〈잘 살아보세〉[9]를 5월의 노래로 소개한다. 이 기획 특집에는 "조국의 근대화, 공업국으로의 길을 서둘렀다"라는 표어와 함께 울산 정유공장, 비료공장건설, 동진강 간척공사, 섬진강 다목적댐공사에 대한 내용이 화보와 함께 상세하게 실리고 있다. 곧바로 다음 지면에서는 "농업의 과학화로 현대적인 농업국을 지향했다"는 표어와 함께 경지정리와 증산운동도 비중 있게 다뤄진다. 이 시기에는 과학과 농업에 관한 기사도 현저히 증가한다. 농업에 관련된 특집에는 한낙원의 「한국 농업에 몸 바친 미션교사 루쯔박사」가 나온다. 루쯔박사는 한국 농민을 계몽하고 『농민생활』을 발간해 민족운동과 농촌운동을 실천

---

9   편집부, 「새나라 건설보―5월의 노래는 잘살아 보세」, 『학원』, 1967.5, 18~25쪽.

한 인물로 소개된다. 루쯔박사는 한국 종자의 우수성에 대해 실험을 통해 입증해주었는데, 그는 청소년에게 "젊은 사람 이 나라 위하여 땀 많이 흘려야 되겠소"[10]라며 애국심을 강조하고 있다. 이외에 이호양의 「식물의 마술사 루더 바뱅크」(1961.8), 「벽지에 희망을 안겨주다」(1962.9) 등 농촌 계몽을 다룬 내용들이 대폭 증가하였다. 아울러 1960년대에는 과학과 문명, 진보에 대한 기사들도 자주 실린다. 기사의 주요 관심사는 1960년대 주요 아이콘인 '우주개발'과 '달탐험'에 관한 것부터 '망원경' 등 과학 기자재까지 확장되어 소개되고 있다. 1953년 2월호에는 「세계에서 가장 큰 200인치 망원경」을 소개하는 기사가 나온다. 이 망원경은 "우주의 무서운 비밀을 밝힐 것"이라며 우주에 대한 관심을 드러낸다.[11] 1950년대 우주에 대한 관심은 1960년대로 오면 전 세계적 관심으로 확장되면서 기자재까지 대중화되는 양상이 일어난다. 『학원』에 실린 광고에는 지상 망원경 킷트, 렌즈 셋드를 소개하면서 천체용과 지상용 두 가지를 보여준다. 이 광고는 망원경에 대한 대중화 예를 보여준다는 점에서 당시의 사회적 관심을 엿볼수 있는 자료이다.[12]

세계 최초의 우주여행은 소련에 의하여 성공되었다. 아름다운 신화

---

10 한낙원, 「한국 농업에 몸바친 미션교사 루쯔박사」, 『학원』, 1961.5, 106~111쪽.
11 편집부, 「세계에서 가장 큰 200인치 망원경」, 『학원』, 1953.2, 74~75쪽.
12 편집부, 「누구나 쉽게 만들 수 있는 새로운 공작재료 안내」, 『학원』, 1964.11, 306쪽.

神話로서, 희망에 찬 과학으로서의 인간의 꿈을 백일하白日下에 이루
는 생생한 한 발자국이 내디뎌진 것이다.

　　　—편집부, 「세계 최초의 우주 여행 성공」, 『학원』, 1961.5, 92~95쪽

　과학과 관련된 기사는 그동안 "인간의 꿈"이며 "아름다운 신화"
이던 우주여행을 실현 가능한 일로 제시함으로써 청소년에게 희
망을 주고 있다. 이 글은 새롭게 펼쳐진 첨단 우주과학의 시대에
한국이 뒤따라가려면 무엇보다 '과학'을 발전시켜 근대화를 완성
해야 한다는 논리를 펼친다. 이런 기획 의도에 맞게 「우주여행의
아버지 헤르만 오오벨트」(1961.5)를 비롯해 세계적인 과학자들의
전기도 많이 실렸다. 과학 특집에는 「비행접시의 수수께끼」를 비
롯해 태양의 정체, 초고속 로켓 등 우주·과학 등에 관한 내용이
상세하게 다뤄진다. 그중에서 '달'에 대한 관심은 1960년대 미국
과 소련이 경쟁적으로 우주개발에 나서며 세계적인 관심사로 떠
올랐다. 이 시기에는 '아폴로 우주선, 소련의 달나라 여행, 땅위
에 마련된 달나라, 달에의 첫걸음' 등 청소년들이 재미와 지적욕
구를 동시에 충족시킬 수 있는 교양적이고 오락적인 내용들이 급
격히 증가하였다.[13] 농업, 과학, 경제, 예술 등에 대한 교양적인
내용의 증면은 청소년이 장차 국가의 주체로서 '풍요로운 나라'
를 건설해야 함을 계몽하는 차원에서 기획된 것이다.

13　편집부, 「달나라로 가려는 사나이들」, 『학원』, 1967.6, 219~233쪽.

2) 청소년의 정체성 탐색과 개인에 대한 가치 발견

군사정권은 근대화의 기치 아래 경제 성장을 강력하게 외치면서도 정신에 있어서는 유교주의 전통을 강조하는 모순된 행보를 보여준다. 군사정권은 한민족의 민족성을 바꿔서라도 근대화에 적합한 '국민'으로 변신해야 함을 청소년에게 계몽하고 있다. 군사정권의 경제개발 계획은 압축적이고 단기적인 과정을 거쳐서라도 전근대사회에서 근대사회로 이행하는 데 초점이 맞춰져 있었다. 때문에 군사정권은 충효忠孝를 제일 원칙으로 내세우는 유교주의 윤리관을 채택하고 적극적으로 유통시킬 수밖에 없었다. 남북 분단과 미소를 중심으로 한 냉전체제는 청소년에게 '국가'를 최고의 가치로 간주하고 국가주의 체제로 순응해야함을 교육할 필요성이 있었다. 충·효라는 전통적 덕목은 병영 체제의 동원 이데올로기와 결합되었고, 여기에서 국가는 가족의 확장된 모습으로 이해되었다. 이런 가족주의적 국가관은 개인을 통제해 군과 산업 인구로 손쉽게 동원하는 힘이 되었다. 1960년대 교육과 언론, 그리고 출판 이념은 근대화의 실현과 밀접한 관련을 맺는다. 이 시기 '충·효'는 국민 윤리의 절대적 가치이며 실천 덕목으로 나온다. 「효도 일만리」에는 "어버이 살아신 제 섬기기란 다하여라"라고 계몽적인 주제를 달고 있다. 효자 한구석의 효행담을 다룬 이 기사는 '효'가 최고의 가치임을 보여준다. 기사 하단에서는 국민들이 마땅히 본받아야 할 모범적 규준으로 '효'의 중요성을 홍보하고 있다.

지난 5·16 군사혁명 1주년기념일과 8·15 기념일에 군수郡守와 도지사道知事로부터 '효자상'을 받은 '구석'아저씨를 위해 효자비를 세운 이 동네도 '자랑스러운 고을'이다.

— 방길영, 「효도 일만리」, 『학원』, 1962.12, 114~117쪽

「효도 일만리」에는 '효'를 실천한 그 지역의 인물과 '효자비'를 서운 동네를 모범적인 '충·효'의 사례로 소개하고 청소년들이 졸대적으로 본받아야 할 가치라고 선전하였다. '충·효'라는 유교적 덕목을 청소년에게 계몽하는 것은 그들을 민족 주체로 교양하고 국민국가의 이데올로기를 자연스럽게 내면화하도록 하기 위함이다. 군사정권은 압축적인 근대화를 실현하기 위해 여성과 남성을 가정 / 사회, 안 / 밖으로 구분하였다. 남 / 녀의 구분지음은 새로운 국가 모델에 맞는 성 역할을 규정한 후 경계를 구획하고 소속을 정하여 국민을 위계서열화하려는 전략적 차원에서 진형된 것이다. 산업역군이며 군인인 남성은 국민이고 국가의 중심으로, 반면 가사와 자녀교육을 담당하는 여성은 전자를 보조하는 하부 층위의 보조국민으로 위계서열화 되었다.[14] 이러한 국민

---

[14] 1960년대 한국의 근대화 과정에서 진행된 국민의 위계화는 식민지 시기 일본의 위계화 과정과 유사한 맥락에서 실시된다. 총동원체제로 오면 일본은 청년-총후부인-소국민으로 내부적 위계화를 구축한다. 청년이 최전선에 있는 정예를 의미한다면 총후부인은 후방으로, 소국민은 제2세대 국민으로 육성될 존재로서 위계화된다. 이러한 내부의 위계화는 가부장 일본의 보호와 규율하에 놓인 제국의 신민을 구별하는 방식이다. 이 과정에서 국민이란 전선의 안, 가정의 안, 대동아의 안에 놓인 특정 정체성의 이름으로 구성된다. 이들의 바깥에 놓인 존재들은 비국민으로서 배제 된다. 이러한 위계화

적 위계서열화는 청소년에게도 그대로 적용되었다. 남학생과 여학생은 사회·경제적 영역에서 활동할 산업예비군 / 예비주부로 위계서열이 정해졌다. 계층 간의 위계서열화 양상은 후진국의 경제 성장 과정에서 나타난 '초남성주의적 발전주의 국가'관과 유사하게 반복되었다. '초남성주의적 국가'는 식민지 지배를 받은 아시아 국가들이 근대화로 이행할 때 서구의 제국주의적이며 강력한 남성성을 모방하면서도 자국의 내적 단결을 위해 반동적이면서 강력한 남성성을 국가의 발전 이데올로기로 채택하는 것을 의미한다.[15] 초남성주의적 발전주의를 내세운 군사정권은 남녀의 위계화와 함께 가족과 인간의 도리를 강조하며 도덕교육에 심혈을 기울인다. 학교 교육과 언론들이 기획하고 유통시킨 '충효忠孝'라는 덕목은 오늘날까지도 청소년의 가치관에 깊게 뿌리내린 도덕적 가치이다.

최정희는 1950년대 이미 「중학생에게 주는 말」이란 박스기사에서 남학생상을 다음과 같이 규정한다.

> 전에 언젠가 **중학생에게 하고 싶은 말**에 "여학생을 보고 집적대지 말라"고 했는데 그 때 생각과는 좀 달라졌다.
>
> **여학생을 보고 집적대드라도 공부만 잘 하고, 그리고 좋은 책을 많이 읽어 풍**

논리는 한국이 개발독재 시대 국민을 위계화 하는 과정에서 변주된다. 권명아, 「전시동원체제의 젠더정치」, 『일제 파시즘 지배정책과 민중생활』, 혜인, 2004, 274쪽.

15 Han Jong-Woo and L. Ling, "Authoritarianism in the Hypermasculine State—Patriarchy and Capitalism in Korea", *International Studies Quarterly* 42, 1998, pp. 53~78.

부한 머리를 길러만 준다면 괜찮겠다.

— 최정희, 「중학생에게 주는 말」, 『학원』, 1953.2, 35쪽

최정희는 남학생이 "여학생을 보고 집적대드라도 공부만 잘하고, 그리고 좋은 책을 많이 읽어 풍부한 머리를 길러만 준다면 괜찮"다며 결과에 집착하는 퇴행적인 인식을 보여준다. 당시 '국민 만들기'의 표상 안에는 성품, 인격적인 수양, 예절 등의 과정보다 국가 엘리트로 성장하여 국익을 위해 일할 수 있는 '인재양성'이라는 목표만이 중시되었다는 게 한계이다. 최정희의 글에서 나타난 '중학생'이란 표상은 주류를 선택하는 규준이 남학생에게 한정되어 있고, 여학생을 배제하는 '타자화'의 원칙이 담겨져 있다. 여자 중학생은 '여학생'이라는 별개의 명칭으로 구분하고 소속이 정해졌다면, '중학생'은 곧 '남학생'과 동일한 개념으로 소속을 표시하였다. 학교명도 여학교는 '경기여고', '숙명여고', '이화여고' 등으로 불리지만, 남학교는 '경기고', '배제고', '휘문고' 등으로 차별적인 시선을 담고 있었다. 이런 불평등한 경계와 소속의 배치는 남학생이 국민국가 만들기에서 산업역군이며 군인으로 국가의 중심임을 확인시켜준다. '중학생은 남학생이다'라는 도식은 그 바깥에 존재하는 '여학생'이라는 타자를 비국민으로 간주하는 배타적 의식을 내포하고 있다. 남녀 차별의 논리는 역사적으로 업적을 쌓은 남성들에 대한 기사가 자주 실리는 대목에서 확인할 수 있다.

1966년 6월호 희망탐방 편에는 「전진하는 화랑의 기상」이라는
제목 하에 육군사관학교가 소개되고 있다.[16] 군인은 건전한 기품
을 지닌 신라의 화랑으로 간주되고 호국정신을 갖춘 애국적 국민
으로 표상된다. 이외에 세계에 이름을 떨친 한국인으로 순교자
의 작가 김은국, 세계적인 피아니스트 한동일, 프랑스인을 가르
치는 이응노 화백, 문둥이들의 등불 유준 박사가 나온다. 1966년
10월호 「근세 한국의 개척자들」에서 안병욱은 사상가로 「도산
안창호」, 이형기는 문학가로 「춘원 이광수」, 최일수는 언론인으
로 「위암 장지연」, 한태호는 의학자로 「송촌 지석영」, 신석호는
교육자로 「백농 최규동」, 조덕송은 항공분야에서 「안창남」, 정영
일은 영화에서 「춘사 나운규」, 신동한은 체육에서 「이상백」을 중
심 인물로 선정한다. 한국 역사의 중심에는 모두 남성들이 선택
·배치되고 여성들은 철저히 배제되고 있다. 이처럼 남성을 중심
에 둔 기사나 화보들은 여성을 타자화하고 여성과 어린이, 그리
고 여학생 등을 비국민으로 새로 분류하고 균일화하는 산업화의
논리와 닿아 있다.

1950년대 『학원』에서 국민의 위계화 양상이 그 싹을 내보인 것
은 「남녀중학생의 기질」을 통해 확인할 수 있다.[17] 이 글은 본성
적으로 남자가 여자보다 씩씩하고, 체력이 좋다며 왜곡된 인식을
유통시킨다. 이상적인 남학생상의 주요 덕목은 남성적 / 활동적

---

16   편집부, 「전진하는 화랑의 기상」, 『학원』, 1966.6, 86~87쪽.
17   이상선, 「남녀중학생의 기질」, 『학원』, 1953.2, 38~41쪽.

/ 학구적 / 명랑함 등이 열거된다. 반면 여학생에게는 가사일과 양육에 필요한 기질을 배양하고 현명하며 순종적인 여성상이 강조된다. 「남학생 페이지」에는 글라이더나 목공제작과 같은 기술이나 공업과 관련된 내용이 주로 실렸다. 반면 「여학생 페이지」에는 요리나 수예강좌처럼 가사와 관련된 내용이 주로 실리고 있다. 이러한 남 / 녀의 위계서열화 양상은 개화기부터 일제강점기를 거치면서 지속적으로 강조된 덕목이다. 1960년대 『학원』에서는 '현모양처주의'[18]가 조국의 근대화를 위해 헌신할 모성으로 변모됨을 보여준다. 이처럼 1960년대 한국의 근대화는 남 / 녀의 심리적인 성 격차를 강조하였다. 성 격차의 강조는 경제활동의 주역을 남성으로, 경제활동의 보조역할과 가정생활은 여성으로 선택·배치하는 규준이 되었다. 성 역할의 분담은 근대화에 적합한 새로운 형태의 가부장제를 등장시켰다. 남성은 경제 활동에 전념하고 여성은 자녀의 양육과 가사에 전념하는 핵가족이 현대의 이상적 가족으로 대두된 것이다.[19] 가사와 양육이 여성의 선천적이고 본질적인 것이라는 '현모양처'의식은 남성 중심의 가치관과

18　일본은 근대화 과정에서 "부유한 국가와 강력한 군대" 그리고 "산업장려하기" 등의 구호아래 국민들을 선동했고, 근대화의 시작부터 여성주체는 중요한 화두였다. 명치유신이 시작되었을 때 대부분의 지식인들은 서구 유럽과 미국식 삶을 목도하고는 서구지향적 태도를 가지게 되었고 그들은 자본주의와 국가권력, 그리고 정치에 관해 서구 열강을 따라잡기 위해서는 '계몽주의'라는 서구의 개념을 받아들여야 한다고 믿었다. 오카노 야요, 「경계의 문제와 페미니스트 정치학」, 『동아시아의 근대성과 여성』, 한·중·일 국제학술대회 발표논문, 이화여대 한국여성연구원, 1999, 40쪽.

19　조혜정, 『한국의 여성과 남성』, 문학과지성사, 1995.

긴밀히 연결되었다. 현모양처주의에서는 수동적, 의존적, 주변적인 여성상을 최고의 윤리적 가치로 제시한다. 1962년 5월호 「사랑에 얽힌 장한 어머니」에는 희생적인 모성상이 나온다. 안동림의 「위인을 키운 위대한 어머니들」, 신동호의 「어머님의 사랑은 가이없어라」, 임영자의 「거룩한 어머니의 애정에 카네이션을」에서도 신사임당과 같은 전통적이고 희생적인 모성상이 계몽됨을 알 수 있다.

그러나 남/녀의 위계화 방식은 1960년대 한국 상황과 위배되는 측면이 많다. 전후 다수의 여성들은 가장의 부재로 인해 실질적으로 가장의 역할을 수행하였다. 가정에 머물면서 자녀 교육과 살림만을 담당할 현모양처가 될 수 있는 여성은 극소수였다. 여성들은 남성들처럼 국가재건과 생계를 위해 직접 경제활동에 나서야 했고, 자녀 양육과 가사일을 모두 담당하는 이중고에 시달리는 여성들도 많았다. 하지만 1960년대 『학원』에 실린 기사와 특집을 보면 산업뿐 아니라 문화 예술 분야에서 여성들이 타자로 배제되는 것이 확인된다. 청소년 매체에 나타난 여성 배제의 원리는 학교 현장에서 남학생에 비해 여학생의 수가 상대적으로 적은 현상으로 이어졌다. 근대화와 함께 진행된 남/녀 교육의 불균형은 여성들이 교육과 경제 등에서 주변인으로 밀려나고 소외되는 주요 요인이 되었다.

1960년대 근대화 프로젝트는 값싼 노동력과 가족계획 사업 양축으로 진행되었다. 새로운 국가에서 결코 중심이 될 수 없는 여성들은 값싼 노동력을 제공하며 산업전선에서조차 부차적인 위치에 놓였다. 더욱이 가족계획 사업은 여성들을 이중적으로 억압하였다. 산업화가 가속화될수록 여성들은 검소하고 순종적인 '착한 여자'되기를 내면화하도록 강요받았다. 1960년대 나타난 '착한 여자'라는 표상은 '지시에 순응하고 기존 질서의 억압에 순응하는 것'을 최고의 미덕으로 간주하였다. 여성에 대한 잘못된 편견은 1960년대 남성들의 이기적인 시각에서 두루 나타난다. 서울중학교에 다니던 최인호는 「사치는 자랑이 아니다」라는 글에서 다음과 같이 당대 남학생들의 편파적인 가치관을 보여준다.

『만가』가 악세사리인양 옆구리에 다소곳이 차고 고개를 살풋이 숙인 채 걷는 여학생. 아니면 비트를 부르짖고 혜성처럼 나타났다 요란하게 꺼져 버리는 자칭 비트족 여학생. 그들 마음속엔 과연 그 무슨 마음이 교차되고 있는 걸까?

부모님들의 찌푸린 이마 주름살 사이의 돈으로 멋을 내려는 여학생, 과연 이분들의 머리속엔 그 무엇이 교차되고 있는 걸까? 멋진 스케일, 좋은 옷, 멋진 카메라와 만년필, 예쁜 구두…… 이것들에 내 가난한 이웃들의 여학생이 결국 매혹되고 마는 것인가?

—최인호, 「사치는 자랑이 아니다」, 『학원』, 1961.5, 135~136쪽.

최인호는 사치와 향락에 물들었거나, 매혹될 수 있는 가능성과 '여학생'이라는 코드를 연결하며 강렬하게 비판하고 있다. 그

러면서 최인호는 여학생들에게 검소하고 지혜로운 여성으로 성
장해야한다고 주장한다. 당시 중학생인 최인호는 남성 계몽자의
위치에서 여학생들을 교육하는 것이다. 최인호의 여학생에 대한
편협된 인식은 당대 한국사회의 왜곡된 가치관을 고스란히 담아
낸다. 「학원져널」의 '핀세트' 코너에는 남학생 기자가 여학생을
노골적으로 비하하는 글이 나오기도 한다.

> 한창 지식의 갈증에 시달리는(?) 우리 학생에게 반가운 소식이 전해
> 졌다면 그건 다름 아닌 '백과의 집' 개관일 텐데 요즈음은 우리 학생 때
> 문에 '백과의 집'이 골치께나 아플 지경이라나. (…중략…)
> "대학의 어느 과를 지망해야 돈벌이가 잘 되나?"고 묻는 철들은(?) 남
> 학생의 질문에는 그래도 어느 정도 일리가 있겠다고 하겠는데, 하물며
> "키스할 때 눈감고 해도 좋으냐?"는 깜찍한 여학생도 있다고 하니 이래
> 서야 어디……
>
> — 박동운, 「학원져널」, 『학원』, 1966.3, 366면

「학원져널」의 학생기자인 박동운이 쓴 기사이다. 이 글에서 여
학생들은 과거 일제강점기 신여성들처럼 비판의 대상으로 떠오
른다. 국립도서관에 새로 개관한 백과사전실은 한창 지식의 갈증
에 시달리는 사람들을 위해 정보를 제공하는 곳이다. 박동운은
사전실에 와서 엉뚱한 질문을 하거나 업무를 방해하는 청소년의
행태를 비난한다. 어떤 남학생은 대학의 "어느 과를 지망해야 돈

벌이가 잘 되나?” 하고 장래 문제에 대해 상담한다. 반면 어떤 여학생은 “키스할 때 눈감고 해도 좋으냐”라며 한심한 질문을 던진다는 것이다. 박동운의 글은 당대 여학생을 바라보는 한국사회의 가부장적인 가치관과 여성을 계몽하는 남성의 위치를 여실히 보여준다. 가부장제하에서 여학생은 남학생에 의해 계몽되는 위치에 놓인다. 반면 남학생은 가정과 국가를 이끌어가야 할 책임을 부여받는다.[20] 근대화 과정에서 경제 활동의 중심으로부터 밀려난 여성들은 주변인으로서 결코 중심에 도달할 수 없는 비합리적인 사회구조에 직면한다. 중심에 도달할 수 없다는 좌절은 여학생들에게 남성성에 대한 동경을 내면화하는 계기가 된다.

제가 상상하는 바로는 **10대의 남학생들은 모두가 「속 똑똑」**에 속하리라는 생각입니다. 실속을 잃지 않는다는 말이 되겠지요. 즉, 그들은 남들이 흔히 하는 행동(교칙을 위반하여 극장출입을 한다거나 공연히 잘 알지도 못하는 여학생에게 내용없는 쪽지를 써서 띄우거나 하는 일)에

---

20 푸코는 그리스 시대의 가정을 '한 남자가 소유하는 모든 것, 예컨대 가족 구성원과 재산, 그 남자의 활동 공간을 모두 포괄하는 개념이라고 보았다. 이러한 오이코스oikos(가정과 가족)를 이끌어가는 것은 곧 남성에게 부여되는 권력을 의미한다. 따라서 남성은 여성을 훈육시키는 위치에 놓이고, 여성은 남성의 가르침에 따라야 한다. 이러한 푸코의 전통적 가치관은 근대화가 진행된 한국의 가부장적인 사회구조에서 유사하게 변주되었다. 남성은 가정과 동일한 차원에서 국가를 이끌어가는 모든 권력을 부여받고, 여성은 이러한 권력 구조의 하부층위에 머물게 된다. 이는 다시 청소년들 간의 위계화 과정에서도 변주되는데 남학생은 여학생을 계몽하는 위치에 놓이고 여학생은 계몽의 대상으로 위치지어진다. 미셸 푸코, 문경자·신은영 역, 『성의 역사 2—쾌락의 활용』, 나남, 2006, 177~178쪽.

휩쓸린다 해도 그건 단순한 일시적 호기심에 불과할 뿐, 쉽게 **감정의 노예가 되지 않고 이성을 찾을 줄 아는 현명한 학생들**이라는 것입니다.

— 차양자, 「나는 남학생을 이렇게 본다」, 『학원』, 1961.5, 137쪽

시간을 아낄 줄 아는 학생, 그리고 불의에 용감한 학생만이 장차 국가의 간성이 될 수 있을 뿐아니라 여학생들에게서도 신망을 받을 수 있는 학생이라고 할 수 있겠읍니다.

끝으로 나는 "**내가 만일 남학생이라면**" 하는 것으로 끝을 맺고 싶읍니다. (…중략…) 커다란 꿈을 실현하기 위하여 학업에 열심을 기울여 보람있는 생활과 문명한 국가를 이루어 세계 우방과 이해를 겨누어 나갈 수 있는 **나라의 영도자가 되어보고 싶읍니다.**

— 김영애, 「나는 남학생을 이렇게 본다」, 『학원』, 1961.5, 138쪽

이 글은 남학생이 "이성을 찾을 줄 아는 현명한 학생"이며 "복지국가"를 건설할 인물로서 기대된다는 당대 여학생의 시각을 보여준다. "이지적인 남학생"[21]은 정치적 주체로서, 중요한 인물로 성장할 것이라는 기대를 받는다. 여학생은 "내가 만일 남학생이라면" 하고 불가능한 현실을 전제한 뒤, '지도자가 되고 싶다'라며 '국민'으로서 '중심'에 도달하고 싶은 억압된 욕망을 표출한다. 이 글은 여성이 지도자가 될 수 없는 불합리한 사회구조를 반영

---

21 정경미, 「나는 남학생을 이렇게 본다」, 『학원』, 1961.5, 139쪽.

해서 보여준다. 당대 여성들은 정치적 타자로서 불안한 위치에 놓여 있었다. 1960년대 중반 산업화가 가속화되면 남/녀의 성 역할은 더욱 뚜렷하게 고정되고 위계서열화가 당연한 풍토로 수용된다. 남학생은 국민국가의 정치적 주체인 반면 여학생은 보조적인 역할로 그 정체성이 뚜렷이 분화됨을 알 수 있다.

성 역할의 이분화와 함께 대두된 것은 건강한 신체와 스포츠에 대한 열광이다. 스포츠가 국민들을 열광시키고 결집시키는 가장 큰 이유는 국가 간 또는 민족 간 대리 전戰의 성격을 띠기 때문이다. 그러므로 초남성주의적 국가에서 스포츠를 통한 '경쟁'은 '전투'와 동일한 것으로 국민들에게 인식된다.[22] '민족'과 '국가'를 상상하기에 '스포츠'만큼 응집력이 강한 것도 없다. 스포츠를 통해 국민들은 자신이 속한 최후의 이익 집단이며 지켜야 할 최고의 가치로서 '국가'와 '민족'을 상상하고 소속감을 갖고 싶어 한다. 「올림픽 특집」,[23] 「올림픽으로 가는 길」, 「3월은 스포오츠 시즌의 준비계절」, 「선풍을 일으킨 야구와 백인천 선수」 등 스포츠 관련 기사들이 증가하는 것도 같은 맥락이다.

1960년대 『학원』에서는 조국 근대화와 함께 인재의 중요성이 부각된다. 『학원』은 종합지이기 때문에 조국 근대화와 인재 양

---

22 김한식, 『현대문학사와 민족이라는 이념』, 소명출판, 2009, 301쪽.
23 고대 올림픽과 현대 올림픽, 마라톤에 얽힌 이야기들, 도오꾜 올림픽과 우수 선수, 우리나라의 올림픽 선수들, 근대 올림픽의 주창자 꾸베르땅, 오륜기, 역대 올림픽 해설이 특집기획으로 나온다. 편집부, 「올림픽 특집—민족의 제전의 어제와 오늘」, 『학원』, 1964.9, 133~151쪽.

성이라는 당대의 정책에 어느 정도 포섭되어 있었다. 당대 독자들이 조국 근대화와 인재 양성의 과정에 동의했느냐 하지 않았느냐는 중요하지 않다. 1960년대 한국사회는 근대화의 실현을 위해 청소년의 교양 교육과 다양한 기술 교육에 대한 관심으로 그 의식의 흐름이 변화하는 지점에 놓여있었다.

원래 '청소년'이라는 단어는 1920년대부터 간헐적으로 쓰이기 시작한 용어였다. 1930년대에는 십대의 연령에 속한 남 / 녀의 집단을 구분하는 용어로 '청소년'이라는 용어가 처음 정착되었다.[24]

---

24 청소년 용어 사용 실태

(단위 : 건)

구분	소년 / 소녀	소년 / 청년	소년 / 청소년	청년	청소년	청춘기	합계
1920~25년	50	2	2	48	6	-	108
1926~30년	52	1	3	49	39	2	146
1931~35년	-	-	1	-	48	-	49
1936~40년	-	-	-	-	57	-	57
합계	102	3	6	97	150	2	360

*자료출처 : 조선일보

『조선일보』 자료는 1920년대부터 1940년대까지 소년, 소녀, 청년, 청소년, 청춘기 등 10대를 지칭하는 단어가 들어간 기사 360건을 토대로 용어 사용 실태를 파악한 것이다. 1930년대까지 '소년 / 소녀'와 '청년'으로 '청소년'을 지칭하는 용어가 많이 쓰였다. 1928년부터 '청소년'이라는 용어의 사용이 증가하다가 1930년대 이후에는 용어가 통일되어 나타난다. 이는 일본이 전쟁수행을 위해서 10대들을 13세를 기준으로 물리적 연령구분을 한 것과 관련이 있다. 일본은 10대들을 어린이와 청소년으로 구분한 후, 청소년들을 군 동원인구로 활용한다. 당시 『조선일보』는 전국 일간지이기 때문에 용어 사용에 있어 객관성을 담보한다고 보았다. (단, 5년간의 변화추이를 살펴보는 걸 원칙으로 한다. 하지만 1920년은 『동아일보』, 『조선일보』, 『시사신문』, 『개벽』, 『폐허』 등이 창간되고 사회・문화적 변화가 많다. 그래서 1920~25년의 기간은 6년간을 조사하였다.) 다음은 『조선일보』에 '청소년'이라는 용어가 나온 기사들 중 일부이다. '청소년'이란 단어는 『조선일보』 1921년 5월 20일자에서 처음 나온다.
① 「**少年部** 學術講演. 中央基督教 **青年 青少年部** 主催로 今二十日에」 (1921.5.20, 2면)
② 「**天道敎北青少年**童話會. 去十四日 北青天道敎宗理院에서」 (1923.10.22, 4면)

'청소년'이라는 용어는 해방 후 중학교 교육의 확대로 인해 중·고등학교 과정에 속하는 13세 이상의 아동을 지칭하는 용어로 그 위치가 조금 변화하였다. 전후 분단 체제의 수립과정에서는 청소년이 국가의 인재로서 더 중시된다. 한국전쟁으로 많은 청소년이 학도병이 되어 전장에서 사망하거나 실종되었다. 청소년은 분단 체제를 이끌어갈 견인차로서 그 능력과 위치를 새로이 부여받았다. 특히 산업화 시기에는 중·고등학교 교육의 대중화와 더불어 근대화를 수행할 예비주체로서 청소년의 사회·정치적 중요성이 부각되었다. 청소년에 대한 중요성과 관심이 전 사회적 차원에서 진행된 것이다. 청소년에 대한 집단적 의식의 흐름은 『학원』에서 청소년에 대한 개념을 정립할 필요성으로 이어졌고,

---

③ 「**청소년** 훈련 실시 결정」 (1924.10.30, 1면)

④ 「文部省의 **청소년**단체 조사. 각 府縣에 조회」 (1926.7.16, 1면)

⑤ 「이원 강연대회 — **청소년**의 특권」 (1928.10.30, 3면)

⑥ 「24명의 **청소년**이 조직한 대규모의 『소매치기』단(賞春客을 엿보는 조직적 비밀단) 단장 金某는 大阪에 高飛遠走」 (1928.4.6, 2면)

⑦ 「동화대회. 『**청소년**뉴스』고양지사에서는 3월 17일 밤 7시 반에 제1회 동화대회를 개최」 (1928.3.16, 2면)

⑧ 「생리적으로도 봄은 유혹이 많은 시절. 특히 시험지옥을 벗어난 **청소년**들은 주의하라」(1929.4.14, 3면)

⑨ 「남여**청소년** 현상웅변대회. 래 26일에」 (1932.5.15, 26면)

⑩ 「**청소년** 제군은 어찌 『영어』를 안배워서는 아니될까?」 (1933.11.30, 21면)

⑪ 「시험 지옥을 앞둔 수난의 **청소년** 학도. 도서관은 무朝부터 장사의 포진. 춘광도 학창엔 무색」 (1934.2.28, 2면)

⑫ 「전 조선 남녀 **청소년** 체위를 일제히 조사. 학동, 생도, 학생 특정 단체 통하여 제1회로 6월 중에 실시」 (1938.1.28, 22면)

⑬ 「**청소년**의 고입을 제한. 로무자원 평재방지. 시국과 무관련한 회사공장상점에는 노인과 여자를 사용하고. 장정은 시국산업으로 동원. **청소년** 고입제한령. 래 9월 1일 실시」 (1940.2.1, 22면)

이는 어린이나 성인과 구별되고, 소속의 개념으로 '청소년'이 발견되고 정착되는 과정이다. 이 잡지에서는 청소년기 즉, 물리적인 연령구분이 아닌 아동과 성인의 중간적 존재로서 청소년의 고유한 특성까지 집중 탐구하는 기사들이 지속적으로 실렸다. 1960년대 『학원』에서는 청소년을 단순히 잡지를 구매하고 구독하는 독자로만 인식하였던 것이 아니다. 『학원』은 고유한 특성을 지닌 독립된 시기로 청소년기를 파악하고 새롭게 '청소년'에 대한 의미를 부여하고자 하였다. 즉 근대적 의미의 '청소년'이 『학원』의 교양을 계몽하는 과정에서 '발견'된 것이다. 「학원져널」이란 코너에는 '새로운 윤리를 확립, 고매한 이념을 가져'라는 기사에서 청소년이 갖춰야할 덕목으로 청소년 윤리가 소개된다.

> 역사는 바야흐로 민족의 중흥을 불러 일깨우고 있는 동방의 일각에 새로운 문화의 꽃봉오리가 맺히려 하는 여명기黎明期에 처하고 있다.
> 이때를 당하며 민족 진운進運의 전위前衛요, 새 세대의 선구인 우리 학생들은 모름지기 일제에 항거한 투철했던 선배들의 역사관에 배우면서 **오늘이 요청하는 새로운 윤리를 확립하고, 내일이 바라는 고매**高邁**한 이념을 포지**抱持**함으로서 정당하고도 청신한 행동을 통하여 조국의 재건과 민족의 개화에 그 청춘과 기개를 바쳐야 할 것이다.**
> ─편집부, 「학원져널」, 『학원』, 1964. 11, 394~399쪽

이 글은 청소년이 근대화가 요청하는 "새로운 윤리를 확립"함

으로써, 그들이 "조국의 재건과 민족의 개화에 그 청춘과 기개를 바쳐야 할 것"이라고 강조한다. 1960년대『학원』에서도 민족 주체로서의 청소년에 대한 관심이 지속적으로 나타난다. 민족 주체인 청소년에게는 "민족의 중흥을 불러 일깨"워야 할 실천의 의무가 동시에 부과된다. 이 과정에서 청소년의 정체성이 본격적으로 논의되고 해부되기 시작하였다.「한국의 10대를 해부한다」어는 10대의 사랑 모럴, 10대의 심정, 10대의 반항 등 청소년기의 고유한 특성이 집중적으로 탐구되고 논의되었다.[25] 김형익(김외과 원장)은「발육기에 있는 중·고등학생이 주의해야 할 질병」에 대해 고찰하고 다음과 같은 글을 실었다.

중·고등학생의 연령을 살펴보면 대개 14세에서 20세까지로 소년기와 청년기에 속해 있다. 사람의 일생을 두고 볼 때 정신적 육체적 성장과 발달에 있어서 이 기간만큼 중대한 시기도 없지만 또한 이 시기는 여러가지 신체적 질병에 감염感染되기 쉬운 때이기도 하다.[26]

김형익은 '청소년기'란 "정신적 육체적 성장과 발달에 있어서" 가장 "중대한 시기"라고 보았다. 그는 특히 중·고등학생을 물리

---

25 편집부,「한국의 10대를 해부한다」,『학원』, 1961.5, 45~55쪽.
26 청소년기에 걸리기 쉬운 질병으로는 감기, 폐결핵, 결핵성 척추염, 회충증, 십이지장충十二指腸蟲, 충수염, 신경쇠약, 비타민결핍증 등이 있다. 이 코너에서는 병적 증상과 치료법에 대해 자세하게 소개한다. 김형익(김외과 원장),「발육기에 있는 중·고등학생이 주의해야 할 질병」,『학원』, 1962.3, 77~81쪽.

적인 연령으로 따져 14세에서 20세까지 소년기와 청년기에 걸쳐
있는 대상으로 보고 있다. 이처럼 『학원』에는 '청소년기'를 어떻
게 구분하고, 그 특성이 무엇인지에 대한 중요성을 인식하는 글
들이 많이 실린다. 유인갑은 「체력향상으로 건전한 기풍을 양성」
이란 글에서 청소년이 체육 활동을 통해 사회인으로서 건전한 태
도와 습관을 기를 수 있다고 하였다.

> 한국의 청소년 학도들에게 학생은 오로지 학구에 열중하여 실력 향
> 상에 힘을 쓰며 아울러 예능고사 종목을 중심으로한 여러가지 체육운
> 동에 적극 참가하여 비단 예능종목의 기록을 올릴 뿐만 아니라 **체육을
> 통하여 학도들의 기풍을 건전하게 하고 좋은 사회인으로서의 태도와 습관을 기
> 르는데 게을리 하지 않도록 하는데 목적**이 있는 것입니다.
>
> —유인갑, 「체력향상으로 건전한 기풍을 양성」,
>
> 『학원』, 1962.3, 109~110쪽

유인갑의 글은 체육 활동의 목적이 청소년을 "좋은 사회인"으
로 양성하려는 데 있음을 보여준다. '청소년기'에는 건강한 신체
와 정신의 육성을 통해 '자아 정체성'이 형성되어야 한다. 정서특
집 「내 몸을 아름답게」에서는 청소년기의 건강한 신체에 대해 집
중적으로 다루었다.[27] 이 글에서는 성장기 청소년에게 필요한 것

27　정서특집에는 각 분야의 전문가들이 청소년기를 제2차 성장기로 규정한다. 전문가들
　　은 1일간의 중학생의 영양권장 섭취 식품량을 비롯해 균형 잡힌 신체와 바른 자세를 만

으로 이순애는 '발육을 위한 영양'을, 지경운은 '바른 자세를 위한 운동'을, 그리고 권정희는 '살결의 영양' 등을 든다. 청소년기의 고유한 성격에 대한 탐구는 「성실한 학생을 위한 캠페인 5장」에서도 드러난다.

> 10대는 인생에 있어 가장 중요한 시기다. 이 때야 말로 자기 인생에 대한 뚜렷한 목표와 좌표, 그리고 그 기초를 위한 열띤 작업이 한창일 때이다. 그러나 현실은 어떤가. 일부 학생들의 방향감각을 잃은 듯한 행동은 다른 성실한 학생들에게까지 위협을 주고 있다. 그래서 본지는 희망의 10대에게 자신들의 중요성을 인지시키며, 그들의 올바른 길을 위한 캠페인을 특집으로 묶어봤다.
>
> — 장병림, 「성실한 학생을 위한 캠페인 5장」,
> 『학원』, 1968.7, 125~140쪽

이 글은 "10대에게 자신들의 중요성을 인지"시킨다는 목적에 따라 5장으로 구성된다. 장병림의 「심신이 성장하는 10대, 그 심리」와 김태봉의 「바람직한 10대의 학생」, 그리고 전숙희의 「참다운 교제란 무엇인가」, 전해인의 「여가를 올바르게 즐기자」, 한승헌의 「비정상적인 환경의 학생에게」 등에서 청소년기의 고유한

드는 습관의 중요성, 운동법, 여드름 살결의 손질, 치아의 미를 유지하는 방법 등 성장기에 관한 구체적인 정보와 함께 각종 자료들을 제시한다. 이순애 외, 「내 몸을 아름답게」, 『학원』, 1964.5, 199~210쪽.

특성이 무엇인지, 또 올바른 성인이 되기 위해서는 어떤 길로 가야하는지 등 청소년기에 대한 다양한 관심과 분석이 나타난다. 이처럼 『학원』은 청소년의 '신체'뿐 아니라 '정신'에도 관심을 두고 기획기사를 싣고 있다. 이외에 청소년의 특성이 주된 내용을 이룬 것은 「청소년 어떻게 선도할 것인가」(1968.8), 「습관, 운동, 과학에 대하여」(1968.10), 「사춘기 그 싹트는 계절」(1969.5) 등이 있다. 이처럼 1960년대 『학원』에서는 1950년대보다 뚜렷하게 청소년기의 고유한 특성이 무엇이고, 어떻게 청소년기를 거쳐 성장할 수 있도록 할 것인지에 대한 다양한 정책들이 소개된다. 청소년기에 대한 글들이 1960년대 『학원』에 많이 실리고 독자들이 탐독한 것은 한국사회의 중대한 변화 가운데 하나였다. 이는 당대 사람들의 집단의식에서 '청소년'이 처음으로 발견되었고, 자연스럽게 '청소년기'에 대한 인식이 형성되어 가는 초기 과정에 놓여 있음을 입증해준다. 1960년대 『학원』에서는 '청소년'의 '발견'과 더불어 '여성'에 대한 인식의 변화도 나타나고 있음을 알 수 있다.

ㄱ 우리나라에서 뿐만 아니라 세계적으로도 여자가 감히 할 수 없으리라던 일을 오늘날의 여자들은 남자 이상으로 쉽게 해나가고 있다. 하늘을 나르는 비행사에서 전 세계를 주름잡는 정치가에 이르기까지…… 그러나 사정은 이에서 끝나지 않는다. 여자가 남자를 따라오는 정도가 아니다. 오히려 여자가 남자를 능가한다는 것이 과학적 실험에서 입증되고 있으니…… 과연 앞으로의 세계는 여자가 지

배할 지도 모른다.

—정병수, 「여자는 남자보다 우수하다」, 『학원』, 1963.4, 166~173쪽

ⓛ 우리도 자기 자신을 바르게 알고 뚜렷한 생의 목표를 세워 모든 일
  에 성의껏 노력을 한다면 품은 뜻이 반드시 이루어진다는 확신을
  켈러 여사를 통해 가질 수 있다.
  그는 불우한 처지에 있는 많은 사람들에게 노력과 교육의 위대성을 보였고
  성공할 수 있는 가능성이 누구에게나 있다는 것을 실증하여 준 것이다.

—이희호, 「불구不具의 영웅 헬렌·켈러 여사」,

『학원』, 1962.12, 44~45쪽

　㉠의 글에서는 여자가 남자보다 신체적으로 우수하고 장수하
며, 두뇌가 우수하다는 점에서 여자가 세계를 지배할 수 있다고
주장한다. ⓛ의 글에서도 '여성'에 대한 유사한 인식이 보인다.
1960년대 YWCA 총무인 이희호는 자신이 존경하는 인물로 「불구
不具의 영웅 헬렌·켈러 여사」를 소개한다. 그는 불구인 헬렌 켈
러의 봉사정신을 칭송하며 '여성'과 '교육'의 중요성을 강조한다.
이 글들은 여성이 남성과 동등한 위치에서 교육받을 수 있고, 세
계의 중심에 서서 인류를 위해 리더십을 발휘할 수 있음을 역설
한다. 이외에도 1965년 1월호 특집에는 「여성 운동에 앞섰던 캐
리여사」에 관한 내용이 집중적으로 다뤄졌다. 캐리 여사는 여성
참정권 운동의 선구자로서 '여성이 남성과 동등하다'는 의식을

몸소 실천한 여성운동가이다. 1960년대 『학원』의 새로운 점은 '청소년'과 '여성'에 대해 그 자체의 고유한 특성에 주목하고 그들의 성장과 리더십에 대한 가능성을 모색하고 있다는 점이다. 이것이 1950년대와 차이가 나는 지점이다. 청소년과 여성은 기존의 남성처럼 자신이 속한 세계에서 중심이 될 수 있는 가능성을 지닌 존재로 새롭게 인식되고 발견되었다. 이처럼 1960년대에는 조국 근대화와 가부장제의 논리에 반하는 글이 동시에 실리고 있다는 점이 특징이다. 잡지의 이중적 성격은 『학원』이 지배 권력의 감시와 통제로부터 자유롭지 못했던 당대의 시대 상황을 확인시켜준다. 잡지의 이중적 성격은 청소년과 여성의 교육률을 높이는 데 기여하였고, 무엇보다 교양교육에 대한 열린 시각은 청소년과 여성들이 개인에 대한 자각을 통해 성장하는 계기로 작동하였다. 청소년과 여성의 높아진 교육열은 근대화와 서구문화의 개방화로 인해 교육에 대한 국민의 의식이 변화된 것에 의해 가능해진 것이기도 하다.

이처럼 『학원』에는 청소년과 여성들에게 감성적 만족을 주면서 그들의 정체성을 확인할 수 있는 내용과 그들을 위한 문화들이 다양하게 들어 있었다. 이 같은 교양의 반복은 십대 독자들로 하여금 어린이와 성인 사이에서 '청소년'에 대한 경계, 소속, 정체성을 확인할 수 있게 해주었다. 이처럼 『학원』은 청소년을 민족 주체로 호명하면서 그들을 고유한 정체성을 지닌 존재로 파악하고 사회적으로 인식시키는 데 공적을 남겼다. 1960년대 『학원』에서는 '여성'을 '남성'과 동등한 가능성을 지닌 존재로 파악하는데, 이것은 당대 사람들이 지닌 집단의식의 흐름을 변화시키는 계기가 되었다는 점에서 이 잡지의 또 다른 성과라 할 수 있다.

2. 독자층의 분화와 소설의 다양화

1) 청소년 대중문예지로의 전환과 전인교육의 실험

『학원』의 대중적인 성공은 대중문예지의 가능성을 새롭게 확인시켜준다. 창간 당시 종합잡지로 출발한 『학원』은 일시적으로 '중·고등학생 문예지'(1959.11~1961.9)를 표방하고 81호부터 92호까지 총 12호를 발간하게 된다. 창간호부터 문학 부문을 비중 있게 다룬 『학원』이 문예지를 본격 표방하게 된 데에는 순문학에 대한 관심이 고조된 당시의 문화적 여건과 관련이 있다. 소설가 최정희는 『학원』이 "문예지가 된다는 자체보다도, 이해利害에는 상관하지 않고 순수하게 중·고등학생들의 마음을 길러내겠다는" 점을 높이 평가하였다.

십대에 문예를 한다는 것은 작가가 되기 위한 방법만은 아닌 것입니

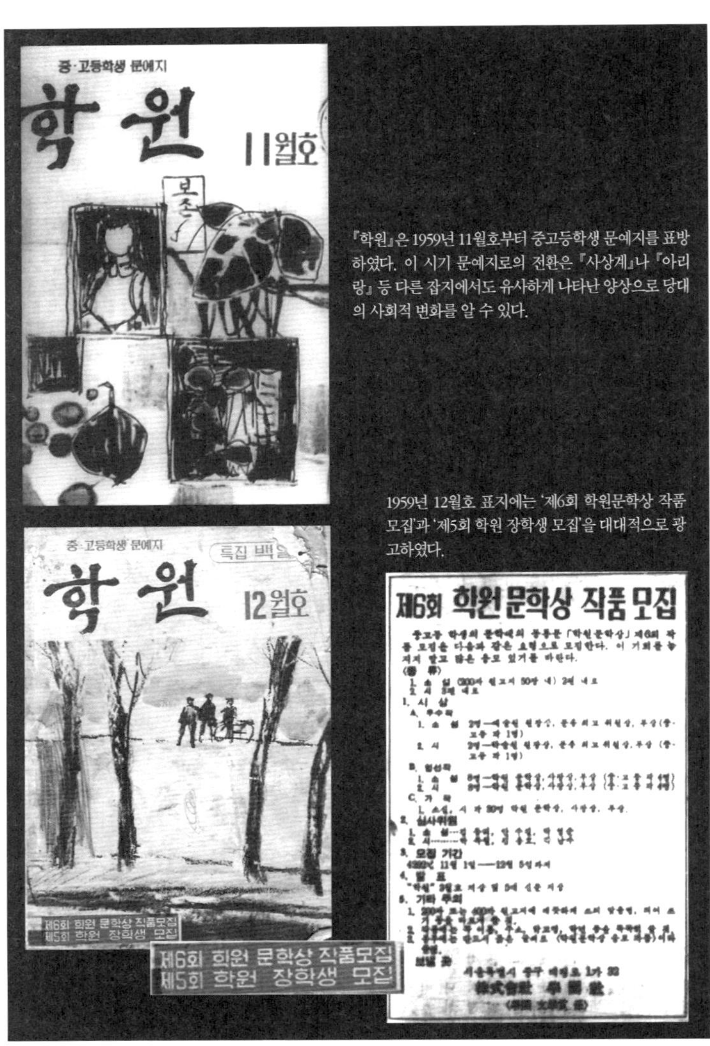

『학원』은 1959년 11월호부터 중고등학생 문예지를 표방
하였다. 이 시기 문예지로의 전환은 『사상계』나 『아리
랑』 등 다른 잡지에서도 유사하게 나타난 양상으로 당대
의 사회적 변화를 알 수 있다.

1959년 12월호 표지에는 '제6회 학원문학상 작품
모집'과 '제5회 학원 장학생 모집'을 대대적으로 광
고하였다.

다. 인간으로서 하나의 교양을 높이고 옳은 것을 옳게 보고, 아름다운 것을 아름답게 느낄 줄 아는 한개의 인간을 형성하는 바탕이 되겠기에 나는 여러분께 문예와 그것을 위한 독서를 권하는 것입니다.
　　—최정희, 「사랑하는 소년소녀들에게」, 『학원』, 1959.12, 14~15쪽

최정희는 "십대에 문예를 한다는 것"이 "작가가 되기 위한 방법"만이 아니라고 설명한다. 그는 청소년기에 독서와 문예를 하는 것은 "인간을 형성하는 바탕"이라며 "교양을 높이"는 것으로 간주하였다. 문예의 역할은 청소년의 교양을 높여 청소년이 "옳은 것을 옳게 보고, 아름다운 것을 아름답게 느낄 줄 아는" 지성인으로 성장시키는 것이다. 성인이 되면 청소년기에 읽은 문학과 예술의 영향이 놀라울 만큼 크다는 점을 그는 강조한다. 이처럼 『학원』에서 다룬 문학과 예술은 전인교육을 위한 훈련과정으로 인식되었다. 이러한 목적에 따라 '학원문단'을 비롯해 청소년의 문학 창작 열기를 고취시키기 위한 본격적인 문학 공간들이 마련되었다. 1960년 『학원』 신년호 총 165쪽이 모두 문학에 관한 것으로 기획·구성된 것도 청소년 교양과 관련이 있다. '문예잡지'라는 책의 성격을 살리기 위함인 듯 『학원』의 목차는 시, 소설, 수필, 희곡 등 문학 위주로 전체 편집이 기획·배치되었다. 그 내용들은 소설작법, 시작법, 기성작가들의 창작노트와 문학수업기, 각 학교 문예반 활동과 향후 전망, 전국 백일장에서 입선된 작품과 심사평, 한국문단의 이면사, 세계 현역 작가 인터뷰 등 주로 국

내외 문예와 관련된 내용들이 주를 이룬다. 소설작법에는 기성 작가들이 쓴 시점연구, 회화연구, 대조법 등 중등작문에 관한 내용과 활용 방안이 자세하게 소개되었다.[28] 이 시기에는 '학원문단'의 독자투고의 장르 범위도 확장된다. 「학원문단」의 투고 범위는 이전에 '시·산문'에 한정되었던 것이 문예지 시기에는 '시·동요·동시·시조·동화·소설·수필·희곡·논문·서한문·일기문·기행문' 등 문학의 전 분야로 영역이 확장되고 장르 개념도 더 세분화하여 모집하였다.

문예지 시기 『학원』에는 이은상, 모윤숙, 염상섭, 김동리, 박목월, 박화목, 이무영, 정비석, 구상, 서정주, 최정희, 박경리, 윤석중, 이주홍, 이원수 등 전후 한국문단을 이끌어간 작가들이 주요 필진으로 참여하였다. 문예지를 표방한 『학원』이 당대의 대표적인 문인들로 필진을 구성하고 순수문학에 관심을 쏟은 것은 청소년에게 전인교육을 시키기 위한 대중문예지를 꿈꾼 것과 관련이 있다.

문예지 시기 『학원』의 특징은 기본 장르에 속하는 작품들을 주로 실었다는 점이다. 『학원』이 처음 문예지를 표방한 1959년 11월호에는 김동리의 「야식」, 박연희의 「고향」, 조향록의 「욥」, 고행자의 「격류」 등 4편의 단편소설이 발표되었다. 1959년 12월호에

---

²⁸ 이 시기는 중등작문에 관해 사회적 관심이 높았다. 정비석·장만영은 『중등작문』 1, 2, 3권을 1957년 2월에 정음사에서 출판한다. 이 책에는 편지, 일기, 수필, 서정문, 사색문, 기사문, 기행문, 식사문, 논설문 등에 관한 글쓰기 방법과 기성작가들의 작품을 함께 싣고 있다.

는 박영준의 「무전여행」, 최일남의 「양화공 지망」, 박경리의 「솔바람」이 실렸다. 이외에 염상섭의 「십대十代를 넘는 전후」(1960.1), 장수철의 「들국화」(1960.1), 성학원의 「아버지와 아들」(1960.2), 이병구의 「새날의 지점」(1960.2), 박경리의 「추억」(1961.4), 최태웅의 「아미이 이야기」(1961.5) 등이 잇달아 발표되었다. 이 시기 발표된 단편소설의 양상을 살펴보면 비극적 현실 인식과 가부장제 사회에 대한 저항의식이 직접적으로 드러난 작품이 많이 실렸다. 박경리는 「솔바람」에서 고향회귀의 서사를 통해 부조리한 현실에 대한 저항과 변혁의지를 비판적인 시각에서 보여준다. 박경리는 한국전쟁의 상처와 후유증을 극복하려는 사람들의 비극적인 삶을 섬세한 필치로 그려내고 있다. 「솔바람」에서는 아버지의 죽음과 집안의 몰락, 그리고 삼촌의 배신으로 고통스런 삶을 살아가는 병채 남매의 이야기가 전후의 암울한 시대적 배경을 중심으로 전개된다. 박경리는 과거와 현실을 교차시키면서 병채네 집안의 내력과 전쟁으로 인한 가족의 해체, 전통과의 단절, 호주제에 대한 반발 등에 초점을 맞춰 서사를 이끌어나간다. 어머니와 삼촌이 벌이는 근친상간 사이에서 갈등하는 병채는 '고결한 자아'[29]를 지닌 비극적인 존재이다. 병채는 어린 나이에 재취가 된 어머니에 대한

---

29 '고결한 자아'와 현실의 대립은 박경리 초기 소설에서 자주 등장하는 모티프이다. 「전도」, 「표류도」, 「불신시대」는 모두 속악한 현실과 결백한 자아의 대립에서 생겨나는 인물의 내적 갈등을 다루고 있다. 그러나 이 세 작품의 결말은 상이하다. 이에 관한 자세한 내용은 고지혜의 「박경리 소설의 낭만적 특성 연구」를 참고로 한다. 고지혜, 「박경리 소설의 낭만적 특성 연구」, 고려대 석사논문, 2008.

연민 때문에 속물적인 삼촌에 대한 분노를 참아낸다. 하지만 어머니는 삼촌에게 돈만 빼앗기고 버림받은 후 가출하고, 낯선 도시에 병채와 여동생 단 둘만 남게 된다. 어린 병채는 식당에 취직해서 겨우겨우 생계를 이어간다. 병채 아버지와의 의리를 지키기 위해 과거에 머슴이었던 황서방이 남매를 찾아온다. 그러나 병채는 고향으로 내려가자는 황서방의 권유를 거절한다. 그는 도시에 혼자 남겠다며 스스로 소외의 길을 선택한다. 황서방 내외는 영채만 데리고 고향으로 내려간다. 이 소설은 전후 인간 삶의 양상을 문제화하고 '인간의 존엄과 소외'[30]를 다룬다는 점에서 당대 발표된 전후소설과 동일선상에 있다. 병채는 고향인 B마을로 가기 전에 황서방 마누라와 영채의 선물을 사고 성묘에 쓸 제물을 사서 고향으로 회귀한다.

> 병채는 돌을 차며 하늘을 우러러 보았다. 수수와 조가 익어서 축, 축 늘어진 길언저리의 밭에서는 병채가 차는 돌에 놀란 참새들이 우루루 날아간다. (…중략…) 병채는 걷다 말고 가을 볕이 포근한 뚝에 주저앉는다. 그래도 무엇인지 미진한 것 같아서 풀 위에 들어누웠다. 달콤하고 향긋한 풀냄새가 온몸에 배어 온다. 하늘은 푸르기만 하였다. 뚝 저 건너편에서 아스란히 기적이 울려온다.
>
> —박경리, 「솔바람」, 『학원』, 1959.12, 105쪽

---

30 채진홍 외, 「인간의 존엄과 생명의 확인」, 『1950년대의 소설가들』, 나남, 1994, 239~259쪽.

모성을 상징하는 고향은 서울과 이질적인 공간으로 묘사된다. 모든 것을 상실한 속악한 근대화의 공간과 분리된 고향에서 병채는 "풀 냄새가 온몸에 배"는 것을 느끼며 자연인으로 돌아간다. 자연에 대한 귀속 욕망이 극단적 소외 상태에 처해 있는 병채를 구원한다. 가부장제 사회와의 불화는 모성의 상징인 고향의 "푸른 하늘"을 통해 안정성을 획득한다. 선 / 악, 사랑 / 증오의 경계를 넘어서고자 하는 시대의 몸부림은 병채로 하여금 고향으로 회귀하고 자연과의 교감을 통해 영혼을 치유하는 것으로 나타난다. 병채의 고향체험은 '과거의 나'가 경험한 자기 소외를 극복하고 '현재의 나'로 되어가는 성장의 과정이다. 이런 측면에서 보면 고향으로 돌아온 병채는 '과거의 나'에서 타인과 세상에 대한 증오와 염오를 내면화하는 과정에 놓이게 된다. 이 작품에서는 그동안 병채가 경험했던 가부장제의 모순과 거부로 인한 소외 의식이 고향(모성)을 통해 생명력을 회복한다.

터전도 집도 일시에 날려버린 권씨 가문에 병채가 조상의 성묘를 간다. 고지식한 황서방한테는 참으로 견디기 어려운 서름이 아닐 수 없었다. 어린 두 남매와 황서방 내외가 묘 앞에 가서 무릎을 꿇었다. 이미 청산이 된 고인과 말없는 상면을 하는 것이다. 술이 부어졌다. 장터에서 사 온 과실과 과자가 제물이다. 어린 병채가 사 온 제물祭物이다. 고인의 목소리처럼 솔밭 바람이 들려온다. 가랑잎처럼 영채는 오돌오돌 떨고 있었다. 솔밭 바람은 슬프기만 하였다.

— 박경리, 「솔바람」, 『학원』, 1959.12, 106쪽

작품의 결말에서 해체된 병채의 가족은 머슴인 황서방을 중심으로 재구성된다는 점에서 전후 진행된 신분이동의 세태를 반영한다. 머슴이던 황서방이 주종관계를 벗어나 병채 남매를 가족으로 받아들인다. 전후 신분관계의 변동과 가족의 해체를 상징적으로 보여주는 황서방과 병채 남매의 결합은 전쟁으로 인한 소외문제를 열린 가족의 형태를 통해 새로운 대안을 마련하고자 했다는 점에서 의미를 지닌다. 아버지의 묘 앞에서, 제물을 싸 온 신문지에 "假대위 權相柱 逮捕"라고 적힌 기사를 까마귀가 잿빛 주둥이로 콕콕 찢는 장면은 안개, 어둠 등 현실적 억압이 삭제되고 생명력이 회복됨을 의미한다. 삶과 죽음, 사랑과 증오, 안정과 불안, 소속과 소외 등의 갈등이 고인의 목소리인 듯 들려오는 '솔바람' 소리를 통해 생명에 대한 복원 가능성을 열어놓는다. 황서방 내외가 병채 남매와 고인이 된 아버지에게 행하는 변함없는 사랑의 행위는 고립된 자아에게 생명의 소리를 들을 수 있는 귀를 열어 놓는 장치이다. 이처럼 전후 가족을 재구성하려는 작가의 의지는 호주제에 대한 반발, 혈통주의에 대한 거부, 신분제의 붕괴 등 당대의 사회적 문제를 '사랑'의 완성을 통해 '새로운 관계 맺음'으로 나아가려고 했다는 점에서 의미가 있다.[31]

---

31 장수경, 「박경리 초기 소설에 나타난 서사적 지향」, 『동북아문화연구』 31, 동북아시아문화학회, 2012.6, 135~147쪽.

전후 작품의 특징은 전쟁으로 인해 늘어난 혼혈아의 문제와 다문화에 대한 사회의 문제점과 배제된 목소리에 주목한 소설에서도 찾을 수 있다. 「양화공 지망」에서는 최저한의 생계를 위해 미군부대에서 일하다가 흑인 혼혈아를 사생아로 낳게 된 어머니와 그 사생아인 헌수가 현실에서 좌절하고 극복하는 모습을 통해 당대의 세태뿐 아니라 민중들의 건강한 생명의식을 보여준다.

> "이 새끼 피도 시꺼멓게 생겼을 거야 그치?"
>
> "아냐 피는 안 그럴꺼야."
>
> 아이들은 헌수의 피가 꺼멓다느니 안그렇다느니 저희끼리 한참을 다투었다. 이 틈을 이용해서 헌수는 얼른 뛰었다. (…중략…)
>
> "짜아식 빨간데……."
>
> 아이들은 한동안 핏방울을 바라보며 서 있다가는 새삼스럽게 자기들이 저지른 행동에 놀랐는지 서로 얼굴을 마주 보다가 말없이 일제히 뛰기 시작하였다. 헌수는 아픈 것도 잊고 자기 팔을 응시하고 있었다. 빨간 피가 신기스럽기도 하고 빨간 색이어서 잘 했다는 느낌도 들었다.
>
> ― 최일남, 「양화공 지망」, 『학원』, 1959.12, 111쪽

어머니는 '미국에 헌수를 입양보내라'는 주위의 권유에도 불구하고 흑인 혼혈인 아들을 지키고자 애쓰지만 번번이 좌절한다. '백인 혼혈아'보다 '흑인 혼혈아'에 대한 차별의식이 팽배했던 세태의 반영은 당시 한국사회가 지닌 결점, 즉 서구 인종주의에 대

한 모방뿐 아니라 혈통에 대한 배타적 숭배의식과 인종차별의 시선을 재현하고 서술한다는 점에서 모방된 '오리엔탈리즘'[32]을 비판한다. 이런 인종차별을 다룬 소설들은 오늘날 동남아시아에서 이주해온 여성들과 그 자녀들에 대한 사회·정치적 차별과 연관되어 있어 다문화를 소재로 한 현대소설의 초기 모습을 담아내고 있다. '흑인 혼혈'이라는 사람들의 놀림과 비난을 참아내야 하는 헌수는 결코 현실에서 좌절하지 않는다. 헌수에게 따사로운 인정으로 대해주는 건 양화공 아저씨뿐이다. 헌수는 자신을 인간으로 대해주는 아저씨처럼 양화공이 될 것을 결심함으로써 현실 극복 의지를 보인다. 속악한 현실과 자아의 대결을 다룬 「양화공 지망」은 주인공이 자존감을 지키고 삶에 대한 의지를 획득하게 되는 성장 과정에 주목한다. 전후 헌수모자에게 남은 것은 생에 대한 강한 의지뿐이다. 이처럼 이 시기에는 전쟁이 야기한 사회적 혼혈아의 문제, 호주제의 모순, 인간소외, 생명의지 등 세태를 반영한 소설이 다양하게 창작되고 향유되었다.

전후의 뚜렷한 작품 경향은 한국전쟁과 4·19에 대한 공적기억의 재구성과 역사 복원으로서의 '자유'에 대한 인식을 형상화하려는 것으로 나타났다는 점이다. 이원수의 「민들레의 노래」는 두 개의 역사적 사건을 축으로 서사가 전개되는데, 하나는 한국전쟁 때 억울하게 죽은 아버지를 둔 현우를 통해 강요된 망각과

32　에드워드 사이드, 박홍규 역, 『오리엔탈리즘』, 교보문고, 2007, 1부 참조.

사적 기억을 기억의 재현과 올바른 공적기억으로 되돌리는 과정으로 서술하는 방식이다. 다른 하나는 4·19로 가족을 잃은 아픔을 간직한 경희 모녀의 삶을 통해 역사적 기억에 대한 올바른 인식의 지향점을 서술하는 방식이다. 현우의 기억 속에서 아버지의 존재란 '빨갱이'로 처형당한 죄인이고 망각해야 하는 억압으로 남아 있을 뿐이다. 하지만 현우의 사적 기억은 죽음의 현장에서 살아난 외삼촌을 통해 새롭게 재조명된다. 외삼촌은 현우의 왜곡된 사적 기억을 다음과 같이 바로 잡아준다.

> 이날까지 현우는 아버지의 죽음을 죄인의 처형으로만 생각해 왔다. 죄 없이 죽은 억울한 아버지를, 아들인 현우 자신이 죄인으로 생각해 온 엄청난 이 잘못을 뼈아프게 뉘우치기도 하였다. 그러나 그것보다도 현우의 마음을 흔들어 주는 것은, 아버지와 많은 고향 사람들을 잔인하게 죽인 그 엄청난 범인이 어떤 사람일까? ─ 하는 것이다. 얼마나 악독한 인간이기에 젖먹이 어린애까지 함께 몰아가서 총탄의 세례를 받게 했으며, 얼마나 권세가 있었기에 그러한 악인이 10여 년 동안이나 끄떡하지 않고 재산을 모아 잘 살아왔는가 하는 일이었다.
>
> ─ 이원수, 「민들레의 노래」, 『학원』, 1961.7, 26∼27쪽

현우는 지금까지 공산군에게 협력해서 아버지가 총살당했다는 어머니의 잘못된 기억을 믿어왔다. 하지만 외삼촌은 현우의 기억을 "자유 없는 백성"(1961.6, 179쪽)의 뒤틀린 기억으로 규정한

다. 외삼촌은 현우에게 전쟁 때 동네 사람들을 빨갱이로 모함하고, "동포를 대량 학살한 살인범"을 잡아 처벌해야 한다는 입장을 밝힌다. 이는 4·19 이후 국회의 '양민학살 사건 조사 특별위원회'의 진상조사가 시작된 당대의 상황을 담고 있다.[33] 여기서 현우는 전쟁 중 '죄인의 처형'으로 기억했던 아버지 죽음 사건에 대한 사적 기억을 '전쟁 피해자'라는 공적기억으로 내면화를 시도한다. 왜곡된 역사에 대한 인식은 '악마 같은 인간을 이 세상에 두고, 그들의 지배를 받고, 그런 자들의 친구가 되어 사는 것이 위험하고 욕된 일'로 현우를 각성하도록 만든다. 여기서 현우의 권력에 대한 반항은 '행복'과 '자유'를 추구하고자 하는 태도로 확장된다. 현우는 한국전쟁의 역사적 진실을 보는 능력, 본 사실을 전달하는 능력, 그리고 왜곡된 사실을 거부하는 능력을 '자유'의 이미지와 연결시킨다. 여기에서 현우에게 '자유'란 굴절된 사적 기억이 아니라 올바른 공적기억으로 역사를 새롭게 복원하고자 하는 행위를 수반한다. 이 작품은 역사적 맥락에서 '옳은 것'과 '악한 것'을 어떻게 구분하고,[34] 기억해서 기록할 것인가의 문제로 나아

---

33 6·25전쟁을 전후로 발생된 민간인 학살 문제에 대한 관심은 1960년 4·19 직후인 5월 11일 거창에서 전쟁 당시 신원면 면장이던 박영보 타살 사건과 함께 그 실체가 세상에 모습을 드러내기 시작하였다. 제주도, 경북, 경남, 전남, 전북 등의 지역에서 일어난 민간인 학살 문제가 공론화되자 4대 국회에서 진상 조사가 착수되었다. 그러나 1961년 5·16 이후 등장한 군사정권은 유가족과 관련자들을 이적행위자로 몰아 구속·탄압함으로써 다시 이 사건은 수면 아래로 잠겨버린다. 오히려 유족들은 같은 해 12월 혁명재판소에 의해 징역형을 선고받는 사태까지 벌어졌다. 이에 관한 자세한 내용은 이강수, 「1960년 양민학살사건 진상조사위원회의 조직과 활동—「조사보고서」분석을 중심으로」, 『한국근현대사연구』, 한국근현대사학회, 2008, 169~200쪽 참조.

간다는 점에서 역사의 복원으로서의 자유의식을 담아낸다.[35]

이외에 염상섭의 「십대十代를 넘는 전후」(1960.1)와 오영민의 「파도의 계절」(1961.6) 등 청소년기의 내면적 갈등에 주목한 작품도 있다. 「십대十代를 넘는 전후」에는 청년 장교인 형 밑에서 고학하는 진택이 고등학교 졸업 전후에 느끼는 심적 변화가 그려진다. 「십대十代를 넘는 전후」에서 염상섭은 사춘기를 넘어선 어린 남녀가 이성적 접근과 관련하여 나타내는 연애에 대한 대담한 태도와 내면적 갈등을 다루고 있다. 오영민의 「파도의 계절」에서는 섬 소녀가 서울에서 온 남학생에게 느끼는 호기심과 내면의 갈등을 홀로 떠 있는 '섬'과 '바다'라는 표상을 통해 그려내고 있다.

『학원』이 문예지로 바뀐 후 달라진 점은 종합지일 때보다 수필이 많이 실린다는 것이다. 1959년 11월호에는 「쓰레기통」(나절로), 「배외병拜外病」(김용관), 「낙엽」(이봉구), 「횡설수설이란 말」(조풍연), 「닭값」(이헌구)의 총 5편의 수필이 실린다. 1959년 12월호에는 「속·식모 여담續食母餘談」(천경자), 「유정有情」(김재극), 「출가외인」(황서운), 「산국화山菊花」(박일송) 등의 수필이 실린다. 이외에 일기문과 기행문도 실리는데, 청소년에게 미래를 이끌어갈 인재로서 사회적 책임 의식을 계몽하기 위한 것이 그 글들의 주된 내용이다.

문예지로 성격이 변모된 이후 『학원』에는 중·단편소설과 시,

34　이원수, 「민들레의 노래」, 『학원』, 1961.6, 178쪽.
35　장수경, 「이원수 소년소설에 나타난 현실인식과 서사적 지향」, 『비평문학』 43호, 한국비평문학회, 2012.3, 309~335쪽.

수필, 일기문이 주로 실렸다. 문예지 시기에는 1950년대에 청소년의 흥미를 끌기 위해 지면을 늘렸던 연재소설과 만화, 그리고 사진 등이 배제되고 순문학 위주로 실리는 게 특징이다. 그러나 이런 순문학 위주의 편집 체계는 1961년 3월호부터 연재소설과 만화가 다시 실린다는 점에서 현실적인 한계를 노출하기도 하였다. 시각적인 즐거움과 오락성 있는 화보나 만화 등을 다시 배치한 것은 이 잡지의 독자층이 주로 청소년이라는 점과 관련이 있다. 『학원』에는 청소년의 지적 욕구를 충족시켜주고, 동시에 재미와 즐거움을 줄 수 있는 오락적인 내용을 요구하는 독자의 편지가 자주 실린다. 문예지로 바뀐 후에도 청소년들은 "연재소설과 만화, 그리고 사진화보가 없어진 게 섭섭"하다고 토로하는 편지를 편집실로 보내곤 하였다. 그들은 "페이지를 더 늘여서 교양지와 문예지를 반씩 합동"해 달라는 절충안을 제안하기도 하였다.[36] 이러한 독자의 요구에 부응하기 위해 잡지는 다시 연재소설, 만화, 사진 등을 실었다. 1961년 3월호에는 정비석의 「의적 일지매」와 이선구의 사진소설 「고향길」 등이 추가로 실렸다. 추리소설로 김소운의 「납치되어간 소녀」와 오동의 「서부의 역마차」, 그리고 세계명작으로 모파상의 「쥬르 아저씨」도 실렸다. 만화로는 김용환의 「코주부 삼국지」가 다시 연재되었고, 안의섭의 「엉뚱이와 꼬마」, 백인수의 「딱꿀이와 로켓 목마」도 새롭게 기획

---

36 편집부, 「독자의 편지」, 『학원』, 1959.12, 16~17쪽.

·배치되었다.

　문예지 시기에는 장편보다는 단편소설 위주로 작품이 실렸고 순수문학 작품을 창작하던 작가들의 텍스트가 주를 이루었다. 순수문학 위주로 작품을 실은 것은『학원』이 오락성보다는 예술성을 추구하는 방향으로 전환하면서 대중문예지를 토대로 전인교육을 실험한 것이다. 하지만 전인교육을 위한 대중문예지의 실험은 이미 활자 중심의 독서에서 사진, 화보, 만화 등의 시각적 독서로 전환된 독자의 감각을 충족시키는 데 어려움이 따랐다. 게다가 4·19와 5·16의 역사적 사건을 정점으로 한국사회는 다시 혼란 속으로 빠져들어『학원』이 휴간되고 대중문예지 실험도 일단락된다.

2) 하이틴 종합잡지로의 변모와 소설의 대중화

　'중·고등학생 문예지'를 향한『학원』의 시도는 그리 오래 가지 못한다. 정치적 혼란으로『학원』은 1961년 9월호를 마지막으로 언제 속간한다는 기약도 없이 휴간된다. 5·16 이후인 1962년 3월에『학원』은 중·고등학생 종합지로 다시 속간된다. 속간 다음 달『조선일보』에는 "七大 興味小說이니 人氣連載小說이니 하여 小說을 한 雜誌에 무려 열두篇이나 싣고 있어 文學雜誌를 無色케할만큼 많이 싣고 있"다면서 "時事적"인 것과 "敎養物을 좀더

'먼나라 이웃나라'는 세계 각국의 시사적인 내용이나 낯설고 이질적인 외국 문화에 대해 다루는 시사코너이다.

많이 실었"으면 좋겠다는 기사가 실렸다.[37] 속간 후 『학원』에는 정치, 교육, 교양, 오락 등의 성격이 강한 기사와 논설, 만화 등이 증편되고, 1960년대 다른 잡지들이 그러하듯이 속표지에 '혁명공약'이 실린다. 『학원』은 전체 300여 쪽으로 분량이 증가하였는데, 증면된 부분은 소설보다 시사특집, 화보, 교양기사, 학습, 흥미기사, 진학특집 등이다. 이런 사실을 종합해보면 『학원』의 편집 체제나 내용이 사회적 영향을 강하게 받았음을 보여준다. 이 시기

---

37 "蛇足을 붙이자면 새로운 希望과 不斷히 成長하고 있는 學生들을 위하여 좀더 學生誌다운 「뉴앙스」가 있었으면." 편집부, 「不足한 敎養面」, 『조선일보』, 1962.4.2, 4면.

에는 시사뿐 아니라 각 분야별로 학생들의 지적 능력의 개발과 바람직한 정서 함양을 위한 실용적인 내용으로 편집 방침을 바꾼다. 그럼에도 불구하고『학원』의 문학에 대한 관심과 문예 지향이 일관되게 유지된다는 점에서 의미가 있다. 여전히『학원』에는 시, 소설, 수필 등 문학을 다룬 내용이 비중 있게 실렸고, 안수길의 「소설의 첫걸음」과 박목월의 「시의 세계로 가는 길」 등 작문교육에 관련된 내용 등도 지속적으로 연재되었다. 기존의 '학원문단'도 명맥이 그대로 유지되어 청소년 독자들의 문학 창작에 대한 관심을 여전히 이끌어내었다.

소설의 경우 대중매체의 발달과 독자의 취향이 변화함에 따라 대중화를 지향하는 방향으로 선회하였다.[38] 소설은 "명랑, 탐정, 순정, 모험, 과학, 역사로 구분하여 그 지면을 늘여달라는"[39] 청소년의 요구가 수렴되어 문예지 시기 늘렸던 단편소설의 게재가 줄고, 장편소설이 주로 연재되었다. 19명의 주요 작가들이 릴레이로 쓴 소설 「길」(1962.3~1963.11)은 청소년들로부터 인기를 끌었다.[40]

---

38 근대화를 중심축으로 한 과학기술의 발달과 지식의 대중화 그리고 문화적 욕구의 성장은 대중문화가 발생하는 조건으로 작용한다. 문화, 예술의 대중적 소비는 근본적으로 과학기술, 특히 인쇄술, 영화, 라디오, 오디오 등 대중적인 매체기술을 통해 가능해졌다. 원래 문화와 예술은 사회의 일부 특권계층만이 누릴 수 있는 것이다. 그런데 대량생산기술과 대중적 매체가 발달하면서 일반 대중들도 문화, 예술을 향유할 수 있게 된다. 이런 현상은 1960년대 한국사회에서도 반복된다. 김희재,『한국사회변화와 세대별 문화코드』, 신지서원, 2004, 260~267쪽.

39 오영식, 「꿈의 10년 사랑의 10년」,『학원』, 1962.11, 59쪽.

40 『학원』은 「길」이라는 연작소설을 여러 작가들이 돌아가면서 써서 다음호에 대한 독자들의 흥미를 끌어들인다. 이 소설은 우리나라의 쟁쟁한 소설가들이 같은 줄거리를 이어받아 연재한다. 이 연작 소설 「길」을 쓴 작가들은 제1회 김이석, 제2회 최인욱, 제3회

연작소설은 매호마다 작가가 바뀌기 때문에 다음호가 어떻게 전
개될지 예측 불가능하다는 점에서 청소년들의 호응을 얻었다.

1950년대부터 활발해진 외국 영화와 세계명작의 적극적인 수
용은 청소년들에게 다양한 문학적 취향을 갖게 하는 계기가 되었
다. 외국 문화의 개방은 글쓰기 스타일에도 새로운 변화를 일으키
며 문학의 다변화를 추동하였다. 청소년들은 서구 문화와의 반복
적인 접맥을 통해 새로운 소재와 기법을 학습하게 되었고, 이를
자신의 문학 작품을 연습하는 과정에도 적용하였다.[41] 이 과정에
서 청소년은 단순히 외국문학을 수용하는데 그친 것이 아니다. 습
작기 청소년은 외국문학을 모방하는 과정에서 새로운 문학적 상
상력을 기대하기도 하였다. 그들은 시각적 매체의 수용을 통해 소
설에 대한 새로운 기대감을 만들어냈다. 1960년대 소설에 나타난
변화된 독자의 취향에서 서스펜스와 스릴을 즐기려는 욕구가 강
하게 나타남을 알 수 있다. 1960년대 『학원』에 나타난 대중소설은
영화, 드라마, 만화 등 다양한 시각적 매체의 영향으로 내용과 형
식이 변형되고 해체된다. 소설과 시각적인 매체의 결합은 소설에

유주현, 제4회 이봉구, 제5회 박경리, 제6회 곽하신, 제7회 강신재, 제8회 김영수, 제9회
박연희, 제10회 박영준, 제11회 이선구, 제12회 강소천, 제13회 송숙영, 제14회 이원수,
제15회 서석규, 제16회 김영일, 제17회 장수철, 제18회 신지식, 제19회 이주훈, 제20회
권만중, 제21회 안수길 선생이다. 김이석 외, 「길」, 『학원』 1962.3~1963.11.

41 산업화로 인해 이농현상이 급증하고 보통교육이 일반화된 가운데 지식의 대중화가 이
루어지기 시작한다. 이런 변화는 곧 대중의 문화적 욕구에 대한 증가로 이어진다. 1960
년대 한국의 근대화는 서구의 대중문화 중에서도 미국식 대중문화와 친연성을 갖고
발전하게 된다. 김국태 외, 『대중문화와 문화기획』, 글누림, 2005, 24쪽.

서 다양한 장르의 탄생으로 이어진다. 1960년대 실린 소설에는 기존 장르에 새로운 요소들이 결합되어 혼성적인 성격이 나타난다. 예를 들면, 기존의 소년소설에 스포츠 요소들이 결합되어 스포츠소설이나 스포츠만화가 등장하였다. 공상과학소설은 '지구'라는 한정된 곳으로부터 '우주'까지 공간이 확장된다. 1960년대 실린 공상과학소설은 1950년대에 실린 소설들과 차이점이 존재한다. 예를 들면 주인공들이 우주선을 타고 이륙할 때 독자에게 생생한 스릴과 감동을 주기 위해 영화와 만화의 효과적인 장면 이동 기법들이 활용된다. 1960년대 실린 탐정소설에서는 기존의 서사 문법에서 벗어나는 예가 종종 발견된다. 1950년대 탐정소설보다 1960년대 탐정소설은 연쇄살인과 추격, 그리고 탈주의 모티프가 더욱 강조되는 탐정 스릴러나 액션 장면이 한층 많아진다는 게 특징이다. 이 시기는 기존의 탐정소설의 문법에 그로테스크한 공간과 서스펜스, 그리고 스릴의 요소들이 상호 결합되어 탐정소설의 성격이 변화된다. 탐정소설의 성격 변화는 환상소설과 공포소설의 분화로 이어진다. 물론 이러한 장르구분은 오늘날의 환상소설과 공포소설을 구분하는 기준과 다소 차이가 존재하지만 탐정소설의 니적 변모를 보여준다는 데 그 의미가 있다. 『학원』이 1960년대 한국소설의 근대화에서 특별한 의미를 지니는 점은 달라진 독자층의 욕구를 수용하기 위해 문학의 대중화를 적극적으로 지향한 점에서 찾을 수 있다. 『학원』이 보여준 소설의 대중화 노력은 학원세대 출신으로 활동하게 된 작가들의 의식으로 수렴·조절되

고 이후 1970년대 한국문학의 내용과 장르 변화로 이어진다. 그러
므로 1960년대『학원』이 문예면에서 보여준 대중 지향이 어떤 방
향으로 흐르는지 그 성격을 고찰할 필요가 있다.

(1) 근대화와 대중화

1960년대『학원』에 실린 소설의 특징은 근대화에 대한 동경과
부정이 동시에 나타난다는 점이다. 이 근대화의 문제가 문학에
서 어떻게 수렴되는지를 추적하면『학원』의 매체이념이 변모되
는 과정을 알 수 있다. 먼저 탐정소설의 변화에서 근대화의 이중
성과 소설의 대중화 양상이 뚜렷이 나타남을 확인할 수 있다. 탐
정소설 중에서 '추리소설'이란 명칭은 1950년대 후반, 천세욱이
번역·번안한 탐정소설 가운데 일부 작품에만 붙이던 명칭이었
다. '추리소설'은 1960년대로 오면 스타일의 반복과 변주를 통해
그 성격이 점차 형성되고 하나의 장르로 자리잡기 시작한다.
1950년대 소개된 외국 추리소설이 대중화에 성공한 후 1960년대
에는 국내 추리소설이 지속적으로 창작·연재되었다는 것이 새
로운 변화이다. 국내 추리소설로 최요안의 「무지개 꽃」을 비롯해
장수철의 「비밀 극장을 뒤져라」, 유보상의 「공포의 흰 손수건」
등이 장기간 연재되어 독자 대중을 견인하는 데 성공하였다.

최요안의 「무지개 꽃」(1964.10∼1966.12)에서 창호는 중학교에
수석으로 합격한 수재로 등장한다. 그는 자기 집이 도둑을 맞게
되자 순군이와 짱구를 설득해 삼총사의 결의를 맺고 강도를 추적

한다. 삼총사는 범인을 추적하고 유괴된 어린이를 구하는 등 탐정의 역할을 수행한다. 그러던 어느 날 삼총사는 우연히 검정스웨터를 취직시키기 위해 경수 아버지 회사에 갔다가 그 회사에서 도난 사건이 발생한 걸 알게 된다. 범인과 쫓고 쫓기는 추격전 끝에 탐정은 올빼미를 체포하게 된다. 하지만 올빼미는 경찰서 창을 뛰어넘어 탈출한다. 심형사와 삼총사는 추격 끝에 올빼미를 다시 체포한다. 심형사는 올빼미를 심문하는 과정에서 그에게 '고백약'을 먹이고 과학적인 방법을 동원해 수사의 실마리를 잡게 된다. 고백약을 복용한 사람은 누구나 자신의 내면을 숨길 수 없다. '고백약'은 과학적 수사라는 특수 목적에 의해 제조된 것이다. 고백약의 복용 덕분에 올빼미는 차츰 자신이 숨겨온 진실을 드러낸다. 올빼미는 지금의 애인을 버리고 자신이 사랑하는 간호원과 함께 간첩배를 타고 북한으로 도망칠 계획이었다고 자백한다. 모든 사실을 알게 된 형사대와 삼총사는 부산 부두에서 간첩 일당 5명을 모조리 체포하는 데 성공한다는 점에서 당대 반공주의 요소들이 탐정소설의 한 유형을 형성했음을 알 수 있다. 이 소설에서 탐정은 범인이 남긴 숫자를 이용해 암호를 풀거나, 현장에서 주워온 수면제 '빈 갑'을 통해 범죄의 실마리를 풀어나간다. 이때 객관적 정황과 증거에 과학적 요소가 결합된다는 게 특징이다. 과학의 발전을 상징하는 '고백약'의 등장은 인간의 심리조차 과학의 힘으로 좌지우지할 수 있다는 1960년대 과학에 대한 맹신풍조를 단적으로 보여준다. 1960년대 『학원』의 광고를 보면

1960년대에는 과학에 대한 맹신풍조가 나타난다. 광고를 보면 머리가 좋아지는 약으로 '에다나닌', '감마론'으로 서양에서 새롭게 수입된 좋은 약이라고 강조한다. 또 '신장기 — 키 크는 기계' 광고에는 서양 성인 남자와 소년이 키를 재는 모습을 사진으로 함께 넣었다. 1960년대 청소년들은 서양인처럼 큰 키에 대한 열망을 갖고 있었다.

'감마론', '에다나닌', '토노포스환' 등 '머리가 좋아지는 약', '두뇌를 개조하는 약'에 대한 광고들이 자주 등장한다. 이는 과학과 진보에 대한 당대인들의 신념이 얼마나 절대적이었는지를 알 수 있게 해준다.[42] 과학을 내세우는 탐정서사의 출현은 과학 문명의

---

[42] '토노포스환' 광고에는 독일 '헥스트'사의 "뇌신경 영양 강장제"가 소개된다. "나도 秀才가 될 수 있다!" 학교 성적이 불량했던 까닭을 알았습니다. 제 머리가 남보다 못한 때문이 아니라 다만 뇌신경이 피로하여 두뇌의 활동이 장애를 받았던 때문입니다. 뇌신경의 피로를 덜어주고 뇌에 영양과 활력을 넣어주는 '토노포스환'을 먹기 시작한 후론 우리학급에서 일 이등을 다투는 수재가 되었습니다. 「광고」, 『학원』, 1965.4, 44쪽.
'감마론' 광고는 "머리가 좋아진다!" 「감마론」을 복용하면 공부에 취미가 붙고 학업성적이 좋아진다. I.Q(지능지수)가 향상되어 각종 테스트에 단연 우승한다. 난폭하고 부랑한 성격이 온건 침착해지고 소극적이고 우울한 성격이 적극 명랑화한다. 「두뇌를 개조하는 약」, 제일약품, 「광고」, 『학원』, 1963.2, 189쪽.

긍정적인 미래상을 독자에게 제시함으로써 불가능한 일이 가능해지기를 기대하는 독자의 욕망을 충족시키고자 하였다.

장수철의 「비밀극장을 뒤져라」(1967.1~1967.12)는 이순재가 삽화를 그렸다. 이 소설은 원색극장에서 발생한 괴이한 여류 화가 살인사건을 배경으로 납치와 구출, 그리고 추격과 체포가 교차되는 장면을 포착해 문학적으로 형상화함으로써 1960년대 스릴러물의 서사기법을 보여준 작품이다. 「비밀극장을 뒤져라」는 범인의 정체가 조금씩 드러날 때마다 독자에게 호기심과 스릴을 만끽하게 해준다는 점에서 새로운 재미의 요소를 제공하였다.

> "홍, 명의니, 뭐니 하면서 뽐냈댔자 저들이 알게 뭐야! 내가 10년이나 걸려서 발견한 독약을 하루 이틀의 연구로 알 것 같으냐! 저 독약으로 주사하면 7일 후에는 죽어 버리는 것이다. 7명의 부호 가운데서 두 사람은 이미 우리들의 요구를 받아들이겠다고 의사표시意思表示를 하였다. 아마 내일쯤 재산의 절반은 「살무사」에게 굴러 들어올 것이다."
> 하고 힘주어 말하는 것이었다.
> "그건 반가운 얘기로군."
> 「불가사리」는 콧장구치듯이 이렇게 대꾸하였다.
>
> ― 장수철, 「비밀극장을 뒤져라」,『학원』, 1967.9, 298~309쪽

왕박사는 유럽에서 유학한 후 귀국한다. 그는 '다츠라'라는 식물의 열매를 먹고 병에 걸린 애를 진찰하다가 우연히 이 식물에

관해 연구한다. 그는 마침내 다츠라에서 가공할 독毒을 뽑아내는
데 성공한다. 왕박사는 살무사와 함께 이 독약을 이용해 돈을 벌
려다가 불가사리에게 납치된다. 이 시기 추리소설에는 지하실의
비밀 실험실, 약병, 화학, 해독약, 주사, 알칼로이드 등 과학과 의
학에 관련된 전문 용어들이 빈번하게 등장한다. 과학과 의학에
관한 전문 용어들은 과학과 진보에 대한 당대인들의 기대심리를
반영하고 있다. 근대화와 함께 진행된 의학과 과학의 발전 가능
성은 '과학'과 '논리적 추리'의 결합을 통해 탐정의 역할을 전문적
인 지위로 올려놓는다. 이 시기 '추리소설'은 과학적인 증거와 수
사가 뒷받침되어야 범죄 사건이 완전하게 해결될 수 있다는 것을
전제로 하고 있다.

유보상의 「공포의 흰 손수건」(1968.1~1969.2)은 이순재가 삽화
를 그렸다. 「공포의 흰 손수건」에는 의문의 살인사건, 지영의 유
괴사건에 이어 탐정이 흰 손수건의 정체를 쫓는 과정이 속도감
있게 전개된다. 탐정은 장기탁과 깡마른 사나이를 유력한 용의
자로 보지만 번번이 범인을 체포하는 일에 실패한다. 범인의 추
격과정에서 지영할머니가 괴한에게 살해당한다. 지영은 여관의
숙박비를 해결하기 위해 자신의 은목걸이를 팔게 된다. 이 소설
에서 은목걸이는 사건의 단서를 제공하는 소품이다. 은목걸이에
는 지영 아버지가 보물을 숨겨놓은 장소의 암호가 새겨져 있다.
이 숨겨진 보물을 차지하기 위해 암투와 살인이 반복된다. 지영
아버지 여비서이던 강여사는 이 사실을 알고, 은목걸이를 차지한

추리소설에는 십대탐정이 전문수사관과 함께 등장해서 적극적으로 문제를 해결한다는 데 공통점이 있다. 이 장면은 『황금박쥐』에서 소년탐정이 범인을 체포하는 모습이다.

장수철의 「비밀극장을 뒤져라」에는 과학과 논리적 추리의 결합을 통해 탐정의 역할을 전문적인 지위로 올려놓았다.

다. 하지만 강여사는 자신이 귀부인이 되어 화려하게 사는 것을 상상하다가 괴한의 습격을 받는다. 폐허가 된 공장건물에서 창수 아버지는 복면의 사나이와 대결 끝에 칼에 맞아 죽게 된다. 최종회에서 창수 아버지가 흰 손수건으로 밝혀진다. 창수 아버지는 지영 아버지의 원수를 갚기 위해 흰 손수건으로 변장한 것이라고 고백하는데, 이는 산업화와 도시화의 과정에서 원한, 살인, 비인간화 등이 당대인들에게 얼마나 중요한 이슈로 등장했는지를 보여준다.

추리소설은 십대 탐정이 전문수사관과 함께 등장해서 적극적으로 문제를 해결한다는 데 공통점이 있다. 소설에서 범인들이 남긴 암호를 풀거나 과학적 추리의 결정적 단서를 확보하는 것은 십대 탐정의 역할이다. 『새벗』1963년 5월호에 연재된 추리소설 「푸른 거북과 소년 탐정」에서도 국민학교 5학년인 민수가 탐정으로 등장한다. 여기에서 소년 탐정은 '위조지폐' 사건 등 중대한 사회 문제를 현대 신문사의 창길, 허정남 기자와 함께 풀어나가는 등 사회의 규율을 바로 잡는 일에 적극 동참한다는 점에서 성인 탐정과 유사한 역할을 수행한다. 단지 성인을 대상으로 한 추리소설처럼 탐정이 어른이 아닌 어린이로 등장한다는 점에서 차이가 난다.[43] 이 소설에서 탐정인 민수의 역할은 성인 탐정에 못지않게 중요하다. 어린이나 청소년 잡지에 실린 추리소설에는

43　홍경민, 「푸른 거북과 소년 탐정」, 『새벗』, 1963.5, 118~125쪽.

십대 탐정이 일반 탐정과 함께 등장하여 결정적인 역할을 하는 경우가 많다. 십대 탐정의 설정은 주 독자층인 청소년이 추리소설을 자신들의 이야기로 주체적으로 향유하게 하기 위한 장치이다. 범인의 체포로 완결되는 추리소설의 결말은 근대화와 과학의 발전이 제공할 안정에 대한 독자의 기대감을 충족시킨다. 추리소설은 기존의 탐정 서사에 스릴과 미스터리를 한층 강화시켜 영화문법에 익숙한 청소년 대중 독자의 관심을 유도하였다.

외국 추리소설로는 F. 브라운의 「악마의 선물」(1964.12), 프랭크 크로버의 「악마의 열쇠」(1965.7), 코넬 월리치의 「사형집행인」(1964.10)과 「그림자가 된 사나이」(1967.9), 코난 도일의 「유괴된 중학생」(1968.2), 스티븐 마아로우의 「협박범을 잡아라」(1968.2) 등이 있다. 외국 추리소설들은 1920~30년대 발표되어 대중적 인기를 모은 작품들이 반복적으로 실렸다. 외국 추리소설은 탐정들이 인간미를 보여준다는 점에서 일제강점기에 발표된 국내 추리소설과 유사한 내용과 패턴을 그대로 유지하고 있다. 탐정의 직업은 전문적인 직업 수사관이 많다. 1960년대 반공이데올로기로 경직된 사회상을 반영하듯 살인귀나 간첩이 출현하는 범죄소설의 성격을 띤 작품들도 보인다. 이 시기 추리소설들은 과학과 진보의 힘을 통해 현실적인 좌절을 극복하고 싶은 독자의 욕망에 충실하였다.

가장 큰 특징은 탐정소설의 범주에 속하던 '공포소설Horror fiction'[44]

---

[44] 공포소설은 현대에 새롭게 조명된 문학형태이다. '호러horror'는 원래 신화나 전설에서 나오는 괴물과 사악한 영혼에 대한 이야기에서 시작하였다. 그러나 이런 괴담들이 공

이 새로운 장르로 분화되는 양상이 포착된다는 점이다. 공포의 속성을 활용한 서사가 하나의 소설 장르로 분화된 것은 추리소설이 대중소설로 각광을 받고 있었음을 보여준다. 공포소설의 독자는 독서 행위를 통해 단순히 카타르시스를 즐기는 데 목적이 있지 않다. 독자는 공포소설이 제공하는 인간의 억눌린 억압과 불안을 표출하는 데 스릴과 서스펜스를 적극적으로 활용한다. 왜냐하면 이런 대중의 "불안이 객관적으로 구체화되어 나타나는 것이 공포"[45]라고 할 때, 『학원』에 실린 공포소설들은 당대 사회와 대중이 안고 있는 불안을 객관적으로 반영하고 있기 때문이다. 공포소설은 당대인들이 지닌 불안의식이 구체적으로 어떤 것이었는지를 알 수 있다는 점에서 주목을 요한다. 공포소설로는 「호텔에서 일어난 사건」(구연홍, 1963.8)과 「미이라가 된 아가씨」(윤동일, 1963.8) 등이 있다. 국내 창작인 「호텔에서 일어난 사건」에

포소설, 즉 장르문학으로서 형태를 갖추게 된 것은 18세기 말에서 19세기 초까지 유럽에서 유행했던 고딕소설Gothic novel에서 기원했다는 것이 정설이다. 고딕소설 또는 고딕 로만스는 호러스 월풀의 「오트랜토성 ─ 한 고딕 스토리」(1764)에 의해 창시되었고, 원래는 중세의 어두컴컴한 고성古城을 배경으로 하여 유령과 초자연적인 사건들을 다룬 이야기들이다. "고딕"이란 용어는 또 중세적 배경이 없더라도 공포스런 분위기에 이상 심리를 다룬 소설유형까지 그 폭이 확대되어 메리셸리의 「프랑켄슈타인」(1817)과 디킨즈의 「황량한 집」 등의 작품까지 그 외연이 넓어졌다. 이명섭 편, 『세계문학비평 용어사전』, 을유문화사, 1985, 29~30쪽 참조.

45 현대 한국인의 공포 대상은 프로이드가 말한 바 어둠, 뱀, 질병, 고독 따위의 인류 공통의 공포와 일치하며, 심리학자들이 말하는 광장공포, 공황공포, 고소공포, 폐쇄공포 따위를 포함하고 그 외에 현대에 덧붙여진 것으로 범죄나 사고에 의한 부상과 죽음, 공해, 소외의 문제(대인관계), 사회적 문제(경제문제나 사회구조의 격변 같은) 등이 추가되었다. 양애경, 「공포소설이란 무엇인가」, 『한국문예비평연구』 5, 한국현대문예비평학회, 1999, 182쪽.

는 19세의 탐정 명수가 주인공으로 등장한다. 명수는 천수범이 가짜 지배인이고 범인임을 밝혀냄으로써 탐정의 역할을 완벽하게 수행해낸다. 뒤늦게 백탐정과 경찰관들이 살인 현장에 도착하지만, 이미 명수는 범인을 체포해 지하실에 묶어놓은 뒤이다. 「호텔에서 일어난 사건」에서 공포의 공간은 3층으로 된 서양식 건물의 훌륭한 '호텔'로 근대화의 화려함을 상징한다. 낯선 공간인 호텔은 보통 사람들의 출입이 불가능한 곳으로 독자의 내면에서 자유롭게 상상되기 시작한다. 독자의 상상과정에서 '호텔'이란 객관적 실체에 독자가 느끼는 불유쾌한 정서들이 결합된다. 독자는 풍부한 상상을 통해 '호텔'에 대한 표상을 재조합한다. 공포소설에서 '호텔'이라는 낯선 공간을 드나드는 인물이 살인귀거나 밀수업자, 가짜의사 등으로 묘사되는 것도 독자의 불유쾌한 정서들이 반영된 예이다. 살인귀 천수범은 "변장에 귀신같은 사람이며 동시에 강도이고, 살인범이며 미치광이고 천재고, 힘이 센" 인물로 추측된다. 다중인격자인 범인은 '호텔'이라는 근대적인 공간을 지배한다. 위험을 표상하는 인물은 규격화된 틀에 맞춰져 몽타주가 완성되어야 하고 어딘가 비밀스런 방에 숨어 있어야 한다. 그러나 실제 살인범은 애교 있게 손님을 맞이하는 평범한 지배인의 얼굴을 하고 있다는 점에서 독자의 공포심을 자극한다. 게다가 범인은 호텔의 내·외부를 자유롭게 오간다는 점에서 공개된 존재이다. 이는 독자에게 '호텔'이라는 근대화의 상징이 공포심을 불러일으키는 공간이면서, 평범한 얼굴을 한 사람이 살인귀가 될 수 있다는 불안과 두려움을 유통시킨다. 공포소설은 당대의 불확실한 사회상을 객관적으로 보여준다. 4·19와 5·16은 독자에게 민주주의를 이룩해야 한다는 책임의식과 정치적 폭력 사이에서 갈등하게 만든 기점이 된 역사적 사건이었다. 하지만 민주화에 대한 열망으로 일어났던 4·19혁명은 사람들에게 민주화에 대한 아무런 성과도 없이 상처와 절망만 남겼다. 상처에 대한 집단적 기억은 사람들에게 군사정권이 추진하는 근대화에 대해서도 불신을 낳게 하였다. 집단적인 두려움은 개인적인 불안을 넘어서서 사회적 공포로 확장되었고 문학적으로 형상화되었다. 당대인들은 근대화에 대한 희망적 미래보다 불안, 폭력, 두려움, 공포라는 강박에 시달렸고, 이를 공포소설을 통해 문학적으로 표출하였다. 이 시기 발표된 공포소설은 근대화가 제공할 화려함과 안식에 대한 동경과 소외를 동시에 담아낸다는 점에서 독자의 양가적 욕망을 반영한다. 독자는 화려한 '호텔'로 들어서고 싶지만 그 안에 대한 아무런 정보도 없다. 아무 것도 투명하게 보이지 않는 상태로 독자가 근대화의 문턱을 넘어서는 것은 불가능하다. 하지만 독자는 이미 압축적인 근대화의 급류에 휘말린 상태이고, 격랑의 시대로부터 소외될지도 모른다는 두려움이 소설에서 공포로 표출된 것이다. 독자가 상상한 '호텔'은 부정한 상품과 돈이 교환되는 암시장으로 표상되며, 폭력과 살인이 반복·변주되는 '근대화'에 대한 부정성으로 드러난다. 이처럼 1960년대 등장한 공포소설은 독자에게 1950년대 탐정소설과는 다른 낯선 쾌감과 공포를 통해 독서의 즐거움을 제공하였다.

게보르스 에베르스 원작을 윤동일이 번안한 「미이라가 된 아가씨」에서 나타나는 공포는 현실과 환상이 교차된다는 점에서 「호텔에서 일어난 사건」의 그것과 차이가 난다. 이 소설은 한 아파트 안에 살고 있던 흉측하고 기묘한 사나이가 오빠를 찾아온 누이동생 에니를 미이라로 만든다는 점에서 독자의 공포심을 극단적으로 자극한다. '아파트'는 '호텔'처럼 풍요로움과 근대화를 상징하는 공간이지만 공포의 공간으로 변모된다는 점에서 양가성을 지닌다. 근대화의 상징인 '아파트'는 독자에게 편안함과 안락함의 상징이 아니다. 네모지고 폐쇄된 콘크리트 공간은 살인과 기괴한 사건이 반복되는 범죄의 현장이다. 이 소설은 미이라가 된 에니가 과학 박물관의 유리관에 진열된다는 점에서 다시 한 번 독자들을 공포로 몰아넣는다. 살아있는 상태로 향유를 발라 미이라가 된 에니. 그 유명한 이집트 미망인의 미이라로 소개된 여인은 바로 주인공 '나'의 여동생 에니다. 동생을 미이라로 만든 범인은 한 아파트에 살던 벡카아스다. '나'는 그에게 경찰에 고소할 것이라고 협박한다. 하지만 그는 이 세상에 없는 존재로 정상적인 범주에 속하는 인간이 아니다. '나'는 비정상적인 악인을 향해 "철면피한 악마"라며 악을 써댄다. 하지만 범인은 너무나 당당하고 자유롭게 "연기처럼 뒷문으로 사라"지며 피해자인 나를 미치게 만든다.[46] 그로테스크한 분위기에서 전개되는 이 소설은 서사기법 상 탐정소설처럼 보이지만 현실에서 범인을 체포할 수 없다는 한계를 분명하게 드러낸다. 「미이라가 된 아가씨」에서 나타나는 현실 규칙의 침범은 현실과 대립적인 것으로서 환상성을 담아낸다.[47] 탐정소설에 환상성이 결합된 것은 기존의 탐정 서사의 문법이 변화되는 과정을 보여준다. 범인은 반드시 체포된다는 기존의 탐정 서사의 문법이 깨짐으로써 독자에게 새로운 공포심을 조장한다. 독자는 현실과 비현실의 교차를 통한 극적 구성으로 인해 원시적 공포 속으로 빠져든다. 독자는 '산 채로 미이라가 된 에니처럼 나도 박제가 될지도 모른다'는 극한의 공포를 느낀다. 이 소설은 '거대한 폭력이 우리 바깥에 존재하는 것이 아니라 우리 안에서 발생한다'는 근대 사회의 부조리한 상황을 보여준다. 결국 독자는 주인공 '나'의 시선을 통해 우리 안의 타자가 지닌 폭력성에 경악한다. 예측 불가능한 결말은 공포심과 함께 책 읽기에서도 새로운 독법을 요구하였다. 「미이라가 된 아가씨」는 비상식적인 공포와 그로테스크한 분위기를 결합함으로써 현실 규범으로부터 일탈하고 싶은 독자의 심층적인 내면을 반영한다. 「미이라가 된 아가씨」는 공포소설로 소개되지만 비현실적인 것을 현실화한다는 면에서 환상소설의 범주로 구분할 수 있다.

---

46 게보르스 에베르스, 「미이라가 된 아가씨」, 『학원』, 1963.8, 359~363쪽.

47 토도로프는 환상을 현실과 대립되는 개념으로 보는데, 여기서 초자연의 기능은 문학적이든 사회적이든 규칙의 침범을 의미한다. 사회생활의 내부에서든 이야기 내부에서든 간에 초자연적인 요소의 간섭은 언제나 미리 확립해 있던 법칙 체계 안에서의 파괴를 형성하고 있으며, 또한 바로 그것으로 해서 정당화되는 것이라고 본다. 토도로프 · 츠베당, 이기우 역, 「덧없는 행복—루소론 · 환상문학 서설」, 『토도로프 저작집』 5, 한국문화사, 1996, 292쪽.

이처럼 공포소설의 범주는 아직까지 명확하게 서사문법이 정형화된 틀을 형성한 것은 아니다. 「호텔에서 일어난 사건」은 살인사건이 반복적으로 일어나고 기괴한 공포를 불러일으키는 장소 즉, 호텔에서 연쇄살인이 벌어진다는 점에 주목한다. 하지만 「미이라가 된 아가씨」는 인간과 악귀가 '아파트'라는 한 공간 안에 공존하며 꿈과 현실의 교차라는 환상적 요소를 가미해 이전과는 다른 새로운 공포를 유발한다는 점에서 「호텔에서 일어난 사건」과 구별된다. '공포'의 요소는 두 소설을 공포소설의 범주로 묶도록 하지만 「호텔에서 일어난 사건」은 범죄소설의 유형으로 「미이라가 된 아가씨」는 환상소설의 유형으로 구분할 수 있다. 이외에 공포소설로는 L. R. 스티븐의 「도깨비 병」(1967.12)과 윤민영의 「3중인격의 사나이」(1969.3)가 있다. 1969년 3월호에는 공포시리즈로 「사람의 고기를 먹는 여자」와 「미이라를 만드는 장례」, 그리고 「네 목숨을 삼킨 공포의 집」 등 엽기적인 살인과 식인행위 등 잔혹극을 연상시키는 공포소설들이 실리기도 하였다.

1960년대 『학원』에는 국내에서 창작된 추리소설과 공포소설이 장기간 연재되었다는 점에서 독서 문화의 새로운 양상을 보여준다. 이는 청소년이 억압된 현실에 대한 불안과 좌절을 극복하기 위한 새로운 탈출구로 추리소설과 공포소설을 수용한 것으로 이해된다. 청소년들의 독서 패턴은 지적 정보의 수용보다는 오락성을 추구하는 대중적인 방향으로 점차 이동하는 폭이 넓어진 것이다. 아울러 공포소설은 현대인의 공포가 이전과는 다른 대상으로 전환되고 있음을 보여준다. 공장, 돈, 상품, 기계화된 노동, 핵가족화, 도시로의 이동, 도시빈민 등 근대화와 자본주의에 대한 공포와 좌절이 극단적인 살인행위로 나타난다는 게 이들 작품의 특징이다. 근대화와 치열한 입시문화로 인해 억압된 청소년들은 현실에 대한 소외와 좌절을 '공포'라는 코드로 표출하고자 하였다. 1960년대 한국사회를 지배한 '근대화'라는 코드는『학원』에서 추리소설의 유행과 공포소설의 등장을 추동하였다.

근대화는 잡지에 연재된 위인전의 기획·편집에도 변화를 야기하였다. 첫째, 다양한 분야의 전문가들이 위인의 반열에 오르기 시작하였다는 점이 이전 시대와 달라진 점이다. 1950년대에는 과학자나 정치가, 철학자 등 한정된 분야의 위인전이 주를 이루었다. 그런데 1960년대로 오면 장애인, 예술가, 탐험가 등 다양한 분야로 위인의 기준이 변모되어 나타난다. 1960년대 실린 위인전에는 이태교의 「우·탄트 유엔 사무총장」(1962.3), 이재영의 「대중과 함께 호흡한 신문인 퓨리처」(1962.9), 이희호의 「불구不具의 영웅 헬렌 켈러 여사」(1962.12), 권준섭의 「큐리부인」(1963.4), 홍문화의 「화학요법제의 아버지 에를리히」(1963.8)와 「왁친요법의 아버지 루이 파스퇴르」(1963.9), 「알프렛 노오벨 이야기」(1963.11), 권준섭의 「자동차왕 포오드」(1964.3), 김명수의 「자랑스러운 소년 코올드」(1964.3), 홍구암의 「깐디」(1964.11), 이영곤의 「존·F·케네디전」(1968.2), 이국희의 「밀림의 聖者, 쉬바이쩌」(1968.5)와 「세계적 탐험가 버어드 소장」(1968.10), 신성호의 「불굴의 정객政客,

닉슨」(1969.1) 등이 있다. 특히 이 시기 위인전에는 예술가를 다룬 이야기들도 많이 실린다. 예술가를 다룬 위인전에는 권준섭의 「동화의 아버지 안델센」(1963.5), 신정호의 「음악과 우정에 건 슈 우벨트」(1966.2), 「장엄하고 위대한 생애 바하」(1966.3), 「영원한 사랑의 첼로 카잘스」(1966.4), 장호의 「평화와 애정이 담긴 색채 렘브란트」(1966.2), 「근대 회화의 아버지 세잔느」(1966.3), 「참고 견뎌 승리한 조각가 로댕」(1966.4), 이국희의 「인간애에 산 세 사람의 예술가—디즈니, 르코르 뷔지에, 피카소」(1968.11) 등이 있다. 특히 현대 예술가들이 위인의 반열에 오른 것은 당대 근대화가 제공한 다양한 물질적 풍요와 교육의 영향으로 문학과 예술에 대한 향유 층이 과거에 비해 확대되었음을 보여준다.

둘째, 잡지에 실린 국내 위인들의 성격이 변화되었음을 알 수 있다. 1950년대에는 개화기 교과서부터 지속적으로 실리던 세종대왕, 을지문덕乙支文德[48] 등 왕이나 구국영웅이 주로 위인으로 소개되었다. 하지만 1960년대에는 현대 한국사의 주역인 김구와 이승만 등이 함께 실린다는 게 특징이다. 국내 위인전에 소개된 인물을 살펴보면 다음과 같다. 정상석의 「항일투사 박열」(1962.5), 이현희의 「백범 김구선생의 위훈」(1962.6), 유명의 「자랑스러운 여독립투사—정우정」(1964.1) 등이 있다. 『학원』 1968년 6월호에는

---

[48] 개화기 교과서인 『國民小學讀本』은 1895년에 학부에서 발간되었는데, 그 내용에서 국가와 역사를 강조하기 위해 乙支文德이나 世宗大王紀事 등을 중심으로 학생들의 덕성함양의 본으로 삼고 있다. 學部編纂局, 『韓國開化期 教科書』影印本, 亞細亞 文化史, 1977, 3~5쪽 참조.

오소백의「백범 김구 선생」, 최준의「고하 송진우 선생」, 김수정의
「우남 이승만 박사」, 김재봉의「해공 신익희 선생」, 안철구의「운석
장면 박사」등 동시대의 인물들이 위인으로 소개되었다.

이처럼 1960년대『학원』을 보면 위인을 선택·배치하는 기준
이 과거와 달라진 것을 알 수 있다. 이는 높은 교육열로 독자들의
독서 취향이 변화했고, '교양'의 중요성이 대두되면서 예술가의
생애와 작품에 대한 관심이 높아진 데에서 기인한다. 또한 라디
오, 영화, 축음기 등 각종 영상 및 음향 매체의 대중적 확산으로
인해 예술에 대한 관심이 지식인 엘리트 중심에서 대중으로 확산
·유통된 것과 관련이 있다. 변화된 독자의 독서 취향은 문화 역
량이 사회의 전분야에서 급변하고 있음을 보여준다. 일제강점기
에는 문화예술에 대한 관심이 교육을 받은 고급 수용자에 한정된
반면, 1960년대에는 교육과 문화의 대중적 확산으로 인해 예술에
대한 관심이 일반인까지 넓어졌다. 즉, 근대화와 고조된 교육 열
기는 예술의 대중화로 이어졌고, 이에 위인을 선정하는 기준이
변화된 것이다.

또 다른 특징은 독자들이 과거의 역사적 영웅보다 동시대의 인
물에 더 관심을 갖고 있었다는 점이다. 현대 위인에 대한 높은 관
심은 동시대와 호흡하고 싶은 욕망과 변화하는 시대에 뒤떨어지
던 안 된다는 당대인들의 강박을 이중적으로 보여준다. 왜냐하
면 1960년대 소개된 외국 위인전을 보면 과거 인물보다 현대 인
물을 다룬 내용이 더 많기 때문이다. 급변하는 시대를 읽고 빠르

게 대처하기 위해 시작된 외국 위인전에 대한 책 읽기는 국내 위인전의 기획·구성에도 영향을 미친 것으로 보인다. 독자들은 자신과 동시대를 살아가는 위인의 생에 대해 높은 관심을 표현함으로써 현실적 좌절과 이상에 대한 이중적 위안을 얻고자 하였다.

1960년대 『학원』에는 신체적 장애를 극복한 인물, 예술적 업적을 쌓은 예술가, 현대사의 주역 등이 위인의 반열에 오른다. 이런 변화는 위인전의 창작과 수용에 대한 독자의 인식과 반응 태도가 변화된 것에서 기인한다. 독자들은 강철 같은 구국 영웅보다 오히려 평범한 사람들이 각 분야에서 높은 업적을 쌓은 것에 관심을 더 갖게 되었다. 또 독자들은 불행한 처지에 놓인 인물이 자신의 환경을 극복하고 사회적으로 성공하는 것에도 높은 관심을 보였다. 이런 양상은 『학원』이 근대화의 전개 과정 속에서 독자의 취향과 관심을 다양하게 수렴한 것으로 이해된다. 1960년대 위인을 구분하는 기준의 변화는 1970~80년대 전개된 소년소녀를 위한 위인전의 정전 구성에도 영향을 미쳤다. 『학원』에 실린 책광고를 보면 학원장학회에서 제작한 세계위인전집 60권이 소개된다.[49] '학원사' 전집에는 나폴레옹, 헬렌 켈러, 콜럼버스, 마르코 폴로, 레오나르도 다빈치, 괴테, 쇼팽, 안데르센, 고흐, 슈베르트, 원효대사, 이순신, 안중근 등 국내외 위인 60인이 선정된다. 국내외 위인을 하나의 전집으로 기획·구성하는 방식은 1970년대 이

---

49 편집부, 「광고―세계 명작·위인 문고」, 『학원』, 1962.3, 118쪽.

후 형성된 위인전을 정전으로 구성하는 토대가 된다.

1960년대 문학의 대중지향은 역사소설이 가벼움과 오락성을 지향하는 방향으로 변화하는 지점에서 뚜렷이 나타난다. 1958년에 코주부 김용환의 〈성웅 충무공〉(이은상 : 시나리오, 구민 : 목소리녹음)이 팬과 클로즈업 등의 영화기법을 사용해 원화로 만든 후 장마다 3~4장 정도의 컷을 16mm 영화 필름으로 제작하였다.[50] 그 후 1960년대에는 두 편의 〈춘향전〉이 영화로 제작되어 대중의 호응을 얻었다. 홍성기 감독의 〈춘향전〉은 김지미와 신귀식을 내세워 1961년 1월 18일 국도극장에서 개봉되었다. 신상옥 감독의 〈춘향전〉은 최은희와 김진규가 출연하였고, 1961년 1월 28일 명보극장에서 개봉하였다. 이를 계기로 영화 분야에서는 고전에 대한 각색이 활발하게 진행되었다.[51] 1967년 1월에는 신동헌·신동우 형제가 국내 최초의 장편만화 영화 〈홍길동전〉을 제작하였다. 당시 전국 대도시 일류 극장에서 동시 개봉된 〈홍길동전〉은 10만명의 관객을 동원하는 신기록을 수립했고 동남아지역에 수출되기도 하였다. 같은 해 강태웅 감독의 〈흥부와 놀부〉가 인형극으로 제작되어 14회 아시아 영화제에 출품되었다.[52] 이처럼 1960년대로 오면 역사소설이나 고전이 영화로 제작되고 흥행에 성공하였다. 그러나 1960년대 『학원』에서는 역사소설이 1950년

---

50 이주현, 「만화영화 '원조'에 도전한다」, 『한겨레신문』, 1998.6.29, 17면.
51 김남석, 『한국문예영화 이야기』, 살림, 2003, 60쪽.
52 박구재, 「만화계 선구자 13명 삶과 작품세계」, 『경향신문』, 1995.5.24, 13면.

대에 비해 현저하게 줄어들었다. 이는 독자들의 독서 취향이 다양성을 추구하게 되면서 전통적인 역사소설이나 고전소설이 위축되고 새로운 재미를 추구하는 방향으로 변화되고 있음을 확인시켜준다. 이 시기 실린 역사소설의 경향을 살펴보면 민중영웅이나 구국영웅의 재생산보다 역사에서 소외되고 패배한 인물들이 주인공으로 등장하는 비극적인 서사들이 주로 실린다.

박연희의 「사도세자」(1963.5~1965.2)와 「풍운아 홍경래」(1967.11~1969.2), 이석정의 「하위지의 아들」(1965.8)과 「선화공주」(1965.9~1967.7), 정비석의 「의적 일지매」(1961.3~1961.9), 김광주의 「소년선인전少年仙人傳」(1962.3~1963.4)과 「소년삼국지」(1963.1~1967.10), 김일순의 「신라의 제후 아기」(1965.3) 등이 1960년대 『학원』에 실린 역사소설이다. 「사도세자」와 「풍운아 홍경래」, 그리고 「하위지의 아들」은 주인공이 자신을 알아주지 않는 현실로부터 좌절하고 패배하는 비극적인 서사를 다룬다. 주인공은 당대 권력에서 소외되고 자신의 뜻을 제대로 펼칠 수 있는 세상을 만나지 못한 채 비극적 죽음을 맞이한다. 이 소설들은 역사에서 패배한 사람들의 삶을 선택하고 이야기로 재구성하였다. 그 내용은 패배자의 삶에 대해 동정하기 보다는 현재적인 의미를 발견하는 데 초점이 맞춰져 있다. 역사소설에서 형상화된 주인공의 좌절은 단순히 개인적인 문제로 취급된 것이 아니다. 역사적인 인물들의 좌절은 1960년대 근대화의 영역에서 중심으로부터 일탈한 이들 즉, 도시빈민, 농민, 광부, 어부, 여성, 양공주, 어린이 등 소외된 사람들의 이방인 같은 삶을 대변해준다. 높은 교육열과 도시로의 이동은 대중에게 풍요로운 삶에 대한 동경을 심어주었다. 하지만 그들이 대면한 현실은 그리 녹록치 않았다. 근대화에서 탈락한 이들은 점차 시대와 불화하게 되고 현실에 대한 불만을 표출하기 시작하였다. 이러한 비극적인 인식은 부조리한 현실을 탈출하고 초월적인 세계를 꿈꾸거나 무협소설적인 세계를 동경하는 방향으로 변모된다는 게 특징이다.

김광주의 「소년 선인전少年 仙人傳」은 변화된 독자 의식을 보여준다. 「소년 선인전少年 仙人傳」은 「의적 일지매」나 1950년대에 실린 「홍길동전」, 「협도 임꺽정전」과는 조금 다른 차원의 서사전개와 지향을 드러낸다.

ⓐ'경고문' 무고한 백성들한테서 함부로 빼앗아온 부정한 재물이기에, 우선 약간의 금액을 말없이 가져가노라. 일후에도 필요하거든 다시 가져갈테니 그리 알고 있으되, 만약 개과천선할 뜻이 있거든 부정한 재물을 통털어 가난한 사람들에게 깨끗이 나눠주라. 그러면 일후에는 아무런 후환도 없으리라. ― 경자년 유월 삼일 일지매

(…중략…)

일지매는 동대문을 향하여 걸음을 재촉하였다. 이제는 시구문안에 살고 있다는 덕쇠네 집에 돈을 갖다 주어서, 그네들의 굶주림을 한시바삐 구원해 주려는 것이었다.

― 정비석, 「의적 일지매」, 『학원』, 1961.7, 114~123쪽

ⓛ 냉우빙은 혼자서 뒤편의 동굴 속으로 들어가서 목욕재계沐浴齋戒,
몸과 마음을 깨끗이 한 다음, 하늘과 땅에 대하여 배례하고 그것이
끝나자 팔경궁八景宮에 있는 노군老君, 서곤륜西崑崙에 있는 원시군
元始君, 벽하궁碧霞宮에 있는 사조師祖 동화제군東華帝君, 적하산赤
霞山에 있는 화룡진인火龍眞人에게 인사를 올렸다. 동굴 정면에 있
는 석당石堂의 큼직한 문을 굳게 잠그고, 돌로 만든 집 위에 정중하
게 앉아서 마침내 단약을 먹었다. 한 번 단약이 목구멍을 넘어서 몸
안으로 흘러 내려가자 360개나 되는 뼈 마디 마디는 물론 눈, 귀, 혀,
입, 코 그리고 오장육부에 이르기까지 단약의 놀라웁고 무서운 기
운이 일시에 활짝 퍼지는 모양이었다. 한 시간 쯤 지나니까, 뱃속으
로부터 새까만 연기가 조용히 솟아 오르더니 또한 바람처럼 조용히
어디론지 사라져버리는 것이었다.

　　　　　— 김광주, 「소년 선인전少年 仙人傳」, 『학원』, 1963.4, 174~187쪽

ⓐ의 「의적 일지매」에서 일지매는 탐관오리들의 부정한 재물
을 빼앗아 가난한 사람에게 나눠주는 의적義賊으로 등장한다. 주
인공의 '의적' 캐릭터는 홍길동이나 임꺽정을 다룬 역사소설에서
와 유사한 패턴이다. '의적'인 주인공들은 탐관오리를 응징하고
민중을 구제하는 이상적인 민중영웅으로 나온다. 의적을 주인공
으로 한 이야기는 전쟁의 상처가 채 아물지 않은 상태에서 이승
만 정권의 부정부패와 빈부격차로 혼란했던 당대의 시대상황을
비판적으로 반영한 것이다. 하지만 「의적 일지매」는 정치적 혼란

으로 인해 1961년 8월호인 6회로 연재가 중단되고 말았다. 이후 역사소설은 그 양상이 크게 변화하였다. 5·16 이후 연재된 「소년 선인전少年 仙人傳」에서는 개인이 깨달음을 얻어 선인仙人이 되는데 초점이 맞춰져 있다는 점에서 민중영웅을 다루던 이전의 서사보다 한층 후퇴된 역사인식을 보여준다.

ⓛ의 「소년 선인전少年 仙人傳」은 중국 '명나라'의 '가정嘉靖' 시절의 이야기다. 직예성 광평부 성안현이란 고장에 냉冷씨라는 성을 가진 유명한 집안이 있다. 냉씨 집안에서는 대대로 선인仙人 즉, 신선의 도에 능통한 사람이나 높은 벼슬에 나가는 훌륭한 인물들이 많이 나온다. 훌륭한 가문에서 태어난 냉우빙은 천성이 총명하고 마음이 곧다. 냉우빙冷于冰은 쉽게 벼슬길에 오르지만 관리들의 부패에 격분하여 벼슬을 버린다. 그는 깊은 산으로 들어가 선인을 만나 술법을 연마한다. 그는 세상을 돌아다니며 부정과 악을 물리치고 반란을 진압하기도 한다. 냉우빙은 태풍을 불게 하는 술법으로 왜구로부터 빼앗은 관군의 보물을 가난한 민중들에게 나눠준다. 하지만 그의 의로운 행적은 민중적 영웅상의 구현에 목표가 있는 것은 아니다. 냉우빙의 목표는 깨달음을 통해 선인仙人이 되는 데 있다. 냉우빙은 원시 천존님의 승낙 없이 단약을 만들다가 맞아죽는다. 냉우빙의 죽음으로 그의 제자들이 각각이 흩어져 고생한다. 나중에는 제자들이 모두 요괴대왕의 술법에 걸려 죽을 위기에 처한다. 절체절명의 순간 등장인물들이 모두 일진광풍一陣狂風의 영향으로 처음 단약을 만들던 장

소로 되돌아온다. 등장인물이 모든 고난을 극복하고 도달한 곳이 다름 아닌 처음 출발한 장소라는 점은 지나치게 비현실적인 설정이다. 모든 일이 냉우빙이 술법을 써서 조화를 부린 것이라는 설정은 전기적傳奇的 요소를 강조하는 대목이다. 이후 서사는 냉우빙이 제자들에게 도를 닦는 원리를 설법하고 수업에 매진하는 것을 보여준다. 결말에서 냉우빙은 제자들의 수련이 끝나자 천상으로부터 메시지를 전달받는다. 그는 옥황상제로부터 삼계정마천사三界靖魔天使와 보혜진인普惠眞人이라는 선인仙人의 위치를 부여받는다. 선인이 된 냉우빙은 봉황을 타고 하늘나라로 날아간다. 이후 지상에 남은 여덟 명의 제자들은 냉우빙처럼 열심히 도를 닦아 각각 신선이 되는 데 성공한다.

「소년 선인전少年 仙人傳」은 주인공이 무예에 뛰어난 스승을 만나 무술을 연마하고, 의협을 행한다는 점에서 「홍길동전」과 「협도 임꺽정전」 등의 역사소설과 유사한 서사 구조를 지닌다. 그러나 「홍길동전」과 「협도 임꺽정전」이 민중전승을 바탕으로 민중적 영웅상을 그려내고 이상향 건설에 목표를 둔다면, 「소년 선인전少年 仙人傳」은 각각의 개인이 스스로 수행에 전념함으로써 선인仙人의 경지에 이르는 과정에 주목한다. 「홍길동전」과 「협도 임꺽정전」은 배경이 조선이고 「소년 선인전少年 仙人傳」은 배경이 중국으로 설정되어 있다. 여기에서 냉우빙은 30년 수행의 결과로 불로장수의 '단약'을 얻는데 성공한다. 이 '단약'은 진정으로 내·외의 공을 쌓은 사람만이 만들 수 있다. '단약'이 의미하는 바는 1960년대 근대화의 과정에서 부정부패와 사회악을 일소할 수 있다는 가능성이 사라진 현실적 좌절과 연결되어 있다. '단약'의 완성은 독자에게 개인적 수행을 통해서만 사회 정의正義와 이상향에 도달할 수 있다는 역설적 의미를 내포하고 있어 당대 사회의 억압된 구조와 현실적 제약으로부터 탈출하고 싶은 민중들의 열망을 표현한다. 「소년 선인전少年 仙人傳」은 역사소설로서 술법(마술)을 통해 판타지 세계를 지향한다. 이런 판타지적 요소는 이후 전개된 '무협소설'의 유행으로 연결된다는 점에서 중요한 의미를 지닌다. 왜냐하면 1970년대로 오면 무협지들이 활발하게 소개되고 하나의 장르를 형성하며 독자층을 확보한다는 점에서 이 작품들은 무협지의 중요한 출발점이 되기 때문이다.

1961년부터 1963년까지 김광주가 「정협지精俠誌」를 『경향신문』에 연재하고, 1962년 연재 도중 신태양사에서 그 첫째 권을 단행본으로 출간하면서 국내에서 무협소설의 붐이 일어났다.[53] 무협소설의 인기를 반영하듯 1960년대 후반 『학원』에 무협소설이 처음 등장하였다. 1968년에는 중학교 무시험제도가 수립되고 1969년부터 점진적으로 실시되었다. 이로 인해 국민학생들의 중

---

[53] 김광주는 「정협지」에 이어 「비호」를 1966년부터 1968년까지 『동아일보』에 연재했고, 「하늘도 놀라고 땅도 흔들리고」를 1969년부터 1972년까지 『중앙일보』에 연재하였다. 김광주에 의한 잇따른 신문 연재는 무협소설 붐을 일으키는데 결정적인 역할을 하였다. 이치수 교수가 작성한 목록을 보면 1966년부터 1969년까지 4년간 35종, 1970년부터 1973년까지 4년간 32종, 1974년부터 1976년까지 3년간 105종이 출판되었으니, 1970년대 중반에 양적 증가율이 높다. 전형준, 『무협소설의 문화적 의미』, 서울대 출판부, 2003, 55∼59쪽.

학교 진학률이 현격히 증가하였다. 또한 출판 분야에서는 대형 전집들이 다양화되고 전집의 종수도 폭발적으로 늘어났다. 1967년『새벗 문고』를 시작으로 작고 저렴한 가격의 문고본이 출현해 출판의 대중적 소비가 가능해졌다. 지식의 대중화가 이뤄지고 대중들의 문화적 욕구가 증대되는 상황에서 기존의 예술장르와 제도들, 연극, 시, 소설, 회화, 고전, 음악 등 고급문화에 속하는 전통적 장르들은 대중적 욕구를 충족시키는 데 한계를 보일 수밖에 없다. 이런 시기에는 대중들의 취향에 적합하고, 그들의 문화적 욕구를 충족시켜주는 대리물이 등장하게 된다.[54] 이런 변화 속에서『학원』은 판권이 '학원사'에서 '학원출판사'로 넘어갔고, 잡지의 성격이 더 대중적인 지향으로 변모되었다. 이런 상황에서 1969년 3월호에 이문현의「호걸 흑룡」(1969.3~1970.11)이 무협소설로『학원』에 처음 연재되었다. 이문현은 작가의 말에서 "무협소설들이 많은 독자에게 애독되는 것을 보면 요즘 우리나라에서는 무협소설의 인기가 매우 높은 것" 같다고 한다. 그는 "독자의 구미에 맞게 재미를 위주로 엮어"갈 것이라며 대중의 요구를 수렴하는 태도를 보인다.[55]

바로 그 순간, 세 장한이 길을 바람같이 가로 막으면서 나섰다.

---

[54] 김국태·조현오·가나이 노부요시·최희경,『대중문화와 문화기획』, 글누림, 2005, 14~15쪽.
[55] 이문현,「호걸 흑룡―작가의 말」,『학원』, 1969.3, 257쪽.

그와 동시에 흑룡은 잡았던 말고삐를 놓으면서 말을 앞으로 내민 후 있는 힘을 다해 말의 둔부 쪽을 후려쳤다.

"으흐훙!"

놀란 말은 앞발을 들고 서서 한 번 산천이 떠나갈 듯 울어 젖히더니 무서운 힘으로 사나이들을 향해서 질주하기 시작하였다. "앗!" 사나이들은 다급한 비명을 질렀다. 몸을 쉽게 피할 수조차 없는 좁다란 낭떠러지 위의 고갯길ㅡ. 세 사람은 갈팡질팡 이리 뛰고 저리 뛰었다. 서로서로 몸을 부딪치면서 말발굽에 짓밟히지 않으려고 피하다가 한 사나이는 끝내 낭떠러지 아래로 처절한 비명을 남기면서 떨어져 갔다. 흑룡은 쏜살같이 달려갔다. 어느새 칼을 뽑아 들고 있었다. 칼을 잡지 않아도 상대자가 없을 만큼 강한 흑룡이었다. 칼을 잡으면 호랑이가 날개를 얻은 격이다. 달려 간 흑룡은 단 칼에 한 놈을 쓰러뜨렸다. 그러나 쓰러진 놈의 몸에서 피가 나지 않았다. 칼 등으로 내려쳤기 때문이다. 나머지 한 놈과 싸늘한 칼날을 번뜩이면서 대치하였다. 흑룡의 지글지글 타는 눈이 놈을 시선 속에 잡은 채 놓아 주지 않고 칼끝으로 노렸다. 두 사람이 대치할 때까지는 앗! 할 만큼 눈 깜짝할 사이밖엔 흐르지 않았다. (…중략…) 흑룡은 완전히 기선機先을 제압해버린 것이다.

— 이문현, 「호걸 흑룡」, 『학원』, 1969.12, 184~195쪽

흑룡이 일대 삼으로 적과 대치하며 싸우는 활극적 요소는 1950년대 『학원』에서 소개된 민중전승의 역사소설에서도 종종 나타났던 현상이다. 주인공은 항상 다수의 적과 싸우지만 매번 승리한

다는 점에서 고전소설의 영웅적 요소를 강하게 갖고 있다. "강한 흑룡"은 "칼을 잡으면 호랑이가 날개를 얻은 격"으로 완전히 적의 기선을 제압하는 초인적 힘을 발휘한다. 이처럼 무협소설의 주인공은 화려한 무술을 선보이며 절대로 적에게 틈을 내보이지 않는다. 그는 빠른 판단력과 무예솜씨로 적을 순식간에 제압한다. 그는 적과 사투를 벌이는데 "칼등으로 내려"쳤어도 "쓰러진 놈의 몸에서 피가 나지 않았다"는 진술에서 확인할 수 있듯이 결코 무고한 살생을 하지 않는다. 주인공은 정재수 부장이 자신을 포박하려 할 때도 관군으로부터 빼앗은 육혈포를 사용하지 않고 그들에게 되돌려줌으로써 "장부의 대도大道"[56]를 보여준다. 무협소설의 주인공들은 생명존중과 도술 그리고 장쾌한 액션을 선보인다는 점에서 고전소설과 유사한 패턴을 갖고 있다. 「홍길동전」에서 "길동이 사용하는 둔갑술, 축지법, 분신법 등은 무림 고수의 초절정 무술과도 관련"된다는 점에서 무협소설의 맹아로 보는 견해도 있다.[57] 「협도 임꺽정전」은 "음양 술수와 무예에 대한 내용이 풍부하게 나타나고", "주인공이 여러 명의 조력자들과 함께 임무를 완성"한다는 점에서 전통적인 영웅소설의 요소들을 두루 갖추고 있다. 아울러 그 안에는 등장인물들이 함께 "하나의 방파를 이루고 한 목적을 위해 노력하는 모습"이 나온다. 즉, 「협도 임꺽정전」에는 "불합리한 봉건 사회의 모순을 과감히 극복하기 위해 벌이는

---

56 이문현, 「호걸 흑룡」, 『학원』, 1970.11, 190~201쪽.
57 이진원, 『한국무협소설사』, 채륜, 2008, 67쪽.

민중들의 투쟁의식을 표현한 의·협이 존재"한다. 이 소설은 "협俠"이 존재한다는 점에서 무협소설과 동일 선상에 놓기도 한다.[58] 무협소설의 서사구조는 일반적인 패턴이 반복되는 특징이 있다.[59] 첫째, 주인공이 유년기에 적의 음모와 살인으로 부모님을 여의고 무예를 익혀 복수를 하러 떠난다. 둘째, 성장 과정에서 주인공은 사랑을 하고 좌절을 겪으며, 악당을 소탕한다. 셋째, 주인공은 대업이 완성된 후 은거의 생활을 택한다. 하지만 『학원』에 발표된 무협소설에는 주인공이 사랑하고 좌절을 겪는 내용이 빠지는 경우가 많다. 왜냐하면 이 잡지는 청소년이 주 독자였기 때문에 주인공의 성장과 대업의 완성에 초점을 맞췄기 때문이다.

1960년대 실린 만화에서도 부석언의 「소년 무협지」가 연재되고 독자의 인기를 얻었다. 「소년 무협지」에는 활극적인 격투 장면을 살리면서 인물들의 대화는 말풍선의 기법을 활용하였다. 말풍선은 등장인물의 대사가 현실감 있게 전달되어 독자에게 한층 시각적인 독서의 즐거움을 제공해준다. 사건흐름에 관한 설명은 따로 반 칸을 활용하여 그림 소설을 읽는 방식을 취하였다. 시각적인 기법의 활용은 무협소설의 격투장면이 소설보다 생동감 있게 살아나고 작가의 주제의식이 효과적으로 전달되게 한다.

1960년대 실린 역사소설과 만화는 비현실적인 세계를 다루는 방향으로 급격히 전환된다. 이러한 변화는 세 가지로 의미를 부

---

58 위의 책, 75~80쪽.
59 위의 책, 109쪽.

여할 수 있다. 첫째, 국가의 강력한 이데올로기 통제로 역사소설이 정치적인 요소를 벗어나 가벼움과 웃음을 지향하는 방향으로 전환된 것이다. 둘째, 1960년대 후반 TV의 대중적 보급으로 인해 독자의 취향이 시각적인 즐거움을 추구하는 방향으로 급선회하게 된 것이다.[60] 셋째, 무협소설이 지향하는 현실 일탈이 지배 권력이 내세운 발전국가론에 대한 위반의 욕망과 동궤를 이룬다는 점이다. 대부분의 사람들은 개발독재시대가 요구하는 높은 목표에 도달하지 못하였다. 현실에서 패배할 수밖에 없는 독자는 무협소설의 인물처럼 '도인'이나 '신선'이 되어 현실 탈출을 욕망할 수밖에 없다. 현실 탈출을 욕망하는 독자의 심리는 슈퍼맨이나 슈퍼우먼을 요구하는 시대와의 갈등과 불화를 역설적으로 표출한 것을 보여준다. 산업화 과정에서 작아진 개인은 거대한 사회와의 불화를 해소하지 못한다. 그들은 '무협'소설에 등장하는 영웅호걸의 서사를 통해서 순간적으로 대리만족을 얻고자 한다. 1960년대 진행된 근대화는 『학원』의 역사소설이 기존의 서사문법에서 일탈하거나 무협소설로 독자의 관심이 이동하는 필연적인 결과를 도출하게 하였다.

---

[60]　TV는 1956년 HLKI 개국으로 첫방송(6월 16일)을 개시한 이래 KBS-TV 유료광고방송 및 시청료징수 개시(1963), DBS 동아방송 개국(1963), MBC-TV(1969) 개국을 맞게 됨으로써 1970년대의 본격적인 TV문화시대의 전초를 마련한다. TV수상기 보급은 1968년도 118,262대이던 것이 1969년에는 223,695대로 늘어나면서 1977년도에는 전국 보급률이 50%를 넘어서고, 1978년에는 보급률이 70.8%로 급격히 증가하여 이때부터 이른바 TV의 전성기로 접어든다. 김희재, 『한국사회변화와 세대별 문화코드』, 신지서원, 2004, 42쪽.

⑵ 공동체의식의 내면화

1960년대 실린 소설의 특징은 소년·소녀소설 중에서 낭만적 동경을 보여준 명랑소설과 순정소설, 그리고 사진소설이 공동체의식을 보여준다는 점이다. 당대인들은 근대화의 과정에서 느끼는 좌절과 소외를 공동체의식을 통해 극복하고자 하였다. 공동체의식은 현실에 대한 부정의 과정으로 이해된다. 이러한 양상은 소설의 인물들이 공동체의식을 회복할 때 현실을 지탱할 힘을 얻을 수 있다는 깨달음으로 연결된다. 소년·소녀소설에서 공동처 의식이 내면화되는 구체적인 양상은 다음과 같다.

㉠ 구경군이 모여서 기부 바구니에는 지폐가 부풀어 올랐다. 신난다고 무영이가 꼬챙이로 짓눌러 가라앉게 한다. (…중략…) 현과 미화는 또 얼굴을 마주 보았다. 그리고 미소한다. 다시금 어째서랄 것도 없는 행복같이, 전신으로 따뜻한 물처럼 번져가는 것이었다.

— 강신재, 「바람의 선물」, 『학원』, 1964.12, 74~84쪽

㉡ 「아저씨는 용기가 있었어요. 한 평생 가난하고 학대받고 형무소에까지 들어갔지만 그 고통의 바다를 용기로 헤엄쳐 넘어온 분이예요.」 영미는 한 손을 들어 아저씨의 이마에 엉켜 붙은 머리카락을 쓰다듬어 올렸다. 아저씨가 눈을 감은 채 말하였다. (…중략…)
「아저씨가 제게 베푸신 사랑. 그리고 원수 같은 아빠를 목숨을 끊어 보호해 주신 사랑. 그같은 크고 깊은 사랑을 저도 이 세상 사람들에

게 베풀겠어요. 내가 괴로움을 당할 때, 상처를 입고 절망에 빠졌을 때, 전 아저씨를 생각하는 것으로 힘을 얻고 위안을 받을 거예요. 아저씨, 엄마 곁에 가서 편히 쉬세요.」

영미는 아저씨의 무덤을 쓸고 또 쓸었다.

— 장덕조, 「별하나 나하나」, 『학원』, 1966.8, 48~55쪽

㉠은 강신재의 「바람의 선물」이다. 이 소설은 미화의 성장과정을 그려낸다. 미화는 아버지가 죽자 어머니와 서울로 이사한다. 미화는 중학교 때 알게 된 병호의 친구 한현에 대해 특별한 연애의 감정이 생기지만 사랑의 감정을 감춘다. 어느 날 미화는 대학생이 된 한현과 오랜만에 재회한다. 크리스마스 이브, 미화는 친구들과 함께 군밤을 판다. 미화는 자신도 경제적으로 어렵지만 불우한 이웃을 위해 기부금을 모금하는 이타적 행동을 보여준다. 기부금을 모금하는 장소에 한현과 그의 친구들이 밤을 들고 나타난다. 이 소설은 미화가 한현에 대해 느끼는 첫사랑의 주관적인 감정을 불우이웃돕기를 실천하는 것으로 아름답게 묘사하고 있다. 기부문화에 대한 장면 설정은 각 개인이 사회적 책임의식을 갖고 현실의 문제를 해결해나가야 함을 강조하기 위한 것이다. ㉡은 장덕조의 「별하나 나하나」이다. 행복하게 살던 영미는 어느 날 외삼촌을 통해 자신의 출생 비밀을 듣는다. 그리고 영미는 돈밖에 모르던 아버지가 자신의 생모를 죽인 사실을 알게 된다. 하지만 그녀는 아버지를 용서한다. 영미의 부탁을 받은 큰

외삼촌도 스스로 목숨을 끊음으로써 영미 아버지를 끝까지 보호해준다. 이 사건을 통해 아버지(한태준)는 참회하고 재산을 가난한 사람과 장학회에 기부할 것을 약속한다. 이처럼 순정소설의 내용은 갈등하던 두 인물이 쉽게 화해한다는 점에서 단순한 서사 구조를 보여준다. 하지만 등장인물들이 '사회기부'와 '사회봉사'를 통해 '이상적 공간'을 꿈꾼다는 점에서 공동체의식을 내면화하는 과정이 드러난다. 이외에도 김약이의 「불구자」(1962.5), 나원의 「주먹의 윤리」(1967.5), 「영어선생님」(1967.6), 「패전투수」(1967.7), 「딸」(1967.8~1967.9), 「순정」(1967.10), 「전입생」(1967.11), 「악수」(1967.12), 「하숙생」(1968.1), 「전화위복」(1968.2)이 있고, 윤용성의 「봄의 듀우엣」(1968.3), 「어머니 만세」(1968.4), 「어느 일요일」(1968.5), 안호문의 「푸른 강은 흐른다」(1967.10~1968.10), 강신재의 「바람의 선물」(1963.3~1964.12), 김숙경의 「사춘기」(1968.6), 신지식의 「어딘가 그곳에는」(1969.3~1970.2), 이석봉의 「사랑이 무성한 수풀」(1967.9~1969.2), 이원수의 「민들레의 노래」(1961.3~1961.8), 장덕조의 「별하나 나하나」(1965.1~1966.8) 등의 순정소설이 실렸다.

사진소설에서는 주인공의 내면이 개인적인 문제에서 사회적인 문제로 확대된다는 점이 특징이다. 하근찬의 「비 개인 날의 목마木馬」는 남학생 간의 우정을 그리고 있다. 이 소설은 명수와 준호의 우정이 회전목마를 배경으로 한 폭의 수채화처럼 전개된다. 명수와 준호는 고등학교 1학년부터 3학년까지 3년간 라이벌 관계이다. 두 사람은 전교 학생회장 선거에서 박빙의 승부를 펼친다.

마침내 명수가 전교 학생회장으로 당선된다. 그 후, 명수와 준호의 갈등은 더 첨예해진다. 그러던 어느 날 명수는 조카 현미를 즐겁게 해주기 위해 그녀를 데리고 창경원에 간다. 창경원에서 명수는 회전목마를 타고 있는 준호를 발견한다. 명수는 여러 사람들과 함께 끄덕거리며 목마를 타는 준호의 모습을 보자 웃음이 새어나온다. 명수는 준호와의 갈등을 잊은 채 자기도 모르게 크게 웃고 만다. 그때 목마를 타던 준호도 웃고 있는 명수를 발견한다. 두 사람은 눈이 마주치자 서로 웃음을 통해 화해한다. 목마가 멈추었을 때 두 사람은 서로 손을 잡는다. 우연한 만남을 계기로 두 사람은 서로에 대한 나쁜 감정을 모두 떨쳐버린다. 준호와 화해한 명수는 "이런 날은 공부 같은 건 구질구질해"[61]라고 고백한다. 명수의 대사는 치열한 입시경쟁으로 억압된 청소년들의 탈출 욕망을 표현한다. 회전목마는 늘 다람쥐 쳇바퀴 돌듯 반복적으로 살아가는 당대 청소년들의 기계적인 삶을 상징적으로 보여준다. 이 소설은 두 인물의 감정 연출을 풍부하게 하기 위해 사진의 명암, 사진의 크기, 클로즈업 기법 등으로 극적 효과를 높이고 있다. 이외에도 문호의 「푸른 계단」(1964.3~1964.5), 박영준의 「살아 있는 소나무」(1962.6~1962.9), 백인빈의 「푸른 숲속의 합창」(1969.6~1969.8), 신봉승의 「편입생」(1968.8~1968.11), 신지식의 「포도원」(1961.7~1961.9), 이제하의 「불 밝던 창」(1969.3~1969.5), 이형숙의 「안개의 골짜기」(1964.10~

---

61 하근찬, 「비 개인 날의 목마木馬」, 『학원』, 1966.6, 43쪽.

1964.12), 이종환의 「목련꽃 필 무렵」(1962.3~1962.5), 장수철의 「시계탑이 보이는 길」(1963.3~1963.6), 전옥주의 「소소리 바람」(1969.9~1969.11), 정연희의 「바다가 보이는 언덕」(1968.12~1969.2), 최금동의 「지붕 없는 학교」(1965.4~1965.5), 최요안의 「보석상자」(1964.7~1964.9), 하근찬의 「비 개인 날의 목마木馬」(1966.6), 허근욱의 「목련꽃 필 무렵」(1968.5~1968.7) 등이 실렸다.

명랑소설에서는 사회적 규율로부터 개성과 자율성을 회복하고 싶은 주체적 인물들이 등장한다. 등장인물들은 부조리한 현실을 희극적으로 조롱하고 현실적인 한계를 넘어서고자 한다. 명랑소설의 주인공으로는 현실에 반항적인 남학생들이(「키다리 봉식이」의 봉식은 중1, 「에너지 선생」의 수동이는 중학생, 「해바라기의 미소」에서 억만이는 고1, 「고명아들」에서 일남이는 중1) 주로 등장한다. 주인공들은 축구, 야구, 농구 같은 운동을 좋아하거나 운동선수로 등장하는 경우가 많다. 「키다리 봉식이」에서 봉식은 야구와 농구선수이다. 「해바라기의 미소」에서 억만이는 축구선수로 등장한다. 최요안과 유호의 소설들은 주인공이 가난을 극복하며 성장하는 과정을 그려낸다. 주인공들은 결손 가정이거나 불우한 환경에서 방황하고 갈등한다. 하지만 그들은 자신의 가난이나 현실적 결핍을 탓하지 않고 열심히 운동과 공부, 그리고 아르바이트를 하며 성실히 살아간다. 이들 텍스트의 주인공들은 자신보다 어려운 사람을 만나면 억만이처럼 자신의 학비조차 소외된 이웃을 위해 기부할 만큼 지극한 인간애를 지니고 있다. 소설 속 인물들은 결핍된 현실에서 좌절하지만 서사의 끝부분에서 후원자를 만나 자신의 경제적 어려움을 해결한다. 이처럼 쉬운 결말로 끝나는 점이 이들 소설이 지닌 한계이다.

유호의 「키다리 봉식이」에서는 봉식이의 가난한 성장과정이 그려진다. 봉식이네 가족은 빌딩 청소부를 하는 어머니와 일곱 살 난 여동생 봉순 이렇게 셋이다. 봉식은 공부를 열심히 해서 어머니를 기쁘게 해드리고 싶다. 그런데 학교 야구부와 농구부에서는 봉식을 선수로 끌어들이려고 서로 경쟁을 벌인다. 「키다리 봉식이」에서 봉식이와 「해바라기의 미소」에서 억만이는 스포츠를 통해 희망을 꿈꾸며 자기보다 가난한 친구를 먼저 돕는 이타심을 발휘한다는 점에서 유사하다. 유호나 최요안의 명랑소설에서는 주인공이 고난을 겪는 성장과정에 초점을 맞추기 때문에 독자의 눈물샘을 자극하는 게 많다. 하지만 조흔파의 명랑소설은 유호나 최요안의 명랑소설과 차이를 보인다. 조흔파가 내세우는 주인공은 중산층 가정의 귀한 아들이면서, 해학적인 인물인 경우가 많다. 「고명아들」의 일남이와 「에너지 선생」의 수동이는 중산층 가정의 아들이고, 부조리한 현실을 비판하는 희극적 인물로 기능한다. 조흔파의 명랑소설에서는 비교적 가벼운 어투의 대화체가 사용되고, 어린 주인공과 어른 사이에 결론 없는 문답이 계속 반복되기도 한다. 조흔파의 「고명아들」에서 일남이는 고명아들이며 중학교 1학년이고 남학생이다. 일남이는 아버지 박교장의 권위와 세계관, 현실인식을 한껏 조롱하는 인물로 등장한다.

“지렁이 몸뚱이를 동강동강 끊어서 낚시밥을 하는 게 곤충을 사랑하는 겁니까.”

하는 말에

“음?”

하며 잠시 말문이 막히는 듯 하더니 이내,

“그건 그렇지가 않다. 얼른 보면 지렁이에게 잔인한 것 같지만 대신 물고기에게는 배불리 먹이는 셈이 되니까 좋은 일이 아닐 수 없다.”

“몸뚱이 속에다가 낚시라는 이름의 철근鐵筋을 넣구, 그것으루 물고기 아구리를 꿰서 잡아내는 것이 물고기에게 좋은 일입니까.”

“너는 어쩌면 눈 앞의 일 만을 생각하니 모든 사물은 멀리, 넓게, 깊게 생각할 줄 알아야 해. 사람의 손에 잡히는 것이 물고기에게 불행한 일일지 모르지만 그것을 사람이 먹어서 영양을 섭취하니까 인류 사회에 공헌하는 일이 된다. 따라서 네가 지렁이를 끊어서 낚시에 꿰는 것이 궁극에 가서는 인류에의 복지를 위해서 봉사하는 폭이 돼. 알았니?”

“네……”

— 조흔파, 「고명아들」, 『학원』, 1963.9, 94~104쪽

일남이는 지렁이를 낚시줄에 꿰는 일이 곤충을 사랑하는 일이냐며 아버지 한교장의 위선에 맞선다. 아버지는 낚시를 하는 일이 인류사회에 공헌하는 일이라며 자신의 낚시행위를 합리화하려고 애쓴다. 일남이는 아버지의 잘못된 논리에 대해 “네”라는 무성의한 대답으로 일축함으로써 아버지의 세계가 내세우는 잘못

된 권위를 조롱한다. 소설에서 일남이는 아버지 세계의 모순된 질서와 권위에 대해 비판하고 저항하는 태도로 일관한다. 일남이의 비판적 태도는 1950년대 발표된 「얄개전」에 나오는 나두수의 태도와 유사하다. 일남이는 자신의 학교 한자선생이던 한선생이 경제적 어려움에 처하자 한문학원이 잘 되도록 적극 도와준다. 그는 한선생의 딸 보미를 좋아하는데, 그녀와 의남매를 맺는 데서 서사가 종결된다. 조흔파의 명랑소설은 순수한 눈을 지닌 주인공이 사회의 권위와 규율을 강요하는 인물에 맞서 조롱하거나 비판하는 게 대부분이다. 그리고 등장인물들은 행복한 결말에 이른다. 이외에 홍덕기의 「점잖지 못해서」(1961.7), 유호의 「키다리 봉식이」(1966.1~1968.1), 조흔파의 「고명아들」(1962.7~1964.6), 최요안의 「호동 소년과 봉치」(1961.6)와 「해바라기의 미소」(1962.3~1964.2), 추식의 「울퉁 불퉁 4남매」(1968.2~1969.2) 등이 실렸다.

이 시기 명랑소설들은 사회 비판이든, 인간 승리이든 궁극적으로 따뜻한 인간의 정을 형상화한다는 점에서 유사한 패턴을 보여준다. 명랑소설의 해결 방식은 한국사회의 부조리를 비판하면서도 한편으로는 포용하려고 한다는 점에서 긍정적 인식을 보여준다. 이처럼 명랑소설은 희극성을 통해 비판적 웃음을 선사하면서도 결국 인간성 구현에 있어서는 낭만적 결론에 도달한다는 점에서 1950년대 명랑소설과 유사한 성격을 갖고 있다. 독자에게 희극적 웃음을 선사하는 명랑소설들은 과열된 입시경쟁과 권위적 질서에 대한 독자들의 일탈 욕망을 반복·변주하고 있다. 당시 「학원탐방」의 기사를 보면 '입시돌파의 단거리 선수들'이란 제목으로 한일 고시 학원을 취재한 내용을 소개한다. 여기에는 11세의 고검高檢생, 15세의 대검大檢생을 길러 평균 90% 합격률을 보인다고 한다.[62] 이처럼 과열된 입시경쟁은 청소년들을 억압하는 사회적 분위기를 낳았다. 명랑소설의 주인공들은 현실에 대한 저항의지를 비판적인 '웃음'을 통해 형상화 한다. 비판적 웃음은 명랑소설이 단순히 통속적이고 상업주의에 편승한 저급 장르라는 편견으로부터 벗어나게 한다.

소년·소녀소설은 근대화에 대한 부정의식으로 모성회귀나 공동체의식을 강조하는 방향으로 인식이 전환된다. 이 시기 소년·소녀소설에서는 부조리한 현실에 대해 그 나름대로 해석하려는 노력이 돋보인다. 소설 속 인물들의 시각은 개인에서 집단에 대한 관심으로 점차 이동한다.

㉠ −엄마는 돌아왔다. 아니 나는 엄마를 찾은 것이다. 그러나 나 혼자만의 엄마가 아니야. 세 명의 동생도 있거든. 나는 남을 사랑하는 것을 배웠어. 만아저씨는 내게 사랑하는 것을 가르쳐 주었어. 이젠 나도 남을 사랑하여야겠어.

모두 묘비 사이를 걷기 시작하였다.

— 김현우, 「하늘에 기를 올려라」, 『학원』, 1966.2, 251쪽

---

62 편집부, 「입시돌파의 단거리 선수들」, 『학원』, 1966.3, 254~255쪽.

ⓛ“정형외과에서 손대기에는 너무나 거창스럽고 대장간에나 가서 그 얼굴을 좀 뚜들겨 고쳐야지 내가 창피해서 죽겠어!”

휘동이는 동생의 익살에 웃음이 나왔으나 꾹 참는 수 밖에 없었다. 그러느라고 딴 데로 말을 돌렸다. (…중략…)

“무슨 클럽 활동인데요?”

“요즘, 학생들의 도의가 말이 아니잖아요. 그래서 자중하며 그것을 바로 잡자는 클럽입니다.”

“그래요?”

“유you도 같이 하지 않겠어요?”

너, 라고도 할 수 없고 당신이라고도 할 수 없고 그렇다고 옥희 씨라고도 할 수 없고 더군다나 미스 정이라고도 할 수 없어서 휘동이는 유you라고 하였다.

— 오영민, 「물 오르는 나무들」, 『학원』, 1969.2, 276~288쪽

ⓐ에서 명리는 재가再嫁한 어머니를 증오한다. 고아가 된 그녀는 소설가인 만아저씨와 친하게 지낸다. 모성과의 분리불안으로 명리는 심장병을 진단받는다. ‘불치병’이라는 의사의 선언은 주인공과 주변인물에게 좌절로 다가온다. 명리의 위기 상황을 알게 된 어머니가 병원으로 찾아온다. 그러나 명리는 “나가”라며 어머니에게 악을 쓰다 기절한다. 명리의 기절은 그동안 모성과 분리된 시간을 해체하고 넘어서기 위한 통과의식의 과정이다. 죽음체험을 통해 주인공은 성장 단계에 접어든다. 의식이 회복된

명리는 재가한 어머니와의 대화를 통해 타인에 대해 이해하려고 노력한다는 점에서 성장을 보여준다. 어머니와의 관계회복은 명리의 병이 회복되는 것으로 연결된다. 진심으로 어머니를 받아들인 명리는 S대학 병원에서 퇴원한다. 정박사는 명리의 심장병이 완치된 것이 과학이나 의학으로 해명될 수 없는 기적이라고 말한다. 명리는 우울증으로 말미암아 심장병이 발병된 것이다. 하지만 모성과의 결합으로 우울증이 사라진다. 얼마 후 명리의 심장병도 완쾌된다. 퇴원하는 길에 명리는 사람들과 함께 아버지에게 성묘를 간다. 명리와 어머니의 화해는 모성으로의 회귀를 의미한다. 부성의 원리가 모든 것을 다르다고 구분 짓고 절단한다면, 모성의 원리는 모든 것을 차이로 이해하고 포용한다는 특징이 있다. "엄마는 돌아왔다"는 명리의 진술은 모성이 회복된 시·공간으로의 회귀를 의미한다. 모성논리는 가부장제가 가속화된 1960년대 근대화에 대한 부정으로부터 출발한다. 마지막 장면에서 명리와 어머니가 죽은 아버지의 묘를 찾는 장면은 전통적인 가족관계의 회복을 통해 현실적 좌절과 상처를 극복하고 싶은 욕망을 반영한다. 1950년대 소년·소녀소설이 자아의식의 형성에 주목했다면, 1960년대 소설은 공동체의식의 내면화 과정에 초점을 맞추고 있다. 위의 소설에서 '나도 남을 사랑해야한다'는 명리의 진술은 당대 사람들의 내면이 개인에서 사회적 차원으로 관심이 이동하고 있음을 보여준다.

공동체의식은 오영민의 「물 오르는 나무들」에서도 드러난다.

ⓛ에서는 Y고교 1학년생인 휘동이가 등장한다. 휘동이는 통학버스에서 백화여고 1학년인 정옥희와 책가방이 서로 뒤바뀌는 사건을 겪는다. 가방이 뒤바뀌는 사건을 계기로 서로 알게 된 휘동이와 정옥희는 봉규와 울림을 끌어들여 예공석(예수, 공자, 석가를 본받는다는 뜻의 약자)이란 클럽까지 결성한다. 그들이 결성한 클럽이 '예공석'이라는 명칭에서 암시되듯 이 소설은 개인과 개인, 개인과 집단, 집단과 집단이 하나로 통합될 수 있는 가능성을 꿈꾼다. 잘못된 '도의'를 바로잡기 위해 '예공석'을 결성한다는 이 소설은 지나친 개인주의와 계층 간의 이분화로 단절된 1960년대 한국사회의 위계서열화된 모습을 우회적으로 비판하고 있다. 1960년대는 남학생 / 여학생, 인문계 / 실업계, 자본가 / 노동자, 도시 / 농촌 등으로 사회가 이분화되고 계층 간 단절도 심화되었다. 「물 오르는 나무들」에서는 현실에 대한 직접적 비판보다는 우회적 비판을 통해 사회적 갈등의 핵심을 건드린다. 하지만 이들 소설은 대체로 공동체의식의 내면화를 통해 희망과 화합을 추구하는 방향으로 전개된다는 점에서 당대 사회를 날카롭게 풍자하거나 비판하지 못한다는 게 한계로 남는다.

1960년대 『학원』에 실린 전체 소설 중에서 소년·소녀소설은 44%를 차지하고 있다. 이 시기 『새벗』에 실린 책 광고를 보면 "한국소년소녀전집"[63]이란 용어가 나온다. 이외에 『세계소년소녀학급

---

63 「한국소년소녀전집」은 '정음사'의 광고이다. 이 광고에는 '문교부 선정 우량 아동 도서' 라는 타이틀과 함께 제1기 10권이 완간되었다는 내용이 나온다. 1권은 전영택의 「성서

문고』(보진재, 1962), 『소년소녀세계명작전집』(정일출판사, 1962), 『세
계소년소녀명작100선집』(백인사, 1964), 『소년소녀세계미담집』(삼화출
판사, 1964), 『백조소년소녀문고』(백조출판사, 1964), 『우량소년소녀문
고』(삼성출판사, 1964), 『소년소녀세계문학전집』(어문학, 1966), 『소년
소녀한국고대소설전집』(정음사, 1969) 등 당대 간행된 전집의 명칭
으로 '소년소녀'는 주요한 아이콘이고 목표 독자인 청소년을 겨
냥하는 단어로 의미를 갖기 시작하였다. 이는 청소년소설을 지
칭하는 장르 용어로 '소년·소녀소설'이 보편성을 획득하고 있음
을 보여준다. 1960년대 『학원』의 동화와 소년·소녀소설의 구분
법은 당대 어린이 잡지인 『새벗』에서도 유사하게 나타난다. 『새
벗』의 경우 1950년대에는 동화와 소년소설로 분류된다. 하지만
1960년대에는 소년소설이 탐정소설과 과학소설로 세분화된다.
『새벗』에서 만화는 1950년대에 단편만화와 연재만화로 구분되
던 방식에서 1960년대에는 명랑만화와 과학만화로 장르에 의한
구분법을 사용하고 있다. 당대 발간된 청소년 잡지인 『여학생』과
『學生 다이제스트』에서는 장르의 구분이 『학원』처럼 명확하게
나타나지 않는다. 이러한 사실은 『학원』의 소설 장르 구분법이
비슷한 시기에 간행된 어린이 잡지나 청소년 잡지보다 훨씬 3세

이야기」, 김광주의 「중국동화집」, 정의택의 「재미있는 수학」, 신지식의 「희랍신화」,
조복성의 「동물의 생활」, 박용구의 「한국명장선」, 이종환의 「세계미담집」, 이서지의
「과학만화집」, 예용해의 「탐험이야기」, 이성삼의 「음악이야기」로 한 권 값은 130원이
고, 한 질값은 1,100원이며 '호화판'이라고 선전한다. 편집부, 「한국소년소녀전집」, 『새
벗』, 1963.5, 뒤 속표지광고.

분화되었음을 확인시켜준다.[64] 오히려『학원』의 장르구분법은 당대 발간된 대중잡지『아리랑』이나『명랑』등과 유사하게 전개되었다. 이는『학원』이 다른 청소년 잡지보다 계몽성과 대중성을 실현하기 위해 다양한 장르를 실험한 것과 관련이 있다.

(3) 미래에 대한 긍정적 전망

1960년대 소설에 나타난 새로운 특징은 미래에 대한 긍정적인 전망이 보인다는 점이다. 이 시기 소설은 '스포츠'와[65] 관련된 요소들이 문학의 주요 소재로 부각되었다는 게 특징이다. 1960년대에는 외국 영화와 만화의 영향으로 스케이트, 야구, 축구, 농구, 탁구 등 스포츠가 대중들로부터 많은 호응을 얻었다. 스포츠에

64　『새벗』1957년 4월호에는 동화 배옥천의「호두까기 인형」, 홍은순의「소꼽질・어떤날」, 소설로는 장수철의「갈매기의 추억」, 박영준의「숟가락」이 실린다. 연재소설로는 김 문숙의「어린공주」, 이영희의「사탕나라 꿈나라」, 조남사의「수돌이의 모험」, 강소천 의「꽃들의 합창」이 실린다. 그러나『새벗』1963년 5월호에는 동화로 유영희의「알록 구슬알」, 최인학의「붉은 카네이션」이 있고, 연재소설은 탐정・추리소설로 홍경민의 「푸른 거북과 소년탐정」, 과학소설로 이종기의「다람쥐를 그린 깃발」, 동물소설로 이 홍규의「악마의 검정 표범」으로 장르 구분이 1950년대보다 세분화된다.
　　『여학생』의 목차를 보면 연재소설에서 순정소설로 안수길의「초가삼간」, 명랑소설로 최요안의「南宮童子」와 쥬니어 소설로 손소희의「별이 빛나는 城」과 이원수의「솔바 람은 한길」이 소개 된다. 이외에 역사소설로 최인욱의「山花無情」이 소개되지만 기타 장르는『학원』처럼 세분화되어 나타나지 않는다. 이처럼 당대 청소년들에게 명랑이나 순정소설은 인기를 끄는 장르로 기능하였다. 편집부,「목차」,『여학생』, 1966.5, 3쪽.
65　이 시기는 스포츠에 대한 관심이 매우 높아졌다.「은반의 멋과 매력」에는 광성고등학 교 학키부와 피규어들을 사진과 함께 5쪽에 걸쳐서 자세하게 소개한다.「은반의 멋과 매력」,『학원』, 1963.2, 133～147쪽.
　　스케이트 광고도 종종 실린다. 1963년에는「한일스케이트」광고가 나온다. '스피-드, 피규어, 하키-는 세비어 호-프(A)로' 라는 문구와 함께 국제선수용 뉴-세이버를 선전 한다. 편집부,『학원』, 1963.12, 127쪽.

대한 독자의 폭발적인 관심은 문학 텍스트에도 영향을 미쳤다. 이 시기에 실린 소설들은 스포츠의 동적動的인 특징에 주목하여 경기 장면을 생생하게 묘사하고 속도감을 살리려는 의도가 분명하게 드러난다. 스포츠소설은 각 경기 장면마다 텔레비전과 영화 장면에 나타나는 인물들의 행동처럼 생동감과 박진감을 살리기 위해 과감한 장면 생략과 속도감 있는 해설을 서술하는 게 특징이다.

㉠ 그러자 일본 「핏쳐」가 실수를 하였다. 「뎃드·볼」. 다리에 쎈 볼을 맞은 S고교팀 선수가 껑충거리면서 「퍼스트」로 진출하였다.

다음선수는 아슬아슬하게, 「번드」로 1루에, 1루의 선수가 2루에……. 다음은 「스트락·아웃」. 「투 아웃」에 「투 베이스」.

"이번에 판장을 넘기기만 하면 되는데……"

그런 기대를 몸에 질머지고 「뱃터복스」에 들어선 건 윤창수였다.

그러나 윤창수라는 선수는 관중들이 잘 모른다. 오늘의 전적戰績을 보아도 조금도 뚜렷한 존재가 아니었다. (…중략…)

"날아라, 하늘높이……"

저도 모르게 소리를 지르면서 뱃을 휘둘렀다. 따악……

"와아!"

창수는 정신이 없었다. 뛰었다. 하늘높이 날은 볼은 판장을 넘었다.

"와아, 와아."

물 끓듯하는 스탠트……. 와아–

소리를 지르면서 눈물이 찔끔하는 사람들도 있었다.

— 안수길, 「날아라 하늘 높이」, 『학원』, 1963.2, 13~18쪽

ⓛ 순간 아웃이 될 줄 알았지만 다행히 투우 스트라이크 원 볼이 되었다. 네 번째 공이 날아 왔다.

"펑"

하는 소리와 함께 어느새 범식은 뱃터를 내던지고 퍼스트 베이스를 향해 달리고 있었다.

"와아!"

하는 요란스러운 환성과 함께 공은 세컨트 베이스와 써드 베이스 사이의 하늘을 날으고 있었다.

"홈런, 홈런"

— 최인학, 「다시 찾은 홈런」, 『학원』, 1964.6, 206~210쪽

ⓐ은 「날아라 하늘 높이」(안수길, 김대벽)의 일부로 '사진소설'과 '스포츠소설'이라는 표제명을 붙이고 있다. 「날아라 하늘 높이」에서 야구를 좋아하는 윤창수는 회사 사환으로 일하면서 S고교에 다닌다. 그는 야구 코치의 도움으로 한일 고교 야구경기에 출전하게 되는데 S고교는 일본에 3대 1로 패하고 있는 절박한 상황으로 내몰린다. 마지막 한 번의 공격만을 남겨둔 가운데 무명 선수 윤창수가 출전한다. 무명인 그가 홈런을 치고, 마침내 한국팀이 일본팀을 누르고 고대하던 역전승을 거둔다는 점에서 성공지

향적인 가치관을 담아낸다.

ⓛ은 '스포츠 소년소설'이라는 표제명이 붙어 있다. 이 소설의 중심서사는 범식이네 패와 수철이네 패의 야구경기 과정으로 이루어진다. "딱" 하는 소리와 함께 "쨍그렁" 하고 유리 깨지는 소리가 나자 아이들은 유리창 값까지 변상해야 할 처지로 내몰린다. 이런 극한 위기 상황에서 주인아저씨가 등장한다. 주인아저씨는 유명한 야구 선수인데 위기에 몰린 아이들을 구해주는 구원자 역할을 한다.

박영준의 「야호! 푸르름이여!」(1964.1~1965.7)에서 주인공 백문두는 Y고교 야구부의 4번 타자이다. 신봉승의 「4번타자」에서도 주인공은 야구선수다.[66] 이 작품은『조선일보』주최로 개최된 '전국고교야구 선수권대회' 중 20회 대회를 배경으로 하고 있다. 당시 실제 주인공인 '길창식' 선수의 야구 인생이 중심이 된 픽션 스토리다. 사진소설인 이 소설에는 입장식에 참여한 17개 고교의 퍼레이드 모습과 한성여고 밴드, 그리고 300여 명의 선수들이 참여했던 당시의 실제 사진이 활용되어 리얼리티를 살리고 있다. 이 소설의 주인공 창식은 트럭 운전수를 하다가 교통사고로 눕게 된 아버지의 병간호를 위해 야구를 중단하고자 한다. 그러나 학교 친구들과 주위 사람들의 도움으로 창식은 다시 야구 경기에 출전한다. 이 소설에서 주인공은 어머니의 부재와 가난, 그리고

---

66 신봉승, 「4번타자」,『학원』, 1965.7, 27~37쪽.

아버지의 사고 등으로 고난에 처한다. 하지만 그는 스포츠 정신의 하나인 '지치지 않는 도전정신'과 '끈기'를 실천함으로써 청소년 독자들을 계몽하려는 태도를 직접적으로 드러낸다. 이 소설은 초조한 마음과 굴욕감 등 승패에 따른 주인공의 심리변화를 표현하기 위해 사진 컷의 크기, 명암의 조절 등으로 극적 효과를 높이고 있다.

최인학의 「다시 찾은 홈런」(1964.6)에서 주인공 범식도 고아다. 그가 다른 아이들보다 재능이 뛰어나고, 위안을 받으며 꿈을 키울 수 있는 분야는 야구이다. 이 작품에서 '야구'는 고아인 범식에게 결핍된 현실로부터 탈출할 수 있는 도구이며 미래를 변화시킬 수 있는 유일한 희망이다.

1950년대 실린 소설이 전후 인물들의 굴곡진 삶을 보여주기 위해 '눈물'에 호소하는 경향이 짙었다면, 1960년대 실린 소설에서는 자아성취를 위해 도전하고 성공하는 인물들의 삶을 극적인 서사로 보여준다. 스포츠소설에서 가난하고 소외되던 주인공들은 나중에 성공해서 스포츠 영웅이 되고 대중들의 환호를 받는다는 점에서 영웅소설의 패턴을 따르고 있다. 주인공의 가정환경은 불행하거나 현실적으로 결핍이 많다. 주인공은 그 결핍을 충족시키기 위해 스포츠의 승부에 도전한다. 스포츠에 대한 관심은 만화에서도 반복·변주된다. 이정문의 「골목대장 꽁달이」는 스케이트장에서 벌어진 에피소드를 만화로 그렸다.[67] 도전과 꿈을 상징한다는 점에서 스포츠소설은 청소년들에게 긍정적인 미래에 대한 전망을 제시·유포하기에 좋은 소재였다.

1960년대 『학원』에서는 정작 '스포츠소설'이란 명칭을 붙인 것이 최인학의 「다시 찾은 홈런」 1편뿐이다. 「날아라 하늘 높이」와 「4번타자」는 '사진소설'과 '스포츠소설'이 결합되었다. 「야호! 푸르름이여!」는 '스포츠소설'의 표제를 달고 있다. 이외에 명랑소설에서도 주인공이 운동선수로 등장하는 경우가 종종 있다. 『학원』에는 스포츠를 소재로 한 소설이 빈번하게 나타나는데 이는 고교야구의 열기, 올림픽 등 스포츠에 대한 관심이 집중된 당대의 사회상을 반영한 것이다.

스포츠소설들은 경기장면의 속도감을 살리기 위해 시간과 공간의 이동을 묘사할 때 과감한 생략법이 자주 채택된다. 「날아라 하늘 높이」에는 장면들이 쉼표를 통해 장면의 생략과 스피드를 표현해준다. "다음 선수는 아슬아슬하게 「번드」로 1루에, 1루의 선수가 2루에…… 다음은 「스트락 아웃」, 「투 아웃」에 「투 베이스」"에서처럼 불필요한 서술어를 과감하게 생략하면서 곧바로 다음 장면으로 넘어가는 전략을 취하고 있다. 스피드한 장면의 전환은 어떤 설명이나 장 구분 없이 장면이 넘어가는 만화의 칸 panel이나 영화의 프레임 방식을 문자에 적용하여 시각적 상상력을 부여한 것이다. 만화의 경우 칸은 하나의 서사단위로 시공간을 구획하고 이야기의 흐름을 만들어내는 기능을 한다. 이때 칸

67　이정문, 「골목대장 꽁달이」, 『학원』, 1963. 12, 212~215쪽.

의 변화는 이야기의 주제를 효과적으로 드러내거나 작가의 의도를 표출하는 대표적인 연출기법이다.[68] 만화에서는 이 "칸과 칸을 통해 서사가 이어지"게 하고 작가가 의도하는 시간과 공간으로 장면이 빠르게 이동한다.[69] 스포츠소설에서 시간이나 공간의 변화무쌍한 이동은 만화의 '칸'이나 영화의 '프레임'과 달리 '구두점'을 사용하는 것만으로도 가능함을 보여준다. 쉼표와 생략부호만으로 연속된 경기장면을 보여줌으로써 독자의 시각적 상상력을 자극하는 것이다. 이러한 시각적 언술 기법은 만화와 영화의 문법에 익숙한 독자 대중에게 경기장의 생생한 움직임을 극적으로 전달하는 데 효과적이다.

스포츠만큼 긍정적인 미래상을 상상하고 계몽하기에 좋은 소재는 '우주'였다. 우주에 대한 기사는 실현되는 SF의 세계로서 소설에서 읽어볼 수 있는 허망한 이야기가 아님을 강조한다. 「우주에서 생물이 살아왔다」의 특집에는 우주운과 함께 온 우주생물

---

68 조희권, 「현대소설의 만화 변용 양상 연구」, 『한국언어문화』 27, 한국언어문화학회, 2005, 259~260쪽.

69 장르마다 반복되는 장르의 법칙이 컨벤션이라면, 장르의 내부에 존재하는 진부함과 뻔한 표현, 개념, 생각 등은 클리세Cliche라 부른다. 작품에 등장하는 클리세는 세 가지로 나누어 볼 수 있다. 첫 번째는 사회적 관습 때문에 등장하는 클리세들이다. 이를테면 아주 오랜 시간 동안 행복한 가정의 클리세는 아빠가 출근하고 엄마가 집안일을 보는 풍경이다. 이는 사회적 통념이고 관습에서 시작된 클리세이다. 두 번째는 일상이 아니기 때문에 발생하는 클리세가 있다. 만화는 기본적으로 생략의 매체이다. 칸과 칸을 통해 서사가 이어지기 때문에 생략된 부분이 존재할 수가 있다. 전화를 걸자마자 연결된다거나 아니면 큰 상처를 입은 주인공이 금방 회복된다거나 하는 클리세는 일상이 아니기 때문에 발생하는 클리세들이다. 마지막으로 장르를 통해 생성되는 클리세가 있다. 한 장르에서 대표적인 장면이 등장하면 이후 그 장면이나 이야기, 표현 등은 클리세로 반복 된다. 박인하, 『장르 만화의 세계』, 살림, 2004, 34~35쪽.

1960년더는 우주탐험이 전세계적인 관심사였다. 좌측 그림은 신동헌의 과학모험만화 「우주왕자」이다. 우측 그림은 한 낙원의 과학모험소설 「금성탐험대」이다. 「금성탐험대」는 1957년 삼지사에서 초판을 찍었고, 『학원』지에 총 22회나 연재되었고, 1967년 학원사, 1971년 소년세계사에서 출간되었다.

인 박테리아에 관한 기사가 보인다. 율츠아림스키 박사가 발표한 글에는 '금성의 미생물'과 운석 속에서 되살아온 2백만 년 전의 '청개구리'와 더불어 우주인에 관한 내용이 상세하게 들어있다. 또한 그 글에는 우주에 금속인간이 존재한다는 가능성과 함께 상상된 그림이 나온다. 광고에는 지구의 인간을 기준 삼아 금성인(높이 15미터), 은하계인(높이 10미터), 토성인(높이 5미터), 화성인(높이 3미터), 메이에성운인(높이 3센티) 등 우주인들의 신장이 흥미롭게 추론된다.[70] 「宇宙時代의 科學」을 다룬 책 광고에는 인공위성, 우주여행, 인공태양, 생명의 기원起源, 인공두뇌, 무인공장無人工場, 대륙간 탄도탄 등이 20세기의 긴급한 문제들로 언급된다. 그 광고는 이러한 문제들이 "우리 세대를 번영이냐 멸망이냐의 길로 이끄는" 중대 사안이라고 설명한다.[71] 우주의 실체를 파악하는 것은 인류생존과 직결된 문제로 독자들의 주목을 끌었다. 우주와 관련된 기사들은 우주와 인간 사이의 관계에 대해 설명하면서 독자의 흥미를 유발하기도 하였다. 이런 분위기를 반영하듯 『학원』에는 우주탐험을 소재로 하는 SF소설이 지속적으로 연재되었다. 1954년 『동아일보』를 보면 "國民學校 兒童으로부터 科學思想을 뿌리"박기 위해 "科學的인 知識을 主體로한 科學小說을 써"야 한다는 인식이 나타났다.[72] 청소년을 위한 과학교양 잡지

---

70 편집부, 「우주에서 생물이 살아왔다」, 『학원』, 1964.2, 267~275쪽.
71 학원사가 발행한 『宇宙時代의 科學』이란 책 광고가 소개된다. 박스광고, 『학원』, 1960.3, 67쪽.
72 박영, 「과학소설을 쓰라」, 『동아일보』, 1954.9.22, 2면.

인 『학생과학』이 1965년 11월 창간된 후 과학소설들이 서광운, 한낙원 등을 중심으로 본격적으로 실렸다. 전집 출판의 경우에는 1974년 『소년과학탐험전집』(육영사, 30권), 1975년 『소년소녀과학모험전집』(광음사, 12권), 1975∼1976년에 『SF세계명작』(아이디어회관, 전 40권) 등으로 뒤늦게 출현하였다. 이런 점을 염두에 두면, 1960년대 『학원』에서 다룬 과학모험이나 SF소설류의 양적 질적 축적이 이후 청소년을 위한 전집출판과 『학생과학』 등에서 과학소설의 창작과 유통에 서서히 영향을 미친 것으로 보인다.

한낙원의 「금성 탐험대」(1962.12∼1964.9)는 과학에 대한 독자의 높은 관심과 당대인들의 진보에 대한 집단의식이 집약되어 형상화되었다는 게 특징이다. 이 소설은 당시 미국과 소련의 우주탐사 경쟁을 소재로 한다는 점에서 1953년 휴전 체제 이후 전개된 동서의 갈등을 첨예하게 보여준다. 미국과 소련의 우주선에는 한국인 과학자가 각각 한 명씩 타고 있다. 미국 우주선에는 최미옥이 탑승했고, 소련 우주선에는 고진이 탑승하고 있다. 고진은 소련에 납치된 한국인으로 등장하고 있다는 점에서 냉전체제의 상황을 담아내고 있다. 하지만 이 소설은 일방적인 반공주의로 흐르지 않고, 초점이 한국의 과학 발전에 맞춰있는 점이 특징이다.

그들은 때때로 얼굴을 찌푸리고, 이를 악물어야 하였다. 천근 만근이나 되는 돌이 자기 온몸을 짓누르는 것만 같았다.

매초 2, 30미터의 가속도를 내며, 대기권을 뚫고 올라가는 동안은,

지구 위보다 몇배나 몸이 무거워지는 것이다.

눈알은 연덩이 같고, 몸은 쇠처럼 느껴졌다. (…중략…)

"왜 웃나? 지금 금성이 우주경쟁에 있어서 얼마나 중요한지 아나? 소련은 기어히 미국보다 먼저 금성의 좋은 기지를 점령하고야 말걸세. 우리가 이 우주선을 만들기 위하여 얼마나 많은 돈과 희생을 치루었는지 아나. 소련은 금성의 원자 물질이 필요해. 그것을 미국에 넘겨 줄 수는 없어."

니콜라이 중령이 열을 올렸다.

"그렇지만 미국은 당신들이 금성을 차지하라고 가만 있어요?"

"허, 별 수 없지. 그 금성탐험호는 머지 않아 폭파되고 말걸세!"

— 한낙원, 「금성 탐험대」, 『학원』, 1963.2, 228~237쪽

"지구는 하나야…… 금성에 와보고…… 나는 그것을 알았어. 모든 민족은…… 적이 될 수 없어…… 형제야… 싸워선 안돼…… 그럼…… 안녕……." 그는 마지막 인사까지 끝내자, 목을 늘어뜨리고 눈을 감았다. (…중략…)

고진은 다시 한번 외치며 단추를 눌렀다. "출발!" 그러자 육중한 우주선 CCCP호는 이글이글 타는 불길과 연기와 바다와 숲 등을 밑으로 굽어보며 한껏 금성의 구름을 뚫고 하늘 높이 치솟아 올라갔다.

— 한낙원, 「금성 탐험대」, 『학원』, 1964.9, 72~82쪽

「금성 탐험대」에서 미국과 소련이 벌이는 우주경쟁은 동서의

냉전구도를 배경으로 삼고 있다. 하지만 이 소설은 결말에서 금성에 온 미국과 소련의 우주선 대장이 모두 죽는 것으로 설정된다. 양쪽 우주선의 대장이 죽고 선진 과학기술로 무장한 미국 우주선도 파괴된다. 나중에는 양쪽 우주대원들만 살아남게 되는데, 이들은 소련 우주선에 함께 탑승하기로 결정한다. 이때 우주선의 질서를 바로잡기 위해 새 대장을 선출하게 된다. 우주 대원들의 투표 결과 미국인도 소련인도 아닌 한국인 고진이 대장으로 선출된다. 일개 우주대원이던 고진이 우주선 대장으로 설정된 저변에는 이념을 벗어나 우주개척이 한국인들 자신의 문제로 부각되기를 바라는 계몽의식이 깔려있다. '고향'이란 표상이 '향수'를 간직하고자 하는 이들에 의해 상상된 공간이듯이 독자에게 '달'이나 '금성'과 같은 우주 공간은 실체로서 존재하는 공간이 아니다. '우주'는 '희망'을 공유하고 싶은 이들에 의해 상상된 이상화된 공간이다. 이처럼 우주소설은 과학적 사실의 충실성보다는 우주탐험을 성공적으로 수행하고 돌아오는 지구인의 승리에 초점이 맞춰 서사가 전개되므로 공상에 크게 의존한다. 청소년들은 공상과학소설을 읽는 동안 자신이 처한 현실로부터 일탈하여 자유롭게 우주로의 상상력을 발휘한다. 우주소설은 청소년들에게 현실을 초월해 심정적 자유를 획득할 수 있도록 위안을 주었다. 또한 '지구인은 하나', '모든 민족은 적이 될 수 없다'는 인식은 전지구적인 공동체의식을 담아낸다는 점에서 보다 진전된 역사의식을 보여준다.

한낙원의 「우주 벌레 오메가호」에서는 외계인의 모습이 벌러의 형상으로 묘사된다.

「10만 광년光年의 추적자」[73]도 우주비행학교 학생인 민영이 연인 리리와 우주공항에 견학을 가서 거대한 오리온 우주선에 리리가 납치되고 탈출한다는 점에서 「금성 탐험대」와 유사한 서사구조를 지니고 있다. 강석호는 「10만 광년光年의 추적자」가 "그 커다란 우주를 배경으로 현대의 지구인地球人이 잃어 가고 있는 남자다움을 표현하고 있다"라고 하면서 '꿈'을 향한 도전 정신의 중요성을 강조한다. 「금성 탐험대」의 고진이나 「10만 광년光年의 추적자」의 민영은 우주인과의 싸움에 침착하게 대처하고, 우주인에 대해 갈등과 대립이 아닌 화해와 평화를 소망한다는 점에서 휴머니즘을 지닌 인물로 등장한다.

한낙원의 「우주 벌레 오메가호」(1967.6~1969.2)에서는 네 명의 남녀학생들이 비행접시에 납치되어 북극까지 끌려간다. 목성에서 온 외계인이 지구 정복을 위해 인간들을 노예로 만들고 이상한 벌레를 번식시키는데, 일우와 애나는 외계생명체의 발전된 과학 앞에 굴복하고 만다. 이때 강박사와 원박사가 벌레에 물린 상처를 치료하는 약을 발견한다. 순식간에 지구는 외계인에 의해 폐허로 변하고, 일우와 애나만 극적으로 살아남아 목성에서 온 외계인을 물리친다. 비행접시를 타고 한국에 도착한 두 사람은 병원에서 X광선 사진 필름을 담는 연상자 안에서 그들이 먹을 음식과 원박사의 유언장을 극적으로 발견하게 된다. 그 안에는 우주

---

73 강석호, 「10만 광년光年의 추적자」, 『학원』, 1966.2, 305~328쪽.

벌레에 물린 사람들을 치료하는 방법과 스트렙트 마이신병이 들어있다. 두 사람은 진만이와 미혜 그리고 지구에 아직 살아있는 생명체를 다시 살릴 수 있다는 희망을 갖고 기뻐한다. "그들이 치료만 되면 우리 손으로 새 세상을 꾸밀 수 있을 거야"라는 일우의 대사는 폐허 속에서도 좌절하지 않고 새로이 살아가겠다는 인간의 강인한 생명 의지를 보여준다.

이외에도 권준호의 「미래전쟁」(1966.8)과 루이스 자아렘의 「녹색의 우주인」(1965.5), 「화성탐험 SOS」(1967.7), 「제논성星의 우주인」(1967.7), 후레트 호일의 「암흑성운의 내습」(1967.9) 등이 실렸다. 「은하銀河 순찰대」는 '미국에서 그 인기가 최고 절정에 이른 우주전쟁소설'인 렌즈맨 시리즈의 일부분을 가져온 것이다. 서기 2×××년, 은하계 우주에는 흉악한 우주 해적에 대항하여 각 혹성 경찰이 협력, 은하 패트롤대가 결성된다. 렌즈맨은 반드시 지구인만 되는 것은 아니다. 렌즈맨은 정의를 지키기 위해서 언제나 목숨을 내놓을 용기가 있고, 튼튼한 육체를 가진 존재라면 어떤 별의 어떠한 형태의 생물이라도 될 수 있다는 점에서 전우주적인 시각을 드러낸다.[74]

이외에도 공상과학소설이 다수 발표되는데, 주로 우주가 그 배경이 된다. SF소설이 지구에서 우주로 배경을 확장한 것은 1960년대의 사회적·정치적 상황과 긴밀히 연결되어 있다. 근대

---

[74] 에드워드·E 스미드, 「은하銀河 순찰대」, 『학원』, 1966.10, 247~264쪽.

화의 추진은 과학과 진보에 대한 믿음을 넘어 서서 첨단산업 국
가로 성장할 한국의 미래상을 꿈꾼다는 점에서 이상향에 대한 동
경을 우주로 확장한 것에 다름 아니다. 독자는 가난하고 억압된
‘여기’를 탈주하기 위해 새로운 꿈의 공간을 상상한다. 독자의 탈
주 욕망을 표출한 공간으로 설정된 곳이 ‘지구’가 아닌 ‘우주’로 확
장된 것은 두 가지로 해석이 가능하다. 하나는 제국주의가 내재
한 팽창주의 욕망의 모방으로 우주개척에 나섰고, 문학적으로 형
상화했다고 읽을 수 있다. 아프리카를 비롯한 제3 세계 국가에
대한 지리정보, 자원, 기후 등에 대한 특별 기획기사들이 실린 것
도 팽창주의 욕망과 궤를 같이 한다고 볼 수 있다. 다른 하나는
당대 독자가 이분화된 이데올로기의 통제를 벗어나 자유롭게 사
고하고 생활하고 싶은 욕망을 ‘우주’라는 제3의 공간에 투영해서
보여준 것으로 해석할 수 있다. 이런 차원에서 살펴본다면 공상
과학소설에서 ‘우주’는 네 가지의 의미를 갖는 공간으로 해석할
수 있다. 첫째, ‘우주’는 무한히 개방적인 공간을 상징한다. 남북
분단으로 대륙과의 통로가 단절된 한국의 고립된 상황과 달리 우
주는 멀리 뻗어나갈 수 있다는 속성을 갖고 있다. 둘째, ‘우주’는
산업화에 필요한 원자재가 풍부하게 보존된 곳이라는 점에서 한
국인들의 풍요로움에 대한 소망을 보여준다. 셋째, ‘우주’는 한국
이 약소국이어서 겪었던 전쟁과 분단의 한계를 벗어나 무한한 도
전과 가능성으로 열린 공간을 꿈꿀 수 있도록 한다는 점에서 독
자의 상상력을 자극하기에 적합한 소재였다. 넷째, ‘우주’는 독자

에게 반공이데올로기의 규율과 감시로 인해 부자유한 '여기'가 아닌 자유로운 '저기'라는 점에서 자유에의 갈망을 투영하는 정서적 공간으로 공유된 것이다. 이처럼 공상과학소설이 다루는 우주개척은 독자에게 최첨단 과학이 발전한 '미래 한국'이라는 공동체를 상상하게 함으로써 일탈과 자유를 동시에 제공해주었다. SF소설은 독자에게 스릴과 서스펜스를 제공한다는 공통점이 있다. 1960년대에는 『학원』을 시작으로 『학생과학』 등의 잡지에서 공상과학소설에 대한 창작과 향유가 활발해지고 대중문화를 중심으로 급격히 확산되었다. 문학에서 소재의 다양성은 당대 청소년들의 욕구가 소설의 기능 중에서 즐거움과 위안을 주는 방향으로 지속적으로 변화하고 있다는 증거이다. 지식의 대중화가 확산되는 가운데 청소년 독자들은 과학소설의 내용에서 비과학적인 요소의 배제를 요구하기도 하였다.

인류의 멸망을 가져다줄지도 모르는 「반·알렌대」를 퇴치시키기 위해서 애쓰는 시·뷰 호의 여러 사람들에게 고마움을 느꼈다. 넬슨 제독의 변함없이 굳건한 의지와, 인류전체를 위하여 자기의 목숨까지 내놓고도 책임을 완수한 클레인 함장은 우리들에게 불굴의 정신이 무엇인가를 가르쳐 주었다.

우리나라처럼 과학적인 부분의 발달이 늦은 후진국에서는 이러한 과학소설들이 하나의 자극제가 되어줄 수 있지 않을까 생각된다.

그러나 과학소설이란 제목이 붙은 「시·뷰호」는 그 제목과는 달리 너무나 비과학적으로 끝났다.

　예를 들면, 클레인 함장이 원자탄을 쏘아 올리려고 잠수복을 입고
나왔을 때, 산소탱크에 산소가 다 빠져버렸는데 누가 탱크에 들었던
산소를 뺐는지 밝히지 않고 있다. 또 살해당한 것처럼 되어 있는 선원
두 사람의 죽음도 누구의 짓인지 그 범인을 끝내 밝히지 않아 궁금증
이 풀리지 않는다.
—최환, 「비과학적으로 끝난 과학소설」, 『학원』, 1965.8, 15～16쪽

　과학소설에서는 "인류 전체를 위하여 자기의 목숨까지 내놓고
도 책임을 완수"하는 "불굴의 정신"이 중시되었다. 이들 소설은
'인류를 위해서'라는 인간의 '이타심'을 무엇보다 강조한다. '사회
적 책임의식'에 대한 이타심의 강조는 남북으로 분단된 한국사회
를 이끄는 주요한 동력이다. 최환의 글은 과학소설이 우리나라
같은 후진국에서는 과학 교육에 '자극제'가 될 것이라는 독자의
기대심리를 보여준다. 과학소설에 대한 독자의 기대심리는 과학
소설의 번역과 창작, 그리고 과학적 사고체계의 발전으로 이어졌
다. 과학소설의 유행은 당대 사람들의 집단의식이 미래에 대한
긍정적 전망과 진보에 대한 절대적인 믿음에 있었음을 확인시켜
준다.

　앞에서 살펴본 내용을 토대로 1960년대 『학원』에 실린 소설의
특징을 정리해보면 몇 가지 중요한 변화를 읽을 수 있다.

　〈1960년대 소설 경향〉 표를 보면 소년·소녀소설의 비중이

1960년대 소설 경향

(단위 : 편, %)

세부장르별	편수	비율
과학소설	56	7
소년소녀	346	44
모험/탐정	104	13
역사	127	16
동화	43	6
세계명작	84	11
기타	26	3
합계	786	100

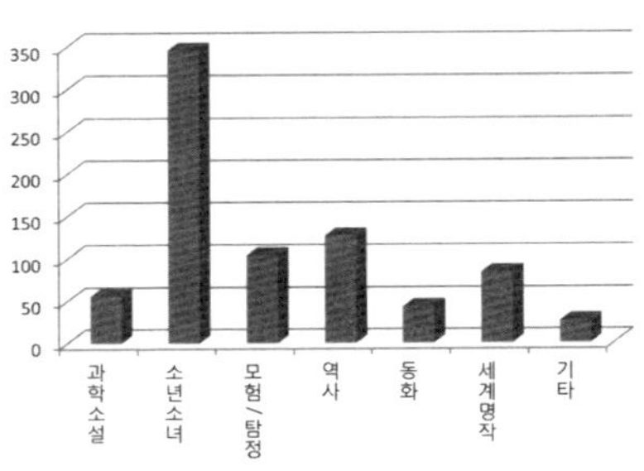

1950년대 29%에서 44%로 증가한 것을 알 수 있다. 소년·소녀소설의 증가는『학원』이 대중화를 통해 다양하게 분화된 독자를 견인하기 위한 전략적인 측면과 관련이 있다. 역사소설은 1950년대에 비해 10%정도 줄어들었다. 과학소설의 경우 1950년대에 비해 4% 증가하였다. 모험소설과 탐정소설, 세계명작은 유사한 비중을 차지하였다. 1960년대『학원』에 실린 소설은 소재와 내용 면에서 다양한 변화를 보여준다. 먼저 1960년대 실린 소설들은 몇가지 특징이 있다. 탐정소설에서 분화한 공포소설은 현실과 미스터리의 교차점에서 독자가 현실에 대한 일탈의 쾌감을 경험하도록 만든다는 점이 새로움의 요소이다. 공포소설은 군사정권이 요구한 압축적인 근대화에 대해 독자의 거부감을 '공포'로 표현하고 있다. 이때 표현되는 '공포'는 당대인들이 지닌 근대화에 대해 저항하고 위반하고 싶은 심리를 반영한다. 공포는 일종의 '낯

섦'에서 시작된다. 공포소설의 낯섦은 두 가지 차원에서 살펴볼
수 있다. 첫째, 공포소설은 기존의 탐정소설의 문법에서 나타난
서사구조의 유사성에서 벗어난다는 게 새로움의 요소이다. 공포
소설은 사건이 해결되는 탐정소설과 달리 사건이 미궁으로 빠지
거나, 초현실의 개입으로 환상적 구조에서 열린 결말로 끝난다는
게 특징이다. 둘째, 공포소설이 시작되는 곳이 도시 한복판에 위
치한 '호텔'이나 '아파트'라는 근대적 공간으로 설정된다는 점이
다. 낯선 근대의 공간으로 들어간 독자들은 긴밀한 서사적 장치
를 통해 공포의 세계와 빠르게 조우한다. 공포소설은 살인이 반
복적으로 일어나는 범죄소설과 현실과 비현실의 교차로 공포가
증폭되는 환상소설로 분화된다는 게 특징이다. 이런 공포소설의
대중화 양상은 1970년대 이후 한국문학사에서 대중소설의 다양
한 분화 가능성을 열어 놓았다는 점에서 『학원』이 이룩한 공적이
라 할 것이다.

또한 이 시기의 중요한 특징은 영웅의 표상이 다양한 분야의
인물로 확장되고 유통되었다는 점이다. 1950년대까지 소설에 등
장하는 영웅은 역사 · 전설상에서 민족을 위기에서 구한 구국영
웅이나 민중영웅을 표상하는 대표적인 개념이었다. 하지만 1960
년대 『학원』의 소설에서는 운동선수나 과학자 등이 새시대의 영
웅으로 등장한다. 스포츠소설에서는 결핍된 주인공이 부조리한
현실과 맞서 승리한 후 국민 영웅으로 승격된다. 근대화에서 주
류가 되지 못한 왜소한 독자는 스포츠 등 다양한 분야의 영웅을

통해 대리만족을 얻고자 하였다. 채만식의 「늙은 극동선수」(1949)로부터 시작된 스포츠소설은 1960년대 『학원』의 소설들을 거쳐 1970년대 후반 다양한 스포츠소설이 창작되는 것으로 연결된다는 점에서 스포츠소설의 초창기 모습을 보여준다. 이후 스포츠소설은 1970년대 이광복의 『풍랑의 도시』와 조해일의 『투혼』, 그리고 유현종의 『마지막 승부』와 윤흥길의 『헛되이 수고하는 우리』 등의 창작으로 이어진다.

아울러 1960년대에는 SF소설이 대중성을 얻게 되는데 지구에서 우주로 공간을 확장하고 일탈욕망을 충족시켰다는 점에서 독자의 흥미를 끌었다. 국내 SF의 출발이 된 「금성 탐험대」와 「10만 광년光年의 추적자」는 지구인이 우주인과의 대결에서 평화적인 승리를 거둔다는 점에서 유사하다. 「금성 탐험대」에서 '모든 민족은 적이 될 수 없어. 형제야'라며 '지구는 하나'라는 니콜라이 중령의 대사를 통해 이데올로기로 이분화된 세계의 구획에 대항하는 당대인들의 열린 사고체계를 읽을 수 있다. 「우주 벌레 오메가호」에서 평범한 지구인이 지구를 침략하려는 세력의 최첨단 무기와 맞서 싸워 승리하는 서사는 오늘날까지 SF소설에서 반복되는 패턴이다. SF소설에서 중심인물은 남자 / 여자의 구분이 따로 없다. 1960년대 『학원』의 SF소설은 근대화를 중심으로 산업화로 강화된 가부장제 사회로부터 일탈해 평등과 공존을 추구하는 시도를 보여준다. SF소설은 불가능성에 대한 가능성의 추구, 즉 인간의 꿈을 실현하는 대중 장르로 인기를 얻게 되었다.[75] 하지만 1960년대에는 '로봇'이 등장하는 소설이 본격적으로 나타나지 않았다. '로봇'이 등장하는 소설은 1955년 9월호 『학원』에 실린 유신의 「人造人間」이란 단편에서 그 싹이 보인다. 하지만 1950년 대 『학원』에 실린 로봇은 소재적인 차원에서 언급될 뿐이다. 이 소설에서는 인간과 로봇의 대결이 전면에서 부각되지 않는다. 악한이 조종하는 로봇은 모래지옥으로 허무하게 빨려 들어간다 는 점에서 그 역할이 거의 없다. 로봇이 제거된 후 이대위는 악한 인 노소장과 결투에서 손쉽게 승리한다. 그러나 1970년대 과학소 설에서는 '로봇'이 본격적으로 등장한다. '로봇'은 서사전개에 큰 영향을 미칠뿐더러 '로봇'끼리의 결투가 벌어지기도 한다는 점에 서 1950년대와 큰 차이가 난다.

1968년 한국 최초의 거대 로봇인 〈황금철인〉이 애니메이션으 로 제작되고, 1976년 〈로보트 태권V〉가 폭발적인 인기를 끌었다. 1900년 독일의 초창기 로봇 '틴맨'이 나온 이후 1926년 최초의 여 성로봇 '마리아', 1939년 미국에서 만든 '목각 슈퍼맨', 1952년 일 본의 '아톰' 등에 비하면 국내 창작에서 로봇이 등장하는 소설은 매우 뒤늦게 나타난 현상이다. 이런 현상은 '로봇'이 근대화의 중 심이 된 강력한 남성상을 표상한다는 점에서 한국의 근대화가 아 직 정점에 이르지 못한 것을 보여준다.

이처럼 1960년대 『학원』은 다양한 소설 양식이 실험되고 대중

---

75 1960년대 어린이 잡지 『새벗』에는 공상과학소설로 한낙원의 「화성에 사는 사람들」이 발표되었다. 한낙원, 「화성에 사는 사람들」, 『새벗』, 1960.4, 124쪽.

적으로 확산된 과도기적 모습을 보여준다. 신문과 잡지로 대변되는 인쇄 자본주의는 근대의 촉발이자 산물로서, 민족을 상상의 공동체로 재현하는 기술적 수단을 제공하였다. 근대적 미디어의 발달은 신문과 잡지, 그리고 소설을 통해 독자로 하여금 동일한 '사회공동체'를 상상하게 하였다. 독자는 자기 이외에 동일한 텍스트를 읽고 있을 또 다른 독자의 존재를 감지하며 그들과 동시대성을 갖고 싶은 욕망을 표현한다.[76] 1960년대 『학원』에 실린 소설은 '동일한 가치와 이상'의 광장으로 독자에게 기능한다. 이런 맥락에서 『학원』에 실린 대중 지향의 소설들은 압축적인 근대화와 냉전이라는 닫힌 세계로부터 독자에게 일탈의 해방감을 맛보게 해주는 기능을 하였다. 또한 집단의 도덕적 이상이 사회적 정의를 구현하는 것에 있다면[77] 이들 작품에서 나타난 '기부문화'나 '타인을 위한 희생' 등은 인간의 도덕적 이상으로 '이타심'을 내세운다는 점에서 이상적인 세계관을 담아낸다. 아울러 대중 지향의 소설들은 소외된 독자들을 '문학'이라는 매개를 통해 동일한 시공간에서 다시 묶어주며 결속력을 강화시켰다. 그러므로 『학원』은 청소년에게 사회적 존재로서 공동체와의 유대감을 주는 동시에 자신의 존재를 확인하는 문화적 의사소통의 광장이었다.

---

76 베네딕트 앤더슨, 윤형숙 역, 『상상의 공동체』, 나남, 2002, 45~63쪽 참조.
77 라인홀트 니버, 이한우 역, 『도덕적 인간과 비도덕적 사회』, 문예출판사, 1994, 10장 참조.

제4장

학원세대의 출현과 청소년문학

1. 소통과 문학교육의 장이 된 '학원문단'

'학원문단'은 『학원』이 거둔 가장 큰 성과로 주목할 만하다. 논의를 전개하기에 앞서 우선 '학원문단'이란 용어를 정립해두고자 한다. '학원문단'이란 『학원』의 「독자투고」이면서,[1] 『학원』의 「독자투고」란을 통해 문학적으로 응집된 청소년 문예 집단을 지칭

---

[1] 「독자투고」란은 「독자의 편지」, 「메아리」, 「텔레비」, 「독자만화」, 「학원문단」 등 독자들이 투고한 글과 만화가 실린 지면을 모두 포괄한다(단, 독자투고의 문예란은 '학원문단'으로 동일하게 표기한다. 독자투고 중에서 문예란은 「독자문예」, 「우리네 동산」, 「독자작품모집」, 「독자구락부」, 「학원문단」, 「백만구락부」 등으로 호에 따라 명칭을 서로 다르게 붙이고 있다. 하지만 이 지면은 독자들이 투고한 문학 작품을 선자들이 심사한 후, 입선작과 우수작을 뽑고 평을 싣는 방식이 동일하다. 이 글에서는 서로 다른 명칭으로 표기된 독자투고의 문예란에 대해 그 성격이 다른 것으로 오해 할 소지가 있으므로 모두 '학원문단'이라는 통일된 용어로 사용하기로 한다).

하는 용어다. 이 글에서는 그 두 가지 의미를 모두 포괄하는 용어로 '학원문단'을 사용한다. 『학원』은 '종합지-순문예지-종합지'로 변모를 거듭하는 과정에서 '학원문단'의 지면과 성격을 그대로 유지한다. '학원문단'의 특징을 살펴보면 다음의 세 가지로 요약할 수 있다. 첫째, '학원문단'은 청소년으로 하여금 수신자와 발화자의 이중적 기능을 동시에 지니게 하였다. 이를 통해 '학원문단'은 청소년 간의 '의사소통의 장場'으로서 기능하였다. '학원문단'은 전국에 흩어져 있는 청소년을 하나의 열린 사회체계로 통합하는 장이 된 것이다. 둘째, '학원문단'은 전문적인 문학교육의 장으로서 문학작품의 창작과 향유에 대한 독자의 욕망을 충족시켜준 실천의 장이었다. 셋째, '학원문단'에는 청소년들이 30여 년간 창작한 작품들이 축적되는데, 이는 2000년대 이후 본격적으로 시작된 '청소년문학'의 모태가 되었다는 점에서 중요한 위치를 부여받는다. 전후 30여 년간 『학원』은 청소년이 창작한 작품이 다양한 층으로 결합되고 장기간 축적되어 질적·양적으로 다양한 성과를 냈다. 십대들이 창작하고 실험한 내용들이 축적되어 오늘날 한국문학과 청소년문학이 성장하는 토대를 마련하였다고 해도 과언이 아니다.

1) 소통에 대한 욕망과 해소의 장

청소년이 생산하고 향유하는 문학 텍스트는 청소년들의 현실적인 삶을 담아내며 그들이 몸담고 있는 사회상을 반영하면서 독자적인 십대들의 고유한 문화를 형성한다. 문학을 매개로 한 소통 문화는 청소년을 기성사회로 자연스럽게 진입하게 하였고, 다른 한편으로는 기성사회의 "모방과 시범을 통한 청소년들 간의 의사소통"을 가능케 하는 동력이었다.[2] 『학원』에는 양자의 기능이 모두 다 존재하였다. 문학을 매개로 '학원문단'은 청소년의 "감정적 참여"를 유도하였고, 이를 통해 청소년이 "환상적인 삶과 내면의 삶은 물론 자기인식을 발달"[3]시키도록 하였다. '학원문단'은 청소년이 발화자이면서 동시에 수신자였기 때문에 전국적으로 서로의 생각을 교환할 수 있는 "필담의 장"[4]이 되었다. 전국에 흩어져 있는 청소년에게 '학원문단'은 마음 속 소통의 "광장"[5]이 된 것이다. 청소년은 "문단의 문우랍시고 꽤 편지를 주고 받"[6]던 사이로 '문학'을 매개로 서로 간의 소통을 욕망한 것으로 볼 수 있다.

청소년은 「독자작품모집」, 「독자구락부」, 「백만구락부」, 「독자

---

2 한기상, 『독일 청소년문학의 이해』, 서울대 출판부, 2009, 8쪽.
3 한스 하이노 에버스, 김정회 외 역, 『아동·청소년문학의 서』, 유로, 2008, 250쪽.
4 학원 김익달 전기 간행위원회, 앞의 책, 31쪽.
5 김종길, 「학원은 10대의 온상」, 『학원』, 1961.3, 34쪽.
6 편집부, 「학원 창간 16주년 기념―學園파 문우들이 한자리에 모여서」, 『학원』, 1967.11, 98쪽.

의 편지」, 「우리학교의 문예반 활동」, 「메아리」, 「텔레비」, 「독자
만화」 등의 지면에 자신의 작품, 의견, 궁금한 내용 등을 투고하
였다. 「독자만화」에도 일반 문학작품처럼 선자가 작품을 뽑고 평
을 달아주는 방식을 채택하고 있어 다방면에 소질있는 독자들이
참여할 수 있는 기반을 마련하고 있다. 만화가 백인수는 1958년 5
월호 「뽑고나서」에서 "문창이나 보통 그림으로 표현할 수 없는
점을 풍자로 구수하게 비꼬울 수 있는 기교나 구상은 역시 어려
운 일"이라며 가급적이면 화면을 좁히지 말고 "큰 화면에다 고운
선으로 대담하게 그리고 싶은 것을 그려보도록 노력"해야 한다
고 강조하였다.[7] 독자투고 작품이 『학원』의 지면을 통해 활자화
되고 유통되었다는 점에서 청소년들에게 매력적인 투고의 장이
되었다.[8] '학원문단'은 십대들에게 열린 공간이면서 자신의 작품

---

7   백인수, 「독자만화-뽑고나서」, 『학원』, 1958.5, 252쪽.
8   「독자의 편지」란에는 '학원문단에 대하여'에 부산고등학교 주영돈이 글을 싣고 있다.
     "학원 문단의 편집에 대해서 좀 얘기하렵니다. 시를 한 페지에 한 편씩 넣고 그림을 기
     다랗게 넣어서 보기 싫읍니다. 단을 바꾸는 것도 좋지 않은데 페지조차 바꿔 놓으니 한
     숨에 읽히지가 않읍니다. 작자가 의도한 형태적 묘미도 고려해야 할 줄로 압니다. 활자
     를 작게 하고, 되도록 많은 작품을 실어 좀 더 자세한 낱말의 구사, 전체적인 배열에 관
     해서도 하나 하나 지적해 주시면 고맙겠읍니다." 「독자의 편지」, 『학원』, 1959.6~7,
     302쪽.
     「텔레비」란에는 소설가와 그의 작품을 질문하고 답하는 글이 있어 눈길을 끈다. "1962
     년도 노벨 문학상 수상자 죤 스타인 베크 씨의 작품세계를 알고자 합니다. 우리나라에
     서 번역된 작품들과 출판사・역자를 아울러 말씀해 주세요. 그리고 원본도 구할 수가
     있읍니까?"『제주, 임춘정』"미국 서부출신의 소설가로 그의 작품은『황금의 술잔』,『토
     틸라 플래트』,『쥐새끼와 사나이들』,『분노는 포도처럼』,『달은 지다』,『바람난 버스』,
     『불만의 겨울』 등이 있으며 그의 수상작품이 바로 이『불만의 겨울』입니다. 원본은 전
     부는 구할 수 없겠지만 일부는 외국서적 판매서점에서 구할 수가 있읍니다. 번역된 작
     품에는 을유문화사의『분노는 포도처럼』(강봉식 역)과 지문각의『불만의 겨울』(강봉

이 활자화될 수 있다는 매력 때문에 지적 호기심과 자기표현 욕구가 충만한 청소년들에게 적극적인 호응을 얻을 수 있었다. 청소년들은 "대내·외에 공개적으로"[9] 자신을 드러내고 싶은 욕망을 '학원문단'을 통해 표현하였다. 『학원』은 전국에 흩어져 있는 청소년들에게 공개적이고 대중적인 매체로 인식된 것이다. 청소년은 자신의 생각을 표출하는 장으로서 '학원문단'을 적극적으로 활용하였다. '학원문단'은 초·중·고등학교에 재학 중인 학생뿐만 아니라 재수생이나 독학생 등 모든 십대들에게 열린 필담의 장場이었다. 청소년들은 자신이 직면한 현실적 억압에 대한 탈주의 욕망을 공개적인 '소통의 장'을 통해 편지나 문학작품으로 해소하고자 하였다. '학원문학상' 1회 당선자인 이제하의 「청송그늘에 앉아」는 "서울 친구의 편지를 읽는다로 시작되는 시인데", 나중에 이제하의 말에 의하면 그 서울 친구가 바로 유경환이었다고 한다. 유경환은 『학원』에 매달 나오던 3인(제주도의 김종원, 서울의 유경환, 목포의 정규남)이 "1955년에 3인시집三人詩集 『생명의 章』이란 시집을 낼 정도로 편지로 다정했던" 친구였다고 회고한다. 이들은 고교생 신분으로 책을 묶어 낸 후 서울에서 처음 만나게 된다. 서울에 있는 유경환을 찾아온 김종원과 정규남은 함께 남산을 구경하고 가락국수를 먹으며 편지로 사귀어 온 문우文友로서 우정을 나누기도 하였다.[10] 제6회 학원문학상에 나란히 입상한

식·김성한·이종구 역) 등이 있습니다." 편집부, 「텔레비」, 『학원』, 1963. 2, 319쪽.

9　이수익, 「제1회 지훈문학상 수상소감」, 『제9회 지훈문학상』, 나남, 2009, 54쪽.

제6회 학원문학상에 나란히 입상한 조해일(해룡)과 조세희(민홍)는 서로에게 편지형식으로 입상소감을 쓰고 있어 눈길을 끈다. 조해일은 친구 조세희에게 카뮈가 황천에 갔다며 지금 우리는 철이 나야 할 때, 라는 글로 소감을 마쳤다.

---

10 유경환·조해일·문정희·정호승, 「학원문학파 좌담회-가뭄 끝에 오는 비처럼」, 『학원』, 1978.10, 308쪽.

조해일(해룡)과 조세희(민홍)는 서로에게 편지형식의 입상소감을
밝히고 있다. "해룡, 호콩이라도 씹으며 밤길을 걷자"로 시작하는
조세희의 편지는 친구인 조해일(본명 조해룡)에게 수상에 대한 감
정을 전하고 있다. 조해일도 "세희, 난 지금 너에게 무엇인가 끝
없이 이야기를 하고 싶다"라면서 가장 절친했던 친구에게 편지
를 썼다. 친구였던 조세희와 조해룡은 고2 때 산문 부분에 함께
당선되었는데, 내면의 고통과 문학에 대한 관심, 학원문학상 당
선으로 인해 쫓아다닐 불편한 시선들에 대해 서로에게 솔직하게
고백하고 있다. 당시 청소년들은 작품을 발표한 학생들에게 펜
팔을 보내기도 하였고, '문학'에 대한 관심을 서로 편지로 주고받
으며 소통의 장으로 활용하기도 하였다. 스마트폰이나 컴퓨터가
없던 시절 학생들은 '문학'에 관심이 있는 전국의 청소년들과 소
통에 대한 욕망을 '편지'와 독자투고를 활용해 해소하고자 하였
다. 정호승은 1968년에 학원문학상을 탔는데 "당선되는 것도 좋
았지만 당선소감 쓰는 게 더 좋았다"며, 당선소감을 쓰는 데 굉장
히 신경을 썼다고 한다. 정호승은 "당선소감과 함께 사진도 나오
고, 편지도 받고"[11] 하는 학원세대 문화 자체를 즐겼다고 한다. 이
처럼 '문학'을 중심에 둔 소통의 장으로 등장한 '학원문단'은 감수
성이 예민하고 문학적 상상력이 풍부한 청소년기 독자들의 적극
적인 호응을 이끌어내는 데 성공하게 된다. 청소년들은 자신이

11　유경환·조해일·문정희·정호승, 「학원문학파 좌담회−가뭄 끝에 오는 비처럼」, 『학
　　원』, 1978.10, 309쪽.

생산한 텍스트에 자신의 내면과 비극적인 현실인식을 드러내기
도 했는데, 이는 전국에 흩어져 있는 다른 향유자의 내면에도 영
향을 미쳤다. '학원문단'의 경우 성격상 발화자와 수신자의 위치
변동이 반복적으로 일어나는 열린 장이었다. 발화자와 수신자의
반복적인 위치이동은 유동적인 흐름을 거치면서 청소년들의 의
식을 발전적으로 재구성해나가는 통로가 되었다.

　『학원』이 청소년의 '소통'에 대한 욕망에 주목한 것은 「문예동
인제도」를 만든 사례에서도 확인된다. 『학원』 1961년 6월호에는
「학원 3대 제도 설정」에 관한 기사가 나온다. 이 제도는 ① 학생
기자제도 ② 독자서클제도 ③ 문예동인제도[12]이다. 「학원 3대 제
도 설정」의 목적은 전국에 분산된 청소년을 유사한 취미 집단으
로 한데 묶어 소통에 대한 욕망을 해소하도록 하기 위한 것이다.
각각의 제도는 정기적인 모임을 통해 청소년들이 자신의 생각을
표현하도록 유도하기도 하였다. '학원문단'을 통한 청소년들의
공적인 발화는 인쇄매체라는 특성상 다른 독자와 '전국적이고 동
시적인' 소통을 가능하게 하였다. 글쓰기가 자신이 속한 "사회에
대해 능동적 참여"를 하고, 더불어 "자신의 존재가치를 사회화시
키는 가치발현적"인 행위로 청소년들에게 인식된 것이다.[13] 청소

12　「문예동인제도」의 특전 중 ③에는 "동인의 질의에 응하고 작품 활동의 여러 편의를 도
　　모"한다는 내용이 눈에 띈다. 이는 학생들이 기성문단을 모방하면서도 나름대로 독자
　　적인 청소년문화를 창출하려는 욕구가 강하게 작동한 것과 관련이 있다.
13　박현호, 「식민지 조선에서 작가가 된다는 것」, 『작가의 탄생과 근대문학의 재생산제도』,
　　소명출판, 2008, 29쪽.

년의 사적私的기억이 공적公的기억으로 공유될 수 있다는 매력은
전국에 흩어져 있는 청소년들을 하나의 독자층으로 견인하고 결
속시키는 기본 동력이 되었다. 『학원』은 청소년의 사적私的사고
를 공적公的사고로 전환하는 소통의 장으로 1950~60년대 청소년
들의 의식과 문화를 담아낸 총체적 문화 자료로서 중요한 사적
가치를 지닌다.

2) 전문적인 문학교육의 장

'학원문단'이 대중적으로 성공을 거두고 대대적으로 신진 작가
군을 등장시킨 배경에는 『학원』이 각 문예 분야의 전문가를 배치
해 문학교육의 전문성을 갖춘 것과 관련이 있다. '학원문단'의 선
자들은 내용과 형식에서 각각의 평가기준을 마련해 작품을 선별
하였다.[14] 그 평가기준은 문학에 관심 있는 청소년에게 '어떻게
쓰면 문학적 규범이 될 수 있는가?'에 대한 모범적 규준이 되었다.

---

[14] 황혜진은 『학원』의 「독자투고」란에 나타난 심사위원들의 평가기준을 다음과 같이 정
리한다. ① 내용 : 학생다움의 요건(소년생활에서 취재할 것, 밝고 씩씩할 것, 도덕성이
있을 것)과 문학적 주제의 요건(독창성이 있어야 할 것, 내용의 깊이가 있을 것, 의미
응집성이 있을 것)으로 나눈다. ② 형식 : 문학적 형상성의 요건(구성력, 묘사적, 압축
적, 문학적 언어 구사, 기교를 부리지 말 것)과 규범적 언어사용(어법에 맞게 쓸 것, 원
고지에 쓸 것)을 제시한다. 황혜진, 앞의 글, 247~297쪽 참조.

그러나 이 세 편에 등급을 주는 일은 실로 까다롭고 고통스럽지 않을 수 없었다. 왜냐하면 이들 각 3편씩의 작품들은 그만그만한 결점과 제 나름의 특이한 장점들을 가지고 있기 때문이다. 그리하여 이들 작품의 순위 결정 조건을 작품 형상화의 능력과 그 수준에 두기로 하였다. 아직은 수련기, 습작기이기 때문에 (…중략…) 고등부 투고 작품에 특히 나타나는 문제점들은 ① 표현미숙 ② 벅찬 소재의 선택에 따르는 형상화 작업의 실패 ③ 원고 쓰는 법, 철자법 기타 기초의 미숙이라는 것이었다.

— 홍기삼, 「16회 학원문학상−심사평」, 『학원』, 1973.1, 311쪽

선자들은 자신들이 지향하는 문학관을 청소년들의 작품을 평하는 자리에서 분명하게 밝힘으로써 그들이 기성문단의 문학적·장르적 관습과 기술 등을 모방할 수 있도록 유도하였다. '학원문단'의 선자는 1년마다 교체되는 게 관례인데, 몇몇 작가는 이 심사기간을 다 채우지 못하고 그만두거나, 사정상 여러 회 심사위원을 반복한 경우도 더러 있었다. 1953년 1월부터 1959년 12월까지 '학원문단'에서 활동한 선자들을 살펴보면 다음과 같다. 선자들은 조지훈, 정비석(1953.1~1953.12) / 장만영, 최인욱(1954.1~1954.12) / 김용호, 박영준(1955.1~1955.12) / 노천명, 안수길(1956.1~1956.4), 김규동, 안수길(1956.5~1956.12) / 양명문, 최정희(1957.1~1957.8), 양명문, 안수길(1957.9~1957.10), 김용호, 안수길(1957.11), 양명문, 안수길(1957.12) / 박두진, 김이석(1958.1~11) / 김동리, 박목월(1958.12~1959.10), 박목월, 김용호(1959.11~1959.12)이다. '1년마다 심사위원 교체'라는 기준은 청

소년으로 하여금 기성작가들의 서로 "달리하는 문학관"[15]과 다양한 문학적 감각을 비판적으로 수용하게 하기 위한 전략이다. 『학원』은 애초부터 하나의 문학관을 지향하지 않았고 다양성을 추구하였다. 『학원』은 서로 다른 문학관을 갖고 있더라도 문학에 재능을 가진 청소년이라면 모두 '학원문단'으로 응집시키고자 하는 의도를 갖고 있었다. 이는 『학원』이 청소년을 민족 주체로 계몽하여 한국문학의 수준을 상향 표준화하고 문화의 발전에 지향점을 둔 것과 관련이 있다. 당시 심사위원으로 정비석, 김동리, 박두진, 노천명, 서정주, 박목월, 조병화, 김용호, 이원수, 마해송, 여석기, 김용환, 김동진, 이범선, 최정희, 최인욱, 안수길, 김규동, 양명문, 박남수, 박영준, 강신재, 이동주, 고은, 박재삼, 김구용, 하근찬, 홍기삼, 김현승, 손소희 등 다양한 문학적 성격을 보여줬던 문인들이 참여하였다. 심사위원들은 심사평에서 반드시 자신이 선별하는 문학적 규준을 제시하였다. 입선작에 대해서는 구체적으로 장·단점을 분석해 보여줌으로써 다른 학생들이 습작할 때 참고 기준으로 삼게 하였다.[16] 심사위원들은 청소년들의

---

15 정비석 : 지난 한 해 동안에 당선된 작품 가운데서 여러 선자들이 모여서 문학상을 제정하는 것이 좋을 상 싶은데요. (…중략…) / 박목월 : (…중략…) 저 의견 같아서는 일년 동안을 한 사람이 뽑은 작품으로서 그렇게 한다는 것이 공정한 일이 아닌가 싶읍니다. 그것은 **각기 달리하는 문학관**文學觀이 있기 때문에 적지 않은 무리가 있을 줄 압니다. 그러니 만큼 여러 심사 위원이 수편의 작품을 본 뒤에 그 결과로 하는 것이 효과적이 아닌가 싶읍니다. 편집부, 「제2회 학원문학상 심사위원 좌담회」, 『학원』, 1955.1, 278~281쪽.

16 2001년 제1회 '지훈문학상 수상자인 이수익 시인은 제4회 학원문학상 수상작인 「농촌의 오후」를 조지훈 선생님이 뽑았는데 평의 말미에 "시가 따분하고 맥이 없다"며 작품의 잘

투고 작품들 중 유사한 소재나 주제를 다루면서 수준의 편차를 보일 경우 청소년 간의 상호텍스트적 읽기를 권장하였다. 선자들은 독자투고에 여러 번 선정되었거나,[17] 자주 독자투고에 응모했음에도 불구하고 입선작에 오르지 못한 독자들의 작품에도 개별적인 관심을 적극적으로 표출하여 격려 하였다.[18] 선자들은 독자에게 상호텍스트 읽기와 전문적인 문학공부를 강조하면서 그들이 독자적인 문학적 재능을 키워나갈 것을 기대하였다. 1954년 4월호 부록에는 '학원문단'에 발표된 작품과 '학원문학상'에 당선된 작품까지 총 78편 중 48명의 작품을 선자였던 조지훈이 추려 『韓國少年詩集』을 엮고 머리말도 썼다. 이 시집은 1953년 일 년 동안 중·고등학생의 시에 대한 관심과 기법을 엿볼 수 있는 자료이다. 1961년 마해송은 10년간 '학원문단'과 '학원문학상'에 선정된 작품과 선자들의 시평을 함께 엮은 시집 『바람 旗를 울리다』를 『학원』의 성과물로 다시 소개하였다. 그는 이 시집이 시를

못된 점을 지적해주었다고 한다. 그러면서 **시에 대한 칭찬은 기억이 나지 않고 결점만 오래오래 남아있는 걸 보면 자신이 그 지적을 소중한 교훈으로 받아들인 것 같다고 회고한다.** 이수익, 앞의 책, 25~54쪽.

17 "이제하 군의 '개잡는 풍경'과 '못난 아이'는 두 편이 다 전에 발표한 작품에 비해서는 못한 편이었고, 마종기 군의 '불쌍한 사람들'은 좀더 힘을 들였으면 좋았을 것으로 작품을 너무 안이安易하게 다룬 것이 실패의 원인이 되었다." 최인욱, 「심사위원의 말」, 『학원』, 1954.1, 222쪽.

18 "나는 내 손으로 한편이라도 더 좋은 작품을 골라내는 것이 목적이다. **나는 투고하는 여러분의 이름 석자를 주시하고 있다.**" 최인욱, 『학원』, 1954.8, 277쪽.
"조기동군 여러 번 작품을 보내도 발표가 안 되는 것을 한탄하였는데, 발표가 될 때까지 꾸준히 보내는 수 밖에는 별 도리가 없는 줄 안다. 이번에 보낸 두편은 그 전에 비해서 놀랄만치 좋아졌으나 발표의 줄에 닿기까지는 아직도 한 두센치가량 모자라는 데가 있어 한 달을 더 기다려 보기로 한다" 최인욱, 『학원』, 1954.10, 277쪽.

즐기는 "靑少年 學生에게는 詩를 읽고 배우는데 거의 唯一한 산 指針"이 될 것이라고 확신하였다.[19] 선자들의 전문적인 문학교육은 학원문단 출신들이 다양한 문예 분야로 진출하여 한국문학을 이끄는 주체가 되는 데 기본 동력이 된 것이다. 1950~60년대는 학교 교육의 대중화와 함께 대중들의 문학과 예술에 대한 욕구와 사회적 관심도 증가하였다. 이러한 사회적 분위기는 청소년이 문학에 대해 단순한 예찬자의 수준을 넘어서서 자신이 문학 생산자로의 꿈을 키우는 계기가 되었다.

3) 청소년문학의 근간 형성

『학원』의 「독자투고」란은 기성문단에서 보면 성인문학의 축소판으로 간주되었다. 청소년이 생산한 문학 텍스트에는 기성문단의 문학관이 자연스럽게 드러나기도 하였다. 이 시기 기성문단이 학원세대에게 미친 영향은 당대적 의미에서 정지된 것이 아니다. 30여 년 동안 『학원』에 실린 청소년의 문학 작품은 오늘날 청

---

19 『조선일보』 1961년 10월 25일 「書評」란에는 마해송이 "學園文壇 十年 選集 第一卷인 學生詩選集인 「바람 旗를 울리다」"를 소개하는 대목이 나온다. 이 책은『학원』창간이후 10년간 학원문단에 입선된 작품 중에서 333편의 학생작품을 선자들의 평과 함께 붙이고 있다. 그는 "詩文學을 즐기는 靑少年學生에게는 詩를 읽고 배우는데 거의 唯一한 산 指針"이라고 확신한다. 마해송, 「精選된 學生作品─學園文壇 十年詩選集」, 『조선일보』, 1961.10.25, 4면.

조　　지　훈　선생

이달의 시도 좋은 작품이 많아서 즐거웠다. 많이 지어 본 솜씨와 아무렇게나 써서 던진 것과는 한 번 읽으면 이내 구별할 수 있다. 재주가 앞서도 안 되고 생각만이 높아도 시는 안 된다. 이 두 가지가 알맞은 조화를 얻어 노력 끝에 절로 이뤄져야 하는 법이다. 이달엔 네 편을 뽑기로 한다. 모두다 너무 익숙한 솜씨여서 소규모의 완성으로 사라질 것만 같아 자꾸만 앞날이 염려된다. 꾸준히 발분하라. 그리고 한 마디 붙여 둘 것은 이때까지 우수작을 한 번도 뽑지 않은 이유에 대해서다. 시란 한두 편 가지고는 확실히 믿을 수 없는 것이기 때문에 나는 세 편 이상 입선된 사람 중에서 그 세 편보다 좀더 나아진 작품에 우수작을 붙일 작정이다. 먼저 세 편을— 그 다음에 우수작으로 뛰어오르든지 영 그만 잠잠 이것은 제군의 시에 대한 린 것이다.

황 동규 군의 작품은 두 편 다 뽑기로 하였다. 매우 유망하다. 나이에 알맞는 생각이 한점 티없이 깨끗하게 표현되어서 군과 같은 나이의 소년의 시에 대한 태도를 옳고 바르게 보인 것이라고 말하고 싶다. 그러나 너무 자연스러워 못내 염려스럽다. 〔동화〕의 두 날 외래어를 우리말로 고친 까닭을 생각하라.

김 구용 군 세 편이 모두다 비슷한 실력으로 다투어졌으나 여러 가지로 생각한 끝에 〔동백꽃〕을 취하기로 하였다. 군의 시는 버릇없이 날뛰지 않는 것은 좋으나 사물을 보는 눈이 시를 꾸미는데는 무슨 특정된 관찰과 언어가 있는 줄로 그릇 아는 버릇이 있는 것 같다. 좀더 솔직히 간결하기에 힘쓰라. 둘째 연(聯) 녁 줄은 군더더기가 붙었으므로 내가 아낌없이 잘라 버렸다.

최 해붕 군 군의 시는 세번째 뽑는 것 같다. 이번 것도 전에 비해서 손색이 있는 것은 아니고 좀더 묵직해진 느낌도 있으나, 작은 씨알이 여물 듯이 흐뭇한 것이 모자란다. 이제 세번을 올랐으니 다음은 이런 정도의 작품이 또 오더래도 입선에 넣지 않을 심산이다. 시에 대한 재질은 없지 않으니 발분하라. 우수작은 통과한 사람에게는 그 다음부터는 특별란에 추천할 테니 모두들 열심히 공부하라.

학원문단의 초창기 심사위원이던 조지훈의 평이다. 그는 황동규, 김구용, 최해봉의 시를 차례로 논하며 1953년 3월호에 좋은 시가 많아서 즐거웠다고 고백한다.

소년문학의[20] 근간이 되기도 하였다. 그러므로 기성작가들이 당대 청소년에게 미친 영향은 무엇인지 살펴볼 필요가 있다. 1953년 3월호 '학원문단'에 조지훈의 평이 나온다. 조지훈은 황동규, 김구용, 최해봉의 시를 논하며, "좋은 작품이 많"지만 우수작을 뽑지 않는다고 하였다. 그는 '시'란 한두 편 가지고 믿을 수 없기 때문에 세 편 이상 입선된 사람 중에서 세 편보다 좀 더 나아진 작품을 우수작으로 뽑을 것이라고 밝힌다. 조지훈은 "황동규 군의 작품은 두 편 다 뽑기로 하였다. 매우 유망하다. 나이에 알맞은 생각이 한점 티없이 깨끗하게 표현되"었다며 칭찬을 아끼지 않았다.[21] 그는 김구용의 시에 대해서는 세 편 모두 비슷한 실력으로 다루고 있다고 평하였다. 그러면서 그는 「동백꽃」의 "연 넉 줄은 군더더기가 붙었으므로 내가 아낌없이 잘라 버렸다"라고 본인이 직접 개작改作에 관여한 것을 언급하였다. 선자들은 청소년이 창작한 텍스트를 평가만 한 것이 아니라 구성이나 내용에 직접 손을 대기도 하였다. 이는 전국에 흩어져 있는 청소년 독자들이 학

---

20 스웨덴의 저명한 청소년문학 이론가인 예테 클링베리에 의하면 청소년문학이란 다음과 같은 다섯 가지 정의로 요약된다. ① 청소년이 읽기에 바람직한 텍스트, ② 청소년을 위해 성인에 의해 만들어진 문학텍스트, ③ 청소년들이 창작한 문학텍스트, ④ 청소년들이 성인문학에서 발췌한 텍스트의 본문, ⑤ 청소년들이 읽고 있는 모든 종류의 텍스트. 이 글에서는 독자투고를 중심으로 다루기 때문에 ③ 청소년 자신이 창작한 텍스트의 좁은 의미로만 한정해서 논의할 것이다. 한기상, 『독일 청소년문학의 이해』, 서울대 출판부, 2009, 8쪽.

21 "황동규 군의 작품은 두 편 다 뽑기로 하였다. 매우 유망하다. 나이에 알맞는 생각이 한점 티없이 깨끗하게 표현되어서 군과 같은 나이의 소년의 시에 대한 태도를 옳고 바르게 보인 것이라고 말하고 싶다. 그러나 너무 자연스러워 못내 염려스럽다. 「동화」의 두 낱 외래어를 우리말로 고친 까닭을 생각하라." 조지훈, 「선자의 말」, 『학원』, 1953.3, 105쪽.

원문학상의 입선작을 모범적 사례로 놓고 문학공부를 하리라 예견하고 선자들의 문학적 규범을 예비문인들에게 교육한 것으로 볼 수 있다. 정비석은 이러한 선자들의 개작改作 관례를 없애고 필자가 보낸 그대로 싣겠다며 종래의 입장을 바꾸기도 하였다.

> 종래에는 우수작에 대해서나 입선작에 대해서나 선자가 부분적으로 잘못된 대목에는 **조금씩 붓을 대어왔으나**, 이달부터는 아무리 잘못된 대목이 있더라도 **원문 그대로 발표**하기로 하였다. 그 이유는, 잘못된 부분은 잘못된 대로 독자들에게 읽혀서, 각자가 자기 의견을 가지고 남의 문장을 비판할 기회를 주기 위해서이다.
>
> —정비석, 「선자의 말」, 『학원』, 1953.4, 101쪽

정비석은 개작에 관해 기존의 입장을 바꾸었지만, 이후에도 다른 선자들의 개작은 입선 작품의 원작에 손상이 가지 않는 선에서 종종 나타났다.[22] 선자들이 투고된 작품의 구성이나 완성도에 개입한 것은 그 나름대로 의미가 있다. 선자들은 '학원문단'에 뽑힌 작품이 문학을 지망하는 다른 청소년들에게 영향을 미칠 것

---

22 제4회 '학원문학상' 「산문 선후기」에서 최정희는 「팽이」의 끝부분에서 형이 죽는 것으로 마무리해놓은 것을 빼버렸음을 밝힌다. 그 이유는 형을 죽이지 않고도 구성이 기울지 않기 때문이라고 한다. "끝으머리에 형이 죽었다는 대목을 떼어 버렸다. 작자는 앞뒤를 맞추느라고 한 일임을 알겠으나 죽이지 않고도 구성이 기울어지지 않을 수 있지 않을가. 그러나 소설이 무엇인 것을 알고 썼음을 칭찬해 둔다." 최정희, 「제4회 학원문학상 선후기―표현 기법이 더욱 요망 된다」, 『학원』, 1957.2, 238쪽.

이고, 이는 다음 투고 작품에서 곧바로 반영된다고 본 것이다. 조해일은 "「학원」에 나온 학생 문예작품을 읽고 그걸 흉내도 내보고 또 가끔은 투고도 했"[23]는데 중학교 2학년 때, 「모성애」라는 산문으로 처음 작품을 실었고 안수길 선생이 평도 해주고 격려도 해주었다고 한다. 그 당시 심사를 맡은 선자들은 조지훈, 박목월, 김동리, 정비석, 박영준, 안수길이었는데 "꼼꼼히도 평을 해 주"었고, 그 덕에 "『학원』에 작품을 발표하던 사람은 거의 다 지금 문단에 나왔"다고 자랑하였다.[24] 이처럼 반복된 피드백 과정을 통해 '학원문단'은 습작기의 청소년들이 문학에 대한 전문지식과 언어감각 등을 키우는 데 결정적인 역할을 하였다.[25] '학원세대' 들이 『학원』을 읽게 된 동기는 모두 다르지만 이 잡지를 읽고 문학의 길로 들어섰고, 문학수업뿐 아니라 인생수업까지 겸했다고 한다.[26] 오죽하면 청소년의 입에서는 학교에서 배운 것보다 『학원』을 통해 배운 것이 많다는 말이 나올 정도였다.[27] 시인이자 『조선일보』 논설위원으로 활동한 유경환은 『학원』을 통한 기성

---

23 조해일, 「학원문학파 좌담회―가뭄 끝에 오는 비처럼」, 『학원』, 1978.10, 306쪽.

24 조해일, 위의 글, 308~309쪽.

25 박목월은 조정권의 시에 대해 "이미 그 이미지가 그의 연령에 알맞은 그리고 신선한 느낌을 주듯 그의 시에는 젊음을 건강성을 간직하고 있다. 끝 절의 매무새도 꽤 긴장감을 주는 것이다. 다만, '않으렵니까', '않겠읍니까'의 반문적인 것이 지나치게 악센트가 강하여 차분한 정서에 약간의 파탄을 주는 것이 안타깝다"라고 평한다. 박목월, 「시선후기」, 『학원』, 1966.4, 285쪽.

26 유경환·조해일·문정희·정호승, 「학원문학파 좌담회―가뭄 끝에 오는 비처럼」, 『학원』, 1978.10, 308쪽.

27 학원 김익달 전기 간행위원회, 앞의 책, 258쪽.

문단과의 피드백 관계를 다음과 같이 긍정적으로 바라보았다.

> 1956년에 대학에 들어가는데, 50년대 전반기 내 정서의 고향은『학원』이었고, 1960년도에 대학을 나오는 그때까지도『학원』의 독자였다. 이른바 **학원문단파**라는 말이 생길 법도 한 것이, **오늘날 50대의 문인들은 거의 그때의 학원에 다달이 그 이름이 빠지지 않았었기 때문이다. 투고 작품을 선고해 주던 분들은,** 이미 작고하신 분들도 있지만 그때부터 오늘에 이르기까지 **일급의 문인들이었고,** 그 덕택에 대학 재학 시절에『**현대문학**』에서 **6개월만에 시 추천 과정을 마칠 수 있었다.**[28]

『학원』을 통해 문학 훈련을 받은 유경환은『현대문학』에서 6개월만에 시 추천과정을 완료하였고, 이후『사상계』편집위원 및『조선일보』논설위원 등으로 활동하였다. 유경환이 빠른 시간 안에 기성문단으로 흡수될 수 있었던 것은 그만큼 '학원문단'의 투고 작품의 수준이 기성문단과 질적으로 차이가 크지 않았다는 증거가 된다. 청소년들은 기성문단과의 소통을 통해 기존의 문학관을 습득하는 과정에서 새롭게 자신의 문학관과 스타일을 창조하기도 하였다. 그들은 문학을 매개로 주체에 대한 자각과 세계관을 나름대로 형성해 가면서, 서로 간의 의사소통을 통해 문학적으로 응집하여 '학원세대'를 구성하였다.[29] 텍스트의 생산과

28　유경환,「김익달적 사상」, 학원 김익달 전기 간행위원회, 앞의 책, 204~205쪽.
29　「독자구락부 지상 좌담회－전국중학생의 소리」란에는 자신들이 서로 존경하는 인물,

향유를 통해 청소년들은 '나'와 '타인'과의 관계 및 보편적인 공감대를 형성하였다. 독자투고에 실린 청소년의 텍스트에는 1950년대 이후 주요 아이콘인 실존의 문제와 이데올로기, 그리고 개인과 사회에 대한 비판적인 현실인식 등이 문학적으로 형상화되었다. 텍스트의 생산자는 자신의 체험을 의미화하면서 타인의 체험을 동일화하거나 비동일화하고 싶은 양가적 욕망이 작동한다. 이는 청소년들이 '학원문단'에 어느 학교, 누구의 글이, 또 어떤 내용으로 실렸는지 예민하게 반응한 부분에서도 확인할 수 있다.

학원파 문인의 한 사람인 김광규 시인은 '학원문단'이 전국의 문학 소년·소녀들 사이에 중요한 관심의 대상이었다고 한다. 그는 "이달에는 어디 사는 누구의 글이 뽑혔나 하는 것이 커다란 화제였다"[30]라고 한다. 청소년이 생산한 텍스트에는 그들의 주요 관심과 현실인식이 내포될 수밖에 없다. 한 학생의 관심 대상과 사고체계는 『학원』의 지면을 통해 공개되고, 그것을 읽고 있는 다른 지역의 독자에게 전이된다. 관심 대상과 사고 체계의 반복된 전이는 청소년들이 차츰 독자적인 체험을 담은 텍스트를 생산하고 향유하며, 자신의 문학 세계를 정립해 나가는 계기였다. 이

취미, 안정된 삶에 대한 그리움 등에 대한 의견을 서로 나눈다. 이홍신은 "아침 등교할 때 국민학교 꼬마들이 격투를 하기에 떼 말려서 우호조약을 맺게 주엇지요."라고 해서 일동의 웃음바다가 된다. 그러면서 "거리에 나가면 어쩐지 남자나 여자나 미국 냄새가 많이 나는 것 같애요"라며 현실에 대한 비판도 서슴없이 내비친다. 「독자구락부 지상좌담회」, 『학원』, 1953.8, 70~75쪽.

30　학원 김익달 전기 간행위원회, 앞의 책, 34~35쪽.

성부 시인은 중학교 2, 3학년 때부터 "이담에 크면 시인이 되겠다"라고 결심한 것도 '학원문단'의 영향이 컸음을 밝히고 있다.[31] 이와 같이 '학원문단'은 청소년의 감수성과 활발한 상상력, 첨예한 현실인식 등에 자극제 역할을 하며 그들을 문학의 세계로 끌어들였다.[32]

'방첩주간'

선　생 : 너희들 요사이 별로 말을 하지 마라.

학　생 : "옛."

선　생 : (출석을 부르면서) 똘똘이, 똘똘이……??

선　생 : 왜 대답이 없어.

똘똘이 : 요사이는 방첩주간이라 해서 선생님이 별로 말을 하지 말라고 하지 않았읍니까?

선　생 : 뭐?

―이웅수, 「유우모어 테레비죤」,『학원』, 1957.4, 283쪽

'휴전'

등잔불 밑에서 책을 보고 있던 아들 놈이 아버지에게 묻는다.

31　그는 학원문단이 자신이 "문학에 눈뜰 무렵의 최초의 스승"이고 "문학적 열정을 불러일으켜 준 가장 큰 자극제"였다고 한다. 위의 책, 35쪽.

32　김학준은 『학원』에 글이 뽑힌 학생들이 자신의 눈에는 "영웅"으로 비쳤다며, 산문부를 휩쓸던 이제하가 어느 날 시로 다시 나타났을 때 "천재라는 것이 바로 이런 것이로구나"라며 자극받은 일을 회고한다. 위의 책, 155쪽.

아 들 : 아버지 휴전이란 무엇이요?

아버지 : 휴전이란 싸움을 하다가 중도에서 그만두는 거란다.

아 들 : 그럼 아버지도 휴전하였겠네.

아버지 : 왜?

아 들 : 저번 날 어머니하고 싸우다간 지쳤으니깐.

아버지 : 뭐 뭣이

— 유치상, 「유우모어 테레비죤」, 『학원』, 1957.4, 283쪽

독자투고에는 당대 현실을 풍자한 글들도 많이 실렸다. 청소년들이 창작한 글에는 1950~60년대의 치열한 현실인식과 비판적 세계관이 드러난다. 한국전쟁과 4·19 그리고 5·16이라는 역사를 관통하며 성장한 학원세대들은 "삶의 압력, 현실의 압력이 가중되면 이걸 견뎌내려는 정신의 틀을 만"[33]들고자 하였다. '학원문단'은 이러한 굴곡진 역사를 넘어서려는 청소년들에게 현실적 결핍을 채워주고 해방감을 제공하는 장場이 된 것이다. '학원문단'의 축적된 성과는 당대 청소년들이 창작한 문학의 내용과 특성을 잘 보여준다. 30여 년간 축적된 문학적 전통은 학원세대의 문학이라는 두터운 지층을 형성하였다. 단단하게 축적된 문학의 지층들이 과거와 현재를 연결하며 오늘의 한국문학과 청소년문학의 근간이 되었다.

---

33 권오룡 편, 「시대의 고통에서 영혼의 비상까지」, 『이청준 깊이 읽기』, 문학과지성사, 1999, 25쪽.

2. 신세대작가 양성의 터전이 된 '학원문학상'

『학원』은 '학원문학상'을 통해 대대적으로 새로운 작가군을 등장시켰다. 『학원』의 다른 성과로는 많은 청소년들이 한국문학담론을 재생산하는 주체로 성장한 것이다. '학원문학상'은 제1회부터 제21회까지(1954.1~1978.1) 지속되었다. '학원문학상'은 청소년이 자신의 문학관을 형성하고 작가로 진입하는 예비적인 "등룡문登龍門"의 구실을 하였기 때문에 엄격한 심사를 통해 당선작을 뽑았다. 선자였던 조지훈은 대담에서 "자기 세계를 발견"하는 것을 작가의 제일 원칙으로 강조하였다.[34] 1973년에는 『학원』이 기성문단과의 교량적 역할을 수행했음을 대대적으로 선전하는 문구가 나온다. '학원문단'은 "지난 20여 년 동안 10대 문단의 등용문"이 되었고, 그간 "많은 문인들을 배출"했으며 "가장 전통 있는 학생문단의 메카로 알려져 있"다는 것을 강조한다.[35] 이처럼 '학원문학상'과 '학원문단'은 단순히 청소년들이 투고한 작품을 선발하는 데 그친 것이 아니라 '신세대작가 양성'이라는 분명한 목표를 설정하고 있었고, 전통적인 학생문단의 메카로 널리 알려져

---

[34] "사실 나 자신 너무 엄격한 심사를 해 온 느낌이 적지 않습니다. 그것은 어디까지나 **등룡문登龍門의 권위를 세우기 위한 것**이라고 말하고 싶어요. 우수작으로 세 번 통과한 사람은 어떻게 달리 조치를 생각했는데 그 후에 별로 진전을 보이는 작품이 없더군요." 조지훈, 「선자좌담회 – 자기 세계를 발견하라」, 『학원』, 1954.2, 135쪽.

[35] 편집부, 「학원문단」, 『학원』, 1973.5, 376쪽.

있음을 강조함으로써 사회·문화적 권위를 확보하였다.

　　원래 '학원문학상' 제도는 매달 투고된 학생들의 작품을 1년마다 총정리 하는 의미에서 '우수작'을 선해보자는 의도로 시작되었다.[36] 제1회 '학원문학상'은 1954년 1월호에 공표되었다. 보통 때 '학원문단'의 독자투고 수는 시와 산문을 합쳐서 300~400편 정도였다. 하지만 제1회 '학원문학상'의 응모작은 5,000편이 넘었다고 한다. 초선은 편집부에서 했는데, 투고된 작품의 반수가량을 1차 예선에서 추려냈다. 1차 예선을 통과한 작품들이 심사위원들에게 보내졌고, 각 장르별 전문적인 작가들이 심사와 심사평을 맡았다. 제1회 '학원문학상'의 심사위원장을 맡은 시인 장만영과 소설가 최인욱은 당대 청소년들의 고조된 창작 열기를 다음과 같이 회고한다.

　　내 손에 들어 온 것이 자세한 숫자는 알 수 없으나, 아마 2,000통을 넘으면 넘었지……, 이것들을 모조리 읽기에는 일주일 가까운 시일이 필요하였다.

— 장만영, 「심사 위원의 말」, 『학원』, 1954.1, 198쪽

　　편집부에서 초선을 하여 심사 위원에게로 넘어 온 작품은 무려 500여 편이나 되었는데, 이 중에서 재차 뽑힌 것이 70여 편이다. (…중

략…) 한참 토의를 거듭한 다음에 다섯 분의 점수를 종합해 보니 정종
진 군의 "선생님"과 박경석 군의 "모밀꽃 필 때"가 우수작으로 낙착이
되었다.

— 최인욱, 「심사 위원의 말」, 『학원』, 1954.1, 220쪽

　제1회 '학원문학상'의 심사위원은 시 부문에 서정주, 장만영,
김용호, 조지훈, 조병화의 다섯 명이 참여하였다. 산문 부문에서
는 마해송, 정비석, 김동리, 최정희, 최인욱 다섯 명이 심사를 맡
았다. 첫해에는 초・중・고를 따로 구분하지 않고 작품의 질적
여하에 따라 우수작과 입선작을 시와 산문별로 각각 10편씩 뽑는
방식을 채택했기 때문에 경쟁이 치열했고, 고등학교 학생들 작품
이 입선작에 많이 올랐다. 심사위원이 선정한 작품은 '학원문단'
에 심사평과 함께 게재하는 것을 원칙으로 하였다. 한정된 지면
사정으로 선외 가작은 작품을 따로 게재하지 않았고, 작자와 그
가 소속한 학교명만 밝혔다. 그래서 학원세대 문인이지만 선외
가작에 뽑혔던 박동규와 문정희 등의 작품은 빠져 있다. 제1회
'학원문학상'에는 이제하, 황동규, 마종기 등이 나란히 선정되었
다.[37] 세 사람은 『학원』을 읽고 독자적인 문학관을 형성한 초창기
학원세대로서 동일한 경험을 공유하였다. 세 사람이 모두 같은

37　특히 황동규와 마종기는 김영태와 3인 시집 『평균율』 등을 통해 지성적 상상력과 언어
　　의 울림 그리고 그 아름다움을 집중적으로 천착하였다. 김윤식 외, 『우리문학 100년』,
　　현암사, 2001, 268쪽.

해에 '학원문학상'에 입상하면서 문단의 주목을 한꺼번에 받았다. 시 심사에는 조지훈, 서정주, 조병화 등이 맡았는데, 이후에도 노천명, 박목월, 박두진, 박남수 등 주요 시인들이 심사를 맡았다. 심사위원들은 모두 자신의 작품을 『학원』에 실었던 문인들이다. 기성 작가들의 작품은 문학에 관심 있는 청소년들에게 습작의 기준틀이 되었고, 사상이나 철학적인 사고도 많은 영향을 미쳤다는 점에서 『학원』의 문학적 경향을 형성하는 바탕이 되었다.

'학원문학상'은 회를 거듭할수록 전국에 있는 청소년들의 기대와 관심을 증폭시켰다. '학원문학상'의 높은 열기를 반영하듯 투고 작품이 양적으로 증가하였다. 제3회 '학원문학상' 종합심사평에는 응모 작품 중에서 소설이 많은 편수를 차지했다고 적혀있다. 소설 투고 작품이 늘어난 것에 대해 심사위원들은 많은 청소년들이 "본격적으로 문학을 공부하고, 그것을 지향하고 있다는 증거"[38]가 된다며 만족감을 표현하였다. 제4회 '학원문학상'의 열기는 대단하였다. 당시 작품 투고 수는 시 5,087편, 산문 1,565편이며 양명문, 조지훈, 김규동, 최정희, 안수길, 최인욱이 심사를 맡았다. 시에는 김억의 「슬픈풍경」, 신중혁의 「폭포」, 이수익의 「농촌의 오후」, 주영옥의 「산양」, 이동림의 「귀로」, 하원환의 「감이 익으면」, 김부귀의 「어느 일요일」, 변종식의 「기원」, 정열의 「유충의 꿈」, 민경철의 「바위」가 뽑혔다. 소설에서는 정일진의

33　학원문학상 심사위원회, 「지나친 욕심은 버리자!」, 『학원』, 1956.1, 217쪽.

「팽이」, 안철환의 「친구」, 김국남의 「수박」, 윤명구의 「알사탕」, 송상옥의 「선물」, 한영택의 「찔레꽃 이야기」 등이 뽑혔다. 시선 후기에서 양명문은 청소년기가 문학적 '발아기'이므로 문학적·예술적 감수성과 반복적인 창작 실습이 절대적인 시기임을 강조하였다.

> 이번 응모 작품이 5,000여 편에 달함을 보아 바야흐로 시의 융성기隆盛期가 오고 있는 듯 함을 느꼈다. (…중략…) 사실 **시 문학도 중고등 학교 시대에 그 발아기**發芽期**를** 얻지 못하면 후로는 좀처럼 해서 싹 틀 짬이 없을 뿐 아니라 순조롭게 제 자리를 바로 찾아 앉기 어려운 노릇이다. **이 발아기는 더 말할 필요도 없이 대단히 중요한 시기이다. 이때에 문학적 내지는 예술적 훈련이 없이는 후일의 대성을 바랄 수 없기 때문**이고 또 한편으로는 이 시절의 그 싱싱하고 신선한 감정과 예민한 예지와 관조觀照는 사파에 시달리고 마쳐진 후일에 가서는 도저히 경험할 수 없는 귀한 시절이기 때문이다.[39]
>
> — 양명문, 「시선후기」, 『학원』, 1957.2, 220쪽

선자들은 대부분 중·고등학생 시절을 '문학적 발아기發芽期'로 보고 청소년기에 문학적·예술적 감수성과 습작 훈련이 필요하다는 점에서 공통된 의견을 보였다. 심사위원들의 공통된 의

39　양명문, 「시선후기─독창성을 발휘한 놀라운 발전이다」, 『학원』, 1957.2, 220쪽.

식은『학원』이 청소년의 문학적 재능을 계발하고 새로운 작가를 양성하고자 한 것과 일치한다. 일제강점기에 활동하던 주요 문인들이 해방 이후 대거 월북하거나 한국전쟁 중에 사망 또는 실종되었다. 전후 텅 빈 한국문단은 신진작가 양성이라는 새로운 과제에 직면하였다. 기성작가들은 중·고등학생들이 적극적으로 참여한『학원』을 통해 신진작가를 양성한다는 포부를 다음과 같이 밝히고 있다.

> 보다 큰 지도자의 육성을 위하여 여기 '학원장학생'이 선발됩니다.
> **겨레의 뜻하는 바를 힘차게 노래부르고 분명히 말하여 줄 문인文人을 탄생시키기 위하여 '학원문학상'이 수여됩니다**
>
> —편집부,「편집후기」,『학원』, 1960.1, 164쪽

『학원』1960년 1월호「편집후기」란에는 "겨레의 뜻하는 바를 힘차게 노래 부르고 분명히 말하여 줄 문인을 탄생시키기 위하여" '학원문학상'을 수여한다고 분명하게 밝히고 있다. 이는 '학원문학상' 제도가 민족의 현실을 표현할 수 있는 신세대작가 양성에 1차적 목적이 있음을 확인시켜주는 대목이다. 신진작가 양성을 위해 시작된 '학원문학상' 제도는 차츰 습작기 학생들이 중앙문단으로 진출하기 전에 거쳐야 할 예비과정의 성격을 지니는 관문처럼 이해되었다.『학원』이 문예지로 바뀐 후 처음 원고를 모집한 제6회 '학원문학상'의 심사평은『학원』의 예비 문단적 성격

을 간명히 보여준다. 당시 심사평에는 8년간 '학원문단'을 거쳐 작가가 된 선배들에 대한 이야기를 자랑스럽게 적고 있다. 이 글은 『학원』이 "학원문단을 설정하여 중·고교생의 문예 활동을 지도하며 중앙문단으로의 길을 마련하여 주고 있었다"라고 자랑한다. 그러면서 '학원문단'이 이룬 성과와 그 의미를 자세하게 밝히고 있다.

제1회 때의 우수작으로 국정 교과서에도 실렸던 시詩「청송 그늘에 앉아」를 쓴 당시 마산고馬山高의 1학년이던 이제하李祭夏 군은 지금 군에 입대하였는데 『현대문학』지를 통하여 중앙문단에 진출하였다.

유경환劉庚煥 군은 1회, 2회에서 입선하였는데 1년만에 학원문단 출신으로서는 제일 먼저 『현대문학』 추천 시인이 되었고, 『조선일보』 신춘문예에도 당선되었으며 현재 『사상계』지의 문예를 맡고 있다. 『학원문단』에서 서로 지면을 다투던 정규남, 김종원, 유경환 군은 1954년에 3인 시집 『생명의 장章』을 내였는데, 제2의 『청록집靑鹿集』을 연상하게 하였으며, 정규남 군은 『현대문학』, 김종원 군은 『문학예술』, 『사상계』의 추천을 완료하였다. 황동규, 마종기 군은 대학 재학중에 『현대문학』의 추천을 마쳤다. 제3회 때에 우수작의 시를 쓴 정공채 군은 지금 『부산일보』 기자로 활약하고 있으며 그 역시 『현대문학』을 통하여 중앙문단의 총아가 되었다. 오경웅 군은 『동아일보』 신춘문예를 거쳐 『새벗』 잡지를 통한 아동문학의 새 바톤을 받아 쥐고 있다.

— 편집부, 「입선작품을 발표하면서」, 『학원』, 1960.3, 16~17쪽

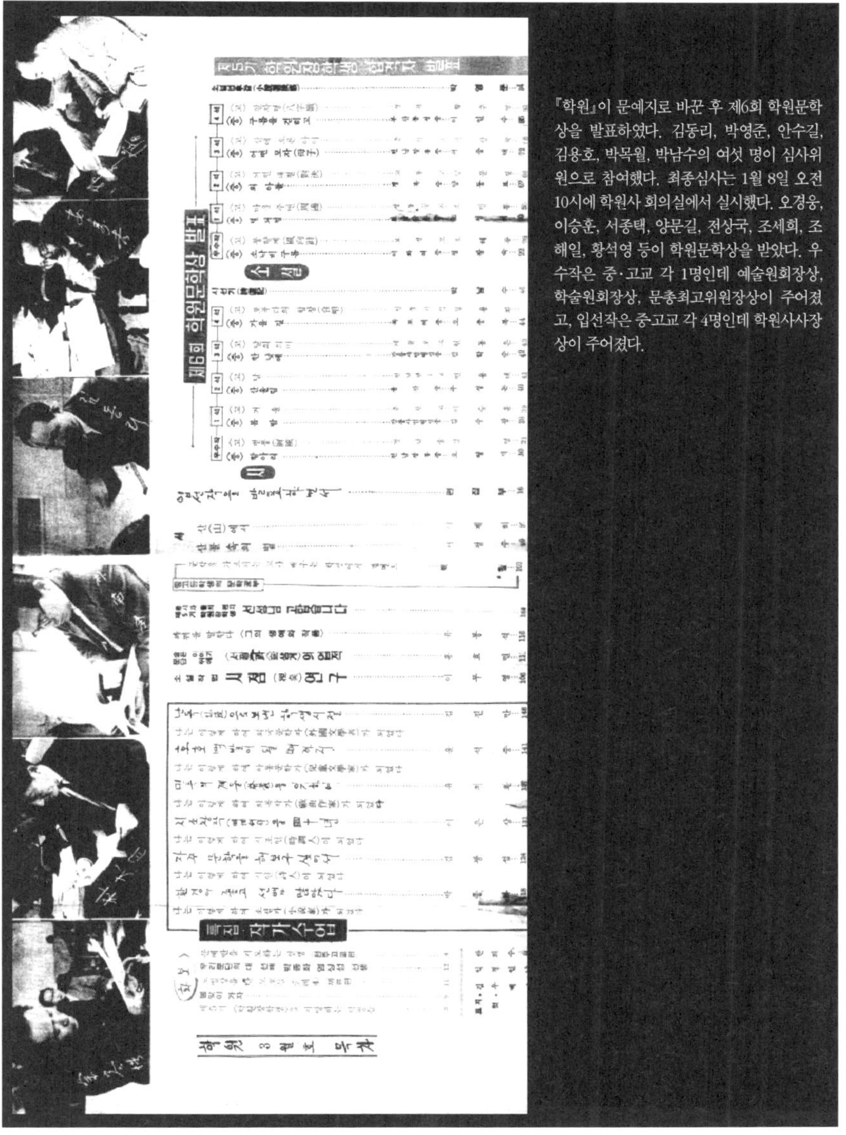

『학원』이 문예지로 바꾼 후 제6회 학원문학상을 발표하였다. 김동리, 박영준, 안수길, 김용호, 박목월, 박남수의 여섯 명이 심사위원으로 참여했다. 최종심사는 1월 8일 오전 10시에 학원사 회의실에서 실시했다. 오경웅, 이승훈, 서종택, 양문길, 전상국, 조세희, 조해일, 황석영 등이 학원문학상을 받았다. 우수작은 중·고교 각 1명인데 예술원회장상, 학술원회장상, 문총최고위원장상이 주어졌고, 입선작은 중·고교 각 4명인데 학원사사장상이 주어졌다.

1950∼60년대 한국문단에는 『학원』을 거쳐 전문작가로 등단한 문인들이 상당수 있다. 『학원』의 신진작가 양성은 1953년 이후 굵직한 문학 단체들이 발족되고, 『사상계』와 『현대문학』, 『창작과비평』 등 1950∼60년대의 문단과 지식층을 주 독자층으로 하는 교양지와 문예지들이 쏟아져 나오는 것과 관련이 있다. 1950∼60년대 주요 일간지를 비롯한 신춘문예와 각종 문학상의 속출, 성인뿐 아니라 청소년문학 전집 붐이 일어난 것도 신진작가들이 활동할 수 있는 폭을 넓히는 계기가 되었다.[40] 제17회 '학원문학상'에는 "명실공히 기성문단과의 교량적 역할을 담당할 것을 약속하며"[41]라는 글이 보인다.

이 시기 주목할 것은 『학원』에 한 번 발표된 작품은 기성문단의 신춘문예에서 제외되기도 했다는 점에서 당대 '학원문학상'의 사회적 위상을 되짚어볼 수 있다. 1960년 「학원문학상 심사장에서」를 보면 오청석의 시 「탑」이 S신문 신춘문예에서 제외된 사실이 나온다. 그 이유는 「탑」이 이미 '학원문단'에서 한 번 발표된 작품이었기 때문이라고 밝히고 있다. 오청석이 신춘문예에서 제외된 것에 대해 박목월이 "분하다"라고 통탄하였다.[42] 『학원』에 한 번 발표된 작품은 기성문단의 문예지에서 발표된 것과 동등하게 간주되기도 한 것이다. 이러한 사실은 당시 『학원』에 대한 사

40　김병익, 『한국문단사』, 문학과지성사, 2001, 282쪽.
41　편집부, 「제17회 학원문학상 당선작발표」, 『학원』, 1974.1, 348쪽.
42　박목월, 「학원문학상 심사장에서」, 『학원』, 1960.3, 80쪽.

오청석의 「탑」은 1959년 12월 학원문단에서 박목월 선생의 추천을 받았던 작품이다. 이 작품은 S신문 신춘문예 후보작에 올랐으나, 학원문단에 한 번 발표된 작품이라 보류되었다며 박목월이 분하다고 통탄하였다.

탑(塔)

장흥중 3

오 청 석

맨 처음
나는 그의 의미를 알 수가 없었다.
위로 더듬어 올라 갈수록
어디론가 퍼쳐가는 밝음 같은 것

더우기 밑으로 내려 올수록
그 아무도 다스릴 수 없는
끝없이 가라앉은 자세……

문득
스스로를 잊을 수 있는
그렇게 조용한 어느 순간에서
나는 유난히도 선명해 있는
그 절대(絶對)한 형세 위에 눈을 옮기
며 하늘로 풀려가는 그의 푸른 숨소리
를 듣고 있었다.

빗바람에 싯기우고
눈보라에 헐리우는 모진 세월을
한떨기 찬란한 꽃처럼 피어오르는
사뭇 커다란 보람 같은 것

이제야
내 가슴 한복판엔
보람으로 충만한
고요한 강물이 흐르고 있었다.

회·문화적 인식과 그 위치가 어느 정도였는지를 가늠하게 해주는 근거가 된다.

제6회 '학원문학상'의 소설 선후감에는 "고등학생의 작품이 아니라 성인문학을 형성했다"며 심사위원들의 극찬이 쏟아졌다. 박영준은 투고된 작품 "전체의 수준이 고등학생의 단계를 지나쳤다"[43]고 칭찬하였다. 이때 시인 이승훈이 「거울」[44]로 우수작에 뽑혔는데 그에 대한 선자들의 관심도 대단하였다. 박남수는 「시선기」에서 이승훈에 대해 "재조才操군"[45]이라고 칭찬을 아끼지 않았다. 제10회 '학원문학상' 심사후기에서 박목월은 정호승의 「브로우치의 詩」[46]를 고등부 우수작에 선정하였다. 그는 정호승의 시가 특선이 되지 못한 것에 대해 다음과 같이 말한다.

따지면 「항아리의 印象」보다 정호승 군의 「브로우치의 詩」가 우수하다. 시상의 전개에 고르게 긴장되어 있으며 어귀 한 군데 서툰 데가 없다. (…중략…) 허지만, 정군의 「브로우치의 詩」는 시정신이 안이하고 작게 완성完成될 우려가 있다. 그러므로 비록 표현이 미숙하더라도 정서가 깊이를 가진 전자에 영광의 자리를 양보하게 된 것이다.

---

43 박영준, 「소설선후감」, 『학원』, 1960.3, 35쪽.
44 이승훈, 「거울」, 『학원』, 1960.3, 39쪽.
45 박남수는 이승훈이 쓴 선외의 작품인 「가을꽃」과 「자세」 등도 「거울」에 비하여 전혀 손색이 없다며 제법 일가를 이룬 셈이라고 칭찬한다. 이승훈은 학원문학상을 받을 당시 이미 시인으로서 평균수준을 갖고 있었다. 박남수, 「시선기」, 『학원』, 1960.3, 49쪽.
46 정호승, 「브로우치의 시詩 — 고등부 우수작」, 『학원』, 1966.2, 114쪽.

1960년 3월호는 중고등학생 문예지로 바꾼 후 처음 학원문학상을 발표하였다. 오늘날까지 한국문단을 이끌어온 많은 작가들이 제6회 학원문학상을 함께 수상하며 기성문단의 주목을 받았다. 표지는 김익란이 그렸고, 컷은 우경희와 백인수가 그렸다.

— 박목월, 「제10회 학원문학상 선후감」, 『학원』, 1966.2, 104〜105쪽

선자인 박목월은 정호승의 시가 "어귀 한군데 서툰 데가 없"지만 시 정신이 안이하고 작게 완성될 우려가 있다는 점을 한계로 지적하고 있다. 선자들은 투고 작품을 선정할 때에 기교뿐만 아니라 시적 세계관 등에도 기성문단에 준하는 엄격한 규준을 적용한 것이다.

『학원』은 여성 문인을 탄생시키기 위한 목적을 달성하기 위해서도 분명한 의지를 보여준다. '학원문단' 초창기에 최정희는 '여학생들의 작품이 턱없이 부족하기 때문에 부러 여학생의 작품을

선정한다'[47]고 밝히고 있다. 이 글은 1950~60년대 여성의 교육수준이 남성에 비해 턱없이 낮았던 한국사회의 남녀 차별적인 상황을 여실히 보여준다. 이런 까닭에 최정희는 여학생들의 작품이 문학적 기교와 세계관에서 다른 남학생들의 작품에 비해 다소 부족하더라도 여성작가를 양성해야 한다는 대의를 실천하기 위해 여학생의 작품을 선했다는 이유를 달고 있다. 중·고등학생 수가 급격히 증가한 1970년대로 오면 '학원문단'에 여학생들의 글이 많이 실리기 시작한다.

『학원』은 '학원문단' 출신의 문인들에게 지속적으로 작품을 발표할 수 있는 지면을 제공하였고, 이들은 1970년대 '학원문단'의 선자로도 활동하였다.[48] 한 예로 1963년 문예특집 「꿈을 잡은 신예작가들」에서 학원문단 출신 문인 작품집을 기획하였다. 이 기획에는 시에 정공채의 「여름날 造船所에서」를 비롯해 허유의 「綠陰이 우리를 덮을 때」, 박용삼의 「木炭部族」, 유경환의 「풀밭에서」 4편과 단편소설로 이제하의 「새누나」, 그리고 수필에 김송희의 「송사리」, 방송극에 구석봉의 「하모니카 소년」, 평론에 김종원의 「언어에 있어서의 색감문제」가 실렸다. 이외에도 '학원문단' 출신들은 『학원』에 삽화를 싣기도 하였다. 이처럼 『학원』은 '학원문단' 출신 문인들이 다양하게 활동할 수 있도록 지면을 제공하였다.

---

47 "선물은 솔직히 말해서 뽑지 않아도 좋을 글이었으나 여자의 것이 한편도 없기 때문에 뽑았다. 안 선생님이나 최 선생님이었으면 안 뽑았을지 모른다. 분투 하기 바란다." 최정희, 「제4회 '학원문학상' 선후기―표현기법이 더욱 요망 된다」, 『학원』, 1957.2, 239쪽.
48 편집부, 「꿈을 잡은 신예작가들」, 『학원』, 1963.8, 72~91쪽.

3. 학원세대의 관심과 문학의 지평

『학원』은 전후 한국문단에서 중추적인 역할을 해온 학원세대 작가들과 그들이 남긴 습작기 문학의 궤적을 살필 수 있는 기초 자료이다. 예비문인이던 청소년들은 아직까지 뚜렷한 문학적 세계관이 형성된 것은 아니었다. 하지만 그들의 습작기 작품을 살펴보면 우리는 주요 작가들의 초기 문학이 어떤 지향을 갖고 출발했는지를 추적할 수 있다. 전후 활동한 많은 문인들은 '학원문단'에 자신이 습작한 글들을 많이 발표하였고, 문학상을 수상하기도 하였다. 『학원』은 예비문인들이 기성문단으로 진입하기 전 공식적으로 활동한 문학의 향유와 생산의 장場이었다. 그러므로 '학원문단'의 주요 작품 경향을 살펴보는 과정은 당대 예비문인들의 의식의 흐름을 살필 수 있는 귀중한 자료가 될 것이다. 아울러 이 작업은 오늘날 활동하는 문인들의 문학적 근원과 문학적 성취 사이의 상호연관성을 밝혀 한국문학사의 흐름을 정리하는 데 기초 자료가 될 것이다.

1) 현실에 대한 비극적 성찰

'학원문단'의 작품에는 전쟁, 분단, 이산 등에서 나타난 청소년들의 비극적 현실인식이 드러난다. 청소년들은 전쟁이라는 현실

적 부조리를 극복하고 싶은 내밀한 욕망을 시적 언어로 표현하였
다. 청소년들이 창작한 작품들은 당대 기성작가들이 생산한 종
군문학처럼 이념이나 현실문제에 대해 직접적인 발화 방식을 취
하지 않는다. 하지만 청소년들이 창작한 시는 현실을 견디어 내
려는 주체 의식이 돋보인다.

> 어머니와 들길에 서면 / 내 가슴이 / 바다보다 넓어가고. // 어머니
> 와 산위에 서면 / 내 머리가 / 하늘보다 높아가고. // 단 혼자 / 어머니
> 의 별빛만 안고 가는 밤엔 / 내 노래가 메아리처럼 / 멀어가고…….
> — 황동규, 「어머니와」, 『학원』, 1953.3, 102쪽
> (' / = 행, // = 연'을 표시함. 이후 시를 인용할 때는 이와 동일함)

황동규의 시에서 드러나는 시상은 동심의 세계를 그려내고 있
다. 황동규는 "애띠고 부드럽고 서늘하고 꿈꾸는 듯한"[49] 서정의
세계를 통해 전쟁으로 혼돈에 빠진 한국사회를 조망하고 있다.
황동규의 시는 한국전쟁이 막바지에 이른 1953년 3월에 발표된
것이다. 하지만 황동규는 시 「어머니와」에서 외부의 폭력적 현실
에 대한 서술을 아예 삭제해버린다. 그는 한창 전쟁 중임에도 불
구하고 한국전쟁이라는 비극적 현실에 대해 구체적으로 열거하
지 않고 생략법을 사용하고 있다. 구체적 현실이 소거된 상태에

---

[49] 조지훈, 「선자의 말」, 『학원』, 1953.6, 107쪽.

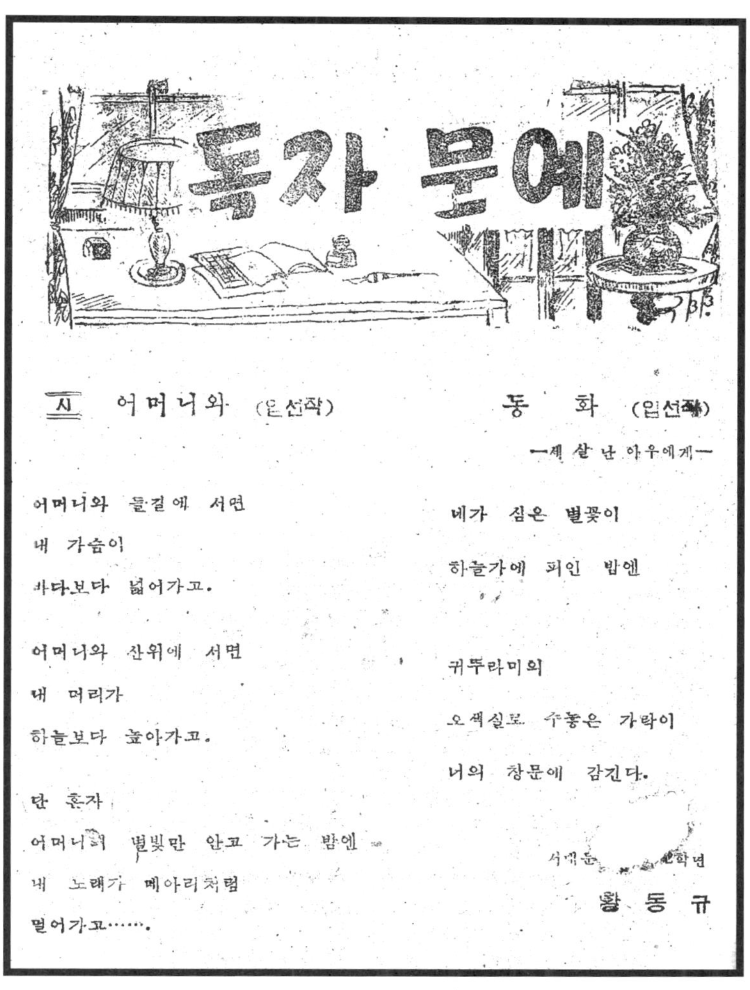

산자인 조지훈의 주목을 받은 황동규는 이례적으로 두 작품이 모두 실리는 영광을 차지할 정도로 학원의
스타로 등장하였다.

서 시인은 신생아로 퇴행하고 싶은 욕망을 보여준다. 신생아로
의 퇴행은 시인에게 모성과 분리된 시간을 재현한다. 낯선 세상
과 첫 대면을 하게 되면 신생아는 첫 울음을 터뜨린다. 그 울음은
모성과의 분리 불안에서 기인한다. 이때 신생아의 감각은 모든
질서가 파괴된 혼돈 상태 그 자체이다. 시인의 내면은 모성과 분
리된 신생아의 불안한 모습과 닮아있다. 전쟁으로 혼란한 세계
와 대면하게 된 시인은 비극적 현실과 폭력에 대한 두려움에 사
로잡혀 있다. 시인은 따사로운 모성의 품에 안길 때 불안을 견뎌
낼 수 있는 힘을 얻을 수 있다. 하지만 이 시는 첫 행에서 '어머니
와 들길에 서면'이라는 시어를 전제로 깔고 있다. '서면'이라는 것
은 만약의 상황을 가정하는 단어이다. 만약에 어머니와 함께 '서
게 된다면'이란 시어는 '설 수 없다면'이라는 반동의 단어로 이해
할 수 있다. 황동규는 '서면'이란 구절의 뒤에서 '단 혼자'라는 단
어를 곧바로 연결시킨다. '서면'은 '혼자'라는 단어와 연결되어 '설
수 없다면'이라는 부정의 의미로 귀결된다. 시인은 모성 부재의
현실을 부정하고 싶어한다. 그는 현실에서 어머니를 상실한 상
태이거나 함께 살지 못하는 비극적 상황에 처해 있다. 모성 부재
에서 비롯된 시인의 불안은 비극적 현실인식과 관련되어 있다.
황동규는 시에서 모성이 다시 회복된다면 현실의 불안과 우울한
감정도 긍정적으로 변화되리라 믿고 있다. 이 시에 등장하는 '어
머니'의 존재는 객관적 실체로서 존재하지 않는다. 황동규의 시
에서 '어머니'는 객관적 실체로서 현존한다기보다 시인의 내면에

서 상상된 주관적 존재로 추상화되고 있다. 시적 자아가 그려내는 '어머니'는 한민족의 집단의식에서 오랫동안 지속적으로 상상된 '모성'을 상징한다. 한민족의 집단의식으로 고정된 '어머니'란 표상은 전쟁의 폐허 속에서 부정한 현실을 교정할 수 있는 근원이다. 모성은 시인에게 이기적인 현실을 넘어서려는 의지이고 인간에 대한 원초적인 믿음이다. 시인은 첫 행에서 '어머니와 들길에 서면', '바다보다 넓어가고'라고 표현한다. 드넓은 대지를 향한 수평적 지향은 풍요로운 세계로 나아가는 길이 된다. 곧바로 다음 연에서 시인은 '어머니와 산 위에 서면', '하늘보다 높아가고'라고 시적 인식을 확장한다. 높은 우주를 향한 수직적 지향은 이상적 세계로 나아가는 정신의 세계로 통한다. 이러한 일련의 구절들을 통해 시인은 비극적 현실에 대해 성찰하는 자세를 보여준다. 시인은 비극적 현실이 대지적·우주적 존재인 모성과의 결합으로 자연의 질서가 회복되기를 갈망한다. 요컨대 시인에게 모성의 회귀는 한민족의 존속과 번영에 대한 염원으로 이어진다. 하지만 이 시는 '어머니의 별빛만 안고 가는 밤'이라는 시어에서 시인의 욕망이 굴절됨을 알 수 있다. 시인의 내면은 상실과 우울의 감정에 빠져 있는 좌절 상태이다. 마지막 구절에서 '내 노래가 메아리처럼 멀어가'지 않기를 소망하는 것도 비극적 현실에 대한 안타까움이 깔려 있다. 모성이 베푸는 자애로움을 상실하는 순간 상처받은 인간은 회복이 불가능한 존재로 남게 된다. 황동규는 모성을 통해 폭력적인 현실을 견디어 내면서 자신의 존재를 깨닫고 싶은 것이다.

1950년대의 비극적 현실 인식이 모성과 연결되는 것은 「어머니의 가슴」에서도 그 궤적이 드러난다.

> 어린 아이 모냥 어머니의 품에 안기울 때 먼 구름이 마룻턱에 얽매인 청산이 떠오르고 시냇물 소리 귀밑에서 멈춘다.
>
> — 황동규, 「어머니의 가슴」, 『학원』, 1953.6, 106쪽

황동규는 '어린 아이 모냥'이란 시어를 통해 동화적 세계를 구현하고 있다. 황동규는 「어머니의 가슴」에서도 비극적 현실에 대한 구체적 언급을 삭제해 버린다. 이 시에서 시인은 폭력적인 현실을 소거해버린 채 곧바로 원시적·자연적 세계로 들어서고 싶은 의지를 내보인다. 먼 '구름'이 시간을 상징한다면 '청산'은 공간을 의미한다. '구름'과 '청산'이라는 역사의 거친 급류 속에서 시인은 인간을 억압하는 시공간이 정지되기를 기대한다. 모든 것이 정지된 상태란 무無의 세계로 들어서는 것이다. 무無란 자연적 질서가 지배하는 원시적 상태이다. 원시성의 회복은 자아와 모성이 분리되지 않은 자연의 본성으로 순수한 동심의 이미지와 연결된다. 「어머니의 가슴」에서 '어린 아이'가 '어머니의 품'에 안긴다는 어휘로 연결되는 것은 황동규 시의 근원이 동심의 세계로 향하고 있음을 보여준다. 하지만 시인은 '먼 구름'이 '마룻턱에 얽매인 청산'이란 구절에서 알 수 있듯 불안한 현실에 대한 우울한

감정 그 이상으로 나아가지 못한다. 이 시는 어머니의 품에 안기지 못한 시인의 상처와 우울의 감정을 간접적으로 표현하고 있다. 시인은 전쟁이라는 비극적 현실에 대한 인식에서 더 나아가지 못한 채 시를 종결짓는다. 황동규의 불안한 내면의식은 산문「눈빛」[50]에서도 반복·변주된다. 소년은 죽은 어머니에 대한 그리움을 상실과 우울의 감정으로 표현하고 있다. 상실과 우울의 감정에서 벗어나기 위해 소년은 어머니의 눈빛처럼 자애로운 모성의 '눈빛'을 찾는다. 어느 날 소년은 누이의 '눈빛'에서 죽은 어머니의 '눈빛'을 발견한다. 어린 소년의 의식은 새어머니에게도 죽은 어머니의 '눈빛'이 있으면 좋겠다는 희망으로 확장된다. 하지만 이 작품은 새어머니에게도 어머니의 눈빛이 있기를 기대하는 장면에서 서사를 종결한다. 황동규는 미래에 대해 어떤 뚜렷한 전망을 제시하지 못한 채 비극적인 현실인식을 서사에 오롯이 담아낸 것이다. 단지 그의 내면은 현실에 대한 성찰의 서사를 보여준다. 황동규는 시와 산문에서 모성을 통해 폭력적인 현실을 극복하고 싶은 보편적인 지향을 담아내고 있다.

　이성부의 시에서는 비극적 현실이 순수성을 간직한 하얀 박꽃으로 이미지와 연결되어 서정적인 분위기를 자아낸다.

　　푸른 하늘에 / 흰구름 뜨면 / 잠자는 초가집 지붕 위에 / 다소곳이 피

50　황동규, 「눈빛」, 『학원』, 1954. 1, 209~211쪽.

는 / 박꽃을 본다 // 하이얀 / 마리아의 순결처럼 / 소박한 그 모습에 / 그래도 / 산뜻한 향기가 있고 // □□의 가을이 역겨워 / 소리 없이 흐느끼는 / 그 모습 애처러워 // 때로는 / 먹구름과 장마 비에도 / 기폭처럼 나부끼는 // 가슴이 있어 / 매양 그렇게 // 하늘을 받들었나 보다 / 어딘가 / 동심처럼 맑아가는 이 마음에 / 난 자꾸만 / 그 꽃잎을 어루만지고 싶어 / 머언 태양의 정열이 그리워서 / 오늘도 / 박꽃은 / 파아란 하늘을 향하였고 / 박꽃처럼 / 이 가슴은 하이얀 천사가 되어 본다 //

—이성부, 「박꽃」, 『학원』, 1957.4, 272쪽

이성부의 「박꽃」에서 '하이얀 꽃'의 시각적 이미지는 '하이얀 마리아의 순결'이라는 '순결'의 이미지와 연결되고 있다. '푸른 하늘'과 '흰 구름'에서 보이는 시각적 대비는 눈보다 흰 '마리아의 순결'을 부각시키기 위한 시적 장치이다. '마리아의 순결'이란 시어는 태초에 모성이 지닌 성스러움과 숭고함을 표현한다. 모성의 이미지는 초가집 지붕 위에 핀 하얀 박꽃처럼 소박하면서도 산뜻한 향기를 풍긴다. 시인은 박꽃이 '먹구름과 장마 비에도' 기폭처럼 나부낄 수 있는 '가슴'이 있다고 말한다. 또 시인은 박꽃의 생명력이 '매양 그렇게' 하늘을 향하는 항상성恒常性에 있다고도 보았다. '순결처럼', '기폭처럼', '동심처럼', '박꽃처럼'이라는 일련의 시어들은 시인의 현실적인 욕망을 구성한다. 여기서 우리는 '～처럼'이라는 표현에 주목할 필요가 있다. 시인은 '마리아의 순결처럼 소박하고, 때로는 기폭처럼 나부끼며, 동심처럼 맑아지는,

박꽃처럼 하이얀' 그 무엇이 되고 싶다. 즉, 시인은 현실이 아무리 폭력적이고 부조리해도 자기 본성의 모습대로 살아가기를 소망하고 있다. 이 시어들은 '먹구름과 장마 비'라는 현실적 제약으로부터 벗어나 자유롭게 살고 싶은 시인의 솔직한 내면을 드러낸다. 마지막 구절 '하이얀 천사가 되어 본다'에서 서정적 주체는 '~처럼' 살고 싶은 동경의 시선을 강조한다. 이성부의 시는 불가능한 현실에 대한 안타까움이 지배적 정서를 이룬다. 전후에 발표된 이 시는 허무주의적 인식에서 일탈하고 싶은 시인의 내면을 서정적으로 표현하고 있다. 하지만 시인에게는 '천사가 되어 본다'에서처럼 현실을 돌파하고 싶은 적극적인 태도는 없다. 그는 모든 것이 닫힌 현실에 대해 안타까워 할 뿐, 현실을 개선하고자 하는 의지를 표출하지는 못한다.

이승훈의 「햇빛」에서도 비극적인 현실에 대한 성찰은 모성의 세계로 연결된다. 이 시에서 '어머니'는 따스한 '햇빛'으로 이미지를 구성하고 있다.

햇빛은 어느 겨울 / 따스한 어머님의 모습으로 돌아오고. // 하늘은 저토록 고요한데 / 어디쯤 '나의 생각' 구름은 이미 흩어져 버렸나. // 어린날, / 하아얀 고드름을 우적우적 씹으며 / 기다리던 해는 밤새도록 나를 깨우고 / 다시 울리고 하던 아 어머님의 울음. // 상기 푸르기만 한 달빛의 / 텅빈 들길을 지나 / 이제는 영 돌아가버리신 아버지와, // 뜨거운 대낮에 / 하나가득 넘치고 있는 항아리. // 햇빛은 어느 겨울

/ 따스한 어머님의 손짓으로 퍼져오고. //

— 이승훈, 「햇빛」, 『학원』, 1959.11, 42쪽

이승훈의 시는 1950년대를 넘어서는 당대 사람들의 내면이 어떠한 상태인지를 간명하게 보여준다. '겨울'이란 '푸른 달빛'의 차가운 이미지로 1950년대의 불안하고 냉정한 현실을 재현한다. 시인의 내면은 '햇빛'을 통해 '어머니의 모습'과 대면하기를 고대한다. '하아얀 고드름을 우적우적 씹으며 기다리던 해는 밤새도록 어린 나를 깨'운다. 1959년에 실린 이 시는 한국전쟁의 포연에 휩싸인 앞의 시인들보다 전쟁으로부터 심리적으로 거리를 유지할 수 있는 시기에 발표되었다. 시적 화자는 1959년을 넘어서게 되면 무언가 밝고 희망적인 시간이 기다리고 있을 것 같은 기대감에 밤을 지새운다. 이승훈은 당대 사람들이 처한 고통과 질곡의 삶을 '겨울'과 '밤'의 차가운 이미지로 서정적으로 포착하고 있다. 시인은 1960년대의 '햇빛'이 '텅빈 들길'로 표현되는 과거의 단절된 세계의 문을 열어줄 것으로 기대한다. 햇빛은 추운 겨울이지만 따스한 어머니의 모습으로 돌아와 내 앞에 앉아있다. 유년시절 전쟁을 체험한 이승훈은 '우적우적 고드름을 씹으며' 밤새도록 햇빛이 비치기를 기다린다. 밤마다 서정적 주체의 가슴을 울리던 '어머니의 울음'은 봄의 따사로운 '햇빛'을 끌어들인다. 하지만 추운 겨울밤이 물러간 자리에는 '뜨거운 대낮'이 대치된다. 이 시는 '하나 가득 넘치고 있는 항아리'의 이미지를 활용해 풍요로

움에 대한 소망을 보여준다. 모든 것이 절망뿐이던 시간을 견딘 시인은 희망이 존재하는 시간으로 들어서고 싶다. 마침내 소년은 따스한 겨울 햇살이 '어머님의 손짓으로 퍼져'오며 사랑으로 자신을 포용하는 힘을 느낀다. 하지만 이 작품도 '어느 겨울이 되면'이라는 가정으로 끝을 맺고 있다는 점은 주목을 요한다. '어느 겨울'이라는 추상화된 시어는 이승훈이 미래에 대한 뚜렷한 전망보다는 폭력적이고 어두운 현실이 변화되기를 기대한다는 데 초점이 맞춰져 있을 뿐이다. 시인이 말하는 모성의 회귀는 독자에게 속악한 현실을 지탱하기 위한 내면의 의지로 다가온다. 박목월은 이승훈의 시가 "자기의 생명적인 본질"과 "내면으로 향한 자기의 눈"이 돋보인다고 칭찬하였다. 그만큼 전후 시인들에게는 현실에 대한 비극적 성찰에서 벗어나 객관적 거리를 유지하며 글을 쓰는 것이 어려운 일로 인식된 것이다.

전후 '학원문단'에 실린 글에는 상실로 인한 우울한 감정이 사회 전반을 지배하고 있음을 알 수 있다. 비극적 상황 속에서 시인의 내면은 불안한 현실에 대한 분노와 증오보다 현실에 대한 차분한 관찰에서 내면의 성찰로 나아간다. 그러므로 작가들이 시에서 언급한 모성적 상상력은 부조리한 현실을 견뎌내려는 생에 대한 의지의 표현으로 읽힌다.

2) 내면의식의 성숙

'학원문단'의 작품에는 작가의 내면의식이 드러난다. 1958년에 발표된 이청준의 「닭쌈」에는 당대 민중들의 가난한 삶에 대한 작가의 의식이 나타난다. 이 작품에서는 이청준이 유년시절에 체험한 가난과 소외의 기억이 닭쌈을 배경으로 재현되고 있다. 「닭쌈」에 대해 평을 맡은 이석은 "닭쌈을 하는 장면 묘사도 잘 되어 있고, 거기에 대한 감정 같은 것도 잘 나타났다"[51]고 극찬하였다. 그만큼 「닭쌈」은 닭쌈이 진행되는 장면 묘사와 시시각각 변화하는 주인공의 감정 묘사 등이 밀도 있는 의미의 고리들을 형상화하고 있다. 고등학교 1학년이던 이청준의 내면의식은 성이와 영식이 처한 특수한 가난의 경험 속에서 '닭쌈'이라는 소재로 형상화된다. 두 소년의 가난체험은 일상의 누구나 경험할 수 있는 보편적 경험이 아니다. 닭쌈은 시골 사람이라면 누구에게나 있을 수 있는 보편적 경험이면서도 전후 가난과 소외의 문제를 바탕에 둔다는 점에서 자신이 속한 세계에 대한 작가의 내면의식이 드러난다. 이청준은 닭쌈을 배경으로 전후 한국사회의 저변에 깔려 있는 가난과 소외의 문제로 인식의 지평을 넓히고 있다.

영식이네 놈이 고개를 한번 수그렸다가 펄쩍 뛰더니 대번에 붉은 놈

51　이석, 「선후평」, 『학원』, 1958.5, 244쪽.

위로 덮쳐왔다. 푸덕푸덕 두 놈이 채오르고 이쪽으로 갔다 저쪽으로
갔다하였다. 이놈 저놈이 뒤바뀌어 질 때마다 성이는 손에 땀을 쥐었
다. 붉은 털이 빠져 흩어질 때는 더욱 그랬다. 아슬아슬하게 마음을 조
이며 성이의 눈은 붉은 색을 쫓아다녔다. (…중략…) 벼슬에는 검붉은
피가 방울져 있었다. 성이도 닭을 잡아 안았다. "자식! 남의 닭을 왜 때
려? 지면 깨끗이 지지! 임마! 다른 것 사와. 그런 게 닭이야?" 오랜만에
성이는 뱃심을 부렸다.

—이청준, 「닭쌈」, 『학원』, 1958.5, 242∼244쪽

성이는 영식과의 닭쌈에서 매번 지기만 하다가 처음으로 승자
의 자리에 오른다. 성이는 자신이 닭쌈에서 승자가 된 것을 자랑
하고 싶어 집으로 냉큼 달려간다. 하지만 언제나처럼 식구들은
모두 들에 일하러 나가고 집 안은 텅 비어 있다. 오늘도 성이는
홀로 집을 보며 지독한 외로움을 견뎌야 한다. '벼슬에 검붉은 피
가 방울 진' 닭처럼 성이의 내면에는 숨겨진 상처가 남아있다. 며
칠 후 영식이네 닭은 장에 팔려나간다. 그 후 성이네 닭도 아버지
손에서 남아나지 못한 것으로 서사가 종결된다. '닭쌈'이라는 폭
력적인 사건 뒤에 남은 것은 닭을 잃게 되는 상실의 고통이다. 이
사건은 성이의 숨겨진 상처가 아물기는커녕 점점 그 안에서 곪아
가는 것을 상징화한다. 이 작품에서 이청준은 '닭쌈'이라는 소재
를 "반성적 언어"로 도구화함으로써 가난한 삶에 대해 질문을 던
지고 독자와 대화를 시도하고 있다.[52] 전후 가난에 대한 이청준

의 기억은 문단에 등단한 후 그가 발표한 다른 소설에서도 그 궤적이 자주 나타난다. 1939년 전남 장흥에서 태어난 이청준은 어린 시절 가족이 뿔뿔이 흩어질 정도로 가난하게 살았다. 이청준의 가난체험은 그가 삶의 고통과 인간 존재의 본질적 조건에 질문을 던지며 자신의 문학세계를 형성하는 원체험이 되었다. 「닭쌈」을 쓴 광주일고 1학년 때에는 집안이 궁핍해져 고향으로 되돌아가는 사건이 벌어진다. 훗날 고교 시절의 가난체험은 단편 「눈길」에서 그대로 재현되고 있다.[53] 주인공은 어머니가 차려준 마지막 저녁밥을 먹고 다음날 눈 덮인 길을 걸어 나온다. 이때 어머니는 "내 자석아, 부디 몸이나 성히 지내거라. 부디부디 너라도 좋은 운 타서 복 받고 살거라"[54]하고 기원한다. 그의 가난체험은 이후 가난과 부끄러움으로 표상되는 이청준 문학의 한 축을 형성하고 있다. 전후의 가난체험이라는 문학적 토대 위에 이청준은 특유의 깊은 문학적 사유와 지성적인 글쓰기를 실천하였다. 그

---

52 이청준은 소설의 언어에 대해 "반성적 언어"라고 보았으며 어떤 것을 선택해서 그린다는 것 그것 자체가 반성으로서의 의미를 갖는다고 보았다. 직접적으로 드러내보이는 경우에도 그것은 하나의 예시일뿐 최종적인 진실의 실체는 아니다. 작가는 '이것이 진실이다'라고 말하는 대신에 일정한 넓이를 마련해주고 그 안에서 진실을 찾아보기를 권하는 것이다. 권오룡 편, 『이청준 깊이 읽기』, 문학과지성사, 1999, 28∼29쪽.

53 "17·8년전, 고등학교 1학년 때였다. 술버릇이 점점 사나워져가던 형이 전답을 팔고 선산을 팔고, 마침내는 그 아버지 때부터 살아온 집까지 마지막으로 팔아넘겼다는 소식이 들려왔다. K시에서 겨울방학을 보내고 있던 나는 도대체 일이 어떻게 되어가는지나 알아보고 싶어 옛 살던 마을엘 찾아가보았다. (…중략…) 아무리 그렇더라도 문간을 들어설 때부터 썰렁한 집안분위기가 이사를 나간 빈집이 분명했건만. 한데도 노인은 그때까지 매일같이 그 빈집을 드나들며 먼지를 털고 걸레질을 해온 것이었다." 이청준, 『눈길』, 문학과지성사, 1997, 25∼26쪽.

54 위의 책, 38쪽.

러므로 습작기 시절의 이 작품은 이청준의 작품 세계에서 주요
아이콘인 '가난'과 '부끄러움'을 다루게 되는 원형적인 소설이라
고 할 수 있다. 개인의 내면의식에 대한 성찰은 다른 작가의 작품
에서도 유사하게 반복된다.

　청소년의 위치가 어린이와 성인의 중간 단계를 명명하듯 '학원
문단'에는 미성숙된 주체의 불안한 내면의식이 드러난다. 최명희
의 「공작새가 되어야 하는 이유」와 김승옥의 「서점풍경」에는 '고
독'한 자신의 내면과 싸우는 미성숙한 주인공들이 등장한다. 최
명희는 「공작새가 되어야 하는 이유」에서 숙애의 내면을 통해 향
아의 불안정한 삶을 보여준다. 숙애는 친구인 향아의 삶을 통해
불안한 주체의 내면을 드러낸다. 아버지의 가출과 기생을 하던
어머니의 개가로 고아가 된 향아. 향아는 자신의 불안정한 삶을
화려한 공작새에 비유한다. 어느 날 향아는 첩이 된 언니를 따라
시골로 내려간다. 그후 숙애는 집주인과의 대화를 통해 향아에
대한 모든 불행한 현실을 알게 된다. 홀로 남은 주인공은 깊은 상
처를 받고 방황한다.

　아니야…… 공작새는 나와 생리가 같아, 낯선 이국 땅에의 고독과 향
　수를 남 모르게 좁은 가슴에 지니고 그 망향을…… 우수를 잊기 위해
　서…… 화려하게 춤을 추는 거야. 남 모르게 흐느끼며 몸부림치면서
　숙애야!
　　— 최명희, 「공작새가 되어야 하는 이유」, 『학원』, 1964. 2, 315~319쪽

숙애는 소외된 주체의 내면을 화려한 '공작새'에 비유한다. 그녀는 방황하는 자신이 '이국땅에서 고독과 향수를 숨기며 망향의 슬픔을 잊기 위해 화려하게 춤을 추는 공작새와 같다'며 미성숙한 주체의 불안을 드러낸다. 이는 양문길이 쓴 「어떤 대결」의 주인공이 "지극히 견디기 어려운 뼈저린 고독"[55]과 마주서서 갖는 감정으로 자아에 대한 자각을 다룬다는 점에서 유사한 인식이다.

김승옥의 「서점풍경」[56]에서는 주체의 내면이 감각적으로 표현된다. 「서점풍경」에는 책가를 살펴보면서 자신의 내면을 바라보는 소년의 모습이 유머러스하게 그려진다. 주인공은 처음에 "한국 사람이라면 무엇보다도 한국의 헌법을 알아야지." 하며 법률 관련 서적들을 뒤적거린다. 한창 법률 서적에 눈이 팔리던 주인공은 사람들이 법률가는 몰라도 시시한 소설가 이름을 들이대면 다 안다며 '한국현대문학사' 책을 힐끗 바라본다. 그러면서 '문학 공부를 할까?' 하고 잠깐 망설인다. 십대 주인공은 문학개론과 문학입문서를 번갈아보다가 다시 법학통론과 헌법개설을 살펴보며 진로 선택의 고통을 향유한다. 그러나 그의 갈등은 영어 참고서를 최종적으로 선택하는 것으로 끝난다. 이 작품은 청소년의 미래에 대한 불안 의식을 '책'이라는 매개를 활용해 "감각적"[57]으

---

55 양문길, 「어떤 대결」, 『학원』, 1960.3, 68쪽.
56 김학길(필명 : 김승옥), 「서점풍경」, 『학원』, 1958.8, 255~257쪽.
57 차혜영은 김승옥의 소설에서 주관성, 내면성을 구성하는 형질을 '감각'이라고 보았다. 당대 평자들을 사로잡았던 그의 소설의 매력인 '감수성', '세련성'은 주체의 내면성을 구성하는 자립화된 감성, 감각적 특징의 유희적일 정도의 가벼운 자유로움에 기인한

로 담아내고 있다. 청소년의 내면의식은 1960년대 문학에서 나타
난 '자기세계'와 '개인의식'을 가진 "개별적 인간의 창조"[58]가 '학
원문단'에서 그 싹을 내보인 것이다. 이들 작품에서 나타난 혼란
스런 주체의 갈등은 세계와 '나'에 대한 "성찰의 서사"[59]를 통해 주
체적인 '자아의식'을 형성하는 토대가 되었다.

3) 역사에 대한 관심

'학원문단'에 실린 작가의 작품에는 뿌리 뽑힌 이들의 삶에 천
착하려는 경향이 반복적으로 나타난다.

황석영의 「팔자령」에는 뿌리 뽑힌 자들의 고통과 불행한 삶 그
리고 가난이 세습된다. 식모 순이는 얼굴이 예쁘고 부지런해서
가족들의 사랑을 듬뿍 받는다. 순이네 가족은 해방 후 일본에서
조국으로 돌아온다. 하지만 순이네 가족은 조선으로 돌아오자마
자 아버지의 죽음과 직면한다. 가장의 부재로 가족들의 삶은 궁
지로 내몰린다. 궁핍한 삶이 한계 상황에 이르자 온가족이 뿔뿔
이 흩어지게 된다. 과부가 된 어머니는 가족의 생계를 위해 술집
에 나가게 되고, 어린 동생들은 늙은 할머니에게 맡겨진다. 그리

다고 한다. 차혜영, 「자율적 주체의 개인주의와 모더니즘적 글쓰기」, 『1960년대 문학
연구』, 깊은샘, 1998, 105~106쪽.
58 하정일, 「주체성의 복원과 성찰의 서사」, 『1960년대 문학연구』, 깊은샘, 1998, 56쪽.
59 위의 글, 16쪽.

경복고 1학년때 황석영은 학원문학상에 당선되었다. 이후 4·19의 상처로 그는 학교를 자퇴하기 때문에 학창시절 그의 글쓰기를 엿볼 수 있는 자료이다.

고 순이는 식모살이를 한다. 일본에서 뿌리 뽑힌 자로서 서러움을 감당하던 순이네 가족은 조국으로 돌아와서도 유랑민처럼 떠돌고 파편화된 삶을 살아간다. 순이는 자신의 뿌리 뽑힌 인생을 부정적으로 내면화한다. 그녀의 삶은 고통의 연속이다. 부모의 가난과 불행한 삶은 순이와 동생들에게 이어지고 다시 순이의 자식에게 세습된다. 남자에게조차 버림받은 순이는 아들을 양자로 보내기로 결심한다.

> "난…… 팔자가 고개를 오르는 팔자라나요? 그래서 일평생 고개를 쉬도 않고 자꾸 오르다가 끝이 나는 거래요……" 하고 말하던 것을 생각해보았다. 정녕 우리 인간사가 그런 것인지도 모른다. 자기 목적을 이루기 위해서 또는 영달을 위해서 죽음에 이르기까지 허덕이며 살다가 땅속에 묻히는 일생을 가지는 것인지도 모르는 일이다. 그렇다면 **순이의 고개 오르기 팔자를 우리들 인간에 주어진 공통된 숙명**이라고 생각할 수 있지 않을까?
>
> — 황석영, 「팔자령」, 『학원』, 1960.3, 90~97쪽

이 작품은 순이가 교통사고로 죽는 장면에서 서사가 종결된다. '죽음'은 당시 '학원문단'에서 빈번하게 등장하는 소재이다. 당대 사람들은 일상적으로 죽음과 접촉하며 살아갔다. 죽음에 대한 일상적 경험은 '학원문단'에서 죽음이 문학의 소재나 주제로 자주 등장하는 것으로 연결된다. '죽음'에 대한 표상은 전쟁으

로 인한 폭력과 불확실한 삶에 대한 당대인의 내면의식을 드러낸
다. 당시 청소년들의 작품에서 '우정'과 함께 자주 등장한 소재는
'죽음'이었다. 김원일의 「인간동물」에서 순녀의 죽음, 조해일의
「풍향계」에서 누나의 죽음, 조세희의 「마을주변」에서 소년 동생
의 죽음, 박유승의 「고목」에서 노파의 죽음, 정채봉의 「섬소년」
에서 아버지의 죽음 등 당시 '학원문단'에서 '죽음'은 다양한 모습
으로 나타난다. 이런 양상은 전후 사람들의 불안한 내면을 담아
낸다는 점에서 의미가 있다. 황석영은 순이의 삶을 통해 고통스
런 생이 결국 인간 모두에게 주어진 인간의 원죄적 고통임을 암
시한다. 이 작품은 팔자령을 넘어야 하는 순이의 운명처럼 고통
이 반복되는 인간의 삶은 어디에서 비롯된 것인가에 대한 원초적
인 질문을 던지고 있다. 이러한 운명적, 구속적, 원죄적 물음은
이후 창작된 황석영의 『객지』, 「돼지꿈」, 「삼포가는 길」, 「섬섬옥
수」, 「이웃 사람」, 『바리데기』 등의 작품에서 반복된다. 그는 작
품에서 공사판 노동자, 월남한 무연고 노인, 막벌이꾼, 술집 작부,
도시빈민, 탈북자 등 안정된 삶의 터전을 잃고 떠도는 사람들의
비극적인 삶을 형상화하고 있다.

　최인호의 「그 사람」에서도 인간의 고통에 대한 근원적 물음이
제기된다. 소학교 시절 아버지 손에서 자란 오촌아저씨는 일을
저지르고 북만주로 달아난다. 그때부터 오촌아저씨의 떠돌이 삶
이 시작된다. 인민군이 된 오촌아저씨는 고향으로 돌아온다. 하
지만 그는 지리산에서 공비노릇을 하다가 들켜서 거제도 포로수

용소에 감금되는 처지가 된다. 포로수용소에서 석방된 후, 오촌 아저씨는 병든 몸을 이끌고 어디론가 훌쩍 떠나버린다.

지리산에서 공비노릇을 하다가 들켜서 거제도 포로수용소로 갔다고 하였다. (…중략…) 그는 세부란스 병원으로 간다고 하면서 간신히 발을 떼 놓아 가 버렸다. 그러나 한 달이 지나고, 두 달이 지나도 소식이 없었다.

—최인호, 「그 사람」, 『학원』, 1961.8, 233~236쪽

오촌아저씨는 뿌리 뽑힌 자로 어디 한군데 정착할 곳이 없던 외로운 사람이다. 최인호는 떠돌이로서 고통스런 삶을 살아갈 수밖에 없는 오촌아저씨에 대한 연민의 시선에 초점을 맞춰 사건을 전개하고 있다. 소년기에 전쟁을 체험한 최인호는 회상의 시점과 증언의 포즈를 통해 한국인의 삶의 양태를 뿌리 뽑힘, 굶주림, 공포심, 허탈함 등의 이미지로 그려낸다. 그는 전쟁과 같은 모든 고통이 인간의 '원죄'라는 보편성에서 기인한 것으로 보았고, 자신의 문학적 원형으로 형상화하고 있다.

조세희의 「마을주변」에서도 전쟁과 뿌리 뽑힌 자의 고통스런 삶이 변주된다. '광장'은 전쟁의 한 복판에서 '어둠'과 '죽음'을 상징하는 장치이다. 외국 군인은 주인을 잃고 떠도는 오리를 잡아먹으려고 한다. 그때 노인이 그 오리를 품에 안으며 차라리 자기를 총으로 쏘라고 반항한다. 나약한 노인이 '총'이라는 물리적 폭

력 앞에서 저항하는 장면은 전쟁의 폭력성과 잔혹성을 배가시킨
다. 이 장면은 한국전쟁이 군인보다 민간인의 피해가 훨씬 큰 전
쟁으로 기록된다는 점에서 당대의 구체적 현실이 반영되고 있다.
노인이 바라보는 광장은 빨간색과 검은색으로 가득 차 있다. 이
소설에서 전쟁은 빨간색, 죽음은 검정색으로 시각적인 대비를 이
룬다. 조세희는 '생명'을 놓고 벌이는 사투의 상징적인 장면과 '검
정'과 '빨강'의 시각적 진술을 배치해 전쟁으로 인한 폭력과 생명
에 대한 윤리의식을 시각적 이미지로 형상화하고 있다.

> 전쟁은 빨간색, 죽음은 검정색이다. 그래서 광장은 온통 빨간색과
> 검정색으로 가득 차 있다. (…중략…) 밤새도록 비행기 소리에 잠을 이
> 루지 못하고 아침에 밖으로 나가보면 거리의 집들은 파괴되고 자기편
> 의 폭탄에 맞아서 많은 사람들이 죽어 있는 것이 보였다. (…중략…)
> "하나를 위해선 하나를 희생시켜야 된다"고 말한 ○○장군의 모습이
> 떠오르자, "그렇지 않어. 난 널 죽인다."
>
> ─ 조세희, 「마을주변」, 『학원』, 1960.3, 55~61쪽

본국에서 보급이 끊어지자, 굶주린 외국 군인은 노인에게서
오리를 빼앗으려고 한다. 군인은 각하가 죽기 전에 "하나를 얻기
위해선 하나를 희생시켜야 한다…… 너희들은 정복자임을 알아
라"라고 한 말을 떠올린다. 순간 외국 군인은 나약한 노인을 향해
총부리를 겨눈다. 여기서 정복자인 외국 군인은 점령지 노인을

지배하지 못한다. '총'이라는 물리적 폭력 앞에서 노인은 '이성의 힘'을 발휘한다. 노인은 총을 든 점령자를 두려워하지 않고 정면으로 맞서며 저항한다. 결국 외국 군인은 노인도 오리도 쏘지 못하고 빈 손으로 돌아가고 만다. 총탄에 파열된 벽을 바라보던 노인은 "이런 데서 살기가 싫다고 가버린 소년처럼 자기도 어디론지 가야할 것 같"다고 생각한다. 하지만 이미 전쟁으로 삶의 터전을 잃은 노인에게 더 이상 집은 없다. 노인이 바라본 전쟁터는 "자기편의 폭탄에 맞아서 많은 사람들이 죽어"있다는 점에서 비극적인 역사의 현장이고 폭력이 난무하는 광장이다. 이 글은 '전쟁'이라는 폭력적 현실이 개인을 억압하고 통제하는 것에 대해 주체가 자기방어의 차원으로 떠돌이가 되는 양상을 보여준다. 이 작품에서 노인의 전쟁체험은 한 인간의 고통을 다루면서 굶주림, 뿌리 뽑힘, 폭력 등으로 사람들이 죽어가도록 놔두는 것이 얼마나 큰 폭력인가를 독자에게 환기시킨다. 「마을주변」은 뿌리 뽑히고 소외된 이들의 삶을 총체적으로 조망한다. 그리고 독자에게 전쟁에 대한 반성적 성찰을 하도록 유도함으로써 인간 삶의 고통에 대해 근원적인 문제를 제기한다. 인간의 원죄의식은 이후 조세희가 발표한 『난장이가 쏘아올린 작은 공』의 연작에서 반복된다. 조세희는 자신의 문학에서 "염결廉潔성, 투철한 장인정신, 엄정한 자의식"[60]으로 '이 땅에 사는 한 사람으로서 우리가 지

---

60 권성우, 「삼십년의 사랑과 침묵에 대한 열가지 주석」, 『침묵과 사랑』, 이성과힘, 2008, 26쪽.

어온 죄에 대해 말하고 싶다'고 했듯이 시대와 사회와 불화했던 불우한 인간의 모습에 천착해왔다. 조세희의 인간과 세계에 대한 치열한 탐구정신은 이미 고등학교 시절, "역사와 인간 이성"[61]의 상호관련성을 다룬 「마을주변」에서 그 싹을 내보였고, 이는 이후 그의 문학 작품에서 다양하게 반복·변주된다.

1960년대 중반에 발표된 윤후명의 「악질」은 '폭력'에 대한 인식의 확장을 보여준다는 점에서 새롭다. 이 작품에는 폭력을 서슴없이 행하는 친구로부터 자유를 얻고 싶은 주체의 간절한 내면이 드러난다. 윤후명은 무자비한 폭력을 행사하는 가해자와 이유도 모르고 당하는 피해자의 이야기를 통해 폭력의 근원에 대해 성찰한다.

> 나는 집에 돌아와서도 편안할 수가 없었다. 그가 있는 이상 나의 이런 불안 상태는 매일 악화되면 악화되었지 결코 맑게 해소되지는 않을 것이다. (…중략…) 나를 괴롭히는 농도가 차츰 깊어만 간다. 나는 나 자신이 비참해졌다. 그의 발길질이 연신 몸에 와 닿았다. 그는 포악한 짐승이 성난 것과 같이 난폭해 있었다.
>
> ─윤후명, 「악질」, 『학원』, 1965.1, 246~250쪽

윤후명은 일상에서 이유도 모른 채 당하는 힘의 '폭력'에 따른

---

61 김우창, 「역사와 인간이성」, 『침묵과 사랑』 위의 책, 154~182쪽.

고통을 보여준다. 그는 폭력으로 인해 타자와 소통불능의 상태까지 이르는 주인공의 불안한 내면을 통해 1960년대 민중이 처한 구체적 현실을 조망하고 있다. 폭력을 행하는 주체는 별다른 양심의 가책 없이 피해 대상을 선정하고 반복적으로 폭력을 행사한다. 가해자가 행하는 폭력의 근원은 피해자를 타자로 배제하고 '탈실재화'[62]하는 데서 기인한다. 가해자의 인식에서 배제된 피해자는 더 이상 인간으로 간주되지 못한다. 주인공은 물리적인 폭력의 부당함과 모순적인 현실에 대해 체념적인 저항만을 보여줄 뿐이다. 「악질」은 폭력적 사건을 체험한 주인공의 눈을 통해 인간과 자유의 관계를 성찰하게 만든다. 주체는 개인의 폭력과 등가에 있는 정치적 폭력이 야기한 부조리한 현실에 대해 반성적으로 성찰하고 있다.

1950~60년대에는 존재, 실존, 의식, 선택, 허무, 불안, 자유, 죽음 등의 용어들이 일상어처럼 사용된다. 당대 지식인과 청소년이 그 뜻을 정확히 알고 쓴 것인가는 그리 큰 문제가 되지 않는다.[63] 그들이 이런 용어를 빈번하게 사용한 것은 당대 사람들이 어떠한 동시대적 인식을 갖고 있었는지를 보여준다. 청소년은

---

62 주디스 버틀러는 개인이나 집단에 대한 폭력이 용인되고 폭력 주체가 별다른 가책 없이 폭력을 사용할 수 있는 이유가 타자에 대한 "탈실재화"에 있다고 본다. 그는 서구에서 인간개념을 구성할 때 수많은 타자에 대한 배제를 기초로 이 개념이 구성되었고, 이는 폭력의 정당화를 돕는 기제로 활용된다고 비판한다. 주디스 버틀러, 양효실 역, 『불확실한 삶』, 경성대 출판부, 2008.

63 조남현, 「해방 50년, 한국소설」, 『한국현대 문학 50년』, 민음사, 1995, 146쪽.

성인이 되는 과정에서 다양한 폭력적 현실에 직면하게 된다. 냉엄한 현실과 인간의 비극적 삶을 경험하며 성장해야 하는 청소년은 자신과 세상의 비극적 관계에 대해 성찰한다. 전쟁을 체험한 그들은 유년시절의 순수한 생각만을 가지고 현실을 견디며 산다는 것이 불가능함을 인식하였다. 청소년은 한국전쟁과 4·19 그리고 5·16이라는 폭력적인 역사의 현장을 관통하며 존재에 대해 치열하게 모색한다. 굴곡진 역사 속에서 그들은 자신의 체험을 내면화하고 부조리한 현실과 소통한다. 청소년들의 작품은 똑같은 현실에 대해서도 말하고 표현하는 방식에 있어서는 서로 다를 수 있다. 하지만 당대 청소년들은 자신이 속한 사회, 사람들, 역사에 대해 깊은 관심을 갖고 있었다. 이런 점을 염두에 두면 『학원』은 청탁이 아닌 독자투고로 실은 문학 작품에서도 '민족의식', '역사의식'을 고취해 청소년을 미래 인재로 양성하려는 이념을 실현하였다고 할 수 있다.

제5장

『학원學園』, 학원세대의 문학과 그 이후

1950년대는 한국전쟁으로 물적 기반 대부분이 파괴되고 사회 전반에 혼란이 가중되었다. 전후 출판계에서도 본격적인 세대교체가 이뤄졌고 새로운 잡지들이 출간되었다. 『전선문학』은 전시 문예지로 전쟁의 승리에 기여하기 위한 문학으로 뚜렷한 매체이념을 갖고 출발하였다. 하지만 『전선문학』의 경우 이념은 뚜렷했지만 문학에 대해서는 구체적인 창작 방법론을 제시하지 못하였다. 1954년 4월 창간된 『문학예술』은 외국문학과 희곡 작품이 지속적으로 게재된다는 점이 특징이다. 『문학예술』은 음악, 미술, 연극, 영화까지 지면을 할애하여 다양성을 추구하기도 하였다. 둔화주의를 매체이념으로 했던 『문학예술』은 타 매체에 비해 편집과 필진 면에서 다양성을 추구한 잡지다. 1955년 1월 창간된 『현대문학』은 김동리를 비롯해 박경리, 염상섭 등이 활발한 활동을 전개하였다. 『현대문학』은 순수문학을 내세우며 전체 지면 중에서 50% 이상을 소설 작품에 할애하였다. 『자유문학』은 주요섭과 안수길 그리고 이무영을 중심으로 현실에 대한 비판정신과 개혁정신을 강조하며 참여문학으로 방향성을 모색하였다. 『자유문학』은 행동주의 문학을 지향한다는 점에서 순수문학을 지향한 『현대문학』과 대척점에 놓여 있었다. 종합교양지인 『사상계』는 장준하와 월남한 지식인 집단이 중심이 되어 문학에 있어서도 '이념'과 '교양'을 중시하였다. 종합지이면서 문예면에 많은 비중을 둔 『사상계』는 문학의 '사상성'을 강조하며 지성인들의 현실 참여를 촉구하였다. 『사상계』는 문화의 선진화를 위해 외국 작품의 번역과 소개에도 관심을 기울였다.[1] 하지만 『자유문학』이 1963년 8월에 종간되고, 다음 해 『문학춘추』가 3년간 지속되다 폐간되었다. 일본에서 제일동포를 대상으로 간행된 『한양』과 1964년 8월 창간된 『청맥』 등이 문단의 주목을 받게 되는데 얼마 후 통혁당 사건으로 이들 잡지도 폐간의 운명을 맞이한다. 그 후 1966년 백낙청에 의해 『창작과비평』이 창간되어 민족문학의 기치를 내걸게 되었다.[2] 이처럼 전후 문학 장場은 민족주의를 기반으로 전개된다는 공통점이 있다. 하지만 민족주의를 문학적으로 실천하는 과정에서 매체들 사이의 성격이나 지향에는 간극이 존재할 수밖에 없다. 전후 한국문학은 치열한 이론 논쟁을 겪으며 비약적인

---

1 김건우, 『사상계와 1950년대 문학』, 소명출판, 2003, 89~225쪽 참조.
2 염무웅, 앞의 글, 50~64쪽 참조.

전진을 모색하였다. 한국문학사의 발전 과정에서 치열한 논쟁의 중심에 서게 된 많은 문인들이『학원』을 거쳐 문학과 처음 접촉했고, 선자들로부터 문예 교육을 받았으며 성인문단으로 등단했다는 사실은 이 잡지의 성격과 문인 그룹의 다양성이 어떠했는지를 증명해준다. 성인문단에 진입한 후 서로 다른 문학적 입장을 갖게 된 학원출신 문인들이 청소년 시기 '학원문단'에 서로 작품을 발표하고 문학적 교류를 하게 된 것은『학원』의 문학적 성격이 그만큼 다양성을 확보했음을 보여준다.『학원』은 전후 발간된 다른 잡지와 마찬가지로 민족주의를 매체이념으로 설정했다는 점에서는 동일하다. 하지만 문학에 대해서 초당파적 입장을 고수한『학원』은 청소년의 계몽과 문학의 대중화를 선도하며 청소년문학과 문화의 선진화를 실현하기 위해 한국문학사에 위대한 공적을 쌓았다. 이러한 인식에 근거하여 '학원문단'이 한국문학사에서 어떤 의의를 지니는지 살펴볼 필요가 있다.

1. 1960년대 이후 한국문단의 토대 형성

『학원』이 한국문학사에서 중요한 화두일 수밖에 없는 것은 1950~60년대 이후 한국문학과 담론의 생산 주체를 양성한 전위로서의 위치 때문이다. 전후 문단의 변화에서 가장 두드러진 현상은 잡지와 신문의 등단제도가 활성화되면서 신인 작가들이 대거 등장하고, 신세대 작가들이 한국문학을 이끌어왔다는 점이다. 1954년 『조선일보』가 신춘문예를 부활시킨 것을 계기로 5대 일간지와 지방지까지 신춘문예 제도를 시행하게 된다. 여기에 각종 문예지의 추천제와 종합지의 현상문예제도 등이 가세하면서 전후 한국문단은 급속도로 재편되고 신진작가의 수도 급증하게 된다. 김동리와 조지훈 등이 선자로 참여한 '학원문단'은 현상문예와 독자투고를 신설하고 문학 청소년이 신진작가로 등단하는 예비통로를 마련해주었다. '학원문단'은 문학 청소년이 전문작가로 진입하기 전 기성작가로부터 전문적인 문학 지식을 습득하고 또 자신의 이름과 작품을 세상에 알리는 전초기지로 기능한 것이다. 당대에는 학교 문예반 활동과 교지가 학생들이 문학교육을 받고 작품을 발표할 수 있는 유일한 문학 장이었다. 오늘날처럼 문학 아카데미나 전문교육기관이 전무했던 시절 『학원』은 문학에 관심 있는 청소년들이 전문적인 작가로부터 문학이론과 작법을 교육받고 피드백이 가능했던 문예훈련의 장이었다. 더욱이 '학원문단'에 작품을 발표한다는 것은 대외적으로 자신의 문학적 수준을 검증받고 독자를 확보할 수 있는 유통의 장이었다는 점에서 청소년들에게 매력적인 문화의 공간이었다. 글쓰기에 대한 '객관적 검증시스템'을 갖추고 있다는 점에서 『학원』은 학교에서 발행된 교지나 지역의 문예동인에서 발행된 문예지보다 훨씬 더 전문성을 가진 전국적인 매체로 인식되었다. 박동규와 문정희 등은 선외가작으로 '학원문단'에 이름을 올린 이들로 작품이 실리지는 못했지만 '학원세대'로서 항상 자부심을 갖고 있었다. 문정희는 자신이 "학원문학상은커녕 입선작 한편 실리지 못했"고 "늘 선외가작이라고 해서 따로 학교와 이름만 나"왔지만[3] 학원세대임을 자랑스럽게 여겼다. 『학원』에서 문학교육을 받은 청소년은 잡지에 자신의 작품을 한 번 발표하는 것으로 끝나는 일회성이 아니라 이후 선자들이 활동하는 잡지(『현대문학』, 『자유문학』, 『사상계』 등)와 신문의 등단제도를 거쳐 전문작가로 진입하는 기회를 가질 수 있었다. 당시 선자로 활동했던 김동리, 조지훈, 박목월 등은 독자투고에 실린 청소년의 작품에 깊은 관심을 가졌고 그들이 대학에서 문학을 전문적으로 공부할 수 있도록 문단의 선후배로서 만나기도 하였다. 조세희의 경우 김동리의 추천으로 1961년 서라벌예대에 장학생으로 입학했고,[4] 1965년 『경향신문』 신춘문예에 「돛대 없는 장선」이 당선되었을 때 심사평을 쓴 사람도 '학원문단'의 선자로 활동했던 김동리와 황순원이었다. 당시 심사평을 보면 "현실적 무대는 분명치 않으나 처음부터 끝까지 흐트러지지 않은 문장과 극한적인 긴장감은 수많은 경쟁자를 물리치고 우승의 영광을 획득하기에 족하다"라고 하였다.[5] 이처럼 당시 '학

---

3   문정희, 「학원문학파 좌담회 – 가뭄 끝에 오는 비처럼」, 『학원』, 1978.10, 309쪽.
4   2009년 8월 22일과 9월 3일 조세희 선생과의 전화 인터뷰.
5   김동리·황순원, 「심사평 – 극한적인 긴장감」, 『경향신문』, 1965.1.4, 4면.

원문단'의 선자와 투고자의 관계는 서로 문학적 세계관이 다를지라도 일회적 만남이 아니라 지속적인 관계를 유지했다는 게 특징이다. 조세희와 김동리의 경우 '학원문단'의 만남 이후 서라벌예대에서 사제지간이 되었고, 문단의 선후배로 활동하였다. 이런 예를 보면 당시 기성문인들이 학원출신 작가들에 대한 관심과 기대가 얼마만큼 컸는지를 가늠하게 해준다.

각 매체별 독자층의 차별화 전략을 살펴보면 『현대문학』은 문학지식인, 『자유문학』은 학생층, 『문학예술』은 문학청년층을 주독자층으로 겨냥하고 있었다. 주 독자층이 다양하게 분화되는 분위기 속에서 『학원』은 청소년층을 주된 독자로 설정하고 십대들을 전문작가로 양성하기 위해 노력하였다. 조연현은 전후 신인 양성의 문제를 문단의 비정상성과 후진성을 극복할 수 있는 유력한 대안으로 간주하였다. 조연현은 신인 양성이 비문학적 권위를 행사하는 문인들로 포진된 기성문단을 정비할 수 있으며, 전문적이고 직업적인 작가들이 앞장서서 일정한 수준을 갖춘 신인 및 새로운 문학적 특성을 가진 신인작가를 발굴해 새로운 문학을 개척하는 것이 전후 한국문단의 중요한 과제라고 밝히고 있다.[6] 이러한 시대적 분위기에서 '학원문단'은 청소년이 전문작가로 등단하는 데 결정적인 역할을 하게 된다. 문학적 권위를 부여받은 작가들이 선자로 활동한 '학원문단'은 전후 문학의 재생산

---

6   조연현, 『문학과 그 주변』, 인간사, 1958, 82~85쪽.

과 문학교육을 담당하는 주체를 대대적으로 양성하는 전위의 장
이 되었다. 1950~60년대 '학원문단'에 글을 발표한 청소년 중에
는 기성문단에 진입한 후 적극적으로 활동한 문인들이 많다. '학
원문단'을 통해 배출된 작가로는 유경환, 이제하, 황동규, 문순태,
민용태, 이성부, 이수익, 오탁번, 정공채, 이승훈, 정호승, 김구용,
박동규, 공석하, 김이탄, 이세방, 김해순, 김원호, 정진규, 김광협,
박용삼, 정규남, 조정권, 최원식, 안도현, 남진우, 송기숙, 유현종,
이청준, 김주영, 김원일, 최인호, 황석영, 마광수, 최명희, 서종택,
전상국, 이헌구, 오경웅, 윤병구, 정채봉, 서정오, 김승옥, 조해일,
윤후명, 김종원, 김병익, 김준오, 김이구 등이 있다. 1984년 5월
『學園』의 「혁신창간호 발간 기념 자료조사—學園파 문인」에 의
하면 학원문단을 통해 배출된 문인으로는 시인이 84명, 소설가
44명, 평론가 6명, 아동문학가 8명, 희곡작가 6명이라고 밝히고
있다.[7] 그러나 당시 『학원』이 조사한 자료에는 김승옥, 최명희 등

---

[7] 시인으로는 김종원, 구석봉, 문충성, 유상덕, 이우석, 신중신, 마종기, 김광규, 김하림,
    권명옥, 김선학, 임홍재, 박정만, 민윤기, 윤석산, 마광수, 이하석, 유경환, 김광협, 이용
    호, 김석규, 이성부, 김원호, 정일진, 김시종, 강인한, 민용태, 윤채한, 김종철, 박지열,
    장영수, 김은자, 김성빈, 권정자, 박경석, 정공채, 안혜초, 박의상, 김춘석, 김준식, 정진
    규, 마종하, 이세방, 김화영, 김성영, 오순택, 신현정, 문정희, 이시영, 김옥영, 황지우,
    이제하, 허유, 장윤우, 이승훈, 박경용, 김송희, 주성윤, 이덕형, 이수익, 전재수, 박해
    수, 김용길, 윤상규, 이경록, 정호승, 이선열, 안도현, 황동규, 정규남, 조효송, 이활용,
    김재원, 고영, 김선영, 권오운, 이상개, 이재행, 양성우, 유자효, 송유하, 김영재, 권택
    명, 조정권이다.
    소설가로는 이제하, 이청준, 김원두, 이은집, 조해일, 최인호, 한용환, 박진숙, 조성기,
    김춘복, 김용성, 송상옥, 이건영, 전상국, 정통일, 홍연희, 김만옥, 박영한, 송기숙, 김주
    영, 백도기, 김원일, 황석영, 오탁번, 한수산, 한각수, 최학, 유재용, 문순태, 백인빈, 양
    문길, 조세희, 유광우, 백시종, 이순, 김정숙, 유현종, 유금호, 이성훈, 서종택, 김인배,

주요 작가들의 명단이 빠져 있는 것으로 보아 이 잡지와 관계를
지속적으로 맺었던 사람들 위주로 명단이 작성되었을 가능성이
높다. '학원문단'을 통해 문단에 처음 이름을 선보인 이들은『학
원』의 통계자료보다 훨씬 수적으로 많을 것으로 추정된다. 학원
세대 문인들은 등단한 이후에도『학원』에 자신의 작품을 발표하
였고, 전후 문학 장의 구도 속에서 다양한 글쓰기 방식을 통해 한
국문학의 근대화에 적극적으로 동참하였다. 유경환과 이청준 등
은『사상계』를 중심으로 활발한 문단 활동을 전개한 인물들이다.
또 김원일과 이제하 등은『현대문학』을 통해 지속적으로 작품을
발표하였다. 그 외에도 김병익은 '문학과지성사'를 통해 비평과
출판문화운동을 전개하였고, 김흥규, 황동규, 박동규, 조해일, 오
탁번, 서종택, 김준오 등은 강단에서 문학교육과 후진 양성을 위
해 애쓴 문인들이다.

'학원문단' 출신들은 주로 1950년대 후반부터 본격적으로 문학
활동을 전개하였다. 학원문단 출신들의 문단활동은 문학적 내용
과 자신의 사회적·문화적 입지에 따라 달랐다. ① 문학에서 미
학에 관심을 가진 문인들은『현대문학』,『68문학』,『문학과 지
성』등을 기반으로 문단활동을 펼쳤다. ② 문학의 현실적·역사

손용상, 이균영, 이계홍이다.
희곡작가에는 오학영, 오혜령, 박양원, 전진호, 신용삼, 강태기가 있다. 평론으로는 김
병익, 김흥규, 장문평, 장윤익, 박동규, 김종철이 있다. 아동문학가로는 엄한정, 한상
연, 이재철, 임신행, 김행자, 김한규, 정채봉, 한윤이가 있다. 편집부,「혁신 창간호 발
간 기념 자료 조사—學園파 문인」,『학원』, 1984.5, 336쪽.

적 문제를 중시하는 문인들은 『자유문학』, 『사상계』, 『창작과비평』 등으로 포진해 창작과 비평 활동을 전개하였다. ③ 문학이론과 교육에 관심을 가진 이들은 강단 활동을 통해 문예이론에 대한 연구와 후진 양성에 주력하였다. ④ 출판과 다양한 예술분야에 포진하여 문화의 선진화를 실천한 이들도 많다. 이처럼 전후 한국문학이 성장하는 과정에서 『학원』 출신 문인들이 문단의 핵심적 위치에 포진한 것만으로도 '학원문단'의 문학사적 위상은 실로 대단하다고 할 것이다.

2. 문학적 인식의 전환과 다양성 확보

해방 이후 처음 한글로 사유하며 글을 쓰기 시작한 학원세대는 문학에서 미학적 관점과 역사적 관점을 드러내는 데 주력하였다. 학원세대가 한국문학사에서 중요한 위치를 점하는 것은 대체로 다음과 같은 이유에서 기인한다. 첫째, 학원세대는 정규 문학교육을 통해 국내·외 문학 이론과 서구의 문예사조를 다양하게 수용하고 문학에 대해 전문성을 갖춘 이들이다. 그들은 한국어로 교육받은 한글세대로서 다양한 문학적 내용과 기법을 활용해 한글 문학을 미학적으로 형상화한 첫 세대라 할 수 있다. 둘째, 학원세대는 근대화의 진행 속에서 소외된 개인의 내면을 발견하고 문학적 형상화를 시도하였다. 이러한 내면의식은 전후 문학에서 김승옥처럼 문제적 개인이 등장하는 계기가 되었다. 셋째, 학원세대는 역사의식을 갖고 문학적으로 대응한 세대이다. 이는 한국전쟁과 4·19, 그리고 5·16을 거치면서 민족적이고 역사적인 주체성을 가져야 한다는 사회적 책임의식에서 출발해 문학적 형상화를 이루었다는 점에서 의미를 찾을 수 있다. '역사를 추동하고 발전시키는 진정한 힘은 민중 속에 있다'는[8] 학원세대의 인식은 이후 한국문학사에서 참여론과 리얼리즘론이 발전하는데 결정적으로 기여하였다.

'학원문단'이 이룬 문학적 성과는 『학원』이 외국문학을 번역·번안해 소개함으로써 청소년이 다양한 서구의 문학과 빠르게 접촉하고 향유할 수 있도록 기획·배치한 전략에서 기인한다. 문학청소년은 외국문학을 통해 새로운 문학적 감수성을 수용하고 동시에 서구의 문학 텍스트를 모방·생산하는 과정을 통해 자신들만의 독창적인 감수성을 발현할 수 있었다. 창간호부터 초당파적 문인들이 포진한 '학원문단'은 청소년이 자신의 재능을 다양하게 실현시킬 수 있도록 분위기를 조성하였다. 다양한 문학의 향유는 표현 욕구를 가진 존재로서 정체성을 자각한 독자들이 자기표현 욕구를 사회화시키는 출발점으로서 의미를 지닌다. '학원

---

8   황석영, 「문학대담―장길산을 끝내놓고 하는 말」, 『학원』, 1984.5, 36쪽.

문단'은 청소년이 개인의 감정을 공적公的으로 발화하고, 자신의 주관적 사고를 객관적 사고로 전환하는 공론의 영역이었다. 이런 맥락에서 볼 때 '학원문단'은 청소년이 동일성과 비동일성의 사유방식을 통해 자기만의 목소리를 표현할 수 있는 문학적 소통의 장場이 된 것이다. 전문적인 지식과 문학의 유기적인 결합으로 『학원』의 문학 청소년은 다양한 사고체계와 문학적 감성을 훈련받을 수 있었고, 차후 한국사회를 이끌어가는 지성인으로 성장했다는 점에서 의미가 있다. 이러한 '학원문단'의 문학적 인식의 전환 과정을 거쳐 청소년들은 자신만의 독창적인 문학적 세계관을 정립해 나갔다. '학원문단'은 문학 청소년들이 글쓰기 행위를 함으로써 자신이 속한 사회와 자유롭게 의사소통을 하는 광장의 역할을 하였다. 즉 『학원』은 전후 문학 장에서 청소년의 의식을 체계적으로 구조화하고 발전적으로 재구성하는 장이 되었다. 이청준, 황석영, 조세희, 조해일, 김원일 등은 사회와 역사에 대한 관심으로 자신의 문학적 지향을 펼쳤고 불온한 시대와 대립하고 불화하는 민중들의 모습과 그들이 역사를 발전시켜 나가는 힘을 문학적으로 형상화하였다. 학원세대인 황석영에게 역사란 '극복되어지는 것'이 아니라 '끊임없이 되풀이하는 것'으로서의 역사이며 한뼘씩 한뼘씩 '나아가는' 것을 의미한다. 그의 소설에는 대부분 사회의 한복판에서 쫓겨난 뿌리 뽑힌 떠돌이들의 삶이 그려져 있다.[9] 이는 이청준, 조세희, 조해일, 김원일 등의 작품에서도 반복적으로 나타나는 현상이다. 또 다른 경향은 김승옥처럼 탁월한 감수성으로 전후 문학 장에 새로운 경지를 보여준 작가군이 있었다는 점이다. 최명희처럼『혼불』을 통해 한국적인 전통에 대해 천착한 작가도 등장하였다. 최명희는 언어에 대한 천착, 풍속의 세밀한 묘사, 남도의 정경 등을 한국의 전통 미학과 접목해 문학적으로 승화시켰다. 최인호와 한수산은 산업화 이후 야기된 대중들의 이기적인 욕망과 좌절을 포착해 1970년대 이후 한국문학의 대중화를 선도하였다. '학원문단' 출신으로 치열한 문제의식과 언어에 대한 탐구를 보여준 일군의 시인으로는 김구용, 황동규, 마종기, 이승훈 등이 있다. 정진규, 이수익 등은 언어의 탐구에 주력하면서도 실험성보다는 서정성의 확립에 비중을 두었다. 이성부는 공동체의식을 강조하며 현실 참여적인 시를 많이 썼다. 이들이 기성문단으로 진입한 후 보여준 문학세계는 앞서 언급된 것처럼 그 지향에 있어서 차이점이 존재한다. 그럼에도 불구하고 '학원문단'은 전후 문단의 중심에서 활동한 문인들이 '근대화의 과정에서 자아의 정체성 찾기'[10]에 대한 다양한 발자취를 기록해 놓은 공간으로서 문학사적으로 가치가 있다.

---

9   홍영철, 「문학대담－「장길산」을 끝내놓고 하는 말 황석영」, 『학원』, 1984. 5, 33~37쪽 참조.

10 송기한, 『1960년대 시인연구』, 역락, 2007, 28쪽.

3. 1970년대 이후『학원』의 위기와 정신의 뒷면

1970년대로 오면『학원』은 크게 위축되고 성격이 변모한다.『학원』의 판권은 1968년 6월과 1978년 9월에 걸쳐 두 번이나 이동하면서 편집체제나 성격에도 변화가 일어난다.『학원』의 판권은 1963년 '학원사' 김익달 사장에서 '학원출판사' 박재서에게 이동하였다. 당시 '학원사'의 편집부장이던 박재서는 '학원출판사'로 독립한 후『학원』을 맡아 1969년 3월호부터 편집장 오영식, 발행인 박재서로 잡지를 발행하게 되었다. 잡지의 판권 이동은 '학원사'에서 편집장을 맡았던 박재서가 발행했다 하더라도『학원』의 편집체제나 내용 구성에 일정 정도 차이를 지녔다. 따라서 1968년부터 1978년까지 10년 동안 잡지의 성격이나 지향은 이전과는 다른 지점들이 존재한다. 예를 들면, 이 시기는 "젊음과 꿈을 키워주는 하이틴 雜誌"를 적극 표방하였고, '문예작품', '독자수기', '사진작품', '학생논문', '독자만화', '학부형 코오너' 등을 마련하였다. '학생논문'과 '학부형 코오너'는 새로 신설된 난으로 독자를 확보하기 위해 기획된 코너였다.[11] 1969년 6월호부터는『학원』이 창간된 이래 가장 큰 변화가 일어났다. 하나는 한글쓰기 편집의 경우 횡조(가로쓰기)에서 종조(세로쓰기) 방식을 도입해서 잡지의

---

11 편집부, 「우리들의 손으로 학원을 꾸밉시다」,『학원』, 1969. 10, 266~267쪽.

권위적인 면을 내세우려고 했다는 점이다. 편집장 권오운은 종조쓰기 방식으로의 전환이 "애독자 여러분들의 희망"이었고, "기성세대로 접어든 여러분을 위한" 배려였다며[12] 독자층을 초·중·고생뿐 아니라 기존의 학원세대 모두를 포괄하려는 전략을 취했다는 점을 홍보하였다. 다른 하나는 내용면에서 "여러분들이 참으로 깨달아야 할 것"과 "하이틴 생활의 전부를 분석 검토 어드바이스하는" 것으로 대혁신을 단행했다는 점이다. 이 시기에는 'Young ·Town'을 기획해 ① 학원문단 ② Post Box(펜팔코너) ③ 재치편지 ④ 학원복덕방(원하는 것 또는 독자들 끼리 교환하고 싶은 것) ⑤ OK박사 ⑥ 낄낄깔깔 ⑦ More More Salon(무엇이든 물어보세요) ⑧ 나의 P. R ⑨ 뭘봐뭘봐 ⑩ 하마군 수작에……참새군 하는 말이(남학생은 여학생에게, 여학생은 남학생에게 각각 하고 싶은 말을 쓰는 코너) ⑪ Love Love(자신이 보낸 편지나 답장) ⑫ Personal line(전화로 자기 고민과 문제 상담) 등을 실어 전국에 흩어진 청소년 독자를 결집시켜 소통에 대한 욕망을 해소하는 광장으로 활용하였다. 또 '애독자 릴레이 순정소설모집'을 통해 독자들의 참여와 호응을 얻으려고 하였다.[13] 『학원』은 '학원세대' 출신 작가들을 적극 활용했는데, 최인호는 순정소설 「우리들의 시대」(1970.11~1973.3)를 29개월 동안, 명랑소설 「거꾸리와 장다리」(1973.4~1974.7)를 17개월 동안 장기간 연재하기도 하였다.

12　권오운權五云, 「編輯後記」, 『학원』, 1972.6, 376쪽.
13　광고, 『학원』, 1972.5, 269쪽.

이 시기에는 청소년들의 취
미 활동을 위해 취미우표(미
국우표, 일본우표, 세계특대형 10
종, 세계스포츠 10종, 우주·과학
·교통 20종, 세계인물 20종, 세계
풀·식물 40종, 세계각국우표 50
종), 영문편지책, '학원뮤직살
롱'에 팝송코너(MAMMY BLUE
등 악보와 가사 실음), 주니어를
위한 명시감상에 외국시를
원문·번역·작자소개, 고
전을 찾아서(그리이스 신화 등),
해외만평, 체험스토리 등을

세계의 우표에는 한국의 각 연대별 우표, 뉴질랜드, 일본, 이스
라엘, 미국 등 세계 각국의 우표들이 전시되어 있다.

실었다. 이 시기에는 상업적인 광고들도 늘어났다. 광고를 보면
1950년대에는 책 광고가 주를 이루었다면, 이 시기에는 '창포샴
푸', '유한킴벌리', '코오롱상사', '한국야쿠르트', '서울우유', '동산
유지의 인삼비누·다이알비누', 여드름 치료제 '벤옥살로션', 태양
전자시계 '오토론 솔라타임', 해태 '부라보콘' 등 다양한 광고들이
실렸다. 이처럼 1970년대로 오면『학원』의 성격, 편집체제, 광고
등에서 일대 변화가 일어난다. 하지만 '학원문단'과 현상문예인
'학원문학상'은 그대로 유지되었다는 점에서 문예지향적인 성격
은 1950년대와 유사하였다. 1970년대 '학원문단'에서 활동한 선자

들로 고은, 김현승, 손소희, 오영민, 이범선, 이동주, 강신재, 김현, 황동규 등이 있었다. 순정소설이나 사진소설, 명랑소설, 추리소설, 역사소설, 무협소설 등이 연재되었지만, 늘어난 지면에 비해 문학의 비중이 현저히 줄어들었고 오락과 취미의 내용이 늘었다. 다양한 대중 지향적인 노력에도 불구하고 잡지의 판매부수는 매년 줄어들었다. 1978년 '학원출판사'에서 발행되던 "학생잡지『學園』이 10년만에 創刊會社였던 學園社로 돌아가"고 1978년 9월부터 복간 작업에 들어갔는데, 學園社는 이를 계기로 '學園文學大賞'을 마련하는[14] 등 다시 문예에 대한 높은 관심을 내보였다. 김익달 사장은 "창간 당시의 이념을 되살려 10대 중·고생들의 문예부흥"과 "시대를 앞서가는 학원지를 만들고자 함"이라고 밝히고 있다. 그는 10대 시절에 책을 읽는 것, 글을 짓고 문예에 관심을 기울이는 것은 단순히 문인을 양성하는 것보다 "한 인간을 올바르게 키운다"는 데 목적이 있다고 하였다.[15]

복간된 10월호에는 「나를 만든 한마디 말」이란 코너를 통해 기존의 '학원세대' 선배들이 어떻게 성장하고 발전했는지를 체험수기 형식으로 실었다. 또 「글은 어떻게 쓰는가?」의 코너를 마련해 예비 문인인 중·고생들을 포용하기 위한 문예전략을 취하였다. 편집후기에는 "문학에 뜻을 둔 학생은 모두 여러분의 선배 문인들처럼 『학원』을 통해 문학수업을 해서 대성하길 바랍니다"라며

---

14 편집부, 「『學園』10년만에 學園社 복귀」, 『경향신문』, 1978.6.15, 5면.
15 김익달(발행인), 「학원사가 10년만에 다시 「학원」을 발간하며」, 『학원』, 1978.10, 43쪽.

편집자의 말을 달고 있다.[16] 유경환은 차근히 명작을 읽고 정신적 자양을 흡수하며, 사색을 통해 정서를 순화하고, 습작을 통해 자기 발전을 할 수 있는 귀중한 청소년기를 보낼 수 있도록『학원』의 역할이 과거의 모습을 되찾았으면 좋겠다고 하였다.[17] 조해일은 1970년대 모든 잡지가 상업주의로만 치달리다 보니 본래 청소년 잡지가 가져야 할 사명감은 도외시 되었다며 안타까움을 토로하였다. 그러면서 그는 "문학을 하겠다는 학생들에겐 작품 발표 의욕을 충족시켜 줄 잡지가 있어야" 한다며 "책임 있는 선자에 의해 학생 문예 지도를" 해 주는 청소년 잡지의 필요성을 강조하였다.[18] 문정희는 1970년대 후반처럼 "우상 없는 시대"에 '학원 같은 잡지가 다시 발행되어 10대 학생들에게 막대한 영향을 줄 수 있었으면 좋겠다'고 하였다.

1978년 10월호에는 최인호, 박태순, 김성종이 연재소설을 실었고 김주영, 서영은, 송기원이 단편소설을 실었다. 시에는 조병화, 고은, 허영자, 이수익, 강은교의 작품이 실렸다. 「글을 어떻게 쓰는가」의 특집 코너에는 김현, 이청준, 김병익, 피천득, 정비석 등이 참여하였다. 그 안에는 '원고용지 사용법', '이미지란 어떻게 생기는 무엇인가', '욕망의 시학', '소설은 어떻게 탄생되는가', '일그러뜨림의 효과' 등 문예에 필요한 전문적인 지식을 담고 있다.

---

16 김병영金炳榮(편집장),『학원』, 1978. 10, 440쪽.
17 유경환, 「학원문학파 좌담―가뭄 끝에 오는 비처럼」,『학원』, 1978. 10, 312쪽.
18 조해일, 「학원문학파 좌담―가뭄 끝에 오는 비처럼」,『학원』, 1978. 10, 312쪽.

하지만 청소년 잡지 『학원』은 영화산업의 발달, TV의 대중적 보급, 스포츠 및 각종 오락매체의 확산, 잡지의 전문화 및 다양화, 치열한 입시경쟁, 여가 및 오락문화의 발달 등으로 독자층 확보에 실패하게 된다. 『학원』은 전방위적인 변화를 시도하지만 결국 달라진 독서 시장의 변화를 넘어서지 못하고 1979년 2월 종간되는 운명을 맞이하였다.

1984년 5월 '혁신창간호'로 『학원』이 복간되지만 '지성인을 위한 문학예술지'로 독자층과 성격이 많이 변모되었기 때문에 더 이상 청소년을 위한 잡지는 아니었다. 어쨌든 이 잡지도 '1950년대 정신적 지주가 되었던 학원 정신을 이어받아 대학생 및 일반 지성인의 문화터전이 되겠다'고 선언함으로써 청소년 잡지 『학원』의 정신을 계승하려고 시도했음을 알 수 있다.[19] 이는 혁신창간호를 내면서 발간기념 3대 사업으로 '學園신인문학상', '學園신춘문예', '學園미술상'을 기획했다는 점에서 확인할 수 있다. 하지만 이 잡지도 뚜렷한 독자층을 확보하지 못한 채 다시 잡지의 성격을 완전히 바꾸게 된다.

1985년에는 계간지로 바꿔 여름호(1호)를 내는데 'ACADEMIA'와 '교육·철학·환경·생태의 책'으로 잡지의 체제와 성격을 바꾸었다. 김익달 회장과 발행인 겸 인쇄인으로 장남인 김영수 사장이 발행을 맡았다. 학원세대인 윤구병(충북대·철학) 교수를 상임

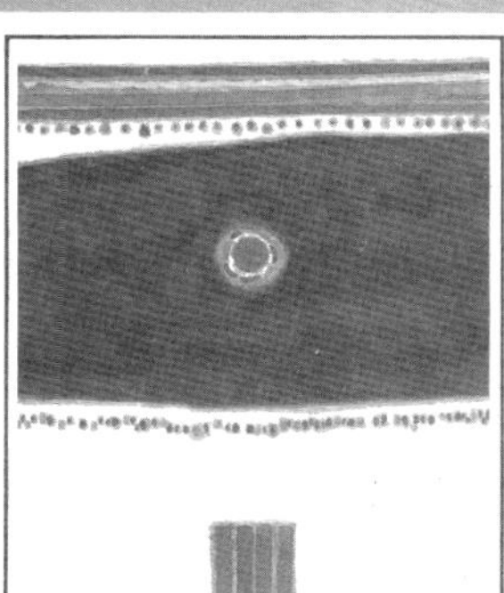
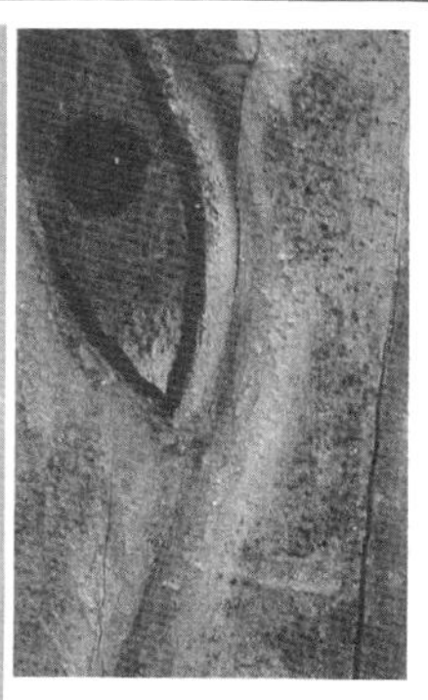

1984년 5월 혁신창간호로 복간된 『학원』은 '지성인을 위한 문학예술지'로 목표 독자층을 바꾸었다. 문화의 터전이 되겠다는 '학원'의 정신을 계승하였지만 더 이상 청소년을 위한 잡지는 아니었다.

1985년에는 계간지로 바꿔 여름호(1호)를 냈는데, 학원세대인 윤구병 교수를 상임편집위원으로 하고 각 분야별로 편집위원을 구성했다.

편집위원으로 하고, 각 전문 분야별로 편집위원회를 구성(교육·김인회 교수, 철학·이태수 교수, 환경·강홍빈 박사, 생태·김준호 교수)했으며 1980년대 한국사회의 문제를 '행복·정의·성장·민주'의 차원에서 소특집을 기획하고 각종 학술 발굴 자료와 논문 등을 실어 지식인을 위한 전문 잡지로서 변화를 모색하였다.

『학원』편집장을 지낸 최덕교는 1989년 5월 1950년대 '학원문단'에 오른 303인의 303편의 시를 『詩의 고향』(최덕교 편찬, 창조사)으로 묶어 출간하였다. 서문에는 조지훈이 1961년 10월에 나온 시집 『바람, 기를 올리다』의 서문에 썼던 「서정시는 시의 영원한 바탕이다」를 그대로 옮겨 실었다. 두 번째로 서문을 쓴 김종원은 "청록파 이후 한국문단을 주도하는 세력이 있다면, 이는 현대문학파도 아니요, 그렇다고 서라벌예대파도 아닌 바로 '학원문단파'이다"라고 강조하였다. 학원파는『학원』을 읽고 성장한 피란민 세대인데, 그들은 한국문학의 '중추적인 인물'로 성장하였다. 독서 외에는 특별한 취미를 붙일만한 오락거리가 없던 시절 이 잡지는 '정서'와 '오락'에 목마른 청소년에게 단비와 같은 복음이었다.[20]

한국사회는 한국전쟁과 4·19, 그리고 5·16을 거치면서 사회 전반에 걸쳐 급격한 변화를 겪는다. 『학원』은 격동의 시기에 아무도 주목하지 않았던 청소년 잡지를 발간해 중·고등학생들의

---

20 김종원, 「시의 고향, 학원문단」, 『시의 고향』, 창조사, 1989, 12~19쪽.

『학원』 편집장을 지낸 최덕교는 1989년 5월
1950년대 '학원문단'에 오른 303인의 303편
의 시를 책으로 묶었다. 사진은 『시의 고향』
의 표지이다.

문예부흥과 정서순화에 기여했고, 다양한 십대들의 문화를 기획
·유통시킨 매체로서 위상을 정립할 수 있다. 또한 이 잡지는 '학
원장학생' 제도를 통해 선발된 학생들에게 중3부터 대학 졸업시
까지 학비 전액을 지급해 주며 수백 명의 인재를 발굴·양성해낸
교육의 메카이다. '학원문학상'과 '학원미술상' 제도는 전후 위축
된 한국문단과 예술분야의 전초기지로서 순수예술과 대중예술
의 경계를 넘어서서 다양한 장르의 문학예술을 생산·유통·발
전시키는 장이 되었다. 이 잡지를 읽고 자란 수많은 청소년들이
오늘날의 한국문학예술이 발전하는 데 기여하였다는 점에서 『학

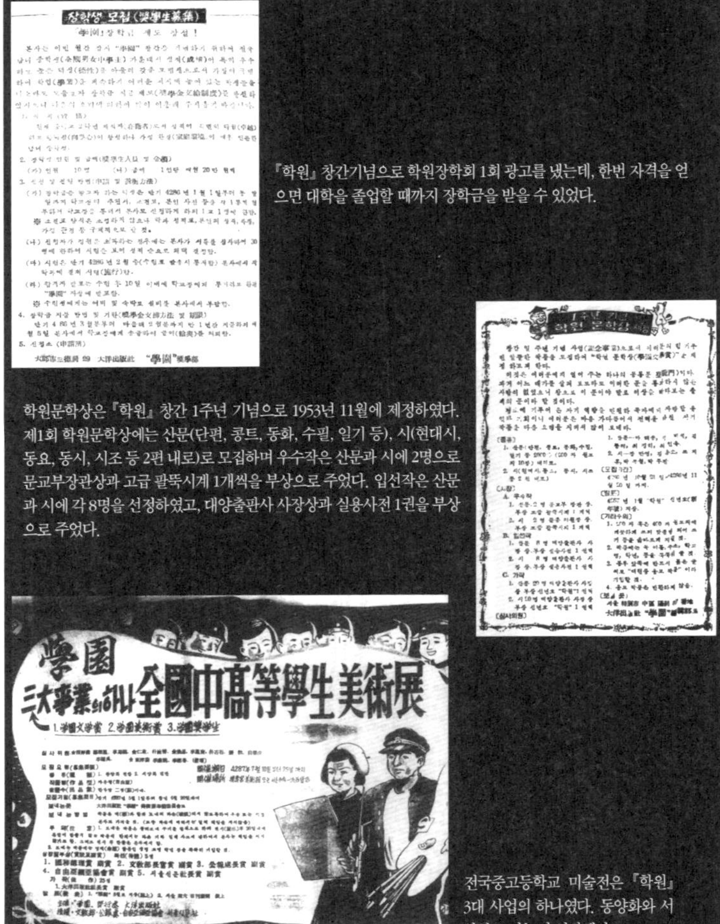

『학원』 창간기념으로 학원장학회 1회 광고를 냈는데, 한번 자격을 얻으면 대학을 졸업할 때까지 장학금을 받을 수 있었다.

학원문학상은 『학원』 창간 1주년 기념으로 1953년 11월에 제정하였다. 제1회 학원문학상에는 산문(단편, 콩트, 동화, 수필, 일기 등), 시(현대시, 동요, 동시, 시조 등 2편 내로)로 모집하며 우수작은 산문과 시에 2명으로 문교부장관상과 고급 팔뚝시계 1개씩을 부상으로 주었다. 입선작은 산문과 시에 각 8명을 선정하였고, 대양출판사 사장상과 실용사전 1권을 부상으로 주었다.

전국중고등학교 미술전은 『학원』 3대 사업의 하나였다. 동양화와 서양화로 나누어 선발했다.

원』의 성과는 문화사의 총체적인 보고寶庫로 간주할 수 있다. 나아가 전후 청소년문학에 대한 경계·특성·개념이 불분명했던 시절『학원』은 청소년들의 목소리를 담아내고, 문학의 틀을 재구조화했으며, 청소년 집단을 위한 창작물의 생산·유통을 통해 오늘날 청소년문학의 근간을 마련하였다는 점에서 역사적인 장이었다. 또『학원』편집부를 거친 김성재를 비롯해 최덕교, 유경환, 박재서 등 한국 출판문화의 주역들이 탄생했다는 것은 기획·편집 체제·생산·유통 등에서 이 잡지의 영향력이 전후뿐 아니라 오늘날까지 문화발전의 힘으로 작동해왔다는 증거이다.

	지은이	제목	장르	학교	비고	시기	심사위원
1	강동길 (강인한)	밤에 밤을 사룬다	시	전주고3	입선작	6108	박두진
2	강태기	찔레꽃	시	부산 대신중3		6603	박목월
3	강태기	예절禮節	시	부산 공고1		6707	박두진
4	고광식	봄비	시	충남 덕산고3	입선작	7507	
5	고광식	봄은 그리움	시	충남 덕산고3	입선작	7509	
6	고원정	겨울바다	시	제주 제일중2		6904	이동주
7	고원정	바다	산문	제주 제일중2		6904	강신재
8	공석하	石像	시			5904	박목월
9	공석하	밤	시	안성 안법고2	입선작	5905	박목월
10	구경희	재생하지 못한 우정	산문	마산여중2		6612	김동리
11	구경희	거울	시	마산여중3		6710	박두진
12	구경희	꿈길에서	산문	마산여중3		6712	박영준
13	구경희	석류	시	마산여고2		6907	이동주
14	구석봉	옛 이야기	시	국립 교통고	입선작	5403	장만영
15	구석봉	귀향歸鄕	시	국립 교통고2	우수작	5411	장만영
16	구석봉	추별곡秋別曲	시	국립 교통고2	입선작	5412	장만영

	지은이	제목	장르	학교	비고	시기	심사위원
17	권도중	우리 선생님	산문	대구 상고1		6708	박영준
18	권도중	봄·기다림	시	대구 상고1		6805	박목월
19	권도중	바람	시	대구 상고3		6906	이동주
20	권도중	새벽의 노래	시	대구 상고3		6910	이동주
21	권도중	날개	시	대구 상고3	우수작	6911	이동주
22	권도중	鍾은	시	대구 상고3		6912	이동주
23	권명옥	노을은	시	강릉 상고3	입선작	6002	김용호
24	권오운	자전거의 종	시	강능사범병설중3	입선작	5812	박목월
25	권오운	여름밤에	시	강릉 상고1	입선작	6001	박목월
26	권오운	화심에 취해	시	부산 동성고	입선작	6105	박두진
27	권오운	운동장	시	부산 동성고	입선작	6105	박두진
28	권오운	상대	산문	부산 동성고	입선작	6106	김동리
29	권오운	어떤 승리	산문	부산 동성고3	입선작	6108	김동리
30	권정자	오솔길	시	서울 숙명여고1		6803	박목월
31	권택명	四月素描	시	대구 상고2		6706	박두진
32	권택명	가을 밤	시	대구 상고2		6711	박두진
33	권택명	나목주변裸木周邊	시	대구 상고2		6804	박목월
34	권택명	花信(1)	시	대구 상고3		6807	박목월
35	권택명	봄·生命練習	시	대구 상고3		6809	박목월
36	김광규	국화와 여순경	산문	서울중3	입선작	5705	최정희
37	김광규	석이와 눌은밥	산문	서울	입선작	5708	최정희
38	김광규	묏새의 무덤	산문	서울	입선작	5712	안수길
39	김광규	밤이별	시	마산 상고3	입선작	6106	박두진
40	김광만	이별	산문	대구 동인동	입선작	5607	안수길
41	김광현	산과 소년과	시	서귀 농림고	입선작	5811	박두진
42	김광협	마음(봄을 맞는)	시	서귀포 농고	입선작	5904	박목월
43	김구용	동백꽃	시	통영중3	입선작	5303	조지훈
44	김구용	새해에 부치는 글	산문	통영중3	입선작	5303	정비석

	지은이	제목	장르	학교	비고	시기	심사위원
45	김구용	봄비	시	통영중3		5305	조지훈
46	김구용	집터	시	평창농업고	입선작	5309	조지훈
47	김만옥	언약	시	마산 대성동	입선작	5707	양명문
48	김만옥	새벽에	시	광주 조대부고2	입선작	6404	김용호
49	김만옥	개화전후開花前後	시	광주 조대부고2	특선작	6406	김용호
50	김만옥	새가 되렵니다	시	안계종고2	입선작	7406	
51	김만옥	四月에	시	안계종고3	입선작	7410	
52	김만옥	봄이 오면	시	안계종고3	입선작	7411	
53	김병익	정야靜夜	시	대전고	입선작	5512	김용호
54	김상남	산딸기 익는 마을	산문	경남 남해군	입선작	5512	박영준
55	김상남	산포도山葡萄	산문	전주 사범학교2	입선작	5703	최정희
56	김상남	뱀	산문	진주	입선작	5708	최정희
57	김석규	제석除夕	산문	함양농고	입선작	5904	김동리
58	김선학	편지가 쓰고 싶은 날은	시	부산고	입선작	6304	박목월
59	김선학	平行線詩抄	시			6401	김용호, 박목월
60	김성빈	날이 다 새도록	시	광주 북중	입선작	6505	장만영
61	김성빈	모밀밭	시	전남 상고1		6603	박목월
62	김성빈	부처님의 코	산문	전남 상고1		6603	김동리
63	김성빈	銀杏잎의 노래	시	광주 제일고		6612	박목월
64	김성빈	우리들의 言語	시	사례지오고		6705	박두진
65	김성빈	딴 세상 여자	산문	광주 사례지오고		6707	박영준
66	김성영	서투른 날의 꿈	시			6302	박남수
67	김성영	낙엽과 소년	산문			6302	김동리
68	김성택 (병총)	산울림	산문	마산고1	입선작	5408	최인욱
69	김성택 (병총)	나	시	마산고2	입선작	5508	김용호

	지은이	제목	장르	학교	비고	시기	심사위원
70	김성택 (병총)	기다림	시	마산고2	우수작	5509	김용호
71	김성택 (병총)	달	시	마산고2	입선작	5510	김용호
72	김순이	먼 길을 가는 밤엔	산문	제주여고2	입선작	6304	김동리
73	김순이	自畵像	시	제주여고2	입선작	6309	박목월
74	김순이	소곡小曲	산문	제주여고2	입선작	6311	김동리
75	김순이	어느 날의 내 주변	산문	제주여고2	입선작	6312	김동리
76	김순이	미소와 눈물의 우정	산문	제주여고2	입선작	6404	김동리
77	김승옥 (학길)	서점풍경	산문	순천고	입선작	5808	김이석
78	김옥영	향수	시	마산여중1	입선작	6410	김용호
79	김옥영	새 엄마	산문	마산여중1	입선작	6410	김동리
80	김옥영	꽃망울	시	마산여중		6606	박목월
81	김옥영	창 가에서	시	마산여중3		6611	박목월
82	김옥영	창窓	시	만산여고1		6808	박목월
83	김옥영	흙	시	마산여고3		6907	이동주
84	김옥영	새벽에	시	마산여고3		6909	이동주
85	김옥영	비와 우산	시	마산여고3		6910	이동주
86	김용길	동백꽃	시	제주 서귀남주고3	입선작	6508	장만영
87	김용길	코스모스	시			6602	장만영, 박목월
88	김우영	탈출	시	수원 수성고3	입선작	7504	
89	김우영	초상화(2)	시	수원 수성고3	입선작	7505	
90	김우영	나무들이 쓰러지며	시	수원 수성고3	입선작	7507	
91	김우영	새벽	시	수원 수성고3	입선작	7509	
92	김욱동	책과 나	시	서울 통신중고	입선작	6502	장만영

	지은이	제목	장르	학교	비고	시기	심사위원
93	김욱동	중국인의 딸과 나	산문	서울 통신중고	입선작	6503	최정희
94	김욱동	방석	산문	서울 통신중	입선작	6508	안수길
95	김욱동	여학생과 나의 시	산문	경북 상주		6604	김동리
96	김원두	소년들	산문	고계고2	입선작	590607	김동리
97	김원일	讀後感-李壽福님 詩 '동백꽃'을 읽고	산문 (독후감)	대구 농림고	입선작	5905	김동리
98	김원일	형제	산문	대구 농림고2	입선작	5909	김동리
99	김원일	대조對照	산문	대구 농림고3	입선작	5910	김동리
100	김원일	홍수	산문	대구 농림고	입선작	6002	김동리
101	김원일	인간 동물	산문	대구 농림고	입선작	5902	김동리
102	김원호	코스모스	시	경기고	입선작	5808	박두진
103	김이구	창·모, 방패·순	산문		입선작	7410	
104	김이구	한 순간의 일	산문	대전고2	입선작	7504	
105	김이구	피닉스와 타조	산문 (동화)	대전고2	입선작	7511	
106	김이구	거울	산문	대전고2	입선작	7604	
107	김이구	꽁트 三題(1. 피해자)	산문	종로학원	우수작	7707	이제하
108	김이구	꽁트 三題(2. 눈물)	산문	종로학원	우수작	7707	이제하
109	김이구	꽁트 三題(3. 心境)	산문	종로학원	우수작	7707	이제하
110	김이구	반역叛逆	산문	종로학원	우수작	7712	이제하
111	김인배	사냥	산문			6401	김동리, 안수길
112	김재용	구름	시	마산고1	입선작	5607	김규동
113	김재원	밤	시	한성중2	입선작	5505	김용호
114	김재원	푸른 언덕에 서서	시	한성중3	입선작	5511	김용호
115	김재원	봄을 기다리는 마음	시	한성중3	입선작	5604	김규동
116	김재원	내일	시	한성중3	입선작	5605	김규동
117	김재원	그리움	시	한성고1	입선작	5608	김규동
118	김재원	폐원廢園	시	인창고2	입선작	5707	양명문

	지은이	제목	장르	학교	비고	시기	심사위원
119	김정숙	바다가 보이는 붉은 집	시	영등포여고	입선작	7312	
120	김종원	국화는 피어도	시			5212	조지훈
121	김종원	少年	시	제주 제일중3		5305	조지훈
122	김종철	기러기	산문			6301	김동리, 안수길
123	김종철	房의 존재	시			6401	김용호, 박목월
124	김준식	거울	산문	경복고	입선작	5808	김이석
125	김준오	야경	산문	경남고	입선작	5407	최인욱
126	김준오	까마귀	산문	경남고1	우수작	5502	박영준
127	김준오	설야雪夜	시	경남고	입선작	5503	김용호
128	김준오	이심二心	산문	경남고1	입선작	5504	박영준
129	김준오	빵조각	산문	경남고1	입선작	5506	박영준
130	김준오	맥령麥嶺	시	경남고2	입선작	5510	김용호
131	김진악	苦待	산문	남성고2	입선작	5403	최인욱
132	김춘복	그리운 마을사람들	시	부산중3	입선작	5404	장만영
133	김춘복	독구	산문	부산중3	우수작	5404	최인욱
134	김태준	고향의 하룻밤	산문	부산 동중3	입선작	5310	정비석
135	김한규	보리밭 길	시	의성중3	입선작	5407	장만영
136	김한규	뻐꾸기가 울 때	산문	의성중3	입선작	5407	최인욱
137	김한규	누나를 그리워하는 소년	산문	의성중3	입선작	5408	최인욱
138	김한규	하모니까	산문			5501	마해송, 최정희, 최인욱, 정비석, 박영준
139	김한규	연	산문	안동사범학교	우수작	5607	안수길
140	김한규	종소리	시			6501	정만영
141	김행자	항아리의 인상	시			6602	장만영, 박목월

	지은이	제목	장르	학교	비고	시기	심사위원
142	김현탁	변명	산문	재수생	입선작	7711	이제하
143	김화영	촛불	시	경기중	입선작	5805	박두진
144	김화영	산역驛에서	시	경기고	입선작	5808	박두진
145	김화영	원동로苑洞路	시	경기고	입선작	5810	박두진
146	김화영	비문碑文	시	경기고	입선작	5909	박목월
147	김홍규	오라	시	제물포고2		6409	김용호
148	남진우	제망매가祭亡妹歌	시			7801	
149	마광수	나이테	시			6602	장만영, 박목월
150	마광수	喫茶室	시	대광중3		6605	박목월
151	마광수	太陽의 黑點	시	대광고2		6705	박두진
152	마광수	시詩와 나	시	대광고2		6710	박두진
153	마광수	우스운 이야기	산문			6802	김동리, 박영준
154	마종기	우리 학교	산문	서울 피난대구 연합중2	우수작	5305	정비석
155	마종기	아까시아 꽃	시	서울 피난대구 연합중3	입선작	5308	조지훈
156	마종기	불쌍한 사람들	산문	서울중3	입선작	5401	마해송, 정비석, 김동리, 최정희, 최인욱
157	마종기	첫눈 내리는 밤에	산문			5501	마해송, 최정희, 최인욱, 정비석, 박영준
158	마종기	가야금	시			5601	노천명, 김용호, 조지훈
159	마종하	게처럼	시	원주고	입선작	6107	박두진

	지은이	제목	장르	학교	비고	시기	심사위원
160	문광표	학교 가는 길	산문 (수필)	조선대학 부속중3	입선작	6002	김동리
161	문윤근	6월	산문	전라고1	가작	7709	이제하
162	문인수	소곡3제(코스모스)	시	대구고2	입선작	6305	박목월
163	문인수	소곡3제(구름)	시	대구고2	입선작	6305	박목월
164	문인수	소곡3제(4월)	시	대구고2	입선작	6305	박목월
165	문인수	해바라기	시	대구고	입선작	6403	김용호
166	문충성	밤	시	제주 제일중3	입선작	5405	장만영
167	문충성	정야靜夜	시	제주 제일중3	입선작	5407	장만영
168	문충성	바다	시	제주 오현고1	입선작	5409	장만영
169	믄충성	길	시			5501	김용호, 조지훈, 장만영, 조병화, 박목월
170	믄충성	복숭아꽃	시	제주 오현고	입선작	5504	김용호
171	문태주	눈 내리는 밤	산문	광주 동성중2	입선작	5301	정비석
172	민병문	농촌의 황혼	산문	서울고1	입선작	5511	박영준
173	민병문	고갯길	산문	서울고1	입선작	5605	안수길
174	민병문	환상의 시각	산문	서울고2	입선작	5608	안수길
175	민병문	由美에게	시	서울고2	입선작	5610	김규동
176	민병문	목녀牧女	산문	서울고2	입선작	5611	안수길
177	민용태	달	시			6003	김용호, 박목월, 박남수
178	민윤기	소년	시	균명고3	입선작	6407	김용호
179	박경석	점심	산문	광주 서중3	입선작	5307	정비석
180	박경석	봉선화	시	광주 서중3	입선작	5310	조지훈
181	박경석	봉선화 필 때	산문	광주 서중3	입선작	5310	정비석

	지은이	제목	장르	학교	비고	시기	심사위원
182	박경석	枯木	시	광주 서중3	입선작	5311	조지훈
183	박경석	안개낀 아침	산문	광주 서중3	입선작	5311	정비석
184	박경석	코스모스	시	광주 서중3	입선작	5312	조지훈
185	박경석	모밀꽃 필 때	산문	광주 서중3	우수작 (문교부 관상)	5401	마해송, 정비석, 김동리, 최정희, 최인욱
186	박경석	눈오는 밤에	시	광주 서중3	입선작	5405	장만영
187	박경석	달밤에	시			5501	김용호, 조지훈, 장만영, 조병화, 박목월
188	박경용	꽃이 피게 하여 주십시오	시	포항고2	입선작	5611	김규동
189	박곤걸	정情	시	대구 사범학교1	입선작	5506	김용호
190	박덕규	호각	산문		입선작	7409	
191	박덕규	자서전自敍傳	산문	대건고2	입선작	7610	이제하
192	박영근	눈(1)	시		입선작	7604	
193	박영근	눈(2)	시		입선작	7605	
194	박영한	창恋	시	부산고3		6607	박목월
195	박용삼	빛	시	충북 영동고2		5911	박목월
196	박용삼	눈 오는 날의 이야기	시	영동고3	입선작	6103	박두진
197	박의상	가랑잎에 묻혀지고 싶음	시	대전고1	입선작	5905	박목월
198	박의상	환영幻影	시	경복고2	입선작	5908	박목월
199	박정만	꽃나무와 나	시	전주고3		6605	박목월
200	박종찬	영원永遠	시	장항 농고1	입선작	5506	김용호
201	박지열	해변의 抒情	시	부산고2		6605	박목월
202	박진숙	가로등 아래	산문 (일기)	김천여중3	입선작	6302	김동리
203	박진숙	맑은 하늘 흐린 하늘	산문	김천 황금동	입선작	6306	김동리

	지은이	제목	장르	학교	비고	시기	심사위원
204	박진숙	에이 차암!	산문	대구 신명여고2		6606	김동리
205	박태문	잔디 위에서	시	경남 상고2	입선작	5607	김규동
206	박해수	창	시			6302	박남수
207	방영권	컨닝	산문	부산 동아중3	입선작	6304	김동리
208	방영권	뻐꾸기	산문	부산 동아중3	입선작	6305	김동리
209	방영권	여드름	산문	부산 동아중3	입선작	6307	김동리
210	방영권	푸른 파도여 언제까지나	산문	부산 동아중3	입선작	6309	김동리
211	방영권	위대한 스릴	산문	부산 동아중3	입선작	6310	김동리
212	방영권	어떤 황혼黃昏	산문	부산 동아중3	입선작	6312	김동리
213	방영권	아들	산문	동래고1	입선작	6412	김동리
214	방영권	배신背信	산문	동래고1	입선작	6503	최정희
215	백도기	영원한 벗들	산문			5702	최정희
216	백인빈	이별	시	경복고	입선작	5706	양명문
217	서정오	그리운 사람들	산문	안동고1	우수작	7010	오영민
218	서정오	구 선생	산문	안동고1		7104	손소희
219	서종택	어느날 오후	산문			5903	김동리
220	서종택	극장 갔던 날 밤	산문			5910	김동리
221	서종택	어떤 모자	산문			6003	김동리, 박영준, 안수길
222	송명호	白馬高地	시	경복고1	입선작	5401	서정주, 장만영, 김용호, 조지훈, 조병화

	지은이	제목	장르	학교	비고	시기	심사위원
223	송상옥	선물	산문			5702	최정희, 안수길, 최인욱
224	신기섭	음악 선생님	산문	경기중2	입선작	6409	김동리
225	신기섭	쓸모없는 자존심	산문	경기중2	입선작	6503	최정희
226	신기섭	베스	산문	경기중2	입선작	6508	안수길
227	신기섭	시험이 끝난 날	산문	경기중3		6605	김동리
228	신기섭	토요일 오후	산문	경기고2		6707	박영준
229	신기섭	불장난	산문	경기고2		6805	김동리
230	신기섭	현기眩氣	산문	경기고3		6807	김동리
231	신용삼	인정	산문	덕수중3	입선작	6208	김동리
232	신용삼	눈온 산	시	덕수중3	입선작	6303	박목월
233	신용삼	구슬치기	산문	덕수상고1	입선작	6304	김동리
234	신용삼	새벽길	산문	덕수상고1	입선작	6307	김동리
235	신용삼	착한 사람들	산문	덕수상고1	입선작	6404	김동리
236	신용삼	C형	산문	덕수상고2	입선작	6407	김동리
237	신용삼	상처	산문	덕수상고2	입선작	6408	김동리
238	신용삼	장마	산문	덕수상고2	입선작	6410	김동리
239	신중신	낚시질	산문	거창고	입선작	5807	김이석
240	신현정	二月	시	성룽고1	입선작	6504	장만영
241	신현정	종소리	시	서울 성동구		6610	박목월
242	신현정	가을 벌판을 거닐며	시	경동고2		6611	박목월
243	안귀주	푸른 머플러의 예감豫感	산문	경남여고2	입선작	6505	안수길
244	안도현	하늘	시			7801	
245	안도현	사루비아	시			7810	황동규, 김현
246	안도현	연	시			7811	황동규, 김현
247	안혜초	바다를 미워하는 아이	산문	이화여중3	입선작	5609	안수길
248	양동표	어머니 생각	산문	경복중	입선작	5811	김이석
249	양동표	만년필	산문	경복중2	입선작	5812	김동리

	지은이	제목	장르	학교	비고	시기	심사위원
250	양동표	레프서티狂想曲	산문 (소설)	경복중3	입선작	6001	김동리
251	양동표	'나'라는 아이	산문	경복중3	입선작	6002	박영준
252	양문길	소녀	산문	교통고2	입선작	6002	박영준
253	양문길	어떤 대결	산문			6003	김동리, 박영준, 안수길
254	양성우	祝日	시	조선대학 부속고2	우수작	6105	박두진
255	양성우	별	산문	학다리고3	입선작	6206	김동리
256	양수길	자전거	산문	경기중3	입선작	5910	김동리
257	오경웅	들로	시	부산 은천동	입선작	5312	조지훈
258	오경웅	봄	시	부산 은천동	입선작	5402	장만영
259	오경웅	문	시	부산 온철동	입선작	5411	장만영
260	오경웅	죄진 나의 행복	시	부산 은천동	입선작	5503	김용호
261	오경웅	괴로운 밤	시	부산 은천동	입선작	5509	김용호
262	오용수	삶	시	제주 오현고	입선작	5812	박목월
263	오청석	시골	시	장흥중3	입선작	6001	김용호
264	오청석	두마리의 개	산문	장흥중3	입선작	6001	박영준
265	오청석	새로운 꿈	시	장흥중3	입선작	6002	김용호
266	오청석	항아리	시			6003	김용호, 박목월, 박남수
267	오청석	별처럼	산문			6003	김용호, 박목월, 박남수
268	오탁번	기도	시	원주중3	우수작	5910	박목월
269	오탁번	옥수수	시	원주중3		5911	김용호
270	오탁번	오늘 나의 가슴은	시	원주중2	입선작	5903	박목월
271	오탁번	오후	시			610102	박두진
272	오탁번	걸어가는 사람	시			6301	박남수, 박목월

	지은이	제목	장르	학교	비고	시기	심사위원
273	유경환	산새	시	서울 피난대구 연합중	입선작	5302	조지훈
274	유경환	점심	산문	서울 피난대구 연합중	입선작	5302	정비석
275	유경환	봄과 같이	시	서울 피난대구 연합중3		5305	조지훈
276	유경환	강가에서	시	서울 피난대구 연합중		5306	조지훈
277	유경환	옛 성터에서	시	경복고1	입선작	5309	조지훈
278	유경환	팔목시계	산문	경북고1	입선작	5311	정비석
279	유경환	湖水가	시	경복고1	입선작	5401	서정주, 장만영, 김용호, 조지훈, 조병화
280	유경환	窓	시	경복고1	입선작	5407	장만영
281	유경환	공원	시	경복고1	입선작	5408	장만영
282	유경환	귀로	시			5501	김용호, 조지훈, 장만영, 조병화, 박목월
283	유금호	소녀와 비둘기	산문	광주 일고	입선작	5808	김이석
284	유만상	바보	산문	경주고2	입선작	6409	김동리
285	유만상	바다	산문	경주고2		6608	김동리
286	유상덕	기旗	시			5901 (증간)	박목월
287	유익서	까닭 모를 증오	산문	부산 동성고2	입선작	6209	김동리
288	유자효	밤의 창변에 내가 서 있음은	시	부산고2	입선작	6408	김용호

	지은이	제목	장르	학교	비고	시기	심사위원
289	유자효	어떤 모습	산문	부산고2	입선작	6411	김동리
290	유자효	물호반의 추억	산문			6602	안수길, 김동리
291	유자효	해변에서	시	부산고2		6603	박목월
292	윤구병	구슬나무	산문	전남	입선작	5712	안수길
293	윤구병	개구리	산문			5901	김이석, 김동리, 안수길
294	윤석산	새벽종	시	경동고2	입선작	6506	장만영
295	윤채한	봄비 서정	시	대전 상고1	입선작	6304	박목월
296	윤채한	봄비서정(2)	시	대전 상고2	입선작	6305	박목월
297	은채한	고양이	산문	대전 상고2	입선작	6403	김동리
298	윤청광	목숨	시	목포 문태고	입선작	5811	박두진
299	윤청광	정원지기	산문	목포 문태고	입선작	590607	김동리
300	윤후명 (상규)	꽃상여	산문	용산고1	입선작	6302	김동리
301	윤후명 (상규)	나의 친구 오반	산문	용산고2	입선작	6305	김동리
302	윤후명 (상규)	봄이 가는 날	시	용산고2	입선작	6306	박목월
303	윤후명 (상규)	물잠자리	산문			6308	김동리
304	윤후명 (상규)	흩어지는 마음을 노래하며	시			6309	박목월
305	윤후명 (상규)	엄마와 할머니	산문	용산고2	입선작	6310	김동리
306	윤후명 (상규)	두 篇의 十四行詩(귀로)	시	용산고2	입선작	6311	박목월
307	윤후명 (상규)	두 篇의 十四行詩 (正午의 風景)	시	용산고2	입선작	6311	박목월
308	윤후명 (상규)	溫室에서	시			6401	김용호, 박목월
309	윤후명 (상규)	목마의 아침행	시			6404	김용호

	지은이	제목	장르	학교	비고	시기	심사위원
310	윤후명 (상규)	나비의 주제	시			6501	장만영
311	이건영	눈雪의 추억	산문	서울고1	입선작	6104	김동리
312	이건영	봄	산문	서울고2	입선작	6106	김동리
313	이경혜	겨울이 갈 때	시	숙명여고1	입선작	7608	
314	이균영	석류	시	광양중2		6604	박목월
315	이덕자	위대한 사람	산문	묵호중3	입선작	6107	김동리
316	이덕자	영원한 메아리	산문	강릉여고1	입선작	6209	김동리
317	이상훈	납입금과 빵과 아버지와	산문	서울사범학교본과2	입선작	5611	안수길
318	이상훈	자취생	산문	충북 옥천중3		6906	강신재
319	이상훈	가나다 回想記	산문	독학생	입선작	7406	
320	이선열	바람 感應	시	전주고3		6611	박목월
321	이성부	박꽃	시	광주 사대부속중3	입선작	5704	양명문
322	이성부	분수	시	광주 사대부속중3	입선작	5706	양명문
323	이성부	별	시	광주	입선작	5708	양명문
324	이성부	성묘省墓	시	광주	입선작	5709	양명문
325	이성훈	도시락에서 나온 편지	산문	서울 사범학교2	입선작	5704	최정희
326	이성훈	엄마와 할머니	산문	서울	입선작	5712	안수길
327	이성훈	차비車費	산문	대구 로터리클럽 중3		6705	박영준
328	이성훈	표정	시	대구중3		6707	박두진
329	이세방	봄의 소년	시	서울 덕수상고	입선작	590607	박목월
330	이세방	초롱꽃	시	덕수상고2	우수작	6001	박목월
331	이수익	농촌의 오후	시			5702	양명문, 조지훈, 김규동

	지은이	제목	장르	학교	비고	시기	심사위원
332	이수익	아침	시	부산 사대부속중3	입선작	5807	박두진
333	이수익	낙엽	시	부산 사범학교	우수작	6001	김용호
334	이승훈	햇빛	시	춘천고3		5911	박목월
335	이승훈	나목裸木이 되는	시	춘천고2	우수작	5902	박목월
336	이승훈	달	시	춘천고2	입선작	5902	박목월
337	이승훈	거울	시			6003	김용호, 박목월, 박남수
338	이시영	오월	시	전주 영생고3		6708	박두진
339	이시영	아까시아꽃	시	전주 영생고3		6709	박두진
340	이시영	과즙, 아침, 식탁	시	전주 영생고3		6803	박목월
341	이용제	성공聖空을 붙잡다	산문	강문 고등2부2	입선작	6104	김동리
342	이용호	산딸기	시	대전 보문고3	입선작	5602	노천명
343	이은집	자가용 차	산문	한성고1	입선작	5908	김동리
344	이은집	솔개	산문	한성고1	입선작	5910	김동리
345	이은집	고양이 선생님	산문	광천중3	입선작	5903	김동리
346	이재녕	기旗	시	문경고	입선작	5703	양명문
347	이재행	사과	시	대구 대건고	입선작	6212	박남수
348	이재행	비오는 거리에서	시	대구 대건고	입선작	6303	박목월
349	이재행	비 오는 날	산문	대구 대건고	입선작	6411	김동리
350	이제하	비 오는 날	산문	마산 동중	우수작	5303	정비석
351	이제하	부산으로 가는 아이	산문	마산고1	입선작	5306	정비석
352	이제하	며루치	산문	마산고1	우수작	5307	정비석
353	이제하	기압	산문	마산고1	입선작	5308	정비석
354	이제하	크리스마스 밤	산문	마산고1	입선작	5309	정비석

	지은이	제목	장르	학교	비고	시기	심사위원
355	이제하	호야어머니	산문	마산고1	입선작	5310	정비석
356	이제하	먹살과 여학생	산문	마산고1	우수작	5311	정비석
357	이제하	청靑솔 그늘에 앉아	시	마산고1	우수작 (문총위 원장상)	5401	서정주, 장만영, 김용호, 조지훈, 조병화
358	이제하	개 잡는 풍경	산문	마산고1	입선작	5401	마해송, 정비석, 김동리, 최정희, 최인욱
359	이제하	나	시	마산고2	입선작	5406	장만영
360	이제하	숲속에서	시	마산고1	입선작	5407	장만영
361	이제하	자전거	산문			5501	마해송, 최정희, 최인욱, 정비석, 박영준
362	이주영	가을	시	대전여중1	입선작	5312	조지훈
363	이주영	모래사장에서	시	대전여중2	입선작	5402	장만영
364	이주영	눈길	시	대전여중2	입선작	5403	장만영
365	이주영	무상無常	시	전남 무안군	입선작	5703	양명문
366	이창동	뻐꾸기	산문	대구고1		6909	강신재
367	이청준	닭쌈	산문	광주 일고1	입선작	5805	김이석
368	이탄	바다가 보이는	시			5903	박목월
369	이탄 (김형필)	바다가 보이는	시	한영고	입선작	5902	박목월
370	이태진	국산 면직 옷	산문	경기고1	입선작	5402	최인욱
371	이하석	너의 눈매에	시			6602	장만영, 박목월
372	이호광	꽃병	시	대전 은행동		6606	박목월
373	이활용	산	시	경북고	입선작	5910	박목월

	지은이	제목	장르	학교	비고	시기	심사위원
374	장광명	누명	산문 (콩트)	삼척군 원덕면	입선작	6002	김동리
375	장석주	이슬	시	청운중3	입선작	7010	고은
376	장석주	기러기	산문	경기 상고1		7105	손소희
377	장석주	汽笛	산문	경기 상고1		7110	손소희
378	장석주	저무는 거리에서	산문	경기 상고2	입선작	7206	
379	장승재	서울 가는 기차 속에	산문	경남고1	입선작	5602	안수길
380	장영수	일기문	산문 (일기)	원주중3	입선작	6106	김동리
381	장영수	벽壁	시	원주고2	입선작	6405	김용호
382	장윤우	선線	시	서울고1	입선작	5507	김용호
383	장윤우	산정山精	산문	서울고3	입선작	5512	박영준
384	장윤익	바다	시	대구 사범학교	입선작	5609	김규동
385	전경수	여 선생	산문	부산 초량동	입선작	5505	박영준
386	전상국	산에 오른 아이	산문	춘천고2		6003	김동리, 박영준, 안수길
387	전성열	가랑비 오는 날	산문	경주중3	입선작	5610	안수길
388	정공채	눈 내리는 밤에	시			5601	김용호
389	정규남	나의 일기장에서	산문			5212	정비석
390	정규남	흘러가는 물처럼	시	목포중3		5305	조지훈
391	정규남	深夜	시	목포고1	입선작	5310	조지훈
392	정규남	정숙이의 얼굴	산문	목포고1	입선작	5311	정비석
393	정규남	그 소녀의 그림	산문	목포고1	입선작	5312	정비석
394	정규남	사모	시	목포고2	입선작	5410	장만영
395	정규남	기도祈禱	시	목포고2	입선작	5503	김용호
396	정내화	태극기는 하늘에	산문	안성 안법고	입선작	5612	안수길
397	정성수	편지	산문	삼선고2	입선작	6206	김동리
398	정성수	식모	산문	삼선고2	입선작	6208	김동리
399	정성수	제로	산문	삼선고2	입선작	6212	김동리

	지은이	제목	장르	학교	비고	시기	심사위원
400	정성수	詩神에게 붙이는 葉書	시	삼선고3	입선작	6310	박목월
401	정성수	齒牙의 書	시	삼선고3	입선작	6312	박목월
402	정일진	두 소년	산문	목포고	입선작	5509	박영준
403	정일진	황혼 길에서	시	목포고	입선작	5612	김규동
404	정일진	팽이	산문			5702	최정희, 안수길, 최인욱
405	정종명	열사흘 날의 추억	시	강릉고2	입선작	6411	김용호
406	정종명	공포	산문	강릉고2	입선작	6412	김동리
407	정종명	보이 프렌드	산문	강릉고3	입선작	6503	최정희
408	정진규	온실	시	안성 농고	입선작	5705	양명문
409	정채봉	섬소년	산문	광양중3	입선작	6209	김동리
410	정채봉	해변의 추억	산문	광양농고1		6304	김동리
411	정채봉	백지	산문	광양농고2		6409	김동리
412	정채봉	선인장	시	〃		6409	김용호
413	정채봉	어떤아이	산문	〃		6410	김동리
414	정채봉	가을길	시	〃		6411	김용호
415	정채봉	부부	산문	광양농고3		6501	김동리, 박영준
416	정태규	종소리	시	진주고3	입선작	7705	이근배
417	정호승	초가을의 하오 정경	시			6311	박목월
418	정호승	석의 심정心情	산문			6401	김동리, 안수길
419	정호승	안개	시			6404	김용호
420	정호승	꽃병 속 장미	시			6408	김용호
421	정호승	어떤 운명	산문			6412	김동리
422	정호승	브로우치의 시詩	시	대구 대륜고1	우수작	6602	장만영, 박목월
423	정호승	우리네	시	대구 대륜고2		6606	박목월
424	정호승	계단	시	대구 대륜고2		6608	박목월

	지은이	제목	장르	학교	비고	시기	심사위원
425	정호승	밤 다리에서	시	대구 대륜고		6610	박목월
426	정호승	우리네(2)	시	대구 대륜고2		6611	박목월
427	정호승	겨울 도시 계획	시	대구 대륜고3		6710	박두진
428	정호승	박수	시	〃		6802	박두진, 박목월
429	조동화	할미꽃	시	경북 금릉고2		6906	이동주
430	조동화	봄과 소년	산문	김천 금릉고2		6910	강신재
431	조성기	순환	산문			6802	김동리, 박영준
432	조세희 (민홍)	마을주변	산문		입선작	6003	김동리, 박영준, 안수길
433	조정권	春日	시	양정고2		6604	박목월
434	조정육	겨울 편지	산문	광주 중앙여중3		7803	정규웅
435	조해일 (해룡)	모성애	산문	보성중2	입선작	5612	안수길
436	조해일 (해룡)	풍향계	산문	보성고2	우수작	6003	김동리, 박영준, 안수길
437	주근옥	石像의 노래	시	논산 농고	우수작	6108	박두진
438	주근옥	소녀	시	논산 농고	우수작	6108	박두진
439	주근옥	노을	시	논산 농고	입선작	6108	박두진
440	주근옥	숲길	시	논산 농고	입선작	6205	박남수
441	주성윤	연	시	경남 장원군	입선작	5704	양명문
442	주성윤	비碑	시	교통고3	입선작	5707	양명문
443	주영돈	기러기	시	부산고	입선작	5905	박목월
444	주영돈	선인장	시	부산고	입선작	5908	박목월
445	주영돈	종	시	부산고		5911	김용호

	지은이	제목	장르	학교	비고	시기	심사위원
446	주영돈	밤	시	부산고	입선작	5903	박목월
447	주영숙	그리움	산문	지세포중	입선작	6409	김동리
448	지정관	사친회비	산문	광주 서중2	입선작	5404	최인욱
449	지정관	참새	산문	광주 서중2	입선작	5406	최인욱
450	최경자	우정	산문	서울 서대문구	입선작	590607	김동리
451	최명희	공작새가 되어야 하는 이유	산문	전주 기전여고	입선작	6402	김동리
452	최명희	방망이	산문			6405	김동리
453	최시한	마음 병든 자의 귀향	산문	용산고2		6904	강신재
454	최시한	성숙에로 가는 길	산문	용산고2		6905	강신재
455	최영철	개구리	산문	부산 개성종합고1	입선작	7310	
456	최영철	달을 보며	시	부산진고2	입선작	7405	
457	최영철	1974년 겨울	산문	부산진고3	입선작	7505	
458	최영철	초보자들	산문	부산진고3	입선작	7507	
459	최영철	돌	시	부산 부산진고3	입선작	7508	
460	최영철	여행지에서	산문	부산진고3	입선작	7509	
461	최영철	傳道術入門	산문 (희곡)	부산진고3	입선작	7511	
462	최영철	이건 연습입니다	산문	부산진고3	입선작	7605	
463	최원식	고향을 떠나서	시	수원 북중2	입선작	5307	조지훈
464	최원식	마음 한 구석에	시	경동중3	입선작	5403	장만영
465	최원식	봄의 호수	시	경동중3	입선작	5406	장만영
466	최원식	그날이 오면	시	경동고1	입선작	5409	장만영
467	최인호	휴식	시	서울고1	우수작	6106	박두진
468	최인호	그 사람	산문	서울고1	입선작	6108	김동리
469	최인호	사과	시	서울고2	입선작	6205	박남수
470	최일환	유월의 들	산문	목포고2	입선작	5410	최인욱

	지은이	제목	장르	학교	비고	시기	심사위원
471	최태수	깨어지지 않는 유리병	산문	한업고2	입선작	5401	마해송, 정비석, 김동리, 최정희, 최인욱
472	한각수	대합실	시	천안중2	입선작	6403	김용호
473	한각수	전원田園의 하루	시			6404	김용호
474	한각수	봄비	시	충남 천안중3	입선작	6408	김용호
475	한각수	비 개인 동산에	시				김용호, 장만영
476	한상연	어떤 오뉘	산문	전주 신흥고3	입선작	5908	김동리
477	한수산	벌에서	시	춘천고3	입선작	6309	박목월
478	한용환	씨름	산문	둔포중2	입선작	5811	김이석
479	한용환	뱃놈	산문			5901	김이석, 김동리, 안수길
480	한용환	승패勝敗	산문	둔포중3	입선작	590607	김동리
481	한용환	미술선생	산문	충남 둔포중3	입선작	5908	김동리
482	한용환	명랑한 병실	산문	충남 둔포중3	입선작	5909	김동리
483	한윤이	은행잎	산문			6301	김동리, 안수길
484	한윤이	은행잎 이후以後	산문	전주 인후동	입선작	6307	김동리
485	한윤이	밤의 창변	산문	전주영생 실업여고1	입선작	6312	김동리
486	한윤이	슈우베르트 세레나데	산문			6401	김동리, 안수길
487	한택수	강릉	시	강릉 상고3		6804	박목월
488	허유	짚베개	시	전주 북중3		5304	조지훈
489	홍순진	병창	시	청주중3	입선작	5302	조지훈

	지은이	제목	장르	학교	비고	시기	심사위원
490	홍순진	봄의 일기	산문 (일기)	청주고1	입선작	5308	정비석
491	홍순진	들국화	시	청주고1	입선작	5312	조지훈
492	홍순진	자리 싸움	산문	청주고1	입선작	5401	마해송, 정비석, 김동리, 최정희, 최인욱
493	홍순진	눈 오는 날	시	청주고1	입선작	5404	장만영
494	홍순진	구름	시	청주고1	입선작	5405	장만영
495	홍순진	풀밭에서	시	청주고2	입선작	5409	장만영
496	홍승진	입학금	산문	청주 탑동	입선작	5507	박영준
497	홍애자	憬	시	진명여고3	입선작	5508	김용호
498	홍연희	빨간 구두	산문	성동고1	입선작	6408	김동리
499	황동규	어머니와	시	서대문중2	입선작	5303	조지훈
500	황동규	동화-세살 난 아우에게	시	서대문중3	입선작	5303	조지훈
501	황동규	어머니의 가슴	시	서대문중3		5306	조지훈
502	황동규	망부석	시	서대문중3	우수작	5307	조지훈
503	황동규	눈빛	산문	서울중3	입선작	5401	마해송, 정비석, 김동리, 최정희, 최인욱
504	황석영 (수영)	팔자령	산문	경복고1	입선작	6003	김동리, 박영준, 안수길
505	황지우 (재우)	회상길	시	광주서중3	입선작	6802	박두진, 박목월

참고문헌

1. 기본자료

『학원』, 『국민학교 어린이』, 『대한소년』, 『만세』, 『부인』, 『파랑새』, 『소녀』, 『소년』, 『소년경향』, 『소년계』, 『소년동아』, 『소년조선』, 『소년생활』, 『소년세계』, 『소년중앙』, 『새동화』, 『새벗』, 『새살림』, 『새소년』, 『어린이』, 『어린이 동산』, 『어린이 세계』, 『어린이 자유』, 『여학생』, 『카톨릭소년』, 『學生 다이제스트』, 『학생계』, 『학생과학』, 『학생세계』, 『소년소녀세계문학전집』(계몽사), 『한국소년소녀전집』(정음사), 『세계소년소녀학급문고』(보진재), 『소년소녀세계명작전집』(정일출판사), 『세계소년소녀명작100선집』(백인사), 『소년소녀세계미담전집』(삼화출판사), 『백조소년소녀문고』(백조출판사), 『우량소년소녀문고』(삼성출판사), 『소년소녀세계문학전집』(어문각), 『소년소녀한국고대소설전집』(정음사), 『6 · 25전쟁기간 4대신문』(LG상남언론재단), 『한국아동문학총서』(역락)

2. 국내 논저

1) 단행본

강소천, 『강소천 소년문학선』, 경진사, 1954.
______, 『어린이 세계문학독본』, 계몽사, 1962.
강헌국, 『서사문법시론』, 고려대 민족문화연구원, 2003.
권명아, 『일제 파시즘 지배정책과 민중생활』, 혜인, 2004.
권성우 외, 『침묵과 사랑』, 이성과힘, 2008.
권오룡, 『이청준 깊이 읽기』, 문학과지성사, 1999.
김경일, 『한국현대사의 재인식』 4, 정신문화연구원편, 오름, 1988.
김국태 외, 『대중문화와 문화기획』, 글누림, 2005.

김남석, 『한국문예영화 이야기』, 살림, 2003.

김병익, 『한국문단사』, 문학과지성사, 2001.

김성재, 『김성재 출판론』, 일지사, 1999.

김윤식 외, 『우리문학 100년』, 현암사, 2001.

김준오, 『문학사와 장르』, 문학과지성사, 2000.

김한식, 『현대문학사와 민족이라는 이념』, 소명출판, 2009.

김희재, 『한국사회변화와 세대별 문화코드』, 신지서원, 2004.

민족문학사연구소 현대문학분과, 『1960년대 문학연구』, 깊은샘, 1998.

박인하, 『장르 만화의 세계』, 살림, 2004.

박헌호 외, 『작가의 탄생과 근대문학의 재생산제도』, 소명출판, 2008.

서인석, 『민족문학사 강좌』 상, 창작과비평사, 1995.

손상익, 『한국만화사 산책』, 살림, 2005.

손인수, 『한국교육운동사』 1・2, 문음사, 1994.

송기한, 『1960년대 시인연구』, 역락, 2007.

송하춘・이남호 공저, 『1950년대의 소설가들』, 나남, 1994.

송효정, 『대중서사장르의 모든 것』 2, 이론과실천, 2009.

양　평, 『우리출판 100년』, 현암사, 2001.

유종호 외, 『한국현대문학 50년』, 민음사, 1995.

이명섭, 『세계문학비평 용어사전』, 을유문화사, 1985.

이수익, 『제9회 지훈문학상』, 나남, 2009.

이원수, 『동시・동화작법』, 웅진출판사, 1984.

이인기, 『교육과 시상』, 형설출판사. 1976.

이진원, 『한국무협소설사』, 채륜, 2008.

이청준, 『눈길』, 문학과지성사, 1997.

전영표, 『출판문화와 잡지저널리즘』, 대광문화사, 1997.

전형준, 『무협소설의 문화적 의미』, 서울대 출판부, 2003.

정비석・장만영, 『중등작문』 1, 2, 3권, 정음사, 1957.

정영수 외 3인, 『한국 교육정책의 이념』 II, 한국교육개발원, 1986.

조남현, 『한국현대문학 50년』, 민음사, 1995.

조연현, 『문학과 그 주변』, 인간사, 1958.

조은숙 외, 『대중서사장르의 모든 것』, 이론과실천, 2011.

조혜정, 『한국의 여성과 남성』, 문학과지성사, 1995.

천정환, 『근대의 책 읽기』, 푸른역사, 2003.

최덕교, 『詩의 고향』, 창조사, 1989.
______, 『한국잡지 백년』 3, 현암사, 2004.
학원 김익달 전기 간행위원회, 『학원세대와 김익달』, 학원사, 1990.
한기상, 『독일 청소년문학의 이해』, 서울대출판부, 2009.
한원영, 『한국현대 신문연재소설 연구』, 국학자료원, 1999.
홍순애, 『한국 근대문학과 알레고리』, 제이앤씨, 2009.

2) 논문

강진호, 「변경의 삶과 자기 정당화의 논리」, 『현대문학의 연구』 제35집, 한국문학연구
　　　학회, 2008.
고지혜, 「박경리 소설의 낭만적 특성 연구」, 고려대 석사논문, 2008.
공임순, 「한국 근대 역사소설의 장르론적 연구」, 서강대 박사논문, 2000.
권인숙, 「1950~1970년대 청소년의 남성성 형성과 국민 만들기의 성별화 과정」, 『한민
　　　족운동사연구』 56, 한민족운동사학회, 2008.
김브연, 「한국 근대 소년소설 연구」, 건국대 석사논문, 1995.
김준현, 「전후 문학장의 형성과 문예지」, 고려대 박사논문, 2008.
김한식, 「학생잡지 『학원』의 성격과 의의」, 『상허학보』 28, 상허학회, 2010.
김현미, 「여성의 노동권에 대한 여성주의적 고찰」, 한·중·일 국제학술대회 발표논
　　　문, 이화여대 한국여성연구원, 1999.
박유희, 「한국 추리서사에 나타난 '탐정' 표상」, 『한민족문화연구』 31, 한민족문화학회,
　　　2009.
______, 「한국멜로드라마의 형성과정 연구」, 『현대문학이론 연구』 38, 현대문학이론
　　　학회, 2009.
양애경, 「공포소설이란 무엇인가」, 『한국문예비평연구』 5, 한국현대문예비평학회,
　　　1999.
이봉범, 「전후 문학 장의 재편과 잡지 『문학예술』」, 『상허학보』 20, 상허학회, 2007.
장수경, 「이원수 소년소설에 나타난 현실인식과 서사적 지향」, 『비평문학』 43, 한국비
　　　평문학회, 2012.
______, 「어린이 잡지 『새벗』의 성격과 의의」, 『아동청소년문학연구』 10, 한국아동청
　　　소년문학학회, 2012.
______, 「박경리 초기 소설에 나타난 서사적 지향」, 『동북아문화연구』 31, 동북아시아
　　　문화학회, 2012.
조희권, 「현대소설의 만화 변용양상연구」, 『한국언어문화』 27, 한국언어문화학회,

2005.

이강수, 『한국근현대사연구』, 한국근현대사학회, 2008.

이용성, 「한국지식인 잡지의 이념에 대한 연구」, 한양대 박사논문, 1996.

이유리, 「1950년대 '道義敎育'의 형성과정과 성격」, 고려대 석사논문, 2007.

최애순, 「1930년대 탐정의 의미 규명과 탐정소설의 특성연구」, 『동양학』 42, 단국대 동
　　　양학 연구소, 2007.

황병주, 「1950년대 엘리트 지식인의 민주주의 인식」, 『사학연구』 89, 한국사학회,
　　　2008.

황혜진, 「『학원』의 심사평에 나타난 학생문예관 연구」, 『국어교육연구』 17, 서울대 국
　　　어교육연구소, 2006.

3) 기타 자료

김동리·황순원, 「심사평」, 『경향신문』, 1965.1.4.

김희정, 「코주부 캐릭터에 서민 애환 담아」, 『동아일보』, 1998.12.4.

대한민국정부, 『혁명정부 문교시책』, 1961.9.

마해송, 「정선된 학생작품」, 『조선일보』, 1961.10.25.

박구재, 「만화계 선구자 13명 삶과 작품세계」, 『경향신문』, 1995.5.24.

박　영, 「과학소설을 쓰라」, 『동아일보』, 1954.9.22.

방기환, 「어린이잡지 유익타」, 『경향신문』, 1964.10.3.

염무웅, 「50～60년대 남한문학의 민족문학적 위치」, 『창작과비평』 제20권 4호, 창작
　　　과비평사, 1992.

이선근, 「당면한 문교시책」, 『문교월보』 20, 문교부, 1955.10.

＿＿＿, 『교육주보』 111, 교육주보사, 1954.5.

이원복, 「나의삶 나의 생각」, 『경향신문』, 1994.4.11.

이원수, 「아동문학의 경어문제」, 『동아일보』, 1959.2.9.

이주연, 「만화영화 '원조'에 도전한다」, 『한겨레신문』, 1998.6.29.

원종찬, 「아동문학 길라잡이─얄개전」, 『중앙일보』, 2001.8.4.

편집부, 「學園 광고」, 『동아일보』, 1952.10.20.

편집부, 「소년잡지의 방향」, 『동아일보』, 1957.11.12.

편집부, 「정리 일구오팔년, 집대성 간행물의 붐」, 『경향신문』, 1958.12.14.

편집부, 「부족한 교양면」, 『조선일보』, 1962.4.2.

편집부, 「꿈을 키워주는 독서」, 『경향신문』, 1965.9.4.

편집부, 「『학원』 10년만에 학원사 복귀」, 『경향신문』, 1978.6.15.

편집부,「횡설수설」,『동아일보』, 1985.11.5.
최병철,「도의교육과 수신교육」,『문교월보』18, 문교부, 1955.5.
최재유,「도의 앙양과 과학기술교육의 진흥(연두사)」,『문교월보』38, 1958.1.
學部編輯局,『韓國開化期 敎科書』영인본, 서울 亞細亞文化史, 1977.
『조선일보』, 1931.2.14 · 1961.10.25 · 1962.4.2 · 1920~1940.

3. 국외논저

라인홀드 니버, 이한우 역,『도덕적 인간과 비도덕적 사회』, 문예출판사, 1994.
미셸 푸코, 문경자 · 신은영 역,『성의 역사 2-쾌락의 활용』, 나남, 2006.
미하일 바흐친, 전승희 · 서경희 · 박유미 역,『장편소설과 민중언어』, 창작과비평사,
      2005.
베네딕트 앤더슨, 윤형숙 역,『상상의 공동체』, 나남, 2002.
A. Manguel, 정명진 역,『독서의 역사』, 세종서적, 2000.
안토니오 그람시, 박상진 해제,『대중문학론』, 책세상, 2003.
에드워드 사이드, 박홍규역,『오리엔탈리즘』, 교보문고, 2007.
오카노 야요,「경계의 문제와 페미니스트 정치학」,『동아시아의 근대성과 여성』, 한 ·
      중 · 일 국제학술대회 발표논문, 이화여대 한국여성연구원, 1999.
Isaiah Berlin, 강유원 · 나현영 역,『낭만주의의 뿌리』, 이제이북스, 2006.
제프리 · K · 올릭, 최호근 · 민유기 · 윤영휘 역,『국가와 기억』, 민주화운동기념사업
      회, 2006.
주디스 버틀러, 양효실 역,『불확실한 삶』, 경성대 출판부, 2008.
토도로프 · 츠베탕, 이기우 역,『토도로프 저작집』제5권, 한국문화사, 1996.
한스 하이노 에버스, 김정회 외역,『아동 · 청소년문학의 서』, 유로, 2008.
호미 바바, 류승구 역,『국민과 서사』, 후마니타스, 2011.

Han Jong-Woo and L. Ling, "Authoritarianism in the Hypermasculine State : Patriarchy
      and Capitalism in Korea," *International Studies Quarterly 42*, 1998.